कश्मीर
370 के साथ और बाद

“दूसरों के पूर्वग्रह को पहचानना आसान है, खासकर जिनके साथ हम असहमत हैं। लेकिन हमारे अपने पूर्वग्रहों को पहचानना इतना आसान नहीं है। जीतेंद्र दीक्षित की पुस्तक में यह खासियत नजर आती है, क्योंकि इसने कश्मीर घाटी में उन हितधारकों की आवाज को शामिल करने की कोशिश की है, जो ‘नए कश्मीर’ को जन्म दे रहे हैं।”

—**महेश भट्ट,** *फिल्म-निर्माता*

“कश्मीर की कहानी कई लोगों ने बार-बार सुनाई है। यह पुस्तक व्यापक जमीनी रिपोर्टों के माध्यम से कश्मीर में हुए परिवर्तनों को निष्पक्ष रूप से बताने का एक प्रयास है।”

—**लेफ्टिनेंट जनरल डी.एस. हुड्डा**

पूर्व सेना कमांडर, उत्तरी कमान

“कश्मीर अच्छे के लिए बदल रहा है और यह पुस्तक एक व्यापक विचार प्रस्तुत करती है कि कश्मीरी पंडित ‘नए कश्मीर’ से क्या उम्मीद कर रहे हैं?”

—**अशोक पंडित**

फिल्म-निर्माता और एक्टिविस्ट

कश्मीर
370 के साथ और बाद

जीतेंद्र दीक्षित

अनुवाद

भुवेंद्र त्यागी

प्रभात
पेपरबैक्स
www.prabhatbooks.com

प्रकाशक
प्रभात पेपरबैक्स
प्रभात प्रकाशन प्रा. लि. का उपक्रम
4/19 आसफ अली रोड, नई दिल्ली–110002
फोन : 23289777 • हेल्पलाइन नं. : 7827007777
इ–मेल : prabhatbooks@gmail.com ❖ वेब ठिकाना : www.prabhatbooks.com

संस्करण
प्रथम, 2022

KASHMIR 370 KE SATH AUR BAAD
by Shri Jitendra Dixit
(Hindi translation of VALLEY OF RED SNOW)

Published by **PRABHAT PAPERBACKS**
An imprint of Prabhat Prakashan Pvt. Ltd.
4/19 Asaf Ali Road, New Delhi-110002

ISBN 978-93-5521-181-1

कश्मीर के उन लोगों को,
जिन्होंने दशकों की हिंसा और
अनिश्चितता को भोगा है और
घाटी में तैनात विभिन्न सुरक्षाबलों को,
जो मौत के साए में अपना फर्ज निभाते हैं।

प्रस्तावना

"तमाम युद्ध एक विचारशील प्राणी के रूप में मनुष्य की विफलता का एक लक्षण हैं।"

—जॉन स्टीनबेक

यदि आपको कश्मीर की कल्पना किसी शख्स के रूप में करनी हो तो वह एक लंबा और सुदर्शन युवक होगा, जिसके कपड़े फटे हुए होंगे और पूरे शरीर पर चोट के निशान होंगे। कुछ लोग उसकी चोटों पर मरहम लगाने की पेशकश करते हैं, लेकिन उसे उन पर भरोसा नहीं है। अतीत में, जिन्होंने उसके दर्द को कम करने का दावा किया है, उन्होंने इसके बजाय इसे और बढ़ा दिया है। कुछ लोग उसके शुभचिंतक होने का दावा करते हैं, लेकिन आपस में ही भिड़ जाते हैं। वह डरा हुआ है, भ्रमित है, अपने भविष्य को लेकर अनिश्चित है और निराशावाद की चपेट में है। उसकी आमदनी घट गई है और उसे बहाल करने के लिए उसे अमन चाहिए।

पत्रकारिता के अपने दायित्व निभाते हुए मैंने पिछले एक दशक के दौरान कई बार कश्मीर का दौरा किया है। इस दौरान मैं इस इलाके को करीब से देखने में कामयाब रहा हूँ, जो दुनिया के सबसे संघर्षग्रस्त स्थानों में से एक है। मैं कश्मीर से जुड़ाव महसूस कर सकता हूँ—मेरा जन्म और पालन-पोषण मुंबई-400003 के इलाके में हुआ था, जिसे अकसर 'बॉम्बे नंबर 3' कहा जाता है। इस इलाके में गैंग वार, सांप्रदायिक हिंसा और आतंकवादी हमले के रूप में खूब खून-खराबा हुआ है। ऐसे इलाके में पलने-बढ़ने ने अपराध और संघर्षों को कवर करने में मेरी रुचि को बढ़ा दिया। मेरा पत्रकारिता कॅरियर दाऊद इब्राहिम, छोटा राजन, अबू सलेम और अन्य के घातक गैंग वार को कवर करनेवाले एक क्राइम रिपोर्टर

के रूप में शुरू हुआ था। 1990 के दशक के कश्मीर की तरह मुंबई में भी रोज खून-खराबा होता था।

जब मैंने अपने कुछ दोस्तों और साथियों से कश्मीर पर पुस्तक लिखने के बारे में बात की तो उन्हें लगा कि इस विषय पर वस्तुनिष्ठ होना आसान नहीं होगा। कितने सही थे वे! घाटी में चल रही घटनाओं का गहन शोध करते समय आप पक्ष लेने से बच नहीं सकते। और इस संघर्ष में सिर्फ दो पक्ष नहीं हैं; अनेक पक्ष हैं और हर मुद्दे के कई सच हैं। मैंने अपने लेखन में विशुद्ध रूप से पत्रकारिता का दृष्टिकोण अपनाने का विकल्प चुना है। मैंने इस पुस्तक में अपने अनुभव, अवलोकन और शोध को सामने रखा है और यह आप पाठकों पर निर्भर है कि आप उनसे निष्कर्ष निकालें और निर्णय लें कि मैं अपने विवरणों को वस्तुनिष्ठ रखने में कितना सफल रहा हूँ? मैंने सभी पक्षों को शामिल करने का प्रयास किया है। हालाँकि कुछ लोग, जिनके विचारों को मैं इस पुस्तक में शामिल करना चाहता था, मेरे गंभीर प्रयासों के बावजूद पहुँच से दूर रहे।

मेरे विचार से कश्मीर की कहानी अलग-अलग लोगों को अलग-अलग समय पर बार-बार कहने की जरूरत है। यह कश्मीरियों और गैर-कश्मीरियों द्वारा, पत्रकारों द्वारा, नौकरशाहों द्वारा, सशस्त्र बलों के सदस्यों द्वारा, खुफिया एजेंसियों के लिए काम करनेवाले लोगों द्वारा बताई जानी चाहिए। हर कहानी कश्मीर की जटिल समस्या के विभिन्न पहलुओं को सामने लाती है। जितनी अधिक आवाजें होंगी, उतनी ही अधिक अंतर्दृष्टि सामने आएगी।

इस पुस्तक का उद्देश्य स्वतंत्र भारत के इतिहास की सबसे बड़ी घटनाओं में से एक—भारतीय संविधान के अनुच्छेद 370 को निरस्त करने और जम्मू-कश्मीर के विभाजन के बाद कश्मीर कैसे बदल रहा है, इसकी एक निष्पक्ष, गैर-निर्णयात्मक और व्यापक कहानी प्रस्तुत करना है। यह पुस्तक इस ऐतिहासिक घटना से पहले के वर्षों में हुई घटनाओं, निरस्त्रीकरण के दौर में घाटी में तात्कालिक स्थिति और फिर घाटी में विभिन्न हितधारकों की आवाज को दिलचस्प केस स्टडी के साथ प्रस्तुत करती है। यह पुस्तक 2011-2021 के दशक में घाटी में हुई कुछ महत्त्वपूर्ण घटनाओं का वर्णन करती है।

मैंने यह पुस्तक यात्रा-वृत्तांत और संस्मरण के रूप में लिखी है। इसमें कई लोगों के साक्षात्कार भी शामिल हैं, जो इस दौरान मैंने किए। मैंने यह पुस्तक गैर-कश्मीरी पाठकों, कश्मीर में रुचि रखनेवालों और राजनीतिक गैर-कथा के उत्साही

लोगों के लिए एक गैर-शैक्षणिक प्रारूप में लिखी है।

कश्मीर हमेशा बदलता रहता है और जब यह पुस्तक लिखी जा रही थी और प्रकाशित होने तथा आपके हाथों तक पहुँचने की लंबी प्रक्रिया से गुजर रही थी, उस दौरान कई बदलाव हुए होंगे। हालाँकि प्रकाशक और मैंने पुस्तक को यथासंभव अद्यतन रखने का प्रयास किया है।

इस पुस्तक को लिखने से मुझमें भी बदलाव आया है। इसने मुझे कश्मीर को बेहतर ढंग से समझने और कुछ रूढ़ियों तथा मिथकों को दूर करने में मदद की है। इसने मुझे कश्मीर के प्यारे लोगों और सेना, अर्धसैनिक बलों और जम्मू-कश्मीर पुलिस के सदस्यों के प्रति भी, जो एक तरह से संघर्ष के शिकार हैं, और अधिक मानवीय एवं करुणा से भरा हुआ बना दिया है।

अपनी एक यात्रा के दौरान मैं कश्मीर में पहाड़ों से होकर गाड़ी में जा रहा था। दूर पहाड़ियों पर बर्फ पूरी तरह से सफेद दिखाई दे रही थी, लेकिन सड़क के किनारे हमने जो बर्फ के टुकड़े देखे, वे वाहनों द्वारा उत्सर्जित कार्बन मोनोक्साइड को अवशोषित करने के परिणामस्वरूप काले हो गए थे। मैंने सुना है कि अकसर कश्मीर में बर्फ का एक और रंग हो जाता है—लाल! सैकड़ों बार आतंकवादियों और सशस्त्र बलों के बीच संघर्ष ने बर्फ को खून से रँग दिया है। मैं कश्मीर को 'लाल बर्फ की घाटी' के रूप में देखता हूँ।

कश्मीर अपने अशांत इतिहास की कैद में है। मेरे विचार में कश्मीर के लिए वास्तविक स्वतंत्रता अतीत के बोझ से खुद को आजाद करने—बीते युग के संघर्षों, दर्द और आकांक्षाओं को खत्म करने या उन्हें दूर करने तथा वास्तविकता को एक नए दृष्टिकोण से देखने में होगी। लेकिन ऐसा कहना आसान और करना मुश्किल है। यह चुनौतीपूर्ण लगता है, क्योंकि घाटी के सभी हितधारकों—आम लोगों, राजनेताओं, सुरक्षाबलों एवं सरकार द्वारा एक नया दृष्टिकोण अपनाया जाना है और यही समस्या है। सभी को एक साथ आने की जरूरत है, लेकिन बड़ा सवाल यह है कि कैसे? मैं एक आशावादी शख्स हूँ और इसलिए मुझे उम्मीद है कि किसी दिन सभी वर्गों के मन में अतीत को दफनाने और शांतिपूर्ण एवं प्रगतिशील कश्मीर बनाने का विचार आएगा।

—जीतेंद्र दीक्षित

मुंबई, जुलाई 2022

पुनश्च: जब यह पुस्तक लिखी जा रही थी, तब कोविड–19 महामारी की चुनौतियाँ सामने थीं। इसकी वजह से अप्रैल 2020 में मुझे कश्मीर दौरा रद्द करना पड़ा, क्योंकि देश भर में लॉकडाउन लागू हो गया था। बाद में, अक्तूबर 2020 में मैं कोविड–19 से संक्रमित हो गया और मुझे अस्पताल में भरती होना पड़ा। इस पुस्तक का एक हिस्सा अस्पताल के बिस्तर पर लिखा गया है। जब यह पुस्तक पूरी होनेवाली थी तो मैं अप्रैल 2021 में फिर संक्रमित हो गया था।

आभार

मैं इस पुस्तक को लिखने के बारे में दुविधा में था। 'नवभारत टाइम्स' के मेरे मित्र और वरिष्ठ पत्रकार सुनील मेहरोत्रा ने ही मुझे इस प्रोजेक्ट को आगे बढ़ाने के लिए प्रेरित किया। एक अन्य व्यक्ति, जिसने मुझे लिखने के लिए प्रोत्साहित किया, वे थे महाराष्ट्र के पूर्व पुलिस महानिदेशक और मुंबई के पूर्व पुलिस आयुक्त डी. शिवानंदन। वे एक उत्साही पाठक हैं और मुझे मेरे रिपोर्टिंग कॅरियर की शुरुआत से जानते हैं। उन्होंने मेरी पिछली सभी पुस्तकें पढ़ी हैं और मुझे बहुमूल्य सुझाव देते रहे हैं।

'एबीपी न्यूज' में मेरे सहयोगियों ने भी मुझे बहुत समर्थन दिया। जम्मू में अजय बचलू और श्रीनगर में आसिफ कुरैशी ने अच्छी अंतर्दृष्टि प्रदान की और पुस्तक पर काम करने के लिए संसाधनों के साथ मेरी मदद की। मैं 'एबीपी न्यूज' के अपने पूर्व संपादकों—मिलिंद खांडेकर और रजनीश आहूजा का भी आभारी हूँ, जिन्होंने पिछले एक दशक के दौरान घाटी के लगभग सभी महत्त्वपूर्ण समाचारों को कवर करने के लिए मुझे कश्मीर भेजा। इस पुस्तक की अधिकांश सामग्री उन दौरों से ही आई है।

मेरे शिक्षक और विल्सन कॉलेज, मुंबई में राजनीति विज्ञान विभाग के प्रमुख सुधाकर सोलोमनराज ने मुझे कश्मीर के कुछ लोगों से जोड़ा, जिन्होंने इस पुस्तक के लिए बहुमूल्य जानकारी प्रदान की।

मैं राजनीति पर कुछ बेहतरीन पुस्तकों के लेखक और अपने मित्र धवल कुलकर्णी का आभारी हूँ, जिन्होंने मुझे कुछ अच्छे संसाधन केंद्रों और पुस्तकालयों से परिचित कराने के लिए अपना समय दिया।

मैं लेफ्टिनेंट जनरल डी.एस. हुड्डा, इंद्रेश कुमार, हसीब द्राबू, शाह फैसल, अनुराधा भसीन, बशीर मंजर, डॉ. अग्निशेखर, संजय टिक्कू और कई अन्य लोगों का

आभारी हूँ, जिन्होंने मुझे समय देकर इस पुस्तक को अपने विचारों से समृद्ध किया।

मैं श्रीनगर में अपने ड्राइवर का भी ऋणी हूँ, जिसका नाम इस पुस्तक में गुलाम में बदल दिया गया है, न केवल कश्मीर की अस्थिर सड़कों पर पैंतरेबाजी करते हुए मुझे सुरक्षित रखने के लिए, बल्कि मुझे घाटी में जीवन के बारे में अच्छी जानकारी प्रदान करने और अपनी निजी कहानी मेरे साथ साझा करने के लिए भी उसका ऋणी हूँ।

यह पुस्तक मूलतः अंग्रेजी में लिखी गई है और इसको रूपा पब्लिकेशंस ने प्रकाशित किया। मैं वरिष्ठ पत्रकार भुवेंद्र त्यागीजी का आभारी हूँ कि उन्होंने पुस्तक का हिंदी संस्करण प्रकाशित करने की प्रेरणा दी और प्रेरणा के साथ पूरा सहयोग भी दिया। अगर मैं यह पुस्तक हिंदी में लिखता तो शायद भाषा उतनी सुंदर न होती, जितनी सुंदरता से त्यागीजी ने इसका अंग्रेजी से हिंदी में अनुवाद किया।

मैं अपनी पत्नी रिम्पी और बेटे वेदांत का आभारी हूँ, जिन्होंने ऑफिस के बाद के घंटों में मुझे पूरा सहयोग दिया और कभी मुझसे समय देने की जिद नहीं की, ताकि मैं इस पुस्तक को लिखने के लिए समय दे सकूँ।

अनुक्रम

खंड-3
नया कश्मीर

खंड-1

अनुच्छेद 370 रद्द करने से पहले की घटनाएँ

1

2014 : रिकॉर्डतोड़ चुनाव

‘यह उँगली कभी ए.के.-47 का ट्रिगर खींचती थी, आज इसने एक ई.वी.एम. (इलेक्ट्रॉनिक वोटिंग मशीन) का बटन दबाया,’ खुरदरी फेरन पहने उस शख्स ने मेरे कैमरे के सामने नीली स्याही लगी अपनी तर्जनी दिखाते हुए कहा। वह शख्स था डोडा शहर के पास एक पहाड़ी पर स्थित मतदान केंद्र पर शुरुआती मतदाताओं में से एक इरफान।

यह 25 नवंबर, 2014 की बात है, जब जम्मू और कश्मीर विधानसभा चुनाव के कुल पाँच चरणों का पहला चरण हो रहा था। भारत के अन्य राज्यों के विपरीत, यहाँ हर छह साल में विधानसभा चुनाव होते थे। राज्य के चुनावों को कवर करने का मेरा काम डोडा से शुरू हुआ, जहाँ उस दिन मतदान होनेवाला था। साथ ही 14 अन्य जिले भी मुझे कवर करने थे।

हालाँकि, डोडा जिला भौगोलिक रूप से जम्मू क्षेत्र के अंतर्गत आता है, लेकिन इसे और इसके पड़ोसी जिले किश्तवाड़ को उग्रवाद ने पंगु बना दिया था। यह तत्कालीन राज्य का दूसरा सबसे बड़ा जिला था और कभी सबसे ज्यादा उग्रवादी यहीं थे। जम्मू और कश्मीर (जे. एंड के.) में उग्रवाद के खूनी इतिहास की एक घटना ‘डोडा नरसंहार’ यहीं हुई थी। अप्रैल 2006 में भारी हथियारों से लैस फौजी वरदी पहने उग्रवादियों ने हिंदुओं की आबादीवाली बस्ती पर हमला करके महिलाओं और बच्चों सहित 22 लोगों की गोली मारकर हत्या कर दी और 11 अन्य को घायल कर दिया था। डोडा में उसके बाद कोई बड़ी घटना नहीं हुई, हालाँकि यह सुरक्षा के दृष्टिकोण से सबसे संवेदनशील जिलों में से एक है।

जब मैंने पत्रकार के रूप में पहली बार जम्मू-कश्मीर में चुनाव कवर किए तो मुझे पूर्व उग्रवादियों को चुनावों में शामिल होते देखना कुछ अजीब लगा। मेरे मन

में उनके लिए भय, संदेह और चिंता की मिली-जुली भावना थी—क्या वे वास्तव में भारतीय लोकतंत्र में विश्वास करते थे या उन्होंने सिर्फ एक मुखौटा पहना था? क्या वे उग्रवादी संगठनों के प्रतिशोध से नहीं डरते थे? क्या भारतीय लोकतंत्र के लिए उनकी प्रशंसा सिर्फ मेरे कैमरे के सामने थी या खुद को अधिकारियों की नजरों में अच्छा दिखाने के लिए?

बंदूक से भी ताकतवर ई.वी.एम.

इकतालीस साल के इरफान ने डोडा नरसंहार से 10 साल पहले आतंकवाद का दामन छोड़ दिया था। वह 1991 से 1996 तक आतंकवादी संगठन अल-जिहाद का एक सेक्शन कमांडर था। उसने 1996 में सरकार की आत्मसमर्पण नीति से आकर्षित होकर आतंकवाद की राह से मुँह मोड़ लिया। उसके दो साल बाद इरफान ने फरीदा शहनाज से शादी की और अब वह दो बेटों और एक बेटी का पिता है। उसने आतंकवाद के साथ अपने अनुभव कैमरे पर बताए और यह भी बताया कि इससे उसका मोहभंग क्यों हुआ?

'मैं उन लोगों के जरिए आतंकी संगठन के संपर्क में आया था, जो जम्मू-कश्मीर को अलग करने के लिए सड़कों पर सार्वजनिक विरोध-प्रदर्शन कर रहे थे। उन्होंने मुझे आश्वस्त किया कि हमारे हितों और स्वाभिमान की रक्षा के लिए बंदूक ही एकमात्र उपाय है। इसलिए मैं उनके साथ हो लिया और पाकिस्तान अधिकृत कश्मीर (पी.ओ.के.) में हथियारों और विस्फोटकों का इस्तेमाल करने का प्रशिक्षण प्राप्त किया। लेकिन एक आतंकवादी के रूप में सक्रिय होने के दौरान मुझे अहसास हुआ कि हमें सच नहीं बताया गया था। मुझे लगा कि मेरा और दूसरे युवाओं का इस्तेमाल किया जा रहा है। हमारे नेताओं ने भी हमारे साथ सम्मानजनक व्यवहार नहीं किया। उस समय भारत सरकार ने एक आत्मसमर्पण नीति शुरू की थी। हमें रोजगार देने का वादा किया गया था। मैंने समर्पण कर दिया, लेकिन सबकुछ उम्मीद के मुताबिक नहीं हुआ। मुझे रोजी-रोटी के लिए एक साल तक हर महीने 1,500 रुपए दिए गए, लेकिन कोई नौकरी नहीं दी गई। आतंकवादी संगठन में आला पदों पर रहे कुछ पूर्व उग्रवादियों को जरूर कुछ मिला।' इरफान ने मुझे जवानी के दिनों की एक तसवीर दिखाते हुए कहा, जिसमें वे गर्व से एक कलाश्निकोव थामे हुए दिखाई दे रहे हैं।

आत्मसमर्पण करने के बाद 'अल-जिहाद' में इरफान के साथियों को अन्य आतंकवादी संगठनों ने धोखा देने के लिए मार डाला था। इरफान का दावा है कि

अब तक उन्हें भी मार डालने की छह कोशिशें हो चुकी हैं। उन्होंने कहा, "मेरे कुछ अन्य साथी ठगा हुआ महसूस करने के बाद फिर से उग्रवाद में चले गए।"

इरफान ने अपने दु:खों को अपनी किस्मत मान लिया है। समर्पण के बाद भी इरफान का अतीत उन्हें सताता रहा। 2001 में, इरफान ने कहा, "जब मेरा पहला बेटा छह महीने का था तो मुझे 'लश्कर-ए-तैयबा' (एल.ई.टी.) के साथ रिश्ते के शक में पुलिस ने फिर उठा लिया। मेरी पत्नी शहनाज तत्कालीन गृहमंत्री के कार्यालय में मेरी रिहाई के लिए दखल देने की गुहार लगाने के लिए गई, लेकिन उसे उनसे मिलने नहीं दिया गया। मुझे दो साल सलाखों के पीछे बिताने के बाद रिहा किया गया। आज मैं डोडा की एक छोटी सी दुकान पर कलाई घड़ी की मरम्मत करके अपनी आजीविका कमा रहा हूँ। मुझे पत्नी और बच्चों के अलावा बूढ़े माता-पिता की भी देखभाल करनी होती है। इतना कष्ट सहने के बाद भी मुझे भारतीय लोकतंत्र में विश्वास है और इसलिए आज मैंने ई.वी.एम. का बटन उसी उँगली से दबाया, जिससे ए.के.-47 फायर किया करता था।"

चुनाव कवर करते समय, मैं इरफान जैसे कई अन्य लोगों से मिला, जो कभी उग्रवाद पर लट्टू थे, लेकिन कुछ वर्ष के बाद उन्होंने आत्मसमर्पण कर दिया और अब चुनाव में भाग ले रहे थे।

मैं डोडा में अहमद नाम के एक अन्य पूर्व आतंकवादी से मिला, जो अब एक पत्रकार के रूप में काम कर रहा है और एक स्थानीय उर्दू दैनिक में लेख लिखता है। वह 1989 में आतंकवाद में शामिल हुआ था और 1996 में उसने आत्मसमर्पण कर दिया था।

"आप उग्रवाद की ओर किस वजह से गए?" मैंने पूछा।

"1987 के राज्य विधानसभा चुनावों के बाद आम माहौल," अहमद ने कहा, "भारत सरकार के लिए बेहद दुश्मनीवाला हो गया था। हमें यकीन था कि चुनाव में धाँधली हुई है। तब बहुत विरोध-प्रदर्शन आयोजित किए जा रहे थे और इस तरह के विरोध-प्रदर्शनों ने आतंकवादी समूहों को अपने सदस्यों की भरती करने में भी मदद की। उन्होंने लोगों के गुस्से का फायदा उठाया। नौजवान खून होने के कारण मुझ पर भी उन हालात का असर हुआ और मैं एक उग्रवादी बन गया।"

"तो आपने किस वजह से बंदूक उठाई थी?"

"हमें हथियारों के प्रशिक्षण के लिए पी.ओ.के. ले जाया गया। हमें आई.एस.आई. (इंटर-सर्विस इंटेलिजेंस) द्वारा अपने मिशन के लिए ब्रेनवॉश करने

को बुलाए गए लोगों के भाषण और उपदेश सुनवाए गए। एक बार हमने प्रधानमंत्री नवाज शरीफ से भी बातचीत की थी। आई.एस.आई. ने सबकुछ तय किया था। उन्होंने हमलों की जगहें तय कीं। वे हमें नीचा दिखाते रहते थे। उन्होंने हम पर हावी होने की कोशिश की, लेकिन उन्हें हमारी नाराजगी का भी सामना करना पड़ा। वे हमारे साथ गुलामों जैसा बरताव करने की कोशिश कर रहे थे। एक बार तो उनके साथ हमारी झड़प की नौबत आ गई थी।"

आतंकवाद छोड़ने के बाद भी अहमद का जीवन शांतिपूर्ण नहीं रहा; वे सुरक्षा एजेंसियों के शक के दायरे में हैं। मेरे कैमरे के सामने अहमद ने भारतीय लोकतंत्र में अपना भरोसा जताया। उन्होंने कहा, "मैंने पाकिस्तान के जाल में फँसने की गलती की थी।"

लेकिन ये पूर्व उग्रवादी सिर्फ वोटर ही नहीं थे, उनमें से कुछ उम्मीदवार भी थे। उनमें से एक थे अशफाक राणा, जो पुंछ जिले की सुरनकोट सीट से पैंथर पार्टी के उम्मीदवार के रूप में चुनाव लड़ रहे थे। आतंकवाद में शामिल होने के अपने मकसद के बारे में बताते हुए राणा ने कहा, "मैं 1989 में आतंकवाद में शामिल हुआ था। तब 1987 के चुनाव परिणामों के खिलाफ बहुत गुस्सा था। मुख्यधारा की राजनीति छोड़ने और आतंकवाद में शामिल होनेवाले पहले नेताओं में से एक यासीन मलिक थे, जो 'जम्मू-कश्मीर लिबरेशन फ्रंट' (जे.के.एल.एफ.) नामक अलगाववादी आतंकवादी संगठन से जुड़े थे। मलिक के विचारों से प्रभावित होकर मैंने जे.के.एल.एफ. में शामिल होने का फैसला किया। मैं तब 25 साल का नौजवान था। मैंने प्रशिक्षण लिया और जम्मू-कश्मीर को अलग करने के लिए भारत सरकार के खिलाफ हिंसक संघर्ष में भाग लेने की कसम खाई। हालाँकि, बहुत जल्द मुझे अहसास हुआ कि अलगाववादी आतंकवादी संगठन का एजेंडा बहुत खोखला था और पाकिस्तान अपना मकसद हासिल करने के लिए जम्मू-कश्मीर के नौजवानों का इस्तेमाल कर रहा था। इस वजह से उग्रवाद से मेरा मोहभंग हो गया और इसलिए मैंने आत्मसमर्पण कर दिया।"

अशफाक राणा अब 45 साल के हैं। उन्होंने पोस्ट-ग्रेजुएशन कर लिया है। "मुझे भारतीय लोकतंत्र पर पूरा भरोसा है। भारत एक ऐसा देश है, जो सभी धर्मों के अनुयायियों को सच्ची आजादी देता है। मुझे खुशी है कि जे.के.एल.एफ. ने भी आतंकवाद छोड़कर बातचीत का रास्ता अपना लिया है।" उन्होंने कहा।

कश्मीर की लोकतांत्रिक प्रक्रिया में आत्मसमर्पण करनेवाले उग्रवादियों की

भागीदारी कोई नई बात नहीं है। नब्बे के दशक के मध्य में ऐसे पूर्व उग्रवादी अपने आप में एक ताकत बन गए थे और उन्होंने चुनावी प्रक्रिया को आसान बनाने में मदद की थी। उनमें से कुछ ने अपने-अपने राजनीतिक दल भी बनाए। कुक्का पर्रे की 'अवामी लीग' और हिलाल हैदर की 'अवामी कॉन्फ्रेंस' ऐसी ही पार्टियाँ थीं। इरफान, अहमद और अशफाक जैसे कई पूर्व उग्रवादियों ने आतंकवाद छोड़ने के बाद सामान्य जीवन जीने का विकल्प चुना, जबकि कई अन्य ने आतंकवाद से लड़ने के लिए सरकार के साथ सहयोग किया। ऐसे लोगों को 'इखवान' कहा जाता है।

जम्मू-कश्मीर में चुनाव से पहले के हालात

मैं 2012 में कोंकण रेलवे द्वारा चिनाब नदी पर दुनिया के सबसे ऊँचे रेलवे पुल को दिखाने के लिए आयोजित एक दौरे पर जम्मू-कश्मीर गया था। यह पुल कश्मीर को रेलवे ट्रैक के जरिए शेष भारत से जोड़नेवाला था। विकास की ऐसी खबरें असाधारण लगती थीं, क्योंकि राज्य अकसर हिंसा, विनाश और तबाही की खबरों के लिए चर्चा में रहता था। मैंने परियोजना के आसपास रहनेवाले कई ग्रामीणों का इंटरव्यू किया। वे खुश दिखाई दिए, क्योंकि कोंकण रेलवे उनके गाँवों से गुजरने वाली कई सड़कों का निर्माण भी कर रही थी। इस तरह वह उन कठिन पहाड़ी इलाकों में रहनेवाले लोगों के लिए जीवन को आसान बना रही थी।

2008 के बाद से पूरी तरह से न भी सही, कश्मीर में आतंकवाद में भी काफी कमी आई थी और कई जिलों को 'आतंकवाद मुक्त' घोषित किया गया था। नब्बे के दशक और इक्कीसवीं सदी के पहले दशक के दौरान, जब उग्रवाद अपने चरम पर था, हालात इससे बहुत अलग थे।

अक्तूबर 2010 में, भारत सरकार ने कश्मीर के हालात की समीक्षा के लिए तीन वार्त्ताकारों के एक समूह का गठन किया। उनकी 2012 की रिपोर्ट में कुछ महत्त्वपूर्ण सिफारिशें की गईं—पथराव करनेवालों और राजनीतिक कैदियों, जिनके खिलाफ कोई गंभीर आरोप नहीं लगाया गया है, को रिहा किया जाना चाहिए; सशस्त्र बल विशेष अधिकार अधिनियम और जम्मू और कश्मीर सार्वजनिक सुरक्षा अधिनियम की समीक्षा की जानी चाहिए; कश्मीरी पंडितों की वापसी के लिए एक नीति तैयार की जानी चाहिए; मोबाइल फोन नेटवर्क और इंटरनेट पर प्रतिबंधों की समीक्षा की जानी चाहिए; केंद्र सरकार की योजनाओं के लिए प्रदान की गई धनराशि का सही उपयोग होने की निगरानी के लिए एक असरदार प्रणाली स्थापित की जानी

चाहिए और राज्यपाल की नियुक्ति में राज्य सरकार की राय भी माननी चाहिए।[1] यह रिपोर्ट बताती है कि भारत सरकार कश्मीर की समस्या से निपटने के लिए सैन्यवादी दृष्टिकोण या नरम सैन्यवादी तथा राजनीतिक दृष्टिकोण के अलावा अन्य विकल्पों पर विचार कर रही थी।

एल.ओ.सी. से संदेश : 'टी' से आतंक 'टी' से मतदान

खेत में सूखी घास काटनेवाले बूढ़े ग्रामीण, सड़क पर खेलते बच्चे, स्कूल जानेवाले छोटे बच्चे, किराने का सामान लेकर घर जा रही और गाय तथा भेड़ चराती महिलाएँ—पाकिस्तानी गोलियाँ इनमें से किसी को नहीं बख्शतीं, उनमें कोई भेदभाव नहीं, कोई झिझक नहीं। आप मारे जा सकते हैं या घायल हो सकते हैं या अपने प्रियजन, पड़ोसियों या पालतू जानवरों को गँवा सकते हैं। सब्जियान में आपका स्वागत है!

सब्जियान जम्मू और कश्मीर के पुंछ जिले में पाकिस्तान के कब्जेवाले कश्मीर (पी.ओ.के.) के पास नियंत्रण रेखा (एल.ओ.सी.) से सटे घरों की एक छोटी सी बस्ती है। यह वह जगह है, जहाँ जम्मू क्षेत्र खत्म होता है और कश्मीर घाटी शुरू होती है। यह इलाका घुसपैठ के स्थानों में से एक के रूप में जाना जाता है। इस गाँव के बगल में एक पहाड़ी है, जिसके ऊपर पाकिस्तानी सेना ने एक चौकी बनाई है। असरदार ऊँचाई पर होने के कारण पाकिस्तानी सैनिकों को नीचे का गाँव पूरी तरह दिखाई देता है। वे ग्रामीणों की गतिविधियों को देख सकते हैं और घुसपैठ की कोशिश कराते समय जब भी वे भारतीय सुरक्षाबलों का ध्यान भटकाना चाहते हैं तो उन्हें गोली मार देते हैं।

दूसरे चरण का चुनाव एल.ओ.सी. से सटी सीटों पर हो रहा था। डोडा कस्बे में मतदान कवर करने के बाद मैं पुंछ जिले के इस गाँव में पहुँचा।

इस क्षेत्र का दौरा करते हुए मैं वहाँ रहनेवाले लोगों के जीवन पर मँडराते खतरे और दहशत को महसूस कर सकता था। मेरे साथ सब्जियान आए 'द ट्रिब्यून' के पत्रकार दर्शन भाटी ने कहा, "एक पल सबकुछ सामान्य लगता है और अगले ही पल ऊपर से गोलियों की बौछार हो सकती है और आप मारे जा सकते हैं।" उन्होंने कहा, "गोलियाँ कभी भी आ सकती हैं, चाहे वह दिन का उजाला हो या रात का अँधेरा।" मेरे दौरे के कुछ हफ्ते पहले ही पाकिस्तानी सैनिकों की ओर से अंधाधुंध फायरिंग हुई थी। मेरी मुलाकात सब्जियान में रहनेवाले एक बुजुर्ग अशफाक अली से हुई। एक दोपहर करीब दो बजे जब वे खेत में सूखी घास काट रहे थे, तभी

पाकिस्तानियों ने फायरिंग शुरू कर दी। चारों तरफ अफरा-तफरी मच गई। गोलियों की बौछार से बचने के लिए सभी भागने लगे। अशफाक ने भी भागने की कोशिश की, लेकिन एक गोली उनके दाएँ हाथ में लग गई। घंटों बाद उन्हें पुंछ के एक सरकारी अस्पताल ले जाया गया। चोट के कारण उनका काफी खून बह गया था, लेकिन वे बच गए। नौ साल की एक बच्ची अशफाक की तरह भाग्यशाली नहीं थी। वह बच नहीं पाई और उसकी मौत हो गई।

नागरिकों के हताहत होने के अलावा, ऐसी आतंकी घटनाओं में सुरक्षाबलों के जवान भी मारे गए थे। सब्जियान से बहुत दूर झालास नाम का एक गाँव है। यह एल.ओ.सी. के ठीक सामने है, जहाँ से पाकिस्तानी सेना की चौकियाँ दिखाई देती हैं। वहाँ मेरी मुलाकात पशोरीलाल उर्फ 'मिट्ठू' नाम के एक डाकिए से हुई। 40 वर्ष के इस व्यक्ति के शरीर पर छर्रे लगने से चोट के निशान थे। गाँव में उनके जैसे कई थे, जो पाकिस्तानी गोलियाँ और छर्रे लगने के बावजूद बच गए। उन सबके शरीर पर भी इसी तरह के निशान थे। इस गाँव में ऐसे कई घर थे, जिनकी दीवारों पर पी.ओ.के. की तरफ से आईं गोलियों और छर्रों के निशान थे। 1 अक्तूबर, 2014 को पाकिस्तानियों द्वारा संघर्षविराम उल्लंघन के कई मामले सामने आए हैं। इनमें 13 सुरक्षाकर्मियों सहित 8 लोग मारे गए और 94 घायल हो गए।

725 किलोमीटर लंबी एल.ओ.सी. के पास ऐसे गाँवों में पाकिस्तानी गोलियों से लोगों के मारे जाने का एक लंबा इतिहास रहा है। कई नागरिक तो सुरक्षित इलाकों में चले गए हैं। 2003 में भारत और पाकिस्तान की सरकारों के बीच एक संघर्षविराम समझौता हुआ था। इसमें यह तय किया गया था कि दोनों देशों के सुरक्षाबल अपनी तोपों को नियंत्रण रेखा से कुछ किलोमीटर दूर रखेंगे। इससे ग्रामीणों को बड़ी राहत मिली और उन्हें निडर होकर सोने का मौका मिला। हालाँकि नियंत्रण रेखा के पार हालात बहुत कम समय के लिए ही सामान्य रहे। संघर्षविराम का उल्लंघन फिर शुरू हो गया।

अगर आप जम्मू-कश्मीर के नक्शे को देखेंगे तो पाएँगे कि पूर्वी दिशा को छोड़कर पुंछ शहर पी.ओ.के. से घिरा हुआ है। अधिकांश स्थानों पर पाकिस्तानी सेना ऊँचाई पर होने के कारण मजबूत नजर आती है, जबकि कुछ जगह पर भारतीय सेना फायदे में है। पुंछ निवासी परेश कुमार ने कहा, "पाकिस्तानी हमारे गाँवों पर ऊँचाई पर मौजूद अपने ठिकानों से फायरिंग शुरू कर देते हैं। भारतीय सैनिक भी उन चौकियों से फायरिंग करके जवाबी काररवाई करते हैं, जहाँ वे हावी होते हैं।"

इन हालात में पहले चरण में रिकॉर्ड 70 प्रतिशत मतदाताओं का मतदान करना उग्रवादी संगठनों को नहीं भाया।[2] उन्होंने सीमावर्ती इलाकों में अगले चरण का मतदान बाधित करने का प्रयास किया। जम्मू के पास अरनिया में घुसपैठ की कोशिश की गई, जिसे भारतीय सुरक्षाबलों ने नाकाम कर दिया था। कथित तौर पर घुसपैठ करने का इरादा रखनेवाले आतंकवादियों को एक मुठभेड़ में ढेर कर दिया गया। दूसरे चरण में भी लगभग 71 प्रतिशत मतदाताओं ने मतदान किया।[3] विशेष रूप से उन गाँवों के मतदान केंद्रों के बाहर लंबी कतारें देखी गईं, जो सीधे तौर पर पाकिस्तान की नापाक गोलियों की पहुँच में थे। उरी में भी तीसरे चरण के चुनाव में भारी मतदान हुआ।

मिशन 44+ और अनुच्छेद 370

मतदान के हर चरण से पहले चुनाव लड़नेवाले सभी राजनीतिक दलों ने बहुत जोश से आक्रामक प्रचार किया था। चार प्रमुख राजनीतिक दल इस बार स्वतंत्र रूप से चुनाव लड़ रहे थे। पहले की तरह उन्होंने एक-दूसरे के साथ गठबंधन नहीं किया था। मिशन 44+ भारतीय जनता पार्टी (भाजपा) के चुनावी अभियान का शीर्षक था—87 सदस्यों की विधानसभा में सरकार बनाने के लिए 44 विधायकों की जरूरत थी। सभी दल अपने दम पर यह आँकड़ा हासिल करना चाहते थे, ताकि उन्हें सरकार बनाने के लिए चुनाव के बाद गठबंधन न करना पड़े।

एक शब्द, जो चुनाव के दौरान भाजपा के मिजाज को परिभाषित कर सकता है, वह है 'आशावादिता'। उस वर्ष हालिया चुनावी जीत के कारण पार्टी सातवें आसमान पर थी। भाजपा 10 साल बाद अच्छी संख्या में सीटें जीतकर केंद्र में सत्ता में लौटी और उसने महाराष्ट्र और हरियाणा विधानसभा चुनावों में भी जीत हासिल की। जम्मू-कश्मीर में भाजपा कभी सत्ता में नहीं रही थी। वहाँ उसका अब तक का सर्वश्रेष्ठ प्रदर्शन 2008 में था, जब वह 11 सीटें जीतने में सफल रही थी। सीटों की संख्या में बढ़ोतरी का मुख्य कारण 'अमरनाथ भूमि विवाद' था, जिसने हिंदू और मुसलिम समुदायों के बीच धर्म के आधार पर दरार पैदा कर दी थी। हालाँकि इस बार भाजपा का इतिहास रचने का इरादा था। राज्य में पार्टी के प्रचार का नारा 'मिशन 44+' था। कांग्रेसी और पूर्व सांसद लाल सिंह, नेशनल कॉन्फ्रेंस (नेकां) के नेता अजातशत्रु सिंह के बेटे और भारतीय राष्ट्रीय कांग्रेस (कांग्रेस) के नेता कर्ण सिंह जैसे प्रतिद्वंद्वी दलों के दिग्गजों के शामिल होने से भाजपा नेतृत्व का आत्मविश्वास बढ़ा हुआ था।

मोदी फैक्टर

जम्मू-कश्मीर चुनावों में भाजपा के लिए आशावाद का सबसे बड़ा स्रोत 'मोदी फैक्टर' था। सभी जीतों, चाहे संसदीय चुनावों में हों या उस वर्ष राज्य विधानसभा चुनावों में, का श्रेय 'मोदी लहर' को दिया गया था। वरिष्ठ पत्रकार राजदीप सरदेसाई ने लोकसभा चुनाव परिणामों में मोदी के प्रदर्शन का वर्णन करते हुए कहा, "भारतीय चुनावों के इतिहास में पहले कभी किसी एक नेता ने मतदाताओं के मन को इतना प्रभावित नहीं किया था।"[4] प्रधानमंत्री नरेंद्र मोदी ने उन चुनावों में आक्रामक रूप से प्रचार किया था और जम्मू-कश्मीर चुनाव के लिए भी उनकी इसी तरह की योजना थी। कश्मीर की जटिल राजनीति मोदी के लिए नई नहीं थी। एक पार्टी पदाधिकारी के रूप में उन्होंने लगभग एक साल तक राज्य में काम किया था और यहाँ पार्टी के विस्तार में भूमिका निभाई थी। 1992 में जब भाजपा नेता मुरली मनोहर जोशी ने श्रीनगर के लाल चौक पर झंडा फहराने के लिए रथयात्रा की थी, तो इस आयोजन में मोदी की भूमिका महत्त्वपूर्ण थी।[5] 1990 के दशक के दौरान, मोदी ने मुसलमानों को पार्टी में शामिल करने में अहम भूमिका निभाई। 1987 के विधानसभा चुनावों में धाँधली ने राज्य में उग्रवाद को बढ़ावा दिया और कांग्रेस को अपराधी के रूप में देखा गया। मोदी ने कांग्रेस विरोधी भावनाओं को भुनाने और कश्मीर में भाजपा की सदस्यता संख्या बढ़ाने का प्रयास किया। 1998 में जब केंद्र में भाजपा सत्ता में आई, तो मोदी को जम्मू-कश्मीर का पार्टी प्रभारी बनाया गया।[6]

2014 के चुनावों के लिए मोदी ने राज्य के विभिन्न हिस्सों में चार बार दौरा किया। मैं 22 नवंबर को जम्मू क्षेत्र के किश्तवाड़ में उनकी पहली रैली में मौजूद था। हालाँकि, वे नवंबर के आखिरी दिन थे, लेकिन दोपहर की गरमी राज्य के राजनीतिक माहौल के अनुरूप थी। पड़ोसी गाँवों और कस्बों से आए हजारों लोग प्रधानमंत्री के संबोधन का बेसब्री से इंतजार कर रहे थे। वायुसेना के हेलीकॉप्टरों की आवाज सुनते ही भाजपा कार्यकर्ता 'मोदी! मोदी! मोदी!' के नारे लगाने लगे। हेलीकॉप्टर का इंजन बंद होने के कुछ मिनट बाद मोदी मंच पर आए।

"लोगों को आश्चर्य है कि मोदी को कश्मीर से इतना लगाव क्यों है," उन्होंने अपना हवाला देते हुए अपनी सामान्य शैली में शुरुआत की। "मुझे कश्मीर से बहुत लगाव है। अटल बिहारी वाजपेयी ने जो काम शुरू किया था, उसे मुझे पूरा करना है। जम्हूरियत, इनसानियत, कश्मीरियत—अटलजी के इन शब्दों ने कश्मीरी युवाओं

के दिलों में जगह बना ली है। अब उनके सपनों को साकार करना संभव है। पिछले 10 साल में कश्मीर को किस हालत में ले आया गया है! मैं विकास के बारे में बात करना चाहता हूँ।"

राज्य के विकास के लिए अपनी योजनाओं के बारे में बात करने के बाद मोदी ने अपना भाषण भाजपा के राजनीतिक विरोधियों पर केंद्रित किया—

"राज्य को किसने नष्ट किया? आपने यह राज्य किसे सौंपा है? क्या इस कश्मीर पर सिर्फ दो परिवार राज करेंगे? क्या यहाँ के युवा कहीं और चमकते हैं? क्या अन्य परिवारों में क्षमता नहीं है? आपने यह राज्य इन दो परिवारों के पास क्यों गिरवी रखा है?" उन्होंने भीड़ से पूछा। हालाँकि, उन्होंने उनका नाम नहीं लिया, लेकिन यह स्पष्ट था कि मोदी दशकों से राज्य पर शासन कर रहे फारूक अब्दुल्ला और मुफ्ती मोहम्मद सईद के परिवारों का जिक्र कर रहे थे।

उन पर अपने हमले को आगे बढ़ाते हुए उन्होंने कहा, "दोनों परिवारों की मिलीभगत है। उनके बीच आपसी समझ है और वे बारी-बारी से लोगों को लूटते हैं।"

उन्होंने यह कहकर अपना भाषण समाप्त किया कि वे कश्मीर का पुनर्निर्माण करना चाहते हैं, जिसकी सुंदरता एक बार फिर दुनिया को आकर्षित करेगी और फिल्म-निर्माता एक बार फिर घाटी में अपनी शूटिंग शुरू करेंगे।

मोदी ने श्रीनगर के शेर-ए-कश्मीर स्टेडियम में एक रैली के साथ अपने चुनाव अभियान का समापन किया। मोदी ने अपनी लगभग सभी रैलियों में गुजरात के कच्छ जिले का जिक्र किया। उन्होंने बताया कि कैसे कच्छ को पहले एक रेगिस्तान के रूप में देखा जाता था, जहाँ लोग इसकी मुश्किल भौगोलिक स्थिति के कारण जाना नहीं चाहते थे और कैसे उन्होंने गुजरात के मुख्यमंत्री के रूप में इसे भारत के सबसे तेजी से विकसित होते जिले में बदल दिया था। मोदी ने कहा कि वे कश्मीर में उस तरह का विकास लाएँगे, जैसा कच्छ में देखा गया था। उन्होंने 'सबका साथ, सबका विकास' के अपने नारे को दोहराया और सभी को आश्वासन दिया कि अगर उनकी पार्टी सत्ता में आई तो किसी के साथ कोई भेदभाव नहीं किया जाएगा।

यह रैली मोदी द्वारा कही गई बातों के लिए नहीं, बल्कि इस तथ्य के लिए महत्त्वपूर्ण थी कि कश्मीर में उग्रवाद के पनपने के बाद वे श्रीनगर के बीचोबीच इस तरह की सभा को संबोधित करनेवाले पहले प्रधानमंत्री थे। श्रीनगर में एक रैली को

संबोधित करने की मोदी की इच्छा का भाजपा ने गर्व से प्रचार किया था। उस दिन श्रीनगर में अभूतपूर्व सुरक्षा व्यवस्था देखी गई।

राज्य के तत्कालीन मुख्यमंत्री उमर अब्दुल्ला ने ट्वीट किया कि पीपुल्स कॉन्फ्रेंस के नेता सज्जाद लोन ने अपने 'बड़े भाई' की रैली में लोगों को जुटाने के लिए कुपवाड़ा से 80 वाहनों में अपने समर्थक भेजे थे।[7] यह एक व्यंग्यात्मक टिप्पणी थी। लोन ने कुछ दिन पहले मोदी को अपना बड़ा भाई बताया था। लोन ने उमर के इस आरोप का खंडन किया कि उन्होंने मोदी की मदद की थी।

चुनावों में भाजपा ने 70 से अधिक उम्मीदवारों को मैदान में उतारा था। उनमें से 32 मुसलिम थे, जिन्हें भाजपा की सांप्रदायिक छवि को सुधारने के लिए चतुराई से चुना गया था। 32 मुसलिम उम्मीदवारों में से 25 कश्मीर घाटी में, छह जम्मू में और एक लद्दाख में था। घाटी में चार कश्मीरी पंडितों और एक सिख को भी टिकट दिया गया।[8]

चुनावों के दौरान सबसे चर्चित नामों में से एक नाम युवा दंत चिकित्सक डॉ. हिना भट का था। उन्होंने श्रीनगर के अमीराकदल निर्वाचन-क्षेत्र से भाजपा उम्मीदवार के रूप में चुनाव लड़ा था। वे एक हिंदू राष्ट्रवादी पार्टी द्वारा मैदान में उतारी गई एक कश्मीरी मुसलिम महिला होने के कारण सुर्खियों में आईं। वे श्रीनगर में भाजपा का इकलौता मुसलिम चेहरा थीं। उम्मीदवारी मिलने से पहले वे राज्य में पार्टी की महिला विंग की उपाध्यक्ष थीं।

दिसंबर 2014 में एक इंटरव्यू के दौरान उन्होंने मुझे बताया, "भाजपा की 370 को खत्म करने की कोई योजना नहीं है। अभी तक मोदीजी ने कहा है कि इस मुद्दे पर चर्चा और बहस होगी।"

हालाँकि अनुच्छेद 370 को हटाना भाजपा के गठन के बाद से प्रमुख मुद्दों में से एक था, लेकिन इस अभियान के दौरान एक महत्त्वपूर्ण बदलाव देखा गया—पार्टी ने अनुच्छेद 370 को निरस्त करने के मुद्दे का उल्लेख करने से पूरी तरह से परहेज किया। जम्मू-कश्मीर में राजनीति की गतिशीलता और राज्य में मतदाताओं की संवेदनशीलता को देखते हुए भाजपा ने अपने चुनावी घोषणा-पत्र में अनुच्छेद 370 का उल्लेख करने से बचना ही समझदारी समझा। मुश्किल से एक साल पहले, दिसंबर 2013 में, मोदी ने यह कहकर हंगामा कर दिया था कि अनुच्छेद 370 पर बहस होनी चाहिए।[9] उनके बयान ने अलगाववादियों और राजनीतिक दलों, जैसेकि 'पीपुल्स डेमोक्रेटिक पार्टी' (पीडीपी) और 'नेशनल कॉन्फ्रेंस' को परेशानी

में डाल दिया, जिन्होंने उनका मजाक उड़ाया था। न तो मोदी ने और न ही भाजपा के किसी अन्य वरिष्ठ नेता ने प्रचार के दौरान अनुच्छेद 370 के बारे में बात की, हालाँकि, कुछ महीने पहले तक लोकसभा चुनाव के दौरान यह पार्टी के एजेंडे में खास था।

भाजपा के प्रतिद्वंद्वी

अनुच्छेद 370 हालाँकि भाजपा के घोषणा-पत्र से गायब था, लेकिन उसके राजनीतिक प्रतिद्वंद्वियों, नेशनल कॉन्फ्रेंस और पीडीपी के घोषणा-पत्र में शिद्दत से मौजूद था—उन्होंने यह सुनिश्चित करने की कसम खाई कि अनुच्छेद 370 को खत्म नहीं किया जाएगा।

27 नवंबर को जारी नेशनल कॉन्फ्रेंस के घोषणा-पत्र में लिखा था—'यह अनुच्छेद वह नींव है, जिस पर शेष भारत के साथ जम्मू-कश्मीर का संबंध आधारित है। अनुच्छेद 370 को समाप्त नहीं किया जा सकता। इसके साथ छेड़छाड़ नहीं की जा सकती।'[10] घोषणा-पत्र में सशस्त्र बल विशेष अधिकार अधिनियम (अफ्सपा) को रद्द करने की माँग को भी दोहराया गया और कहा गया कि राज्य की मशीनरी इसके निरस्त होने के बाद किसी भी गड़बड़ी से निपटने में सक्षम है।

अगले दिन, पीडीपी ने भी अपना चुनावी घोषणा-पत्र जारी किया, जिसमें लिखा था—'जम्मू-कश्मीर के लोगों को सशक्त बनाने और पहचान, सीमाओं और शासन के मुद्दों से निपटने में मदद करने के लिए अनुच्छेद 370 में निहित विशेष दर्जे की जरूरत है।'[11] घोषणा-पत्र में भ्रष्टाचार, अर्थव्यवस्था और प्रभावी प्रशासन के मुद्दों को भी शामिल किया गया था।

चुनावी अभियान के दौरान सबसे बड़े चेहरों में से एक उमर अब्दुल्ला थे, जो चुनाव के समय मुख्यमंत्री थे। वे जम्मू-कश्मीर के उन शुरुआती राजनेताओं में से एक हैं, जो सोशल मीडिया पर बहुत सक्रिय हैं और अकसर अपने विचारों को व्यक्त करने और अपने विरोधियों को निशाना बनाने के लिए ट्विटर का इस्तेमाल करते हैं।

राज्य की राजनीति में उन्हें पहली बड़ी सफलता 2008 में मिली, जब नेशनल कॉन्फ्रेंस ने उनके नेतृत्व में विधानसभा चुनाव लड़ा। हालाँकि, पार्टी विधानसभा में बहुमत हासिल करने में विफल रही, लेकिन वह 28 सीटें जीतकर सबसे बड़ी पार्टी के रूप में उभरी। उन्होंने कांग्रेस के साथ गठबंधन किया, जिसने 17 सीटें जीती थीं और पिछली सरकार में गठबंधन की सहयोगी थी।[12] उमर के पिता और पूर्व

मुख्यमंत्री फारूक अब्दुल्ला ने मुख्यमंत्री पद स्वीकार करने से इनकार कर दिया और कहा, "इस काम के लिए एक नौजवान की ऊर्जा की जरूरत है।" उनकी सिफारिश पर पार्टी ने उमर को मुख्यमंत्री उम्मीदवार के रूप में नामित किया।[13]

सत्ता विरोधी लहर के अलावा, जो चुनाव से दो महीने पहले विनाशकारी बाढ़ के कारण बढ़ गई थी, उमर अब्दुल्ला को कई दुश्मनों का सामना करना पड़ा था। उन्हें दोस्त से दुश्मन बनी कांग्रेस, पीडीपी के बढ़ते दबदबे और महत्त्वाकांक्षी भाजपा से लड़ना पड़ा। यह जानते हुए कि मुख्यमंत्री के रूप में उनकी वापसी आसान नहीं थी, उमर ने पूरे राज्य में अथक प्रचार किया। उन्हें नेशनल कॉन्फ्रेंस के भीड़ खींचनेवाले एकमात्र चेहरे के रूप में देखा गया था।

एक अन्य क्षेत्रीय दल पीडीपी को इस चुनाव से काफी उम्मीदें थीं। पार्टी 11 साल बाद अपने नेता को मुख्यमंत्री की कुरसी पर देखने की कोशिश कर रही थी। पीडीपी के आखिरी मुख्यमंत्री मुफ्ती मोहम्मद सईद थे। वे 2002 के विधानसभा चुनावों के बाद मुख्यमंत्री बने थे। तब पीडीपी और कांग्रेस में तीन-तीन साल के लिए मुख्यमंत्री की कुरसी साझा करने का करार हुआ था। पहले सईद को मौका मिला और उन्होंने 2005 में कांग्रेस के गुलाम नबी आजाद के लिए कुरसी छोड़ दी। पीडीपी भी 1999 में पार्टी की स्थापना के बाद से लगातार चुनावी प्रगति से उत्साहित थी।[14] पीडीपी ने 2014 के लोकसभा चुनावों में शानदार प्रदर्शन किया, जिसमें उसने राज्य की छह में से तीन सीटें जीतीं। ये सभी सीटें कश्मीर घाटी से थीं। विधानसभा चुनाव से कुछ महीने पहले की यह चुनावी जीत पार्टी के लिए एक बड़ा आत्मविश्वास बढ़ानेवाली थी।[15] पीडीपी के चुनावी अभियान के दौरान सबसे महत्त्वपूर्ण चेहरे पिता-पुत्री की जोड़ी—बुजुर्ग मुफ्ती मोहम्मद सईद और महबूबा मुफ्ती थे।

अपनी चुनावी रैलियों के दौरान सईद ने जनता से 'जम्मू और कश्मीर के इतिहास के साथ-साथ भाग्य को बदलने' का आग्रह किया। एक सार्वजनिक सभा में उन्होंने खुद की तुलना मोदी से की और कहा, "नरेंद्र मोदी ने गुजरात के लिए जो किया है, मेरी पार्टी ने जम्मू-कश्मीर के लिए वैसा ही काम किया है।" उन्होंने वादा किया कि सत्ता में आने पर उनकी पार्टी लोगों की इज्जत की हिफाजत करेगी। उन्होंने याद दिलाया कि 2002 में उनकी सरकार थी तो विशेष सुरक्षाबलों द्वारा नौजवानों की गिरफ्तारी रोक दी गई थी।[16]

सईद की बेटी महबूबा मुफ्ती ने अपनी रैलियों में भाजपा और मोदी पर जमकर हमला बोला। मोदी के भाई-भतीजावाद के आरोप का जवाब देते हुए उन्होंने आरोप

लगाया, "ऐसा लगता है कि प्रधानमंत्री (मोदी) जम्मू और कश्मीर के बारे में कुछ भी नहीं जानते।"[17] उन्होंने दावा किया कि जम्मू-कश्मीर और बाकी के लोग मेरे ईमान और साख से परिचित हैं। राज्य के मुख्यमंत्री के रूप में अपने पिता के तीन साल के कार्यकाल का उल्लेख करते हुए महबूबा ने कहा, "मुफ्ती मोहम्मद सईद के नेतृत्ववाले गठबंधन ने राज्य की तीन साल तक सेवा की। उनके सुशासन और राजनीतिक परिपक्वता की अब भी नजीरें दी जाती हैं। उन्होंने न केवल जम्मू और कश्मीर, बल्कि पूरे क्षेत्र में परिदृश्य को बदल दिया।"[18]

कांग्रेस, जो पिछले 12 साल से राज्य में सत्ता में थी, पहले पीडीपी और फिर नेशनल कॉन्फ्रेंस के साथ गठबंधन करने के बजाय अब अकेले चुनाव लड़ रही थी। चुनाव-प्रचार में कांग्रेस पार्टी का प्रमुख चेहरा गुलाम नबी आजाद थे। वे राज्यसभा के सदस्य और सदन में विपक्ष के नेता थे। उन्होंने 2008 में मुख्यमंत्री पद से इस्तीफा देने के बाद से राज्य की राजनीति से दूरी बना ली थी। हालाँकि, कांग्रेस ने महसूस किया कि उनके और राज्य कांग्रेस प्रमुख सैफुद्दीन सोज के अलावा राज्य में उसका कोई विश्वसनीय या भीड़ खींचनेवाला चेहरा नहीं है।

जम्मू क्षेत्र के डोडा जिले के भालेसा गाँव में जनमे आजाद की पूछ घाटी में भी थी। उन्होंने 2002 के विधानसभा चुनावों में कांग्रेस के अभियान की अगुआई की थी।[19] पीडीपी के साथ गठबंधन करके 2005 में 34 साल के अंतराल के बाद कांग्रेस का मुख्यमंत्री बना था।[20] आजाद ने पी.वी. नरसिम्हा राव और मनमोहन सिंह के मंत्रिमंडल में कानून, न्याय, संसदीय कार्य और नागरिक उड्डयन जैसे मंत्रालय सँभाले थे।[21]

मैं आजाद से डोडा कस्बे के पास एक गाँव में मिला, जहाँ वे एक खुली जीप में प्रचार कर रहे थे। जब मैंने उनका इंटरव्यू किया तो उन्होंने सड़क के किनारे जमा पार्टी कार्यकर्ताओं की भीड़ की ओर हाथ हिलाया। उन्होंने मुझसे कहा कि अगर कांग्रेस सत्ता में लौटी तो वह चिनाब घाटी को एक आधुनिक और प्रगतिशील क्षेत्र बना देगी। उन्होंने कहा, "यह राज्य का एक आदर्श क्षेत्र होगा।"[22] अपने सार्वजनिक भाषण में आजाद ने जोर देकर कहा कि कांग्रेस पार्टी 'खुशहाल जम्मू और कश्मीर' चाहती है और इसका उद्देश्य राज्य का हर तरह से विकास करना है।

सैफुद्दीन सोज के नेतृत्ववाले प्रदेश कांग्रेस के धड़े ने आजाद के आशावाद से अलग तसवीर पेश की। सोज ने पत्रकारों से कहा, "आप घाटी में कांग्रेस के

प्रदर्शन को देखकर हैरान रह जाएँगे।"[23] हालाँकि प्रचार अभियान शुरू होने से पहले के उनके बयानों ने संकेत दिया था कि पार्टी में आत्मविश्वास की कमी थी। कांग्रेस ने अपने दम पर सरकार बनाने के उद्देश्य से 2002 और 2008 के चुनाव लड़े थे, लेकिन सोज ने स्पष्ट रूप से कहा कि अगली सरकार गठबंधन की होगी और कांग्रेस के समर्थन के बिना कोई सरकार नहीं बनेगी। 'गठबंधन' की इस बात ने संकेत दिया कि कांग्रेस पहले ही हार मान चुकी है। हालाँकि, सोज ने अब दावा किया कि कांग्रेस सबसे बड़ी पार्टी के रूप में उभरेगी।

कांग्रेस अध्यक्ष सोनिया गांधी और उपाध्यक्ष राहुल गांधी केंद्रीय नेतृत्व से पार्टी के स्टार प्रचारक थे। अपनी रैलियों में सोनिया गांधी ने मतदाताओं से कांग्रेस को वोट देकर 'राज्य के धर्मनिरपेक्ष चरित्र' को बनाए रखने का आग्रह किया। अनंतनाग में एक रैली में उन्होंने कहा, "मुझे पता है कि हम पिछले छह वर्ष के दौरान गठबंधन की मजबूरियों के कारण खाद्य सुरक्षा बिल और भूमि मुआवजा बिल जैसे सभी जन-समर्थक कार्यक्रमों को पूरा नहीं कर सके। लेकिन हम जरूरत के समय कश्मीर के लोगों की मदद करने में सबसे आगे रहे हैं।"[24]

अपनी माँ की तरह राहुल गांधी ने भी अपनी रैलियों में इस बात पर जोर दिया कि गठबंधन की राजनीति ने उनकी पार्टी को सफल नहीं होने दिया। उन्होंने कश्मीर में शांति का माहौल बनाने के लिए कांग्रेस के नेतृत्ववाली यूपीए सरकार की सराहना की। राहुल ने कहा कि उनकी पार्टी राज्य में कनेक्टिविटी के अपने कार्यक्रम को लागू करने के लिए गंभीर है, जिससे कश्मीरियों को जम्मू-कश्मीर से बाहर के बाजारों तक पहुँचने में मदद मिलेगी।[25]

चुनाव में सज्जाद लोन की 'पीपुल्स कॉन्फ्रेंस' एक अपेक्षाकृत छोटी, लेकिन चर्चित खिलाड़ी थी। सज्जाद पार्टी के संस्थापक अब्दुल गनी लोन के बेटे हैं, जिनकी 2002 में एक चुनावी रैली के दौरान हत्या कर दी गई थी। 'पीपुल्स कॉन्फ्रेंस' को भाजपा के सहयोगी के रूप में देखा जा रहा था। चुनाव से एक महीने पहले मोदी से मुलाकात के बाद उन्होंने कहा, 'पी.एम. एक महान् इनसान हैं। उनके विनम्र व्यक्तित्व और राज्य में निवेश लाने के उनके दृष्टिकोण को देखकर मुझे सुखद आश्चर्य हुआ।'[26] उनकी पार्टी 12 सीटों पर चुनाव लड़ रही थी और वे हंदवाड़ा सीट से उम्मीदवार थे। भाजपा ने उनके खिलाफ उम्मीदवार नहीं उतारा था।[27]

मतदाताओं के लिए प्रेरणा

स्वर्गीय सैयद अली शाह गिलानी, जो तब तक काफी वृद्ध हो चले थे, ने

अपने बार-बार हड़ताल करने और विभिन्न चुनावों के बहिष्कार के कारण 'कश्मीर के हड़ताल पुरुष' का तमगा हासिल किया था। गिलानी 'हुर्रियत कॉन्फ्रेंस' के कट्टरपंथी विंग का नेतृत्व करते थे और 1996 से चुनावों के बहिष्कार का आह्वान कर रहे थे। अपनी छवि के अनुरूप उन्होंने इस बार भी 29 अक्तूबर को विधानसभा चुनावों का बहिष्कार करने का आह्वान किया। लेकिन इस बार उनकी अपील का कुछ खास असर होता नहीं दिख रहा था।

जम्मू और कश्मीर घाटी में मतदाता इतनी भारी संख्या में मतदान करने के लिए क्यों आए? मैंने यह सवाल कई राजनीतिक टिप्पणीकारों और पत्रकारों के सामने रखा। अनुभवी पत्रकार बशीर मंजर ने मुझे बताया, '2002 से चलन सुधर रहा था। 2002 तक राज्य के राजनीतिक दलों में नेशनल कॉन्फ्रेंस का एकाधिकार था और कांग्रेस एक राष्ट्रीय पार्टी थी। पीडीपी ने मुकाबला शुरू किया। इसके अलावा, उग्रवादी आंदोलन धीमा हो गया। इससे मुख्यधारा के राजनीतिक दलों के जमीनी नेटवर्क को मजबूत करने में मदद मिली। भारत और पाकिस्तान के बीच संबंध अपेक्षाकृत बेहतर थे। मनमोहन-मुशर्रफ और वाजपेयी-मुशर्रफ के बीच बातचीत हुई थी।'

2014 के चुनावों का खासतौर पर जिक्र करते हुए मंजर ने कहा, "सरकार-विरोधी रुख भी था। लोगों को उमर अब्दुल्ला से काफी उम्मीदें थीं, जो पूरी नहीं हुईं। 1947 के बाद पहली बार मुफ्ती मोहम्मद सईद ने (2002-2005 में राज्य के मुख्यमंत्री के रूप में अपने कार्यकाल के दौरान) प्रशासन को बेहतर बनाया था, जिसे नेशनल कॉन्फ्रेंस-कांग्रेस गठबंधन हासिल नहीं कर पाया था।"

मैंने 'कश्मीर टाइम्स' की संपादक अनुराधा भसीन से बात की, जो मंजर के विचारों से सहमत थीं। उन्होंने कहा, "2014 के चुनावों के दौरान ज्यादा मतदान की वजह शांति प्रक्रिया थी। लोग बंदूक की संस्कृति से तंग आ चुके थे। उन्हें बातचीत से कुछ हल निकलने की उम्मीद थी।"

भसीन के अनुसार, "ज्यादा मतदान का आकलन करते समय यह स्पष्ट होना चाहिए कि मतदाताओं को रोजमर्रा के मुद्दे मतदान के लिए खींचकर लाए थे और इसका इस संघर्ष से कोई लेना-देना नहीं था।" उन्होंने कहा, "केंद्र में सत्ता में आई हिंदू सरकार ने कश्मीर में ज्यादातर मुसलिमों के लिए खतरे की घंटी बजा दी थी। घाटी में मतदाताओं के लिए प्रमुख प्रेरणाओं में से एक भाजपा को सत्ता से बाहर रखना था।"

मेरे सहयोगी आसिफ कुरैशी, जो एबीपी नेटवर्क के श्रीनगर ब्यूरो के प्रमुख हैं, ने मुझे बताया कि चुनावों से कुछ हफ्ते पहले आई विनाशकारी बाढ़ ने सत्ता विरोधी लहर में योगदान दिया और लोगों को वोट देने के लिए एकजुट किया। आसिफ ने कहा कि बाढ़ के अलावा पीडीपी ने भाजपा को सत्ता से बाहर रखने की एक तकरीर की। उन्होंने बताया, "हर चुनाव के बाद यह साबित करने की कोशिश की जाती है कि लोकतंत्र में विश्वास बहाल हो गया है। मैं कहूँगा कि 2014 के चुनाव काफी हद तक प्रशासन से जुड़े केवल 18 स्थानीय मुद्दों से प्रभावित थे। आतंकवादियों ने भी उन्हें बाधित नहीं किया, जिससे उसे सफलता मिली।"

खंडित जनादेश

मैं सर्दियों में पहली बार कश्मीर गया था। पुंछ से श्रीनगर जाते समय मुझे प्रसिद्ध मुगल रोड से होते हुए सफर करने का अवसर मिला। यह 84 किलोमीटर लंबा प्राचीन मार्ग है। मुगल काल के दौरान इसका खूब इस्तेमाल किया जाता था। यह दर्शनीय सड़क उन मार्गों में से भी एक है, जो जम्मू क्षेत्र को कश्मीर घाटी से जोड़ता है। मैं पीर पंजाल के बर्फीले पहाड़ों को देखकर रोमांचित हो गया और कुछ तसवीरें क्लिक करने के लिए 11,450 फीट की ऊँचाई पर पीर की गली में कुछ मिनट के लिए रुका। सर्दियों के दौरान भारी बर्फबारी के कारण सड़क अकसर बंद हो जाती है। तब वाहन चलाना खतरनाक हो जाता है। हालाँकि, यह मेरा सौभाग्य था कि जब मैं इस इलाके से गुजर रहा था तो मुगल रोड खुली हुई थी। मैं मतगणना की तारीख से एक दिन पहले यानी 23 दिसंबर को श्रीनगर पहुँचा था। मैंने जिस होटल में चेक-इन किया, वह डल झील के एकदम सामने था। वे मौसम के बेहद ठंडे दिन थे, जिन्हें कश्मीरी लोग 'चिलई कलाँ' कहते हैं।

अगली सुबह तापमान माइनस 2 डिग्री सेल्सियस था। डल का जमा हुआ पानी कश्मीर के गरम राजनीतिक माहौल का एकदम विरोधाभासी था। हर कोई यह जानने को बेताब था कि ई.वी.एम. से क्या निकलेगा? अधिकांश राजनीतिक पंडितों ने त्रिशंकु विधानसभा की भविष्यवाणी की थी। शेर-ए-कश्मीर इंटरनेशनल कन्वेंशन कॉम्प्लेक्स (एस.के.आई.सी.सी.) में पोलिंग स्टाफ, पार्टी के प्रतिनिधियों और मीडिया से ज्यादा सुरक्षाकर्मी थे।

श्रीनगर की तरह ही अधिकांश मतगणना केंद्र जिला मुख्यालयों में थे। कुल 87 विधानसभा सीटों में से 46 कश्मीर घाटी में, 37 जम्मू क्षेत्र में और चार लद्दाख में थे। पत्रकारों को मतगणना हॉल में जाने की अनुमति नहीं थी, लेकिन उनके लिए

एक अलग मीडिया सेंटर में इंतजाम किया गया था। मतगणना प्रक्रिया का निरीक्षण करने के लिए केवल उम्मीदवारों और उनके एक-एक एजेंट को अनुमति दी गई थी। राज्य भर में उम्मीदवारों की कुल संख्या 821 थी और 77 लाख से अधिक मतदाताओं ने 10,000 से अधिक मतदान केंद्रों पर अपने लोकतांत्रिक अधिकार का इस्तेमाल किया था।

सुबह आठ बजे के बाद मतगणना शुरू हुई और सुबह साढ़े दस बजे तक रुझान साफ होने लगे। जैसाकि अनुमान लगाया गया था, यह त्रिशंकु विधानसभा साबित हो रही थी। मतगणना केंद्र पर 'स्टार' हिना भट थीं और सभी समाचार चैनल उन्हें लाइव दिखाने या उनका इंटरव्यू करने के लिए जद्दोजहद कर रहे थे। उन्होंने सभी से बात की। जब तक मुझे उनसे बात करने का समय मिला, यह स्पष्ट हो गया कि वे हारनेवाली थीं। वे तीसरे नंबर पर चल रही थीं और पीडीपी के उम्मीदवार अल्ताफ बुखारी जीत की ओर बढ़ रहे थे। उस समय तक भाजपा के 31 सीटों के साथ सबसे बड़ी पार्टी के रूप में उभरने के रुझान आ रहे थे।

"हालाँकि आपकी पार्टी 31 सीटों पर आगे चल रही है, फिर भी मिशन 44+ पूरा होता नहीं दिख रहा है?" मैंने उनसे पूछा।

"मतगणना अभी जारी है। बस, इंतजार कीजिए और देखिए क्या होता है? अभी मतगणना शुरू हुई है। नतीजे आने बाकी हैं।" उन्होंने आत्मविश्वास से भरी मुसकान के साथ जवाब दिया।

"अभी तक जिन सीटों पर भाजपा आगे चल रही है, वे जम्मू क्षेत्र की हैं। लगता है कि भाजपा सिर्फ जम्मू की पार्टी बनकर रह गई है?"

"ऐसा बिल्कुल नहीं है। मैं फिर से कह रही हूँ। बस, नतीजों का इंतजार करें। सारे नतीजे आने के बाद हम ही सरकार बनाएँगे।" उन्होंने मेरे सवाल से थोड़ा चिढ़ते हुए जवाब दिया।

"रुझानों से संकेत मिलता है कि त्रिशंकु विधानसभा होगी। ऐसे में क्या सरकार बनाने के लिए भाजपा अन्य पार्टियों के साथ गठबंधन के लिए तैयार है?"

"देखते हैं, किसे क्या मिलता है! फिर मेरी पार्टी फैसला करेगी," उन्होंने कहा और जल्दी से दूसरे टी.वी. चैनल के रिपोर्टर के पास चली गईं, जो मेरा इंटरव्यू खत्म होने का इंतजार कर रहा था।

शाम तक मतगणना का परिणाम हिना भट के लिए बुरी खबर, लेकिन उनकी पार्टी के लिए अच्छी खबर लेकर आया। पीडीपी के अल्ताफ बुखारी (जिन्होंने

बाद में एक और पार्टी की स्थापना की) ने अमीरकदल सीट जीती, जहाँ से भट ने चुनाव लड़ा था। हालाँकि जैसे-जैसे मतगणना आगे बढ़ी, भाजपा दूसरी सबसे बड़ी पार्टी के रूप में खिसक गई और पीडीपी 28 सीटों के साथ राज्य की सबसे बड़ी पार्टी बन गई। भाजपा भले ही अपने मिशन 44+ को पूरा करने में नाकामयाब रही, लेकिन उसने 25 सीटें हासिल कीं, जो राज्य में चुनाव लड़ना शुरू करने के बाद से उसकी सबसे ज्यादा सीट थीं। नेशनल कॉन्फ्रेंस 15 सीटों के साथ तीसरे नंबर पर थी और 12 सीटों के साथ कांग्रेस सबसे पीछे रही। अन्य ने सात सीटों पर जीत हासिल की। इनमें सज्जाद लोन पीपुल्स कॉन्फ्रेंस की दो सीटें शामिल थीं।[28] इस तरह, कोई भी पार्टी गठबंधन के बिना सरकार नहीं बना सकती थी।

पत्रकारों ने उमर अब्दुल्ला से चुनाव परिणामों पर उनकी प्रतिक्रिया माँगी। परिणामों से साफ संकेत मिला था कि उन्हें मुख्यमंत्री की कुरसी छोड़नी पड़ेगी। उमर ने दो सीटों—सोनवर और बीरवाह से चुनाव लड़ा था। वे बीरवाह से जीते, लेकिन पीडीपी के अशरफ मीर से सोनवर सीट हार गए।[29] उन्होंने कहा, "नेशनल कॉन्फ्रेंस के खिलाफ सत्ता-विरोधी लहर थी। बाढ़ के कारण हमें भी नुकसान उठाना पड़ा। मैं जानता था कि सोनवर सीट जीतना आसान नहीं है। अभी तक गठबंधन के लिए कोई प्रस्ताव नहीं आया है और न ही हम ऐसे किसी प्रस्ताव की राह देख रहे हैं। इन नतीजों को मंजूर करते हुए हम अगले छह साल तक एक अच्छे विपक्ष की भूमिका निभाने के लिए तैयार हैं।"[30] बाद में अब्दुल्ला ने अपने गुपकर रोड स्थित आवास पर मुझे लंबा इंटरव्यू दिया।

"क्या आप सरकार के गठन के लिए पीडीपी का समर्थन करने को तैयार हैं? त्रिशंकु विधानसभा के वर्तमान परिदृश्य पर आपका क्या रुख है?" मैंने उनसे पूछा।

"मेरा कोई स्टैंड नहीं है। सरकार बनाने की जिम्मेदारी मेरी नहीं है। मेरे अपने 15 विधायक और कुछ निर्दलीय विधायक हैं, जिनकी हमने मदद की है। मुझे लगता है कि वे भी हमारे साथ रहेंगे। ऐसे में सबसे पहली जिम्मेदारी पीडीपी और भाजपा की बनती है। उन्हें देखना चाहिए कि वे सरकार बनाने में सक्षम हैं या नहीं? फिलहाल मैं न किसी से बात कर रहा हूँ और न ही किसी का दरवाजा खटखटा रहा हूँ। अगर हमें छह साल विपक्ष में बैठना है तो हम खुशी-खुशी ऐसा करेंगे।"

"लेकिन क्या आप पीडीपी का समर्थन करने के लिए तैयार हैं?" मैंने पूछा।

"राजनीति में बहुत-कुछ संभव है। अगर लालू और नीतीश एक साथ आ सकते हैं तो यह भी संभव हो सकता है। लेकिन मैं किसी का दरवाजा नहीं

खटखटाऊँगा। देखते हैं, क्या होता है?" उन्होंने एक गहरी साँस लेते हुए कहा।

"ठीक। आपकी पार्टी इन चुनावों में तीसरे नंबर पर आ गई है। इस पतन का कारण क्या है?"

"मैंने अभी तक अपने उम्मीदवारों से बात नहीं की है। मैं उनसे बात करूँगा और पता लगाऊँगा, लेकिन कोई एक कारण नहीं है। अलग-अलग जगह पर अलग-अलग कारण हैं। जम्मू में हमें मोदी लहर का सामना करना पड़ा, लेकिन फिर भी हमने वहाँ दो सीटों पर जीत हासिल की। दक्षिण कश्मीर में हमने पीडीपी से दो-तीन सीटें छीन लीं, लेकिन उत्तरी कश्मीर में सज्जाद लोन के कारण हम हार गए।"

"क्या आपको खेद है कि आपने कांग्रेस के साथ गठबंधन में चुनाव नहीं लड़ा?"

"बिल्कुल पछतावा नहीं है। हमने संसदीय चुनावों के लिए कांग्रेस के साथ गठबंधन किया और हमारे साथ धोखा हुआ। उनके वोट हमें नहीं मिले। लेकिन यह अच्छा ही हुआ। जिन लोगों ने हमारी पीठ में छुरा घोंपा, वे खुद हार गए। मुझे सब्र है कि वे आज कहीं नहीं हैं।"

"क्या आप ऐसी कोई संभावना देखते हैं, जहाँ भाजपा को रोकने के लिए अन्य तीनों दल एक साथ आ सकें?"

"नहीं, मैं ऐसी कोई खिचड़ी नहीं पकाऊँगा। पीडीपी ने कहा है कि भाजपा अछूत नहीं है। यही विचार कांग्रेस का भी हो सकता है, लेकिन मुझे इसमें कोई दिलचस्पी नहीं है।"

पीडीपी नेता महबूबा मुफ्ती ने प्रेस कॉन्फ्रेंस कर अपनी पार्टी को चुनाव में नंबर वन बनाने के लिए राज्य की जनता का शुक्रिया अदा किया। हालाँकि, उनके शब्दों ने संकेत दिया कि उन्हें सरकार बनाने की कोई जल्दी नहीं है। "हम दंद-फंद करके सरकार नहीं बनाएँगे। लोगों की अपेक्षाओं और सुशासन को पूरा करने के लिए संभावनाओं का पता लगाने और सरकार के गठन में समय लगेगा। यह कहना मुश्किल होगा कि यह कब अमल में आएगा?" उन्होंने कहा।[31]

भाजपा के लिए यह दोहरी खुशी का दिन था। जम्मू-कश्मीर के साथ हुए झारखंड विधानसभा चुनाव में पार्टी को पूर्ण बहुमत मिला। दिल्ली में एक प्रेस कॉन्फ्रेंस में भाजपा के उत्साहित अध्यक्ष अमित शाह ने कहा, "जम्मू और कश्मीर में हमने एक प्रासंगिक राजनीतिक ताकत के रूप में उभरने के लिए अपनी स्थिति बेहतर की है। सही मायनों में 'कांग्रेस मुक्त भारत अभियान' आगे बढ़ रहा है।"[32]

चार बड़ी पार्टियों में सबसे खराब प्रदर्शन कांग्रेस का था, लेकिन उसे उम्मीद थी कि पीडीपी उसे गठबंधन के लिए आमंत्रित करेगी। चूँकि कांग्रेस ने अतीत में पीडीपी के साथ गठबंधन किया था, इसलिए उसके नेताओं का मानना था कि पार्टी को सत्ता में वापस आने का एक और मौका मिलेगा। गुलाम नबी आजाद ने कहा, "पीडीपी को फैसला करना है कि उन्हें धर्मनिरपेक्ष ताकतों के साथ जाना है या सांप्रदायिक ताकतों के साथ! भाजपा और कांग्रेस कभी साथ नहीं चल सकते। वे (पीडीपी) जानते हैं कि उनके लिए क्या अच्छा है!"[33]

विरोधियों का चौंकानेवाला गठबंधन

24 दिसंबर को उमर अब्दुल्ला ने मुख्यमंत्री के पद से इस्तीफा दे दिया, लेकिन राज्यपाल ने उन्हें अगली सरकार बनने तक प्रभार सँभालने के लिए कहा।[34] चुनाव परिणामों के बाद के दिनों में मैंने और अन्य पत्रकारों ने विभिन्न राजनीतिक दलों के कार्यालयों या उनके नेताओं के आवासों के खूब चक्कर लगाए। अगली बड़ी खबर यह आनेवाली थी कि सरकार बनाने के लिए कौन, किसके साथ गठबंधन करता है? अनिश्चितता के कारण अटकलें लगाई जा रही थीं। भाजपा क्या नेशनल कॉन्फ्रेंस के साथ जाएगी? चूँकि उमर अब्दुल्ला अतीत में राष्ट्रीय जनतांत्रिक गठबंधन (एनडीए) का हिस्सा रहे थे, इसलिए गतिरोध को देखते हुए दोनों दलों के लिए फिर से एक साथ आना मुश्किल नहीं होगा। यह दलील दी जा रही थी कि उमर अब्दुल्ला अटल बिहारी वाजपेयी की कैबिनेट में मंत्री थे। कुछ लोगों ने महसूस किया कि भाजपा और नेशनल कॉन्फ्रेंस के पास सहयोगी होने के अलावा कोई विकल्प नहीं था, क्योंकि पीडीपी और भाजपा की विचारधाराएँ तथा एजेंडे अलग-अलग थे और उनके एक साथ आने की कोई संभावना नहीं थी। राजनीतिक टिप्पणीकारों के एक अन्य समूह ने भविष्यवाणी की कि भाजपा को सत्ता से दूर रखने के लिए नेशनल कॉन्फ्रेंस, पीडीपी और कांग्रेस गठबंधन हो सकता है।[35]

इस तरह की अटकलों के बीच अप्रत्याशित रूप से पीडीपी और भाजपा के बीच अनौपचारिक बातचीत शुरू हो गई। भाजपा और पीडीपी दोनों ने संकेत दिया कि अगर विवादास्पद मुद्दों को अलग रखा जाए तो गठबंधन संभव हो सकता है। जनवरी के दूसरे सप्ताह तक वार्ता ने गति पकड़ी; हालाँकि दोनों पक्षों की ओर से कड़ी सौदेबाजी के कारण कोई निर्णय नहीं हो सका। इस बीच, 9 जनवरी, 2015 को राज्य में राष्ट्रपति शासन लगा दिया गया था, क्योंकि कोई भी दल या गठबंधन सरकार बनाने में सक्षम नहीं था।

अनुच्छेद 370, अफ्सपा, पाकिस्तान के साथ बातचीत फिर से शुरू करने और मुख्यमंत्री की कुरसी के रोटेशन जैसे मुद्दों ने दोनों पक्षों के बीच बातचीत को रोक दिया। भाजपा चाहती थी कि तीन-तीन साल तक दोनों पार्टियों के बीच मुख्यमंत्री की कुरसी साझा की जाए, लेकिन यह पीडीपी को मंजूर नहीं था। भाजपा सज्जाद लोन को भी कैबिनेट में शामिल करना चाहती थी, मगर तकरार का एक और मुद्दा यह था कि उन्हें कौन सा विभाग दिया जाना चाहिए?

आखिरकार दोनों पार्टियों के शीर्ष नेताओं के बीच तीन महीने तक चली बातचीत के बाद 24 फरवरी, 2015 को गतिरोध टूट गया। दिल्ली में लगभग 45 मिनट तक भाजपा पार्टी अध्यक्ष अमित शाह से मिलने के बाद महबूबा मुफ्ती ने औपचारिक घोषणा की कि उनकी पार्टी भाजपा के साथ मिलकर सरकार बनाने को तैयार है। "हमारे बीच एक आम सहमति बन गई है। जम्मू-कश्मीर के लोगों के विकास और हसरतों को ध्यान में रखते हुए हमने भाजपा और पीडीपी के बीच गठबंधन का एजेंडा तैयार किया है।" महबूबा ने पत्रकारों से कहा।[36] अमित शाह ने कहा, "मुझे खुशी है कि सरकार के गठन की सभी बाधाएँ लगभग दूर हो गई हैं।"[37] दोनों पक्षों के बीच सौहार्द को दरशानेवाली महबूबा मुफ्ती को शॉल भेंट करते हुए अमित शाह की एक तसवीर जारी की गई।

औपचारिक घोषणा के एक हफ्ते बाद गठबंधन का साझा न्यूनतम कार्यक्रम (सी.एम.पी.) जारी किया गया। सी.एम.पी. को राज्य को बदलने के लिए एक रोडमैप के रूप में पेश किया गया था और संकेत दिया गया था कि बातचीत के जरिए शांति बहाल की जाएगी।

सी.एम.पी. का एक महत्त्वपूर्ण आकर्षण 'इनसानियत, कश्मीरियत, जम्हूरियत' की नीति का पालन करने का संकल्प था। इस नारे का इस्तेमाल केंद्र में वाजपेयी के नेतृत्ववाली पूर्ववर्ती एनडीए सरकार ने किया था। सी.एम.पी. में कहा गया कि सरकार सभी आंतरिक हितधारकों के साथ उनकी राजनीतिक विचारधाराओं के बावजूद बातचीत की पहल करेगी। इसका मतलब था कि अलगाववादी 'ऑल पार्टीज हुर्रियत कॉन्फ्रेंस' (ए.पी.एच.सी.) से भी बातचीत की जाएगी।

यह स्वीकार किया गया कि राज्य के आर्थिक और राजनीतिक उद्देश्यों को पूरा करने के लिए शांति, निश्चिंतता और स्थिरता का वातावरण बनाने की जरूरत थी। विवादास्पद अफस्पा को भी सी.एम.पी. में जगह मिली। यह निर्णय लिया गया कि अशांत क्षेत्रों को गैर-अधिसूचित किया जाएगा और अफस्पा लागू रखने की समीक्षा के लिए केंद्र सरकार विचार करेगी।

सी.एम.पी. की अन्य महत्त्वपूर्ण विशेषताओं में पी.ओ.के. और पश्चिमी पाकिस्तान के शरणार्थियों के लिए समझौता योजना और एक स्मार्ट, भ्रष्टाचार मुक्त और पारदर्शी सरकार का वादा शामिल था।

दोनों दल अनुच्छेद 370 के मुद्दे पर यथास्थिति बनाए रखने पर सहमत हुए। यह भी तय किया गया कि मुख्यमंत्री पीडीपी से होंगे और पूरे छह साल के कार्यकाल के लिए बने रहेंगे, लेकिन भाजपा से एक उप-मुख्यमंत्री होगा।

आखिर 1 मार्च, 2015 को मुफ्ती मोहम्मद सईद ने 12 साल के अंतराल के बाद अपने राजनीतिक जीवन में दूसरी बार जम्मू-कश्मीर के मुख्यमंत्री के रूप में शपथ ली। समारोह में कुल 25 विधायकों ने मंत्री पद की शपथ ली—सईद सहित 13 विधायकों ने पीडीपी से शपथ ली, जबकि 12 विधायक भाजपा के कोटे से थे। सज्जाद लोन ने भाजपा की सूची से शपथ ली।[38]

भाजपा के डॉ. निर्मल सिंह को राज्य का उप-मुख्यमंत्री बनाया गया। डॉ. सिंह राष्ट्रीय स्वयंसेवक संघ (आर.एस.एस.) की पृष्ठभूमि से आए थे और उन्होंने इसके छात्र विंग अखिल भारतीय विद्यार्थी परिषद् (ए.बी.वी.पी.) के प्रचारक के रूप में काम किया था।[39] उन्होंने जम्मू क्षेत्र में भाजपा को मजबूत करने में अहम भूमिका निभाई थी।

सरकार बनाने में दो लोगों की अहम भूमिका थी—अर्थशास्त्री और पीडीपी के वरिष्ठ नेता हसीब द्राबू और भाजपा के राम माधव। द्राबू का माधव के साथ अच्छा तालमेल था। दोनों ने कई बैठक करके वार्त्ता की थी। उसके बाद ही सरकार का गठन हो सका था। द्राबू और माधव के बीच लगभग 15 वार्त्ता बैठकें हुई थीं।[40]

पीडीपी-भाजपा सरकार के गठन को आधुनिक भारत के राजनीतिक इतिहास में एक ऐतिहासिक घटना के रूप में देखा जाता है। पहली बार जम्मू-कश्मीर में किसी हिंदू राष्ट्रवादी सरकार ने सत्ता हासिल की। कई राजनीतिक पंडित यह देखकर चकित रह गए कि एक कट्टरपंथी पार्टी अलगाववादियों के लिए नरम रुखवाली पार्टी के साथ हाथ मिला रही है और कश्मीर मुद्दे पर पाकिस्तान के साथ बातचीत के पक्ष में है। चुनाव-प्रचार के दौरान दोनों पार्टियों ने एक-दूसरे पर जमकर निशाना साधा था, लेकिन वह सब भुला दिया गया। गठबंधन ने एक बार फिर जोर देकर कहा कि जब सत्ता हासिल करने की बात आती है तो विचारधाराएँ बेमानी हो जाती हैं और संख्या का खेल हावी हो जाता है। वास्तविक राजनीति में यदि विचारधारा उस लक्ष्य को प्राप्त करने में सहायक नहीं बनती है तो यह कोई बाधा भी नहीं है।

आर.एस.एस. ने गठबंधन को क्यों स्वीकार किया?

आर.एस.एस. ने एक ऐसी पार्टी के साथ भाजपा के गठबंधन को कैसे मंजूरी दी, जो अनुच्छेद 370 को निरस्त करने के खिलाफ है और अलगाववादियों के लिए नरम है? इसे एक विरोधाभास के रूप में देखा गया था कि आर.एस.एस. के प्रचारक राम माधव भाजपा की ओर से गठबंधन को मजबूत करने में महत्त्वपूर्ण भूमिका निभा रहे थे!

सार्वजनिक डोमेन में उपलब्ध जानकारी हमें बताती है कि आर.एस.एस. अनिच्छा से पीडीपी के साथ गठबंधन के लिए सहमत हुआ, यह जानते हुए कि यह अल्पकालिक होगा। हालाँकि, गठबंधन के लिए संघ की सहमति संगठन की कुछ मूलभूत नीतियों को संशोधित करने या व्यापक बनाने के प्रयास को दरशाती है। आर.एस.एस. ने गठबंधन को भारत के एकमात्र मुसलिम बहुल राज्य को भारतीय संघ के करीब लाने और प्रगति करते सामाजिक समूहों के सामने अपनी समावेशी छवि पेश करने के अवसर के रूप में लिया। इसके जरिए आर.एस.एस. का इरादा कश्मीरी मुसलमानों के अलगाव को कम करना था। आर.एस.एस. 1970 के दशक से मुसलमानों, ईसाइयों और अन्य लोगों के सांस्कृतिक एकीकरण के उद्देश्य से कार्यक्रम चला रहा है, जो एक धर्म के रूप में हिंदू धर्म का पालन नहीं करते हैं। आर.एस.एस. की 'मुसलिम राष्ट्रीय मंच' (एम.आर.एम.) इकाई के माध्यम से कश्मीर में मौजूदगी थी। एक कश्मीरी प्रचारक को मुसलमानों को बीफ खाने से परहेज करने, योग का अभ्यास करने और भगवान् राम को एक सांस्कृतिक प्रतीक के रूप में स्वीकार करने के लिए राजी करने का काम सौंपा गया था।[41]

गठबंधन के औचित्य में से एक 'हिंदू' शब्द की परिभाषा का विस्तार था, जो किसी विशेष धार्मिक समुदाय के सदस्य तक सीमित नहीं था। आर.एस.एस. 'हिंदू' को 'भारत के नागरिक' का पर्याय बनाना चाहता था। यह विस्तृत परिभाषा सांस्कृतिक राष्ट्रवाद और क्षेत्रीय राष्ट्रवाद पर आधारित पिछली धारणा से अलग थी और भारत में रहनेवाले सभी लोगों पर उनकी धार्मिक मान्यताओं की परवाह किए बिना लागू होती थी।[42]

कड़वाहट और अलगाव

गठबंधन सरकार चलाना आसान नहीं था। मुफ्ती मोहम्मद सईद के मुख्यमंत्री के रूप में शपथ लेने के कुछ ही घंटे के भीतर समस्याएँ पैदा होने लगीं। सज्जाद लोन को विज्ञान और प्रौद्योगिकी और पशुपालन मंत्रालयों का प्रभार दिया गया था,

जिसके लिए वे इच्छुक नहीं थे। उनके करीबी सहयोगियों ने यह बात फैलाई कि वे पर्यटन या वन जैसे ज्यादा अहम मंत्रालयों पर नजर गड़ाए हुए हैं।

पीडीपी और भाजपा के बीच कलह का पहला संकेत ठीक एक हफ्ते बाद दिखाई दिया। वजह थी अलगाववादी नेता मसरत आलम की 7 मार्च को जेल से रिहाई। ए.पी.एच.सी. के एक पदाधिकारी आलम पर 2010 में पथराव के लिए उकसाने और कई युवाओं की मौत का आरोप लगाया गया था। उसे कड़े सार्वजनिक सुरक्षा अधिनियम के तहत कैद किया गया था। जब मुख्यमंत्री सईद ने राजनीतिक कैदियों को रिहा करने का आदेश दिया तो उसे भी रिहा कर दिया गया। इससे दक्षिणपंथी समूहों में हड़कंप मच गया। जम्मू में प्रदर्शन हुए। उस सरकार द्वारा एक अलगाववादी नेता की रिहाई, जिसमें भाजपा शामिल थी, उसकी देशभक्ति-राष्ट्रवादी छवि से मेल नहीं खाती थी। दबाव ने भाजपा को प्रतिक्रिया करने के लिए मजबूर किया। केंद्रीय गृह मंत्री राजनाथ सिंह ने आलम की रिहाई पर जम्मू-कश्मीर सरकार से स्पष्टीकरण माँगा। विपक्ष द्वारा सवाल किए जाने के बाद 9 मार्च को प्रधानमंत्री मोदी ने संसद् में अपने भाषण में कहा कि आलम को रिहा करने का निर्णय केंद्र की सहमति के बिना लिया गया था। उन्होंने कहा, "अलगाववादी की रिहाई पर आक्रोश में मेरी आवाज भी शामिल है''यह किसी एक पार्टी का आक्रोश नहीं है, यह देश का आक्रोश है।"[43]

7 जनवरी, 2016 को कई अंगों के काम करना बंद कर देने से मुफ्ती मोहम्मद सईद की मृत्यु हो जाने पर गठबंधन सरकार को एक बड़ा झटका लगा। मुख्यमंत्री के रूप में उनके दो वर्ष के कार्यकाल के दौरान दोनों दलों ने विवादास्पद मुद्दों को सौहार्दपूर्ण ढंग से सुलझा लिया था। उनकी मृत्यु के बाद सत्ता की बागडोर उनकी बेटी महबूबा मुफ्ती के हाथों में आ गई। शायद वे केंद्र से कुछ रियायतें लेने की कोशिश में थीं, इसलिए मुख्यमंत्री की कुरसी पर अपने पिता की उत्तराधिकारी बनने का फैसला करने में उन्हें लगभग तीन महीने लग गए। हालाँकि भाजपा उनके पिता के साथ तय सी.एम.पी. से हटने को तैयार नहीं थी। महबूबा 5 अप्रैल को मुख्यमंत्री के रूप में शपथ लेने के समय अनंतनाग लोकसभा क्षेत्र से सांसद थीं। मुफ्ती मोहम्मद सईद की मौत और महबूबा मुफ्ती की सत्ता को दोनों गठबंधन सहयोगियों के बीच कड़वाहट के प्रमुख कारणों में से एक के रूप में देखा गया था।

मुख्यमंत्री बनने के बाद महबूबा ने एकतरफा रूप से कई विवादास्पद फैसले किए। जैसे पहली बार पथराव करनेवाले 4,500 लोगों को माफ करना[44], 'अहले-

हदीस' जैसे धार्मिक संगठनों को अनुदान प्रदान करना और बकरवाल समुदाय को स्थानांतरित करने से इनकार करना। इससे भाजपा नाराज हो गई। ठीक तीन महीने बाद, जुलाई 2016 में युवा आतंकवादी बुरहान वानी सुरक्षाबलों द्वारा एक मुठभेड़ में मारा गया। इससे घाटी में व्यापक हिंसा हुई और पत्थरबाजों की एक नई नस्ल का उदय हुआ, जो पहले की तुलना में ज्यादा खतरनाक और संगठित थी। ऐसे पत्थरबाजों के प्रति महबूबा के सहानुभूतिपूर्ण रवैए ने भाजपा को परेशान किया।

वानी की मौत के बाद सुरक्षाबलों पर आतंकवादियों के हमले भी बढ़ गए और नौजवान बड़ी संख्या में आतंकवाद में शामिल हो गए। हालाँकि, घाटी में हिंसा की घटनाएँ बढ़ रही थीं, लेकिन आतंकियों के प्रति महबूबा मुफ्ती का रुख नरम नजर आ रहा था। उन्होंने मई 2018 में केंद्र से एकतरफा संघर्षविराम की घोषणा करने का आग्रह करते हुए कहा कि यह अमरनाथ यात्रा और रमजान ईद के शांतिपूर्ण होने के लिए जरूरी था। महबूबा का मानना था कि इस तरह के सुलह के नजरिए से शांति लाने में मदद मिलेगी। उन्होंने 115 मामूली अपराधियों को रिहा करने का आदेश दिया। उनके अनुरोध पर सुरक्षाबलों ने संघर्षविराम लागू कर दिया। लोगों को असुविधा न हो, इसके लिए संदिग्ध इलाकों की घेराबंदी और तलाशी का अभियान रोक दिया गया। हालाँकि केंद्र सरकार ने दावा किया कि संघर्षविराम को लागू करने का नतीजा उलटा निकला। रमजान के दौरान उग्रवादियों के ग्रेनेड हमले के 22 और अंधाधुंध फायरिंग के 23 मामले दर्ज किए गए। नागरिकों पर हमले के भी सात मामले थे।[45]

इधर संघर्षविराम को आगे बढ़ाने की बात चल रही थी, उधर 14 जून, 2018 को सम्मानित कश्मीरी पत्रकार शुजात बुखारी की हत्या कर दी गई। यह ईद की पूर्व संध्या पर हुआ। बुखारी की हत्या के कुछ समय बाद प्रधानमंत्री मोदी ने एक बैठक की अध्यक्षता की थी। उसमें गृह मंत्री राजनाथ सिंह, राष्ट्रीय सुरक्षा सलाहकार अजीत डोभाल और तत्कालीन भारतीय सेना प्रमुख बिपिन रावत मौजूद थे।[46] यह निर्णय लिया गया कि संघर्षविराम जारी नहीं रखा जाएगा।

भाजपा के एक वरिष्ठ पदाधिकारी ने मुझे बताया कि कश्मीर में हालात बद-से-बदतर होते जा रहे हैं और यह अगले लोकसभा चुनाव के लिए भाजपा की संभावनाओं को नुकसान पहुँचा रहा है। पार्टी में एक आम राय थी कि पीडीपी के साथ गठबंधन का प्रयोग विफल हो गया था और सरकार में बने रहना नासमझी होगी। भाजपा को अब किसी ऐसे व्यक्ति के साथ सत्ता साझा करनेवाली पार्टी के

रूप में नहीं देखा जा सकता था, जिसका रुख अलगाववादियों, उग्रवादियों और पथराव करनेवालों के लिए नरम था और जो अनुच्छेद 370 को निरस्त करने का विरोध करती है। भाजपा पदाधिकारियों के बीच यह भावना थी कि महबूबा मुफ्ती कश्मीर क्षेत्र को अनुचित महत्त्व दे रही थीं और राज्य के जम्मू जैसे अन्य क्षेत्रों के महत्त्व को नजरअंदाज किया जा रहा था, जहाँ भाजपा का गढ़ था।

उस साल की शुरुआत में, जनवरी में कठुआ में खानाबदोश बकरवाल समुदाय की एक लड़की के बलात्कार और हत्या ने राज्य को हिलाकर रख दिया था। इस मामले ने राजनीतिक और सांप्रदायिक मोड़ ले लिया। 'कठुआ कांड' दोनों पक्षों के बीच मन-मुटाव का एक और मामला था।

मार्च में दिल्ली में एक कार्यक्रम में एक बयान में वित्तमंत्री हसीब द्राबू ने यह कहकर न केवल पीडीपी के भीतर, जिससे वे संबंधित थे, बल्कि नेशनल कॉन्फ्रेंस जैसी अन्य पार्टियों में भी आक्रोश पैदा कर दिया कि कश्मीर राजनीतिक मुद्दा न होकर एक सामाजिक मुद्दा है। हालाँकि द्राबू ने दावा किया कि उन्हें गलत तरीके से उद्धृत किया गया था, लेकिन महबूबा ने अपने दिवंगत पिता के भरोसेमंद और पीडीपी-भाजपा गठबंधन के वास्तुकार को अपने मंत्रिमंडल से हटाने का मन बना लिया था। कुछ महीने बाद द्राबू ने पार्टी से इस्तीफा दे दिया।[47]

द्राबू के भाजपा नेताओं, खासकर राम माधव के साथ अच्छे संबंध थे। वे एक अच्छे संप्रेषक और वार्त्ताकार थे। वे तभी हस्तक्षेप करते थे, जब बात हाथ से निकल रही होती थी। उन्हें बरखास्त किए जाने के बाद पीडीपी में ऐसे कौशलवाला कोई नेता नहीं बचा था।

गठबंधन टूटने की चर्चा के बीच राम माधव ने मीडिया से कहा कि दोनों पार्टियों के बीच कोई अनबन नहीं है और द्राबू को कैबिनेट से हटाना पीडीपी का अंदरूनी मामला है।[48]

हालाँकि आर.एस.एस.-भाजपा खेमा तेजी से महसूस कर रहा था कि पीडीपी के साथ गठबंधन एक गलत कदम साबित हो रहा है। आर.एस.एस. को सूचना एकत्र करने के अपने नेटवर्क से यह जानकारी मिल रही थी कि जम्मू की हिंदू आबादी गठबंधन सरकार से नाखुश थी और इसलिए सरकार में बने रहना जम्मू-कश्मीर में भाजपा की संभावनाओं के लिए हानिकारक होगा।

तीन महीने बाद, 19 जून को राम माधव ने घोषणा की कि भाजपा ने गठबंधन तोड़ दिया है। इस अलगाव को सही ठहराते हुए उन्होंने कहा, "आतंकवाद, हिंसा

और कट्टरता बढ़ी है और घाटी में मौलिक अधिकारों और अभिव्यक्ति की स्वतंत्रता खतरे में है।"[49] माधव के अनुसार, "व्यापक राष्ट्रीय हित को ध्यान में रखते हुए और कश्मीर में स्थिति को हल करने के लिए राज्य की बागडोर राज्यपाल को सौंपने का निर्णय लिया गया है।"

सरकार से हटने के बाद राम माधव ने एक इंटरव्यू में कहा था, "अगर वे (मुफ्ती मोहम्मद सईद) ज्यादा दिन जीते तो शायद हम इसे आगे भी बरकरार रखने में कामयाब होते।"[50]

इस घटना के बाद पीडीपी ने अपने वरिष्ठ नेताओं की बैठक बुलाई। इसके तुरंत बाद महबूबा मुफ्ती ने राज्यपाल एन.एन. वोहरा को इस्तीफा दे दिया। "गठबंधन का एक बड़ा मकसद था। मैंने राज्यपाल को अपना इस्तीफा सौंप दिया है और उनसे कहा है कि हम किसी अन्य गठबंधन की कोशिश नहीं कर रहे हैं।" उन्होंने कहा।[51] उमर अब्दुल्ला ने राज्यपाल से राज्य की बागडोर सँभालने का अनुरोध किया, क्योंकि किसी भी पार्टी के पास राज्य पर शासन करने का जनादेश नहीं था। लेकिन उन्होंने आग्रह किया कि जल्द ही नए सिरे से चुनाव कराए जाने चाहिए। चूँकि किसी भी पार्टी या गठबंधन ने सरकार के गठन का दावा करने के लिए राज्यपाल से संपर्क नहीं किया, इसलिए राज्य में राज्यपाल का शासन हो गया। यह जम्मू-कश्मीर के लिए एक अनूठी अवधारणा थी। फिर छह महीने बाद भारतीय संविधान के अनुच्छेद 356 के प्रावधानों के तहत राष्ट्रपति शासन लागू हुआ।

कुछ महीने बाद एक निजी समाचार चैनल के साथ एक इंटरव्यू में प्रधानमंत्री मोदी ने पीडीपी के साथ गठबंधन करने और चार साल बाद गठबंधन से हटने के अपनी पार्टी के फैसले को सही ठहराया। उन्होंने गठबंधन को 'एक प्रयोग' बताते हुए कहा, "कश्मीर का जनादेश खंडित था। कोई एक दल सरकार नहीं बना सकता था। हम इस उम्मीद में काफी दिन तक इंतजार करते रहे कि पीडीपी और नेशनल कॉन्फ्रेंस गठबंधन कर लें, लेकिन वे तो एक-दूसरे को फूटी आँख नहीं सुहाते थे।"[52]

मैंने बाद में हसीब द्राबू से बात की, जिन्होंने पीडीपी छोड़ने के बाद राजनीति छोड़ दी है। द्राबू ज्यादातर मुंबई में रहते हैं। वे कुछ कॉरपोरेट्स के लिए कंसल्टेंसी का काम करते हैं और कुछ कंपनियों के निदेशक हैं। द्राबू के विचार में मुफ्ती मोहम्मद सईद की मृत्यु गठबंधन सरकार की विफलता का प्रमुख कारण थी। "मुफ्ती सईद स्पष्ट विचारोंवाले व्यक्ति थे। वे जानते थे कि सरकार चलाने के

लिए उन्हें जम्मू को भरोसे में रखना होगा। चूँकि जम्मू क्षेत्र में भाजपा बहुमत में थी, इसलिए उन्होंने गठबंधन की जरूरत को समझा। हालाँकि इसके लिए किसी ने उनका समर्थन नहीं किया।" उनका मानना था।

द्राबू के अनुसार, "गठबंधन के लिए महबूबा न तो आश्वस्त थीं, न ही इसके पक्ष में थीं। मामूली बातों पर टकराव होता था।" उन्होंने कहा, "भाजपा को भी लगा कि उन्होंने नरम अलगाववादी की छविवाली पार्टी के साथ गठजोड़ करके गलती की है।"

यहाँ गठबंधन सरकारों को लेकर महाराष्ट्र के पूर्व राज्यपाल पी.सी. अलेक्जेंडर की सटीक भविष्यवाणी याद आती है। अपनी पुस्तक 'पेरिल्स ऑफ डेमोक्रेसी' में उन्होंने लिखा है—'चुनाव के बाद किए जानेवाले गठबंधन मुख्य रूप से सत्ता का सुख लेने के लिए बनते हैं, जैसाकि 1960 के दशक के अंत में कुछ राज्यों में हुआ था। वे प्रशासन में विनाशकारी और शर्मनाक प्रयोग साबित हुए थे। यदि समान आदर्शोंवाले राजनीतिक दल आपसी सहमति के कार्यक्रमों के आधार पर एक साथ आते हैं और चुनावी गठबंधन में भागीदार के रूप में चुनाव लड़ते हैं तो सत्ता साझा करने का औचित्य होगा। दूसरी ओर, अगर चुनाव के बाद के गठबंधन केवल कुछ राजनीतिक दलों के सत्ता का हिस्सा बनने के लिए किए जाते हैं तो उनके पास वैधता और अच्छी सरकार प्रदान करने की क्षमता, दोनों का अभाव होगा।'[53]

□

2

पोस्टर बॉय

"जीतेंद्र, मुझे नहीं लगता कि हम जिंदा मुंबई लौट पाएँगे! हम किसी भी पल मारे जाएँगे। यदि आप कुछ कर सकते हैं तो कृपया हमारी मदद करें।" घबराहट में मदद के लिए किया गया यह कॉल एक मित्र अनिल तिवारी का था, जो शिवसेना के हिंदी मुखपत्र 'दोपहर का सामना' के कार्यकारी संपादक थे। 8 जुलाई, 2016 को रात के करीब 8 बजे थे और मैं मुंबई में भारी बारिश की कवरेज से घर लौटा था, जब तिवारी ने घबराई हुई आवाज में जल्द-जल्दी आपबीती सुनाई।

तिवारी अपने परिवार के साथ कश्मीर में अमरनाथ तीर्थयात्रा के लिए गए थे। उस दोपहर उन्होंने जम्मू से एक मिनी बस बुक की और पहलगाम की ओर चले, जहाँ से उनकी यात्रा शुरू होनी थी। जैसे ही बस जवाहर सुरंग के पास पहुँची, पुलिस ने मिनी बस को चैकिंग के लिए रुकने को कहा। उस समय ड्राइवर राजू को व्हाट्सएप पर एक संदेश मिला कि सुरक्षाबलों और आतंकवादियों के बीच एक मुठभेड़ हुई थी और कुछ आतंकवादी मारे गए थे। राजू ने तिवारी को मारे गए आतंकवादियों की तसवीरें दिखाईं। चूँकि घाटी में आतंकवादियों और सुरक्षाबलों के बीच मुठभेड़ सामान्य थी, इसलिए उन्होंने इसे एक नियमित टकराव समझा और उनकी बस आगे बढ़ गई। वे इस बात से अनजान थे कि उनके साथ आगे क्या होगा?

जम्मू-श्रीनगर राजमार्ग पर सुरक्षा के लिए हजारों सशस्त्र सुरक्षाकर्मी तैनात थे। अमरनाथ तीर्थयात्रियों पर आतंकवादी हमलों के इतिहास को देखते हुए पूरे वर्ष राजमार्ग पर भारी पहरा रहता है। जब शाम 7 बजे के आसपास तिवारी की बस अनंतनाग शहर से गुजरी तो उन्होंने वहाँ एक मनहूस सन्नाटा देखा। दुकानें बंद थीं और लोगों के छोटे-छोटे समूह सड़क के किनारे खड़े थे। उनके चेहरों पर गंभीर भाव थे। ट्राई-जंक्शन से बस को पहलगाम की ओर मोड़ दिया गया। दो

किलोमीटर के बाद अचानक एक शीशा बड़े पत्थर से टकराकर टूट गया। जैसे ही तिवारी ने यह समझने की कोशिश की कि क्या हो रहा है, उन्होंने देखा कि बस से लगभग 200 मीटर आगे एक कार पर पत्थरों से हमला किया जा रहा है। चार-पाँच नौजवानों ने लाठियाँ लहराते हुए कार को घेर लिया और रॉड और डंडों से वार करने लगे। "मुझे नहीं पता कि कार में सवार लोगों के साथ क्या हुआ, क्योंकि मेरे ड्राइवर ने तुरंत यू-टर्न ले लिया। हो सकता है कि उन्हें पीट-पीटकर मार डाला गया हो या गंभीर रूप से घायल किया गया हो।" तिवारी ने कहा।

हालाँकि तिवारी की बस मुड़कर लौट गई, लेकिन उन्हें इस बात का अंदाजा नहीं था कि वे कहाँ पनाह ले सकते हैं? बस पर कुछ और पत्थर लगे। ड्राइवर ने सभी यात्रियों को शीशे की खिड़कियाँ बंद करने और उनके आगे कुछ सामान अड़ाने के लिए कहा, ताकि पत्थर बस के भीतर न आ सकें। चंद मिनट पहले जो महिलाएँ और बच्चे गप्पें मार रहे थे या धार्मिक गीत गा रहे थे, वे अब डर के मारे चीख-पुकार करके रो रहे थे। तिवारी ने याद किया कि बस के पहलगाम की ओर मुड़ने के कुछ किलोमीटर बाद उन्होंने एक सैन्य शिविर देखा था। यह मानकर कि सेना संकटग्रस्त तीर्थयात्रियों की मदद करेगी, उन्होंने राजू को उस शिविर में ले चलने के लिए कहा। शिविर में तिवारी ने गेट पर तैनात संतरी को आपबीती सुनाकर मदद की गुहार लगाई। संतरी ने अपने वरिष्ठ से बात करने के बाद कहा कि तीर्थयात्रियों को शिविर के अंदर नहीं ले जाया जा सकता, क्योंकि उसके लिए कोई अनुमति नहीं थी। जल्द ही कई अन्य क्षतिग्रस्त बसें और कारें भी शिविर में पहुँच गईं। राजू ने तिवारी की ओर इशारा करते हुए कहा कि जिन वाहनों की नंबर प्लेट पर जम्मू का पंजीकरण नजर आ रहा है, उन्हें निशाना बनाया जा रहा है। पथराव से लगभग सात-आठ लोग घायल हो गए थे। केवल उन्हें प्राथमिक उपचार के लिए शिविर में प्रवेश करने दिया गया था। एक अधिकारी फँसे हुए तीर्थयात्रियों से बात करने के लिए निकला। तिवारी ने उनसे बहस की तो उन्होंने महिलाओं और बच्चों को शिविर के अंदर जाने दिया। लेकिन बाकी लोगों को अपने वाहनों में बैठे रहने को कहा। अधिकारी ने उन्हें चेतावनी दी कि आतंकवादी उन पर हथगोले फेंक सकते हैं। जब तिवारी अधिकारी से बात कर रहे थे तो उन्होंने कई कारों और एस.यू.वी. (स्पोर्ट यूटिलिटी व्हीकल) में नौजवानों को जाते देखा, जो कैंप के गेट के सामने से गुजरते हुए 'अल्लाह-हू-अकबर' के नारे लगा रहे थे। इससे श्रद्धालुओं में दहशत और बढ़ गई।

सेना के अधिकारी ने तिवारी को थाने जाकर मदद लेने की सलाह दी। इस पर किसी ने उन्हें बताया कि थाने पर भी हमला हुआ है और वहाँ से कोई मदद नहीं मिल सकती। एक घंटे बाद महिलाओं और बच्चों को शिविर से बाहर आने को कहा गया। तब तक दोपहर के करीब 2 बज चुके थे। अधिकारी ने उन्हें सूचित किया कि सेना ने काजीगुंड में कुछ इंतजाम किया है और सभी को वहाँ जाना चाहिए। तिवारी को डर था कि काजीगुंड के रास्ते में उन पर फिर से हमला किया जाएगा। इसलिए उन्होंने सेना से सुरक्षा देने का अनुरोध किया, लेकिन अधिकारी ने कहा कि उनके पास इसके लिए कोई आदेश नहीं है। उन्होंने तिवारी से कहा कि यह यात्रा करने का एक सुरक्षित समय है, क्योंकि आंदोलनकारी सो गए होंगे। उस दोपहर रामबन में भोजन करने के बाद से किसी ने कुछ नहीं खाया था। उनके रात्रिभोज की योजना पहलगाम में थी, लेकिन उस स्थिति में उस तरफ जाना असंभव लग रहा था। तिवारी ने जोखिम लेने का फैसला किया और वे वापस जम्मू चले गए।

जैसे ही बस श्रीनगर-जम्मू राजमार्ग पर लौटी, बस में कुछ और पत्थर लगे; हालाँकि सड़क पर ज्यादा लोग नहीं थे। सड़क पत्थरों से अँटी हुई थी। कई जगहों पर रास्ता रोकने के लिए पेड़ के तने सड़क के बीचोबीच डाल दिए गए थे। आगे बढ़ने के लिए तिवारी और राजू को नीचे उतरकर उन्हें हटाना पड़ा। महिलाएँ और बच्चे लगातार रो रहे थे। सभी ने सोचा कि वे उस रात मौत से नहीं बच पाएँगे। तिवारी ने 'अमरनाथ बाबा रक्षा करेंगे' कहकर उनके डर को कम करने की कोशिश की; हालाँकि वे खुद घबराए हुए थे। उन्होंने मदद के लिए कुछ केंद्रीय मंत्रियों को ट्वीट करने की कोशिश की, लेकिन तब तक इंटरनेट सेवाएँ बंद हो चुकी थीं।

जब उन्होंने उस यात्रा की योजना बनाई थी तो तीर्थयात्रियों पर इस तरह की हिंसा या हमलों की कोई रिपोर्ट नहीं थी। अचानक हुई इस हिंसा ने सभी को हैरान कर दिया था। तिवारी इस बात से अनजान थे कि वे जो अनुभव कर रहे थे, वह कश्मीर में उग्रवाद की दूसरी बड़ी लहर की शुरुआत और घाटी में लंबे समय तक अशांति का दौर था। उस रात हजारों अन्य तीर्थयात्री और पर्यटक घाटी के विभिन्न हिस्सों में हिंसक विरोध-प्रदर्शनों के कारण भयभीत या घायल हुए थे। घंटों बाद तिवारी ने महसूस किया कि यह तबाही उसी मुठभेड़ का नतीजा थी, जिसकी तसवीरें ड्राइवर ने कल दोपहर उन्हें दिखाई थीं—तिवारी की लोकेशन से लगभग 25 किलोमीटर दूर कोकरनाग में बुरहान वानी की मुठभेड़।

बाग में मुठभेड़

उस दिन दोपहर बाद करीब 3 बजे जम्मू और कश्मीर पुलिस और राष्ट्रीय राइफल्स के जवानों के एक 'विशेष अभियान समूह' (एस.ओ.जी.) ने श्रीनगर से 80 किलोमीटर दूर दक्षिण कश्मीर के कोकरनाग इलाके के बमदूरा गाँव से बाहर निकलने के सभी रास्तों को घेरकर सील कर दिया। एस.ओ.जी. को विशेष खुफिया जानकारी थी कि हिजबुल मुजाहिदीन का सरताज शेख नाम का आतंकी दो साथियों के साथ अपने मामा से मिलने वहाँ गया था। वे तीनों सेब के बागों से घिरे एक घर में छिपे हुए थे। जल्द ही टीम उनके ठिकाने पर पहुँच गई। शाम करीब साढ़े चार बजे मुठभेड़ तब शुरू हुई, जब बुरहान, सरताज और उसके साथी परवेज अहमद ने कथित तौर पर टीम पर फायरिंग करके भागने की कोशिश की। जवाबी फायरिंग में वे मारे गए। मुठभेड़ में दो सुरक्षाकर्मियों को गोलियाँ लगीं। सशस्त्र बलों के सदस्यों से कथित तौर पर छीने गए चार कलाश्निकोव बरामद किए गए। मारे गए आतंकवादियों की पहचान होने के बाद क्रैक टीम खुशी से झूम उठी। इनमें सबसे बड़ा नाम था बुरहान वानी का, जिसके सिर पर नकद इनाम था और जो घाटी में मोस्ट वांटेड आतंकियों की लिस्ट में था।

खाने का शौकीन, क्रिकेटप्रेमी और उग्रवादी

15 साल की उम्र में हिजबुल मुजाहिदीन में शामिल होने से पहले तक बुरहान वानी अपनी उम्र के दूसरे कश्मीरी किशोरों जैसा ही था। वह खूब जँचनेवाला लड़का था, जो क्रिकेट खेलना पसंद करता था, फैशनेबल कपड़े पहनता था, चिकन व्यंजन खाने का शौकीन था, अपने बालों को स्टाइलिश रखने के लिए हेयर जेल का इस्तेमाल करता था, दोस्तों के साथ घूमता था और मोटरसाइकिल की सवारी करना पसंद करता था। बुरहान अपने पिता मुजफ्फर वानी के साथ पुलवामा जिले के त्राल क्षेत्र के दादासरा गाँव में रहता था। बुरहान का मजहब की ओर बहुत झुकाव नहीं था और वह नियमित रूप से नमाज अता नहीं करता था। उसका अलगाववादी आंदोलन से भी कोई सरोकार नहीं था।

2010 में पूरी घाटी में सरकार-विरोधी प्रदर्शन किए जा रहे थे, जब माछिल में एक मुठभेड़ में सेना ने तीन नौजवानों को मार गिराया था। उस मुठभेड़ को फर्जी बताया गया था और इसके लिए छह सैन्यकर्मियों को दोषी पाया गया। आंदोलनकारियों और सरकारी बलों के बीच कड़ी दुश्मनी का माहौल था। कई जगहों पर हिंसक झड़पें भी हुईं। सुरक्षाबल चारों तरफ वाहनों की चैकिंग कर रहे थे

और लोगों की तलाशी ली जा रही थी। बुरहान अपने भाई खालिद और अन्य दोस्तों के साथ मोटरसाइकिल की सवारी पर निकला था, जब पुलिस ने उसे रोक लिया। कथित तौर पर उनके बीच कहासुनी हो गई। बुरहान के बड़े भाई के साथ मारपीट और बेइज्जती की गई। उस घटना ने बुरहान के दिमाग पर गहरा असर डाला था और उसने अपने भाई की बेइज्जती का बदला लेने की कसम खाई थी। इसलिए वह उग्रवाद की ओर मुड़ गया और 21 साल की उम्र में ही आतंकवादी संगठन 'हिजबुल मुजाहिदीन' का कमांडर बन गया। हालाँकि उसने कभी पी.ओ.के. में प्रशिक्षण के लिए नियंत्रण रेखा को पार नहीं किया। यह कहानी बताती है कि बुरहान की उग्रवाद के प्रति प्रारंभिक प्रेरणा अलगाववादी भावना या पाकिस्तानी प्रचार नहीं थी, बल्कि एक व्यक्तिगत घटना के कारण सशस्त्र बलों से हिसाब चुकता करने की इच्छा थी। बुरहान की पृष्ठभूमि मानव जीवन की एक वास्तविकता को सामने लाती है कि एक मामूली प्रतिकूल अनुभव भी किसी के जीवन को बदलनेवाला प्रभाव डाल सकता है।

नए जमाने का आतंकवादी

बुरहान आतंकवाद का 'पोस्टर बॉय' कैसे बना? वह अन्य उग्रवादियों से किस तरह अलग था? बीस साल की उम्र में एक युवक सशस्त्र बलों के लिए इतना खतरा क्यों बन गया था कि उसके सिर पर इनाम की घोषणा की गई थी? मुझे इन सवालों के जवाब चाहिए थे।

बुरहान वानी के उत्थान को सोशल मीडिया ने हवा दी। बुरहान ने 2015 में पहाड़ों की सुरम्य पृष्ठभूमि में अपने हाथों में ए.के.-47 राइफल पकड़े हुए और अपने 10 साथियों के साथ फेसबुक पर एक तसवीर पोस्ट की थी। उसने अपने साथियों के साथ क्रिकेट खेलते हुए एक वीडियो भी शेयर किया था। उसकी तसवीरों और वीडियो से यह आभास होता था कि वे कॉलेज के युवा छात्रों द्वारा मस्ती करते हुए बनाए गए थे, सिवाय इसके कि उनके हाथों में बंदूकें थीं। बुरहान ने घाटी के नौज़वानों से अपने तथाकथित 'प्रतिरोध आंदोलन' में शामिल होने के लिए अपील करने के लिए सोशल मीडिया का बड़े पैमाने पर इस्तेमाल किया। उसके पोस्ट जल्द ही वायरल होने लगे।

कई कश्मीरी लेखकों और पत्रकारों ने उल्लेख किया है कि हालाँकि बुरहान उग्रवाद में शामिल हो गया था, लेकिन उसका दृष्टिकोण उदारवादी था, जिसके बारे में कहा जाता है कि उसमें घाटी के लोगों की आवाज थी। इसका श्रेय उसके

एक वीडियो को दिया जाता है, जिसमें उसने कहा कि हालाँकि सुरक्षाबल उसके परिवार को परेशान कर रहे हैं, लेकिन वह उनके खिलाफ जवाबी काररवाई नहीं करेगा। एक अन्य वीडियो में उसने कश्मीरी पंडितों की घाटी में वापसी का स्वागत किया और अमरनाथ यात्रा का भी समर्थन किया।[1] कुछ लोगों को तो यह भी संदेह है कि उसने अपने हाथ में थामे हथियार से कभी एक भी गोली नहीं चलाई थी! जब बुरहान ने सोशल मीडिया पर अपने वीडियो और तसवीर शेयर किए, तो उग्रवाद कम हो रहा था। गौहर गिलानी के विचार में बुरहान ने उग्रवाद को एक नया बढ़ावा दिया और वह 'प्रतिरोध आंदोलन' का नया युवा चेहरा बन गया। गिलानी लिखते हैं कि बुरहान ने कश्मीरियों को पाकिस्तान से परे सोचने के लिए प्रेरित किया और विश्वास किया कि कश्मीरी अपने दम पर भारतीय सेना के खिलाफ खड़े हो सकते हैं। बुरहान की लोकप्रियता का एक और कारण यह था कि हुर्रियत कॉन्फ्रेंस से लोगों का मोहभंग हो रहा था, क्योंकि वह कुछ नहीं कर पा रही थी।[2] बुजुर्ग पत्रकार शुजात बुखारी ने लिखा—'रूमानियत के चलते बुरहान वानी की जिंदगी ने नौजवानों को आकर्षित किया। ज्यादा-से-ज्यादा नौजवान उग्रवाद में शामिल होने लगे।'[3]

मुठभेड़ के बाद

जब तक अधिकारियों ने इंटरनेट और मोबाइल फोन सेवाएँ बंद कीं, तब तक घाटी के विभिन्न हिस्सों में सोशल मीडिया के माध्यम से बुरहान के मारे जाने की खबर जंगल में आग की तरह फैल गई थी। शाम करीब छह बजे ऑपरेशन खत्म होने के तुरंत बाद प्रतिक्रिया दिखाई दी और यह हिंसा के विभिन्न रूपों में कम-से-कम अगले छह महीनों तक जारी रही। भीड़ ने मुठभेड़ स्थल पर विरोध-प्रदर्शन शुरू कर दिया। जिस घर में बुरहान मारा गया था, उसे जला दिया गया। हुर्रियत कॉन्फ्रेंस ने हत्या के विरोध में 'बंद' की घोषणा की। अगले दिन बुरहान के पैतृक गाँव त्राल में उसके अंतिम संस्कार में अभूतपूर्व एक से ढाई लाख लोगों के शामिल होने का अनुमान है। उसे दफन किए जाते समय पाकिस्तान समर्थक नारे लगाए गए थे और उसके शरीर को पाकिस्तानी झंडे में लपेटा गया था।[4] इसके बाद उग्रवादी हमले और पथराव की घटनाएँ बढ़ गईं। बुरहान की मुठभेड़ के चार दिन के भीतर 30 नागरिक और एक पुलिसकर्मी मारे गए। पुलिस चौकियों, सेना शिविरों और बंकरों को आग लगाने की घटनाएँ अकसर होती रहीं।[5] इसके बाद प्रदर्शनकारियों और सुरक्षाबलों के बीच संघर्ष में 90 नागरिक मारे गए; छोटे बच्चों सहित 1,500

लोग घायल हुए; 1,100 की आँखों में छर्रे लगे; 2,300 प्राथमिकी दर्ज की गईं और 7,000 लोगों को गिरफ्तार किया गया।[6]

शुजात बुखारी बताते हैं कि "मुठभेड़ के बाद स्थानीय आतंकवादियों की संख्या में भारी वृद्धि हुई थी। पहले विदेशी और स्थानीय उग्रवादियों का अनुपात 70:30 था, लेकिन बुरहान के मारे जाने के बाद के वर्षों में यह अनुपात उलट गया। 2013 में केवल 16 स्थानीय आतंकवादी थे, जो 2016-17 तक बढ़कर 88 हो गए।"[7]

राजनीतिक प्रतिक्रिया

बुरहान की मुठभेड़ के एक दिन बाद नेशनल कॉन्फ्रेंस के उमर अब्दुल्ला ने कई ट्वीट किए। अपने पहले ट्वीट में अब्दुल्ला ने लिखा—'कई साल के बाद मैं अपने शहर श्रीनगर इलाके की मसजिद से 'आजादी' के नारे सुन रहा हूँ। कश्मीर के अप्रभावितों को आज एक नया आइकन मिला।'[8] अगले ट्वीट में उन्होंने डर जताया था कि बुरहान के मारे जाने से और आतंकियों की भरती हो जाएगी। उन्होंने ट्वीट किया—'मेरे शब्दों पर गौर करें—कब्र से उग्रवाद में भरती होने की बुरहान की क्षमता सोशल मीडिया पर उसके द्वारा किए गए किसी भी काम से कहीं आगे निकल जाएगी।'[9]

तत्कालीन मुख्यमंत्री महबूबा मुफ्ती ने प्रतिक्रिया दी—"अगर मैं उसके (वानी के) बारे में जानती तो मैं मौजूदा आर्थिक गतिविधियों, हालात में सुधार और पर्यटन को बढ़ावा देने के मद्देनजर उसे दूसरा मौका देती।"[10] उन्होंने कहा कि वे मुठभेड़ होने से पहले इससे अनजान थीं, इसलिए उन्हें पहले ही वैसी सुरक्षा व्यवस्था करने का समय नहीं मिला, जैसी उमर अब्दुल्ला ने मुख्यमंत्री रहते हुए संसद् पर हमला करने के दोषी अफजल गुरु को फाँसी के वक्त की थी। उन्होंने जोर देकर कहा कि पाकिस्तान के साथ शांति प्रक्रिया को फिर से शुरू करने की जरूरत है, जिसे पूर्व प्रधानमंत्री अटल बिहारी वाजपेयी ने शुरू किया था। महबूबा ने पेलेट गन के इस्तेमाल का भी विरोध किया।[11] बाद के दिनों में, उन्हें मारे गए आतंकियों के परिवारों के पास जाते देखा गया। इसने दक्षिणपंथियों को उन्हें 'नरम अलगाववादी' कहने के लिए प्रेरित किया।[12]

बुरहान वानी की मुठभेड़ और उसके बाद की घटनाओं ने मौजूदा गठबंधन सहयोगियों—पीडीपी और भाजपा के बीच असहिष्णुता के बीज बो दिए।

□

3

पुलवामा में बड़ा हमला

मैं एक घुमक्कड़ हूँ और एक पत्रकार के रूप में मेरा काम घुमक्कड़ी की मेरी चाह को पूरा करता है। अरुणाचल प्रदेश से कच्छ के रण तक और कन्याकुमारी से कश्मीर तक मुझे देश की लंबाई और चौड़ाई की यात्रा करने का सौभाग्य मिला है। मैंने चुनाव, प्राकृतिक आपदाओं, संघर्षों या त्रासदियों जैसी प्रमुख समाचार घटनाओं को कवर करने के लिए कुछ स्थानों का दौरा या तो एक अकेले घुमक्कड़ या पत्रकार के रूप में किया है।

कार्यालय में मेरे वरिष्ठ घुमक्कड़ी की मेरी चाह से परिचित हैं और यही कारण है कि वे मुझे विभिन्न प्रमुख राष्ट्रीय और अंतरराष्ट्रीय समाचार कार्यक्रमों के लिए भेजना उचित समझते हैं। इसलिए जब 14 फरवरी, 2019 को पुलवामा में केंद्रीय रिजर्व पुलिस बल (सी.आर.पी.एफ.) के काफिले पर आतंकवादी हमला हुआ तो मुझे कवरेज के लिए भेजा गया था।

मुझे जम्मू में सी.आर.पी.एफ. शिविर से कश्मीर घाटी में पुलवामा तक के मार्ग पर पूरी स्टोरी दिखाने को कहा गया था, जहाँ हमला हुआ था। मैंने कैमरामैन सचिन शिंदे से पूछा कि क्या वे मेरे साथ आने को तैयार हैं? वह सहज ही राजी हो गया। हमारे टिकट बुक हो गए और हमने जम्मू के लिए उड़ान भरी। वहाँ से हमें सी.आर.पी.एफ. काफिले की दुर्भाग्यपूर्ण यात्रा को फिर से बताने के लिए सड़क मार्ग से कश्मीर के पुलवामा तक की यात्रा करनी थी।

कश्मीर भारत की उन जगहों में से एक है, जहाँ मैं बार-बार गया हूँ। मैंने पहली बार अक्तूबर 2007 में घाटी का दौरा किया था। तब मैं एक पर्यटक के रूप में गया था और सभी पर्यटन स्थल देखे थे। मैं कभी न भूलनेवाली यादों और फिर से घाटी की यात्रा करने की इच्छा के साथ मुंबई लौटा था।

2007 के बाद जम्मू और कश्मीर की मेरी तमाम यात्राएँ मेरे पेशे के सिलसिले में रहीं। जैसे कोंकण रेलवे का मीडिया दौरा और 2014 में विधानसभा चुनाव। हालाँकि मैं बार-बार कश्मीर गया हूँ, लेकिन मैं वहाँ हिंसक संघर्षों को कवर करने के लिए कभी नहीं गया था, जिसके लिए राज्य 1980 के दशक के अंत से चर्चा में बना हुआ है। मैं पहली बार एक ऐसी घटना के बाद कश्मीर का दौरा कर रहा था, जिसके कारण पूरे भारत में एक मजबूत भावनात्मक प्रतिक्रिया हुई और राज्य भारी तनाव की चपेट में था।

एक रिपोर्टर की दुविधा

भारत में तमाम जनसंचार माध्यम पुलवामा हमले से संबंधित खबरों से भरे हुए थे—तिरंगे से ढके ताबूतों के गाँवों में पहुँचने की तसवीरें, शोक-संतप्त रिश्तेदार और बंदूकों की सलामी के साथ अंतिम संस्कार। न्यूज चैनलों के एंकर जोरदार जवाबी काररवाई किए जाने की बात कर रहे थे; मृतकों के रिश्तेदारों और दोस्तों ने बदला लेने की माँग की; राजनेताओं ने अतीत को खोदकर एक-दूसरे पर राष्ट्रीय सुरक्षा के मुद्दे पर ढिलाई बरतने का आरोप लगाया; टी.वी. स्टूडियो में कुछ आमंत्रितों ने युद्ध की माँग की, जबकि शांतिवादियों ने संयम बरतने को कहा। अंधराष्ट्रीयता हवा में उछल रही थी।

शहीद हुए सी.आर.पी.एफ. के जवान भारत के 16 अलग-अलग राज्यों के रहनेवाले थे। मेरे चैनल ने प्रत्येक मृतक सैनिक के घर एक कैमरा टीम भेजने का फैसला किया। कहा जाता है कि मृतकों के घरों में बहुत से मीडियावालों की मौजूदगी दुःख में उनके रिश्तेदारों की निजता को छीन लेती है। हालाँकि एक और दृष्टिकोण यह है कि इससे मृतक के परिवार को यह आभास होता है कि उनकी शहादत को पहचाना और महत्त्व दिया जा रहा है।

बहुत ज्यादा दुःख का आप पर यह असर हो सकता है कि आप अपनी संवेदनशीलता खो देते हैं। मुझे अपने साथ ऐसा होता नहीं लगता। अपराध और संघर्षों का रिपोर्टर होने के नाते और कई प्राकृतिक और मानव निर्मित त्रासदियों को कवर करने के दौरान मैंने मौत की बहुत कहानियों की रिपोर्टिंग की है और दुःखी रिश्तेदारों को देखा है, जो यह समझ नहीं पाते कि क्या हुआ है? मुझे अकसर अपनी नौकरी और अपनी भावनाओं को संतुलित करने में जद्दोजहद हुई है। ऐसे मौकों पर एक टेलीविजन पत्रकार के काम का सबसे खराब हिस्सा मृतक के सबसे करीबी रिश्तेदार से बात करना होता है। आमतौर पर सवाल कुछ इस तरह होते हैं—आप

उनसे आखिरी बार कब मिले थे? आपने उनसे आखिरी बार कब बात की थी? वे किस तरह के व्यक्ति थे? उनकी आपके साथ क्या यादें हैं? मेरे विचार में अधिकांश फील्ड टेलीविजन पत्रकार संवेदनशील लोग हैं और दूसरों की भावनाओं की परवाह करते हैं? और वे कभी हद नहीं लाँघते। हालाँकि उनके काम का मिजाज और गलाकाट स्पर्धा उन्हें स्वार्थी, असंवेदनशील और अकसर विवेकहीन बना देती है। शुक्र है कि मुझे शहीद सैनिकों के घरों का दौरा करने का काम नहीं सौंपा गया था, बल्कि उन घटनाओं के क्रम को बताने का काम सौंपा गया था, जिनके कारण हमले हुए।

कश्मीरी विरोधी दंगे

इस हमले से पूरे भारत में आक्रोश फैल गया और जम्मू में कश्मीरी विरोधी दंगे भड़क उठे। देश के अलग-अलग हिस्सों में कश्मीरी छात्रों पर हमले हो रहे थे। दो कश्मीरी शॉल विक्रेताओं को दिल्ली में उस समय पीटा गया, जब वे ट्रेन से हरियाणा जा रहे थे। उत्तराखंड की राजधानी देहरादून के दो सैनिक हाल ही में एक आतंकवादी हमले में शहीद हुए थे और वहाँ कश्मीरी विरोधी हिंसा की सबसे अधिक घटनाएँ देखी गईं। दक्षिणपंथी संगठनों के सदस्य यह आरोप लगाकर शैक्षणिक संस्थानों में कश्मीरी छात्रों के पीछे पड़ गए कि कुछ छात्र सोशल मीडिया पर भड़काऊ पोस्ट साझा कर रहे हैं। देहरादून के एक कॉलेज के कश्मीरी डीन को उस समय निलंबित कर दिया गया, जब उन्होंने एक कश्मीरी लड़की को हिंसक भीड़ के चंगुल से छुड़ाया। बाद में डीन ने दावा किया कि उन्होंने स्वेच्छा से निलंबित होने के लिए कहा, ताकि गुस्सा शांत किया जा सके।[1] कश्मीरी विरोधी हिंसा की खबरें पश्चिम बंगाल से भी आईं। 200 दंगाइयों के एक जत्थे ने एक शॉल व्यापारी के घर में घुसकर उसे और उसके दोस्तों को पीटा। उन्हें उनके चार महीने पुराने फेसबुक पोस्ट के लिए निशाना बनाया गया था, जिसमें उन्होंने लिखा था—'मुझे भारतीय सेना से नफरत है।' कश्मीरियों के खिलाफ प्रतिक्रिया के कारण हजारों लोग, जिनमें ज्यादातर छात्र, व्यापारी या विभिन्न पेशेवर थे, घाटी में अपने घरों को भाग गए।

जम्मू बनाम कश्मीर

दोपहर करीब एक बजे जम्मू हवाई अड्डे पर उतरने पर हमें पता चला कि शहर में कर्फ्यू लगा दिया गया है और किसी भी वाहन को चलने की अनुमति नहीं

दी जा रही है। टैक्सी स्टैंड खाली था। पुलवामा हमले के एक दिन बाद 'जम्मू चैंबर ऑफ कॉमर्स एंड इंडस्ट्रीज' ने 'बंद' का आह्वान किया था। सभी दुकानें और प्रतिष्ठान बंद रहे।

बजरंग दल, शिवसेना और डोगरा फ्रंट जैसे दक्षिणपंथी संगठनों ने शहर के विभिन्न हिस्सों में पाकिस्तान विरोधी प्रदर्शन किए। ये विरोध-प्रदर्शन पाकिस्तान के खिलाफ नारे लगाने और उसके राष्ट्रीय ध्वज को जलाने से शुरू हुए, लेकिन उस समय हिंसक हो गए, जब तिरंगा लिये कुछ नौजवान पथराव करते और वाहनों को जलाते हुए मुसलिम बहुल गुर्जर नगर से मोटरसाइकिलों पर गुजरे। आरोप है कि कुछ उपद्रवियों ने प्रदर्शनकारियों पर ईंट-पत्थर फेंके, जिससे हिंसा भड़क गई। जल्द ही हिंसा शहर के अन्य हिस्सों में भी फैल गई।[2] दंगों में दो दर्जन से अधिक लोग घायल हो गए।

जम्मू-कश्मीर पुलिस ने हिंसा को रोकने के लिए जम्मू में कर्फ्यू लगा दिया। फ्लैग मार्च करने और शांति बनाए रखने के लिए सेना की दो टुकड़ियों को बुलाया गया। एहतियात के तौर पर इंटरनेट बंद कर दिया गया।[3] हालाँकि, प्रदर्शनकारियों ने कर्फ्यू का उल्लंघन किया और कुछ क्षेत्रों में भारी संख्या में सड़क पर उतर आए। चेतावनी के बाद भी भीड़ तितर-बितर नहीं हुई तो पुलिस ने लाठीचार्ज किया और प्रदर्शनकारियों को हटाने के लिए आँसू गैस के गोले छोड़े।[4]

ये दंगे पुलवामा हमले के बाद दक्षिणपंथी संगठनों द्वारा न केवल हिला देनेवाली प्रतिक्रिया थी, बल्कि नफरत की हिंसक अभिव्यक्ति भी थी। तत्कालीन राज्य के दो क्षेत्रों—जम्मू और कश्मीर के बहुत से लोगों में एक-दूसरे के खिलाफ यह भावना ऐतिहासिक रूप से पनपी थी। जम्मू और कश्मीर राज्य को तीन प्रशासनिक क्षेत्रों में विभाजित किया गया था—जम्मू, कश्मीर घाटी और लद्दाख।[5] कुल 22 जिलों में से 10 जम्मू के थे और 10 ही कश्मीर के थे, जबकि लेह और कारगिल के दो जिले लद्दाख क्षेत्र में थे। यह भारत का एकमात्र राज्य था, जहाँ मुसलिम बहुसंख्यक थे—कुल जनसंख्या के 68.31 प्रतिशत। वे 22 में से 17 जिलों में बहुमत में थे। हिंदुओं की कुल आबादी 28 प्रतिशत थी और वे केवल चार जिलों में बहुमत में थे।[6]

दोनों क्षेत्रों के लोगों के बीच नफरत और अविश्वास के मुख्य रूप से सांप्रदायिक पहलू हैं। कश्मीर के विपरीत जम्मू शहर और आसपास के कुछ जिलों में हिंदुओं का बहुमत है। विभाजन के बाद पलायन करनेवाले कई लोग जम्मू में बस

गए हैं। कुछ पी.ओ.के. के पूर्व निवासी हैं। अस्सी के दशक के अंत और नब्बे के दशक की शुरुआत में पलायन के बाद कश्मीरी पंडितों ने भी जम्मू को अपना घर बना लिया है। इन लोगों ने अपने पिछले कड़वे अनुभवों के कारण सामान्य रूप से कश्मीरी मुसलमानों के प्रति घृणा की भावना पैदा की है और ये उन्हें अपनी दुर्दशा के लिए जिम्मेदार मानते हैं। दो क्षेत्रों के बीच सहजीवी संबंधों के बावजूद दुश्मनी मौजूद है। कश्मीर के लिए आपूर्ति जम्मू के व्यापारियों से आती है। दोनों क्षेत्रों के लोगों के बीच दुश्मनी को खत्म करने के लिए अंतरराज्यीय संवाद की कई पहल की गई हैं। दिवंगत बुजुर्ग पत्रकार शुजात बुखारी उन चेहरों में से एक थे, जिन्होंने राज्य के दो क्षेत्रों के लोगों के बीच गलतफहमी को दूर करने की कोशिश की थी।

जम्मू से पुलवामा जाने के लिए हमें एक कार की जरूरत थी। मैंने अपने जम्मू समकक्ष अजय बचलू के मोबाइल नंबर पर बात करने की कोशिश की, लेकिन उनका नंबर पहुँच में नहीं था। हम फँस गए थे। जब कोई वाहन ही नहीं होगा तो हम आगे कैसे बढ़ेंगे? एक घंटे के बाद हवाई अड्डा सुनसान हो गया, क्योंकि हमारे साथ उतरनेवाले सभी यात्री उन कारों में निकल गए थे, जो उन्हें लेने आई थीं। उनमें से ज्यादातर जम्मू के निवासी थे और उन्होंने अपने रिश्तेदारों या ड्राइवरों को बुला रखा था। कई कोशिशों के बाद बचलू का फोन लग गया। वे बहुत व्यस्त नजर आए। हालाँकि वे 15 मिनट में हवाई अड्डे पर पहुँचने में कामयाब रहे। मैंने उन्हें अपनी स्थिति के बारे में बताया, लेकिन उन्होंने शहर में तनाव को देखते हुए कार का इंतजाम करने में असमर्थता जताई। "कोई टैक्सी ड्राइवर जोखिम नहीं लेगा। मैं आपको अपनी कार दे सकता हूँ, लेकिन तब मैं यहाँ फँस जाऊँगा। शहर में हिंसा की बहुत घटनाएँ हो रही हैं और अगर मेरे पास कार नहीं होगी तो मैं इधर-उधर नहीं जा पाऊँगा।" उन्होंने सफाई दी।

एक पल के लिए अपना सिर खुजलाने के बाद बचलू ने एक टैक्सी ड्राइवर को फोन किया। उन्हें लगा कि वह मदद कर सकता है। उन्होंने कुछ मिनट उससे डोगरी भाषा में बात की। ड्राइवर हमें अपनी इनोवा में ले जाने के लिए तैयार हो गया, लेकिन दो शर्तों पर। पहली, वह नियमित किराए का तिगुना लेगा और दूसरी, वह हमें केवल बनिहाल तक छोड़ेगा, पुलवामा तक नहीं। बनिहाल जम्मू से 160 किलोमीटर दूर था और वहाँ पहुँचने में उसे चार घंटे लगे। ड्राइवर ने हमें बताया कि वह आगे नहीं जा सकता। एक दिन पहले श्रीनगर (जे.के.-01)7 और कश्मीर घाटी के अन्य जिलों जैसे—अनंतनाग (जे.के.-03), बारामूला (जे.के.-05) और

कुपवाड़ा (जे.के.-09) की पंजीकरण संख्यावाले कई वाहनों को जला दिया गया था।[7] ड्राइवर को डर था कि जवाबी काररवाई में कश्मीर घाटी में दंगाई जम्मू पंजीकरण (जे.के.-02) वाली किसी भी कार को आग लगा सकते हैं। बनिहाल जम्मू और कश्मीर की परिधि के करीब एक शहर था और दोनों क्षेत्रों के ड्राइवर केवल वहीं तक जाना सुरक्षित महसूस करते थे।

मैंने अपने संपादक रजनीश आहूजा को स्थिति से अवगत कराया। उन्होंने सुझाव दिया कि मैं टैक्सी से बनिहाल चला जाऊँ। अगली सुबह रिपोर्टर आदर्श सिंह, जो पहले से ही श्रीनगर में एक कार के साथ थे, वापस बनिहाल जाकर हमें आगे के सफर के लिए ले जाएँगे। संपादक ने मुझे अपनी शूटिंग पूरी करने और स्क्रिप्ट फाइल करने के लिए अगले दिन दोपहर बाद 3 बजे की समय-सीमा भी दी, क्योंकि खबर उस शाम 8 बजे प्रसारित होनेवाली थी। मैंने बचलू से टैक्सी बुलाने को कहा।

जब हम टैक्सी के आने का इंतजार कर रहे थे तो मैंने बचलू से पूछा, "ऐतिहासिक रूप से जम्मू और कश्मीर के क्षेत्र आपस में लड़ते रहे हैं, लेकिन आज भी दोनों के बीच दुश्मनी के क्या कारण हैं?" बचलू ने कहा, "मोटे तौर पर जम्मू के लोगों को लगता है कि उनके साथ उचित व्यवहार नहीं किया जा रहा है। वे एक उपेक्षित बच्चे की तरह महसूस करते हैं। केंद्र की ओर से ज्यादातर आर्थिक मदद कश्मीर घाटी को जाती है। कश्मीर में किसी भी बड़े प्रोजेक्ट पर जम्मू से ज्यादा ध्यान दिया जाता है। उदाहरण के लिए, गोंडोला का मामला लें। इस परियोजना की कल्पना कश्मीर में जम्मू और गुलमर्ग दोनों के लिए एक साथ की गई थी। जब गुलमर्ग में गोंडोला का चरण शुरू हो गया तो जम्मू के गोंडोला पर काम भी शुरू नहीं हुआ था।"

उन्होंने कहा, "राज्य की राजनीति में भी कश्मीर का दबदबा है। आप मुंबई से हैं, लेकिन आप अब भी मुफ्ती मोहम्मद सईद, महबूबा मुफ्ती, उमर अब्दुल्ला और कुछ अन्य लोगों को जानते होंगे, जो सभी कश्मीर क्षेत्र से आते हैं। लेकिन मुझे बताओ, आप जम्मू क्षेत्र के कितने राजनेताओं को जानते हैं? पीडीपी-भाजपा सरकार बनने के बाद चर्चा में आए जीतेंद्र सिंह और निर्मल सिंह जैसे एक-दो नामों के अलावा आप शायद किसी और को नहीं जानते होंगे।"

बचलू ने आगे कहा, "यहाँ किसी भी सरकारी दफ्तर में जाइए, आप देखेंगे कि ज्यादातर कर्मचारी कश्मीरी हैं। जम्मू के लोगों को लगता है कि उन्हें रोजगार के

उचित अवसर नहीं मिलते।" उन्होंने कहा कि जिस सरकार के ढाई साल के शासन में भाजपा ने भी सत्ता साझा की, वह जम्मू को कुछ भी देने में नाकाम रही और कोई बड़ी परियोजना शुरू नहीं की गई। बचलू ने कहा, "जम्मू में पर्यटन स्थल के रूप में विकसित होने की अच्छी संभावनाएँ हैं, लेकिन इस बारे में कुछ भी नहीं किया गया है। जम्मू में पर्यटकों को आकर्षित करने के लिए कुछ बड़ी परियोजनाओं को हाथ में लिया जाना चाहिए था।"

उन्होंने कहा, "राष्ट्रवादी भावना भी जम्मू के लोगों को कश्मीर के लोगों से काटती है। धारणा यह है कि कश्मीरी लोग अलगाववादियों और पाकिस्तान का समर्थन करते हैं, जिससे जम्मू के लोग घृणा करते हैं। इस वजह से जम्मू के मुसलमान भी कश्मीरियों को पसंद नहीं करते। जब कश्मीर घाटी से पलायन हुआ, तो न केवल पंडित, बल्कि सिख और मुसलमान भी जम्मू चले गए। ये वे मुसलमान थे, जो अपने बच्चों को आतंकवाद और राजनीति से दूर रखना चाहते थे। वे चाहते थे कि उनके बच्चे अच्छी शिक्षा प्राप्त करें और आगे बढ़ें। ऐसे कई कश्मीरी मुसलिम परिवार आज जम्मू में रह रहे हैं।"

हवाई अड्डे के गेट पर हमारी टैक्सी आ गई और हमारी चर्चा यहीं खत्म हो गई।

दोपहर के करीब 2:30 बजे थे। मैंने अजय बचलू को गले लगाया और वे मुझसे यह कहकर एक शूटिंग के लिए निकल गए कि अगर सफर के दौरान कोई परेशानी हो तो मैं उन्हें फोन करूँ। हम सी.आर.पी.एफ. कैंप की ओर बढ़े, जो हवाई अड्डे से कुछ किलोमीटर की दूरी पर स्थित था। जम्मू शहर की विभिन्न सड़कों से गुजरते हुए हमें हवा में तनाव महसूस हुआ। हर नुक्कड़ पर पुलिस थी। हमें रोका नहीं गया, क्योंकि हमने विंडशील्ड पर 'प्रेस, एबीपी न्यूज' लिखा एक प्रिंटआउट चिपका दिया था। सेना के वाहन दंगा प्रभावित इलाकों में गश्त कर रहे थे। करीब 15 मिनट में हम सी.आर.पी.एफ. कैंप के गेट पर पहुँच गए।

खलनायक मौसम

सी.आर.पी.एफ. 246 बटालियन और 3 लाख से अधिक कर्मियों की ताकत के साथ उग्रवाद का मुकाबला करने के लिए जम्मू-कश्मीर में तैनात अर्धसैनिक बलों में से एक है। इसकी स्थापना भारत को आजादी मिलने के दो साल बाद, 1949 में हुई थी।[8] नियमित कानून-व्यवस्था बनाए रखने और उग्रवाद से लड़ने के अलावा विभिन्न स्थानीय, राज्य और राष्ट्रीय चुनावों के दौरान सी.आर.पी.एफ. की

भूमिका महत्त्वपूर्ण हो जाती है। जिस शिविर में हम पहुँचे, वह सी.आर.पी.एफ. का एक ट्रांजिट कैंप था। छुट्टी से लौटनेवाले या घाटी में तैनाती के लिए अन्य स्थानों से भेजे गए कर्मचारी वहाँ इकट्ठे होते थे और उन्हें उनकी पोस्टिंग के अनुसार विभिन्न स्थानों पर ले जाया जाता था।

हमले के दिन 14 फरवरी, 2019 से पहले के सप्ताह में एन.एच.-44, जिसे जम्मू-श्रीनगर राजमार्ग के रूप में भी जाना जाता है, पर भारी हिमपात हुआ था। एन.एच.-44 उन दो प्रमुख सड़कों में से एक है, जो जम्मू क्षेत्र को कश्मीर घाटी से जोड़ती है। दूसरा राजमार्ग मुगल रोड कश्मीर में शोपियाँ को जम्मू क्षेत्र में राजौरी से जोड़ता है, लेकिन यह ज्यादातर सर्दियों में बर्फबारी के कारण बंद रहता है। चूँकि जम्मू और श्रीनगर को जोड़नेवाली दोनों सड़कें बंद थीं, इसलिए जम्मू ट्रांजिट कैंप में पहुँचनेवाले जवान वहीं फँस गए। इससे वहाँ लगभग 6,000 जवान जमा हो गए, जो शिविर की क्षमता से कहीं अधिक थे। ट्रांजिट कैंप में आनेवाले कर्मियों की भीड़ को कम करना और उन्हें उनके संबंधित स्थानों पर ड्यूटी पर भेजना जरूरी था।

सात दिन के बाद 13 फरवरी को जब सूचना आई कि राजमार्ग से बर्फ साफ कर दी गई है और इसका इस्तेमाल किया जा सकता है तो श्रीनगर में अधिक-से-अधिक कर्मियों को भेजने का निर्णय लिया गया, क्योंकि घाटी में मौसम के बारे में कुछ नहीं कहा जा सकता था। सी.आर.पी.एफ. के कुल 2,547 जवानों को 78 बसों में सवार होकर श्रीनगर की ओर जाने का आदेश दिया गया। तड़के करीब 3 बजे ट्रांजिट कैंप से निकलनेवाली ग्रे बसों के काफिले की लाइन इतनी लंबी हो गई कि आखिरी बस सबसे आगेवाली बस से 14 किलोमीटर पीछे थी।

मैंने ट्रांजिट कैंप के गेट पर अपनी स्टोरी का ओपनिंग पीस टू कैमरा (पी.टी.सी.)[9] किया, जिसमें काफिले के रवाना होने से पहले के हालात बताए गए थे।

नारकीय राजमार्ग

बहुत जल्द हमारी कार एन.एच.-44 पर पहुँच गई। उसकी शुरुआत पर मैंने राजमार्ग का महत्त्व बताते हुए एक और पी.टी.सी. किया। जल्द ही हम चेनानी-नाशरी सुरंग तक आसानी से पहुँच गए। सुरंग पार करने के बाद सड़क की हालत खराब हो गई।

शाम के लगभग 4 बज रहे थे और अब हमें भूख लग रही थी, क्योंकि हमने आखिरी बार दोपहर के समय फ्लाइट में ही कुछ खाया था। मैंने ड्राइवर रमनलाल को सड़क किनारे किसी भोजनालय में रुकने के लिए कहा, ताकि हम कुछ नाश्ता

कर सकें और चाय पी सकें। रमनलाल ने अपनी गाड़ी पीठा नाम की जगह पर रोकी।

"साहब, यह भोजनालय राजमा-चावल के लिए बहुत मशहूर है। जिन लोगों ने यहाँ एक बार राजमा का स्वाद चखा है, वे जब भी इस राजमार्ग से गुजरते हैं तो खाने के लिए हमेशा यहीं रुकते हैं।" रमनलाल ने उत्साह से कहा।

"रमनलाल, मुझे लगता है कि इस समय राजमा-चावल बहुत भारी होगा। दोपहर के भोजन का वक्त गुजर चुका है।" मैंने मुसकराते हुए कहा।

"फिर भी आप खाकर तो देखिए साहब!" रमनलाल ने जोर देकर कहा और अपने लिए एक थाली मँगवाई।

भोजनालय की रसोई से आनेवाली सुगंध ने सचिन को लुभाया और उन्होंने सुझाव दिया कि एक थाली मँगाकर हम दोनों को उसमें से बाँटकर खाना चाहिए।

हमने एक थाली मँगवाकर शेयर की। स्वाद सचमुच लाजवाब था। हमने एक और थाली मँगाई। भरपेट खाने के बाद हमने चाय पी। पेट-पूजा करके हम चल पड़े। सड़क पर गड्ढों और झटकों के कारण हमें लगा कि हम ऊँट की सवारी कर रहे हैं। यह देखना भयावह था कि राज्य की सबसे महत्त्वपूर्ण सड़क, जो दो राजधानियों को जोड़ती थी, हजारों राष्ट्रीय और अंतरराष्ट्रीय पर्यटकों द्वारा इस्तेमाल की जाती थी, जहाँ से सैनिकों को ले जाया जाता था और घाटी के लिए आपूर्ति का एक महत्त्वपूर्ण मार्ग थी, वह इतनी खस्ताहाल थी।

जब हम सड़क की खराब हालत के बारे में चर्चा कर रहे थे तो विपरीत दिशा से आ रहे एक पिकअप ट्रक में एक बुजुर्ग सिख ने हमारी कार का पंजीकरण नंबर देखकर हमें रुकने के लिए कहा। वह रमनलाल पर पंजाबी में चिल्लाया, "गड्डी प्यारी नहीं है तेनु? पता नहीं ओधर की हो रिया है? ओ तेरी गड्डी साध देंगे।" (क्या तुझे अपनी कार प्यारी नहीं है? क्या नहीं जानता कि उधर क्या हो रहा है? वे तेरी कार को जला देंगे।) मुझे यह सोचकर चिंता हुई कि अब रमनलाल डर जाएगा और हमें और आगे ले जाने के लिए मना कर देगा। हालाँकि उसने उस बुजुर्ग व्यक्ति को चिंता जताने के लिए धन्यवाद दिया और यह कहते हुए आगे बढ़ गया, "जी, पता है। उधर हालात बहुत खराब हैं। ये मीडियावाले हैं। इन्हें बनिहाल तक छोड़कर लौट आऊँगा।"

अकेला सैनिक और उसके दुश्मन

शाम ढल रही थी। एन.एच.-44 की मेरी रिपोर्ट में एक विवरण यह था कि यह देश का सबसे सैन्यीकृत राजमार्ग था। मुझे सी.आर.पी.एफ. और राष्ट्रीय

राइफल्स के सशस्त्र सैनिकों को दिखाते हुए यह साबित करना था, जो राजमार्ग के किनारे हर 300 या 400 मीटर के अंतराल पर तैनात थे। कई जगहों पर तो पूरी तरह सुनसान नजर आनेवाले इलाकों में अकेले गार्ड राइफल लिये खड़े थे। गुजरते वाहन वहाँ इनसानी मौजूदगी का एकमात्र संकेत थे। मोबाइल फोन नेटवर्क उपलब्ध नहीं थे। मैंने सचिन से कहा कि सूरज की रोशनी पूरी तरह से गायब होने से पहले हाईवे पर नजर रखनेवाले ऐसे सैनिकों के कुछ शॉट जल्दी से ले लो।

कुछ ऊँचाई पर सड़क के किनारे एक पेड़ के नीचे एक वरदीधारी जवान को खड़ा देखकर सचिन ने रमनलाल को कार रोकने के लिए कहा। जैसे ही रमनलाल ने अचानक ब्रेक लगाया, कार जोर से चीखकर रुकी और सचिन अपने कैमरे के साथ गार्ड की तरफ भागे। गार्ड, जिसे आराम दिया गया था, कार के रुकने और एक अजनबी को अपनी ओर दौड़ते हुए देखकर अलर्ट मोड में आ गया। उसने तेजी से अपनी राइफल उठाई, ट्रिगर पर अपनी उँगली रखी और सचिन की ओर इशारा किया। मैं दौड़कर बाहर आया और चैनल के लोगो के साथ अपना माइक्रोफोन लहराते हुए चिल्लाया, "हम मीडियावाले हैं। आप चिंता मत कीजिए।" मुझे अपनी गलती का अहसास हुआ। हमें अपनी कार उससे कुछ मीटर दूर रोककर उसके पास जाना चाहिए था। हम उससे बात करने के बाद जरूरी विजुअल ले सकते थे। यह गलती हमारे लिए घातक साबित हो सकती थी। हमें गलती से आतंकवादी समझा जा सकता था और हम मारे जा सकते थे।

हाईवे की रखवाली करनेवाले जवान मौत के साए में जीते हैं। हिजबुल मुजाहिदीन, लश्कर-ए-तैयबा और जैश-ए-मोहम्मद जैसे आतंकवादी संगठनों के पास राजमार्गों से सटे क्षेत्रों में 'ओवर ग्राउंड वर्कर्स' (ओ.जी.डब्ल्यू.) का एक अच्छा नेटवर्क है। पिछले कुछ बरसों में उनके हमलों में कई लोग हताहत हुए हैं।[10] ठीक तीन साल पहले, जून 2016 में, उस राजमार्ग पर फ्रेस्तबल नामक स्थान पर आतंकवादियों के हमले में सी.आर.पी.एफ. के 8 जवान शहीद हो गए थे और 20 गंभीर रूप से घायल हो गए थे। उसी महीने सीमा सुरक्षाबल (बी.एस.एफ.) के तीन जवान शहीद हुए थे और सात घायल हो गए थे, जब हिजबुल मुजाहिदीन के आतंकवादियों ने जम्मू से श्रीनगर जा रहे कर्मियों को ले जा रही एक बस पर गोलीबारी की थी।[11]

ऐसे में जब मौत किसी सैनिक को सोचने और जवाबी काररवाई करने का समय नहीं देती है तो सिपाही की चौंकानेवाली प्रतिक्रिया हमारी जान ले सकती थी।

मेरा माइक्रोफोन देखने के बाद जवान ने अपनी राइफल नीचे कर ली। मैं उसके पास गया और उसे बताया कि मैं एक पत्रकार हूँ और उसके साथियों की शहादत पर केंद्रित एक रिपोर्ट पर काम कर रहा हूँ। हमारी पहचान पर भरोसा करने के बाद उसने हमें अपने शॉट्स लेने की अनुमति दी।

जब तक हम उस सैनिक के शॉट्स लेते, तब तक अँधेरा हो चुका था। रात करीब 9 बजे हम बनिहाल कस्बे पहुँचे, जो सुनसान नजर आया। रमनलाल ने अपना किराया लिया और हमें सड़क के किनारे दिखे पहले होटल में छोड़ दिया। सचिन ने उन्हें होटल में चेक-इन करने तक इंतजार करने के लिए कहा, लेकिन रमनलाल ने कहा कि उनके लिए तुरंत लौटना बेहतर होगा, क्योंकि बनिहाल में कई मुसलमान रहते थे और वे जोखिम नहीं लेना चाहते। जम्मू से छह घंटे की लंबी यात्रा ने हमारे शरीर और दिमाग को पस्त कर दिया था। हम थक गए थे। मुझे रमनलाल के लिए खेद हुआ, जिन्हें बिना आराम किए उसी सड़क पर वापस जाना पड़ा। मैंने उन्हें टिप के रूप में कुछ अतिरिक्त रुपए देकर उन्हें जाने दिया।

बनिहाल में सर्द रात

कार से बाहर निकलते ही हम ठंड से काँपने लगे। तापमान 3 डिग्री सेल्सियस था और रात बढ़ने पर यह और कम होनेवाला था। हम जल्द-से-जल्द होटल के कमरे में पहुँचना चाहते थे। हम ग्रिल के बंद गेट से जीरो वॉट के बल्ब की पीलिया रोशनी में होटल के रिसेप्शन को देख सकते थे, लेकिन वहाँ कोई नजर नहीं आया। सचिन चिल्लाया, "कोई है क्या?" लेकिन तीन-चार बार पुकारने के बाद भी कोई जवाब नहीं आया। सचिन ने गुस्से में सामान उठाया और चल दिया। हम दोनों के पास कैमरा बैग के अलावा हमारे कपड़ों के बैग थे, 10 किलोग्राम की एक तिपाई और 5 किलोग्राम की एक लाइवयू इकाई थी, जिसका इस्तेमाल हम फुटेज को अपलिंक करने के लिए करते हैं। ठंड, सफर की थकान और अब इस भारी सामान के बोझ ने हमारी हालत खराब कर दी थी। हमें रमनलाल को जाने देने का अफसोस होने लगा। है। हम लगभग 200 मीटर चलकर दूसरे होटल में पहुँचे। रिसेप्शन पर बैठे एक किशोर ने बताया कि होटल में सिर्फ पाँच कमरे हैं और सभी भरे हुए हैं। उसने सुझाव दिया कि हम पर्यटन विभाग के विश्राम गृह में अपनी किस्मत आजमाएँ, जो शहर के उत्तरी छोर पर कुछ ही गज दूर था। हम अपनी अगली कोशिश में निराशा बरदाश्त नहीं कर सकते थे। अगर वह नाकाम रहती तो वह सर्द रात सड़क के किनारे बिताने के अलावा कोई विकल्प नहीं था।

मैं और सचिन दोनों अब हलके-हलके काँप रहे थे। जैसे ही मैं विश्राम गृह के गेट पर पहुँचा, सचिन ने एक सिगरेट जलाई और ठंड से थोड़ी राहत महसूस की। रिसेप्शन पर मैंने एक पारंपरिक कश्मीरी फेरन पहने एक व्यक्ति को रजिस्टर अपडेट करते देखा। मैंने कमरे के बारे में पूछताछ की। उसने कहा कि सिर्फ एक कमरा बचा है और इसमें एक रात रुकने के लिए हमें 800 रुपए देने होंगे। हमने आवश्यक दस्तावेज दिखाकर तुरंत चेक-इन किया। विश्राम गृह एक बड़ी झोंपड़ी के आकार में था, जिसमें एक पंक्ति में चार-पाँच कमरे थे। कमरे के ठीक बाहर एक छोटा सा मैदान था, जिसे पार्किंग क्षेत्र के रूप में भी इस्तेमाल किया जाता था।

रिसेप्शनिस्ट हमें हमारे कमरे में ले गया। हमारे कपड़े देखकर उसने कहा, "सर, मुंबई के आपके गरम कपड़े यहाँ आपके काम नहीं आएँगे। दिल्ली और अन्य उत्तर भारतीय शहरों के लोगों को यहाँ परेशानी नहीं होती, क्योंकि उन्हें मुंबई की तुलना में ठंडे मौसम का अनुभव होता है। मैं मुंबई में कुछ साल रहा हूँ, इसलिए मुझे पता है।"

एक हॉरर फिल्म के लिए यह कमरा एकदम माकूल था। दीवारों का प्लास्टर उखड़ा हुआ था और कोनों में मकड़ी के जाले लटक रहे थे। बिस्तर के बगल में एक बड़ी खिड़की से बाहर पार्किंग की जगह दिख रही थी। परिचारक ने हमें गीजर का इस्तेमाल करते समय सावधान रहने के लिए कहा, क्योंकि तार में बिजली के कनेक्शन के लिए प्लग लगाने के सॉकेट नहीं थे। बिस्तर के बगल में एक बटन की ओर इशारा करते हुए उसने हमें कुछ भी जरूरत होने पर इसे दबाने के लिए कहा।

एक ऐसे राज्य के टूरिस्ट रिसोर्ट को इस हाल में देखना दुःखद था, जिसके राजस्व का मुख्य स्रोत पर्यटन था। जम्मू-कश्मीर सरकार पर्यटकों को राज्य में वापस लाने के लिए प्रचार पर करोड़ों रुपए खर्च कर रही थी। मुझे मुंबई के जे.डब्ल्यू. मैरियट में महबूबा मुफ्ती से मिलना याद है, जब वे राज्य की मुख्यमंत्री थीं और फिल्म-निर्माताओं से घाटी में शूटिंग करने का आग्रह करने वहाँ आई थीं। मुझसे बातचीत में उन्होंने कहा था कि उनका राज्य पर्यटकों के लिए सुरक्षित है और मुंबई के लोगों को कश्मीर आना चाहिए। उन्होंने कहा, "मौका मिलने पर मैं वहाँ पर्यटन को बढ़ावा देने के लिए सलमान खान को चुनना चाहूँगी।"[12]

सामान्य परिस्थितियों में हम कभी ऐसे कमरे में नहीं ठहरते, लेकिन उस रात असहनीय ठंड में वहाँ आसरा पाकर हम खुश थे। एक के बाद एक-दो सिगरेट फूँकने के बाद सचिन बेहतर महसूस कर रहे थे, लेकिन ठंड की वजह से बेचैनी

मेरे चेहरे पर साफ दिख रही थी। इस पर सचिन मुसकराए और अपने बैग से कैप्टन मॉर्गन की आधी बोतल निकाल ली। "मुझे पता था कि हमें इसकी जरूरत हो सकती है, इसलिए मैंने रवाना होने से पहले इसे बैग में रख लिया था।" वह जानता था कि यह मेरा पसंदीदा ब्रांड है। मैंने बिना पानी मिलाए दो पैग लिये। कुछ गरमाहट आने से मुझे अच्छा लगा। कुछ देर बाद हम सड़क के उस पार एक पंजाबी भोजनालय में गए। उस समय वहाँ बस वही खुला था। कुछ सिख ट्रक ड्राइवर खाना खा रहे थे। गरम भोजन ने उस राहत में इजाफा किया, जो हमें अभी मिली थी। सोने से पहले मैंने अपने सहयोगी आदर्श सिंह से बात की, जिन्होंने पुष्टि की कि वे हमें लेने के लिए सुबह 8 बजे श्रीनगर से बनिहाल पहुँच जाएँगे।

भयावह सुबह

सुबह 6:30 बजे अपने कमरे के बाहर कुछ हल्ला-गुल्ला होने से मेरी आँख खुली। मैंने परदा एक तरफ खींचा तो देखा कि करीब 100 लोग पार्किंग एरिया में जमा थे। उनमें से ज्यादातर ने टोपियाँ पहन रखी थीं और दाढ़ी भी रखी थी। वे जोर-जोर से बात कर रहे थे और बहुत गुस्से में लग रहे थे। मुझे आश्चर्य हुआ कि इतने सारे मुसलमान सुबह-सुबह वहाँ क्यों जमा हो गए और वे इतने उत्तेजित क्यों हैं? सचिन भी उठ गया। उसे शक हुआ कि हम पर हमला हो सकता है, क्योंकि हम हिंदू हैं। हम सोच ही रहे थे कि क्या किया जाए, कि तभी किसी ने जोर से हमारे कमरे का दरवाजा खटखटाया। जैसे ही मैंने दरवाजा खोला, दो लोग धड़धड़ाते हुए अंदर आए और हमसे पूछे बिना कोने में रखी दो कुरसियों को बेअदबी से झपटकर ले गए। इससे सचिन नाराज हो गए, लेकिन मैंने उन्हें शांत रहने को कहा।

कुरसियाँ उन दो बुजुर्गों के लिए थीं, जिनका भीड़ अदब कर रही थी। जैसे ही वे मैदान के बीच में उन कुरसियों पर बैठे, भीड़ ने उन्हें घेर लिया। वे जोर-जोर से उर्दू में बात कर रहे थे। "वे जम्मू में हमारे लोगों के वाहन जला रहे हैं। हमें भी उसी तरह से जवाबी काररवाई करनी चाहिए।" एक गुस्सैल नौजवान ने सुझाव दिया। भीड़ में मौजूद अन्य लोगों ने उसका समर्थन किया। हालाँकि, कुरसियों पर बैठे बुजुर्ग इससे सहमत नहीं थे। उनमें से एक ने कहा, "यह सच है कि जम्मू में जो कुछ भी हो रहा है, वह सही नहीं है और हमें इसे गैर-मुनासिब करार देना चाहिए। लेकिन हमारे बनिहाल में अब तक अमन रहा है। हिंसा का सहारा लेना, पथराव करना या वाहन जलाना हम सभी को खतरे में डाल देगा।"

"तो हम अपना गुस्सा कैसे जाहिर करेंगे?" भीड़ में से कोई चिल्लाया।

"हमें फसाद की मुखालफत में 'बंद' बुलाना चाहिए। पूरे शहर को बंद कर देना चाहिए।" बुजुर्ग ने कहा।

"हाँ, और हमें किसी भी वाहन को बनिहाल से नहीं गुजरने देना चाहिए। राजमार्ग को बंद कर देना चाहिए।" किसी और ने सुझाव दिया।

"नहीं, मैं इसका समर्थन नहीं करता।" बुजुर्ग ने जवाब दिया।

जब भीड़ और दो बुजुर्ग इस बात पर बहस कर रहे थे कि मुखालफत कैसे की जाए, तो हमने सोचा कि तैयार होकर विश्राम गृह से चेक-आउट करना ही ठीक होगा। एक या दो उग्र लोग भी भीड़ को बेकाबू कर सकते थे। मुझे आदर्श का फोन आया, जिसने मुझे बताया कि वे श्रीनगर से निकल चुके हैं और हमें लेने के लिए आ रहे हैं। मुझे चिंता थी कि अगर प्रदर्शनकारियों ने सड़क जाम करना शुरू कर दिया, तो आदर्श के लिए हम तक पहुँचना मुश्किल हो जाएगा। एक घंटे के भीतर हमने अपने सामान के साथ चेक-आउट किया और नाश्ते के लिए सड़क के उस पार भोजनालय में गए। आदर्श सुबह 8:30 बजे आ गए। वे कश्मीरी रजिस्ट्रेशन वाली कार में आए थे। आदर्श, उनके कैमरामैन मोहित कैसली और ड्राइवर गुलाम सुबह करीब साढ़े पाँच बजे निकले थे और रास्ते में उन्हें कई बाधाओं का सामना करना पड़ा था। कुछ स्थानों पर सड़क खोलनेवाली पार्टियों (आर.ओ.पी.) ने वाहनों की आवाजाही को मंजूरी नहीं दी थी। इससे वाहनों की लंबी कतारें लग गई थीं। सड़क पर नियमित यातायात की अनुमति देने से पहले आर.ओ.पी. यह सुनिश्चित करते हैं कि सड़क पर कोई प्राकृतिक या मानव निर्मित खतरा तो नहीं है। हालाँकि, उन्होंने सेना के अधिकारियों को बंद किए गए रास्तों पर टी.वी. पत्रकार के रूप में अपनी पहचान बताई तो नागरिक यातायात के लिए मंजूरी दिए जाने के बाद उन्हें सबसे पहले जाने दिया गया।

जवाहर सुरंग पर लंबा इंतजार

बनिहाल शहर से बाहर निकलते ही मनमोहक नजारा हमारा स्वागत कर रहा था। हाईवे अब पीर पंजाल के बर्फीले पहाड़ों से होकर गुजर रहा था। इस सफर के दौरान पहली बार हमें बर्फ नजर आई। सफेद पहाड़ियों को चूमकर लौटतीं सूरज की किरणों का नजारा मन को मोहनेवाला था। हम उस स्थान के सौंदर्य से मंत्रमुग्ध हो गए थे और कुछ मिनट पहले हमारे मन में जो तनाव था, उसे भूल गए थे। अपनी प्राकृतिक भव्यता के साथ कश्मीर घाटी करीब ही थी।

नुकीले मोड़ों और ढालों को पार करने के बाद हम 'जवाहर सुरंग' के प्रवेश द्वार

पर पहुँचे, जिसे 'बनिहाल सुरंग' के नाम से भी जाना जाता है। लगभग 3 किलोमीटर लंबी यह सुरंग जम्मू क्षेत्र और कश्मीर घाटी के बीच एक महत्त्वपूर्ण कड़ी है। प्रवेश द्वार पर करीब 50 वाहनों की लंबी कतार थी। आने और जाने के लिए सुरंग की केवल एक लेन का इस्तेमाल किया जा रहा था। सी.आर.पी.एफ. का एक काफिला गुजरने वाला था और पुलवामा की घटना के बाद सुरक्षा के कड़े इंतजाम के कारण सुरंग को नागरिक यातायात के लिए बंद कर दिया गया था। मैं चिंतित हो गया, क्योंकि शूटिंग पूरी करने में देरी का मतलब था कि दोपहर 3 बजे की समय-सीमा तक हम काम पूरा नहीं कर पाते। मैंने प्रवेश करने की जगह के प्रभारी सेना अधिकारी के सामने अपनी बात रखी। उन्होंने मुझसे कहा कि सी.आर.पी.एफ. का काफिला गुजरते ही मेरा वाहन सुरंग में सबसे पहले प्रवेश करेगा, लेकिन इसमें लगभग 45 मिनट लगेंगे। उसने हमारी कार को कतार की शुरुआत में लगाने के लिए कहा।

हमारे पास इंतजार करने के अलावा कोई विकल्प नहीं था। मैंने घाटी के लिए इसके महत्त्व का ब्योरा देते हुए सुरंग के प्रवेश द्वार पर एक पी.टी.सी. किया। सचिन सेना के जवानों से बातचीत में तल्लीन हो गए। यह जानकर उनकी खुशी का पारावार न रहा कि बसों का वही काफिला श्रीनगर से वापस आ रहा है, जिस पर 14 फरवरी को हमला किया गया था। उसी काफिले के दृश्य हमारी रिपोर्ट में जान डाल देंगे। इस बार काफिला उन कर्मियों को लेकर आ रहा था, जो श्रीनगर में अपनी ड्यूटी पूरी कर चुके थे या छुट्टी पर जा रहे थे या किसी दूसरी पोस्टिंग पर रवाना हो रहे थे।

थोड़ी देर बाद काफिला आ गया और उसकी आखिरी बस को सुरंग से बाहर निकलने में 15 मिनट से ज्यादा का समय लगा। शॉट लेने के बाद हम जल्दी से अपनी कार में सवार हो गए। अधिकारी ने अपना वादा निभाया और हमें पहले प्रवेश की अनुमति दी। उनका धन्यवाद करते हुए हम आगे बढ़ गए। जैसे ही हम सुरंग से बाहर निकले, हमारे ड्राइवर गुलाम ने घोषणा की कि हम आखिरकार कश्मीर घाटी में हैं। हम काजीगुंड पहुँचे थे। आमतौर पर जम्मू से आनेवाले काफिले को काजीगुंड पहुँचने के बाद श्रीनगर की ओर आगे के सफर के लिए बख्तरबंद वाहनों की सुरक्षा में ले जाया जाता है।

हालाँकि 14 फरवरी को दुर्भाग्यपूर्ण काफिले को बख्तरबंद वाहनों की सुरक्षा नहीं मिली थी, क्योंकि हाल के खराब मौसम और बड़ी संख्या में सी.आर.पी.एफ. के जवानों के एक साथ सफर करने के कारण सुरक्षा व्यवस्था गड़बड़ हो गई थी।

मैंने वहाँ एक बख्तरबंद वाहन की पृष्ठभूमि में पी.टी.सी. किया।

आगे की यात्रा बहुत तनावपूर्ण थी। काफिले की आवाजाही के कारण जम्मू की ओर यातायात रोक दिया गया था और इससे राजमार्ग पर ट्रकों और पिकअप वैन का 15 किलोमीटर लंबा जाम लग गया। नतीजतन हमने काजीगुंड से लेथपोरा तक 48 किलोमीटर की दूरी तीन घंटे में तय की। समय-सीमा के बारे में सोच-सोचकर मेरा रक्तचाप बढ़ रहा था।

एक हमला, जिसने भारत के राजनीतिक विमर्श को बदल दिया

आखिर में हम पुलवामा जिले के लेथपोरा पहुँचे, जहाँ सी.आर.पी.एफ. की बस को उड़ा दिया गया था। 'जैश-ए-मोहम्मद' आतंकी समूह का 22 वर्षीय आदिल डार मारुति इको कार चलाकर चलते काफिले में घुस गया था और उसने 76वीं बटालियन के सी.आर.पी.एफ. जवानों से भरी बस को टक्कर मार दी थी। इससे इतना बड़ा धमाका हुआ था कि आवाज 5 किलोमीटर से भी ज्यादा दूर तक सुनी गई थी। बस के हिस्से और सी.आर.पी.एफ. जवानों के क्षत-विक्षत शव हाईवे के चारों ओर बिखरे पड़े थे और वहाँ एक गड्ढा बन गया था। आग की लपटों और काले धुएँ ने आसपास के इलाके को अपनी चपेट में ले लिया था। पुलिस ने हमें घटनास्थल के पास जाने की अनुमति नहीं दी, इसलिए हमें दूर से ही शॉट लेने पड़े।[13] राष्ट्रीय जाँच एजेंसी (एन.आई.ए.) की प्रारंभिक जाँच में पता चला कि विस्फोट के लिए 200 किलोग्राम से अधिक विस्फोटक, अमोनियम नाइट्रेट और आर.डी.एक्स. का इस्तेमाल किया गया था। मैंने ग्राउंड जीरो पर क्लोजिंग पी.टी.सी. किया और अपनी स्टोरी की शूटिंग पूरी की। यह हमला आनेवाले दिनों में भारत के राजनीतिक विमर्श को प्रभावित, यहाँ तक कि बदल देनेवाला था।

इसके बाद हमें श्रीनगर पहुँचना था, जहाँ से होटल के वाई-फाई इंटरनेट का इस्तेमाल करके हमें अपने नोएडा कार्यालय में फुटेज भेजनी थी। दोपहर बाद के 3:30 बज गए थे और मैं समय-सीमा चूक गया था। मैंने जल्दी से अपने मोबाइल फोन पर स्क्रिप्ट टाइप करनी शुरू की, जबकि गुलाम ने हमारी जरूरत को समझते हुए कार को तेजी से होटल की ओर बढ़ा दिया।

प्रतिशोध!

हमले के कुछ घंटे बाद भारत के विदेश मंत्रालय ने कड़े शब्दों में एक बयान जारी किया था। इसमें कहा गया था, "यह जघन्य और घृणित कार्य जैश-ए-

मोहम्मद ने किया है, जो पाकिस्तान में स्थित और उसके द्वारा समर्थित तथा संयुक्त राष्ट्र और अन्य देशों द्वारा प्रतिबंधित आतंकवादी संगठन है। इस आतंकी समूह का नेतृत्व अंतरराष्ट्रीय आतंकवादी मसूद अजहर करता है, जिसे पाकिस्तान सरकार ने पाकिस्तान के नियंत्रणवाले क्षेत्रों में अपने आतंकी ढाँचे को संचालित करने, विस्तार करने तथा भारत और अन्य जगहों पर बेखौफ होकर हमले करने की पूरी आजादी दे रखी है।"[14] बयान में जोर देकर कहा गया कि भारत राष्ट्रीय सुरक्षा के लिए सभी आवश्यक उपाय करने के लिए प्रतिबद्ध है।

पुलवामा हमले के 12 दिन बाद, 26 फरवरी को भारतीय वायुसेना के युद्धक विमानों ने पाकिस्तान के बालाकोट पर हमला किया। बारह मिराज 2000 जेट विमानों ने भोर से पहले 19 मिनट तक चलाए गए एक ऑपरेशन के दौरान 1,000 किलोग्राम के बम गिराए।[15] उनका निशाना पाकिस्तान के खैबर पख्तूनख्वा प्रांत में नियंत्रण रेखा से 80 किलोमीटर दूर कथित आतंकवादी शिविर थे। एनडीए सरकार ने दावा किया कि हवाई हमलों ने जैश-ए-मोहम्मद के सबसे बड़े आतंकवादी शिविरों को ध्वस्त कर दिया और आतंकवादियों और उनके प्रशिक्षकों की एक 'बहुत बड़ी संख्या' का सफाया कर दिया। सरकार ने दावा किया कि ये हमले इन शिविरों को खाली किए जाने से पहले किए गए थे, क्योंकि शिविरों में और अधिक आतंकवादी हमलों की योजना बनाई जा रही थी। तत्कालीन विदेश मंत्री सुषमा स्वराज ने कहा था कि हवाई हमले का उद्देश्य आतंकवादी शिविरों को नष्ट करना था और भारत इसे आगे बढ़ाना नहीं चाहता था।[16] 1971 के युद्ध के बाद पहली बार भारतीय युद्धक विमानों ने पाकिस्तानी धरती पर हमला किया था।[17]

जैसे ही टी.वी. पर हवाई हमले की खबर आई, भारत के विभिन्न हिस्सों में जश्न शुरू हो गए। पटाखे फोड़े गए, मिठाइयाँ बाँटी गईं और सड़कों पर भारतीय झंडों के साथ जुलूस निकाले गए।[18] भारत ने अपने सैनिकों की शहादत का बदला लेकर पाकिस्तान को मुँहतोड़ जवाब दिया था। हालाँकि पाकिस्तान सरकार ने भारतीय दावों का खंडन किया। पाकिस्तानी सेना ने उस क्षेत्र में विदेशी पत्रकारों और राजनयिकों का दौरा कराया, जहाँ भारतीय वायुसेना ने हमले करने का दावा किया था। दौरे में शामिल पत्रकारों ने कहा कि उन पर कई तरह की पाबंदियाँ लगाई गई हैं। पत्रकारों ने बताया कि उन्होंने एक मध्यम आकार का गड्ढा, जो शायद भारतीय युद्धक विमान द्वारा बम गिराए जाने से हुआ था, कुछ गिरे हुए पेड़ और एक क्षतिग्रस्त मकान देखा। पाकिस्तानी सेना के प्रवक्ता मेजर जनरल आसिफ

गफूर ने कहा कि भारतीय युद्धक विमानों से कोई नुकसान नहीं हुआ है और यह आरोप झूठा है कि इसके आसपास आतंकी शिविर चलाए जा रहे हैं।[19] हालाँकि अंतरराष्ट्रीय समाचार एजेंसी 'रॉयटर्स' ने बताया कि उसके पत्रकारों ने हमले के बाद एक पहाड़ी पर उस मदरसे तक पहुँचने के लिए नौ दिन में तीन बार कोशिश की, जिसके बारे में भारत सरकार ने दावा किया था कि वहाँ जैश-ए-मोहम्मद का आतंकवादी शिविर था। लेकिन पाकिस्तानी घेराबंदी के कारण वे नाकाम रहे।[20] क्या हवाई हमले के दौरान वास्तव में कोई नुकसान हुआ था, यह एक विवादास्पद मुद्दा बना हुआ है। इस बारे में दोनों पक्षों ने अलग-अलग दावे किए।

हालाँकि 27 फरवरी को विंग कमांडर अभिनंदन वर्धमान, जो अपने मिग-21 में घुसपैठ कर रहे पाकिस्तानी हवाई जहाज का पीछा कर रहे थे, पाकिस्तानी क्षेत्र में चले गए और उन्हें पाकिस्तानी सेना ने बंदी बना लिया। आशंका थी कि दोनों देशों के बीच मौजूदा तनाव को देखते हुए उन्हें प्रताड़ित किया जाएगा और मार डाला जाएगा। मगर दुश्मन की कैद में 60 घंटे के बाद पाकिस्तानी प्रधानमंत्री इमरान खान द्वारा संसद् में इस बयान के बाद भारत को सौंप दिया गया था कि उन्हें 'शांति भावना' के रूप में रिहा किया जा रहा है। भाजपा अध्यक्ष अमित शाह ने दावा किया कि यह भारत के लिए एक 'राजनयिक जीत' है।[21]

यू.पी. फॉर्मूले को दोहराया

26 फरवरी के हवाई हमले के बाद के दिनों में सभी समाचार मंच राष्ट्रवाद, राष्ट्रीय सुरक्षा, कूटनीति, आतंकवाद, अभिनंदन वर्धमान की वीरता आदि से संबंधित सामग्री से भरे हुए थे। यह सब ऐसे समय में हो रहा था, जब मई में होनेवाले देश के संसदीय चुनाव मुश्किल से तीन महीने दूर थे। भाजपा ने अपने चुनावी अभियान के दौरान व्यापक जनभावनाओं को भुनाने का फैसला किया, जैसाकि उसने 2017 में उरी हमले के जवाब में पाकिस्तान में भारतीय सेना की 'सर्जिकल स्ट्राइक' के तुरंत बाद उत्तर प्रदेश विधानसभा चुनावों के दौरान किया था।[22]

भाजपा ने एक बार फिर केंद्र में सत्ता पाने के लिए हवाई हमलों को अपनी उपलब्धि के रूप में दिखाना शुरू कर दिया।

मोदी ने राष्ट्रीय सुरक्षा को अपने चुनाव अभियान का प्राथमिक विषय बनाया। हालाँकि, विपक्ष ने बेरोजगारी और अन्य मुद्दों को उजागर करने का प्रयास किया, लेकिन ये मुद्दे पीछे ही रह गए। 18 अप्रैल, 2019 को गुजरात के तटीय शहर अमरेली में एक जनसभा में मोदी ने कहा, "लेकिन पाकिस्तान को

नहीं पता था कि मोदी कैसा है? उसे लगता था कि भारत भूमि या समुद्री मार्ग से हमला कर सकता है। लेकिन हमने हवाई हमला किया। और पहली बार दुनिया ने पाकिस्तान को रोते हुए देखा।" उन्होंने कहा कि भारत ने पाकिस्तान को लगभग घुटनों के बल ला दिया है।[23]

अभूतपूर्व चुनावी जीत

23 मई, 2019 भाजपा के लिए एक ऐतिहासिक दिन था। चुनाव परिणामों ने भाजपा को 303 सीटों के साथ लोकसभा में सबसे बड़ी पार्टी बना दिया और भाजपा के नेतृत्ववाले राष्ट्रीय जनतांत्रिक गठबंधन (एनडीए) को 353 सीटें मिलीं। पार्टी का वोट शेयर 2014 के 31.34 प्रतिशत से बढ़कर 2019 में 37.40 प्रतिशत हो गया।[24] पिछले तीन दशक में किसी भी राजनीतिक दल के लिए ऐसी चुनावी जीत दुर्लभ थी। दशकों से कांग्रेस का गढ़ मानी जानेवाली अमेठी सीट से विपक्ष का सबसे बड़ा चेहरा कांग्रेस के राहुल गांधी हार गए।

नोटबंदी की पीड़ा, वस्तु एवं सेवा कर को जल्दबाजी में लागू करना, अर्थव्यवस्था की खराब स्थिति और कृषि संकट—विपक्षी दलों द्वारा उठाए गए सभी मुद्दे मतदाताओं को लुभाने में नाकाम रहे। बालाकोट हवाई हमले को भाजपा की जीत के प्राथमिक कारकों में से एक के रूप में गिना गया था। इन मुद्दों में गरीबी रेखा से नीचे के परिवारों को रसोई गैस कनेक्शन आवंटित करने की 'उज्ज्वला योजना' शामिल थी।[25]

भाजपा की इस चौंकानेवाली जीत के कई मायने थे। अब केंद्र में एक मजबूत और स्थिर सरकार थी, इसलिए भाजपा ने ऐसी कई नीतियों और कार्यक्रमों को लागू करने की ताकत हासिल कर ली थी, जो उसके एजेंडे में थे। बहुमत के लिए आवश्यक संख्या से अधिक सीटें हासिल करने का मतलब यह हुआ कि भाजपा को अब शिवसेना जैसे छोटे सहयोगियों द्वारा ब्लैकमेल नहीं किया जा सकता था, जिसका पार्टी को पिछली एनडीए सरकारों के दौरान सामना करना पड़ा था। सहयोगी दलों द्वारा भाजपा की पहल का विरोध भी अप्रासंगिक हो गया। कुल मिलाकर मोदी ने 2014 की तुलना में अधिक शक्तिशाली प्रधानमंत्री के रूप में शपथ ली थी। प्रचंड जीत ने मोदी सरकार को कश्मीर पर भाजपा के एजेंडे को आगे बढ़ाने का भी अधिकार दिया।

□

खंड-2

अनुच्छेद 370 निरस्त और जम्मू-कश्मीर का विभाजन

4

भुलाया न जा सकनेवाला अगस्त

अगस्त 2019। जैसे ही हम श्रीनगर के शेख उल-आलम अंतरराष्ट्रीय हवाई अड्डे पर उतरनेवाले थे, कैप्टन ने बेहद असामान्य घोषणा की कि कश्मीर में मौजूदा हालात के कारण सुरक्षा उपायों को ध्यान में रखते हुए सभी खिड़कियों के शेड्स नीचे कर लिये जाएँ। श्रीनगर एक सैन्य हवाई अड्डा होने के कारण यात्रियों को आमतौर पर तसवीरें लेने की इजाजत नहीं होती, लेकिन इस बार हालात अलग थे। मुझे इस बात का अंदाजा हो गया कि मुझे घाटी में क्या देखने को मिलेगा!

मुझे उम्मीद थी कि जैसाकि तय हुआ था, ड्राइवर गुलाम मुझे हवाई अड्डे से ले लेगा। मैंने करीब आधे घंटे तक इंतजार किया, लेकिन गुलाम नहीं आया। उससे संपर्क करने का कोई तरीका नहीं था, क्योंकि मोबाइल फोन और इंटरनेट काम नहीं कर रहे थे। टर्मिनल से टैक्सी स्टैंड करीब 100 मीटर की दूरी पर था, लेकिन तेज बारिश हो रही थी। जैसे ही मैं लिफ्ट माँगने के लिए किसी अन्य यात्री के पास जानेवाला था, मैंने किसी को चिल्लाते हुए सुना, "दीक्षित सर!" मैंने पीछे मुड़कर देखा। बारिश में आधा भीगते हुए गुलाम मेरी ओर दौड़ा चला आ रहा था और कह रहा था, "माफ करें सर। एयरपोर्ट पर आते समय भी कई जगहों पर सुरक्षा जाँच की गई। इसलिए मुझे देर हो गई।" वह हमारा सामान उठाकर हमें अपनी महिंद्रा जायलो की ओर ले गया। यह कश्मीर पंजीकरणवाला वही एम.पी.वी. (कॉम्पैक्ट मल्टीपर्पज व्हीकल) था, जिसमें इउसने छह महीने पहले बनिहाल में हमें घुमाया था।

50 के दरमियान की उम्र का खिचड़ी दाढ़ीवाला लंबा कश्मीरी शख्स गुलाम एक ईमानदार ड्राइवर था। वह एक बुद्धिमान व्यक्ति था और उसे समसामयिक मामलों में रुचि थी। वह अपने खाली समय में पढ़ना पसंद करता था और उसने भारत के कई हिस्सों की यात्रा की थी। उसे देखकर मुझे राहत महसूस हुई।

हमारे ठहरने का इंतजाम डल गेट के पास संयुक्त राष्ट्र कार्यालय के बगल में स्थित होटल 'सरोवर पोर्टिको' में किया गया था। यह गुपकर रोड के बहुत करीब था, जो पूर्व मुख्यमंत्री उमर अब्दुल्ला और महबूबा मुफ्ती और कई अन्य शीर्ष राजनेताओं के आवासों के साथ घाटी के सबसे हाई-प्रोफाइल रास्तों में से एक है। कश्मीर के अंतिम राजा हरिसिंह का महल और पहले मुख्यमंत्री का आधिकारिक निवास 'हरि निवास' भी यहाँ से दूर नहीं है।

होटल के रास्ते में मैंने देखा कि छह महीने पहले श्रीनगर की हमारी यात्रा के दौरान जितनी सुरक्षा थी, इस बार उससे कहीं अधिक सुरक्षा थी। पुलिस द्वारा वाहनों की चेकिंग और उनमें सवार लोगों की तलाशी भी इस बार अधिक थी। सड़क के किनारे की दुकानें बंद थीं और उनमें से कुछ के शटर भारत-विरोधी ग्रैफिटी से अँटे हुए थे। दक्षिण कश्मीर में ऐसे नजारे आम हैं, जहाँ दुकान के शटर और दीवारों पर 'हमें आजादी चाहिए', 'भारत आपका खेल खत्म', 'चुनावों का बहिष्कार', 'ए.के.-47' आदि शब्द लिखे हुए हैं। वैसे अब इसकी जवाबी ग्रैफिटी भी नजर आती है—'हमें पत्थरबाजों से आजादी चाहिए', 'आई लव मोदी', 'इंडिया योर गेम इज गुड' जैसे संदेशों के साथ।[1] हवाई अड्डे से होटल महज 13 किलोमीटर दूर है, हवाई अड्डे और सड़क पर ज्यादा ट्रैफिक भी नहीं था, लेकिन सुरक्षा जाँच के लिए बार-बार रुकने के कारण हमें पहुँचने में एक घंटे से अधिक का समय लगा। कश्मीर घाटी में करीब 10 दिन पहले से ऐसा माहौल बनता नजर आ रहा था।

29 जुलाई को 'ग्रेटर कश्मीर' ने एक लेख प्रकाशित किया। इसमें कहा गया था कि विधानसभा चुनाव उस वर्ष अक्तूबर या नवंबर में होने की संभावना है।[2] यह खबर स्वागतयोग्य थी, क्योंकि जून 2017 में भाजपा के मुख्यमंत्री महबूबा मुफ्ती की सरकार से समर्थन वापस लेने के बाद राज्य पिछले दो वर्ष से राष्ट्रपति शासन के अधीन था। हालाँकि अगले ही दिन पुलिस का एक गोपनीय आदेश मीडिया में लीक हो गया था—इसमें उच्च अधिकारियों को देने के लिए श्रीनगर में मसजिदों की प्रबंधन समितियों का विवरण माँगा गया था। अपने पिछले अनुभवों के कारण सुरक्षा प्रतिष्ठानों का मानना था कि मसजिदों का इस्तेमाल कभी-कभी विरोध-प्रदर्शनों को उत्तेजित करने और भड़काने के लिए किया जाता था। इस लीक पर हंगामे के बाद श्रीनगर के वरिष्ठ पुलिस अधीक्षक (एस.एस.पी.) ने पुष्टि की कि यह आदेश उन्होंने ही लिखा था और यह सामान्य नियमित संदेश था।[3] एक अन्य

पुलिस आदेश, जिसमें टैक्सियों की यात्री क्षमता और पेट्रोल की ईंधन क्षमता के बारे में पूछा गया था और पेट्रोल पंपों तथा पुराने शहर के कुछ हिस्सों में सुरक्षा पिकेट और नए बंकर बनाने का निर्देश दिया गया था, से तनाव बढ़ गया।[4]

30 जुलाई को खराब मौसम का हवाला देते हुए वार्षिक अमरनाथ यात्रा 4 अगस्त तक के लिए स्थगित कर दी गई थी। हालाँकि 2 अगस्त को जम्मू-कश्मीर सरकार के प्रमुख सचिव (गृह) शालीन काबरा के एक आदेश ने कई लोगों की भौंहें चढ़ा दीं। इसमें लिखा था—'अमरनाथ यात्रा को खासतौर पर निशाना बनाने के आतंकवादी खतरों की नवीनतम खुफिया सूचनाओं को ध्यान में रखते हुए और कश्मीर घाटी में मौजूदा सुरक्षा स्थिति को देखते हुए पर्यटकों और अमरनाथ यात्रियों की सुरक्षा के हित में उन्हें सलाह दी जाती है कि वे घाटी में अपना प्रवास तुरंत खत्म करके जल्द-से-जल्द लौटने के लिए जरूरी इंतजाम करें।'[5] क्या इतना बड़ा निर्णय किसी आतंकवादी हमले के संबंध में सिर्फ खुफिया सूचना के आधार पर लिया गया था या यह सिर्फ किसी चीज के लिए 'बहाना' था? कुछ लोगों को इसे लेकर संशय था।

हर साल हजारों हिंदू अमरनाथ मंदिर की तीर्थयात्रा करते हैं, जो पाँच दिन तक चलती है। हिंदू पौराणिक कथाओं के अनुसार, भगवान् शिव ने यहाँ अपनी पत्नी पार्वती को जीवन और अनंत काल के बारे में बताया था। हर साल मई और अगस्त के बीच एक गुफा के अंदर प्राकृतिक रूप से बने शिवलिंग की एक झलक पाने के लिए भक्त लगभग 12,756 फीट ऊपर चढ़ते हैं। गुफा बर्फ से ढके पहाड़ों से घिरी हुई है और खराब मौसम में इसकी ओर जानेवाला रास्ता अकसर खतरनाक हो जाता है। प्राकृतिक खतरों, विभिन्न आतंकवादी संगठनों द्वारा यात्रा पर पाबंदी और बार-बार आतंकवादी हमलों के बावजूद तीर्थयात्रियों की संख्या लगातार बढ़ रही है। यहाँ तक कि कुछ वर्ष में ही यह 6 लाख को भी पार कर गई है।[6] इस कारण व्यापक सुरक्षा व्यवस्था हमेशा मौजूद रहती है।

पूर्व मुख्यमंत्री उमर अब्दुल्ला ने ट्वीट किया—'गुलमर्ग के होटलों में ठहरे हुए दोस्तों को जाने को मजबूर किया जा रहा है। पहलगाम और गुलमर्ग से लोगों को बाहर निकालने के लिए राज्य सड़क परिवहन निगम की बसों को तैनात किया जा रहा है। अगर यात्रा को खतरा है तो गुलमर्ग को खाली क्यों कराया जा रहा है?'[7]

पर्यटकों के लिए यात्रा परामर्श और अमरनाथ यात्रा के बंद होने से घाटी में खलबली मच गई। जम्मू-कश्मीर सरकार ने भारतीय वायुसेना को घाटी से

अमरनाथ तीर्थयात्रियों को एयरलिफ्ट करने के लिए कहा; नागरिक उड्डयन मंत्रालय ने नागरिक एयरलाइनों को घाटी छोड़नेवाले पर्यटकों की अधिक संख्या के कारण अपने बढ़ते किराए पर नियंत्रण रखने का निर्देश दिया; सरकारी अस्पतालों के कर्मचारियों को अपने स्टेशन नहीं छोड़ने का निर्देश दिया गया; सरकारी छात्रावासों में रहनेवाले छात्रों को तुरंत खाली करने के लिए कहा गया; राष्ट्रीय प्रौद्योगिकी संस्थान (एन.आई.टी.) ने अपनी कक्षाएँ निलंबित कर दीं और कई स्कूल तथा कॉलेज बंद कर दिए गए। लोग किराने का सामान और अन्य आवश्यक सामान लेने के लिए दौड़ पड़े।[8] पेट्रोल पंपों और एटीएम पर लंबी कतारें देखी गईं।[9] राज्य भर के हवाई अड्डों और रेलवे स्टेशनों पर अफरा-तफरी मच गई, क्योंकि तीर्थयात्री, पर्यटक, छात्र और मजदूर राज्य से जाने के लिए दौड़ पड़े। अचानक घाटी में सशस्त्र बलों की उपस्थिति बढ़ गई। घाटी में 38,000 और सैनिक भेजे गए थे।[10]

मेरी दोस्त और पूर्व सहयोगी अफशां अंजुम दिल्ली में एन.डी.टी.वी. के लिए खेल संपादक के रूप में काम करती थीं। वे एक साल पहले नौकरी छोड़कर श्रीनगर में रहने लगी थीं। "रोज साइकिल से शोपियाँ से श्रीनगर जानेवाले मेरे माली ने मुझे घर में सामान भरने की सलाह दी, क्योंकि उसे लगा कि कश्मीर में कुछ बहुत भयानक होनेवाला है। श्रीनगर में साल भर से रहने के दौरान मैंने पहली बार कश्मीरियों के चेहरों पर इतनी घबराहट देखी थी। मैंने दुकानों, बाजारों और दफ्तरों में लोगों की बातचीत सुनी। वे चर्चा कर रहे थे कि कयामत का दिन आनेवाला है और सैनिक उनके घरों में घुसकर उनकी पिटाई करेंगे। वे यह सब अपने अनुभव के आधार पर बोल रहे थे।" अफशां ने कहा।

अफशां ने आगे कहा, "पुलिसकर्मी पर्यटकों को उनके होटलों से बाहर निकाल रहे थे। उत्तर प्रदेश और बिहार के दैनिक वेतनभोगियों को बसों में ठूँस दिया गया। मैंने शामली और बिजनौर के युवा लड़कों और लड़कियों को देखा, जो सैलून और ब्यूटी पार्लर के लिए काम करते थे। उन्हें अपना सामान समेटकर लौटने के लिए मजबूर किया गया। पार्कों में सुरक्षाबलों को तैनात किया गया था।"

एक स्तर पर जनता लंबे समय तक सबकुछ बंद रहने के डर से घबरा रही थी। राजनीतिक वर्ग ने भी इस घटनाक्रम को केंद्र की साजिश की तैयारी के रूप में महसूस किया। कांग्रेस, नेशनल कॉन्फ्रेंस और पीडीपी जैसे राजनीतिक दलों के नेताओं को संदेह था कि केंद्र भारतीय संविधान के अनुच्छेद 35ए और अनुच्छेद 370 के साथ कुछ छेड़छाड़ करने जा रहा है, जिसने कश्मीर को विशेष दर्जा दिया

था। जम्मू-कश्मीर के तत्कालीन राज्यपाल सत्यपाल मलिक ने मौजूदा तनाव और अनुच्छेद 370 को निरस्त करने की संभावना के बारे में पूछे जाने पर कहा, "यह सामान्य बात है। सिर्फ अफवाह फैलाई जा रही है। यह यहाँ एक बहुत ही नियमित बात है। लाल चौक पर अगर आप छींकते हैं तो यहाँ आते ही धमाका हो जाता है। निहित स्वार्थों, खासकर कुछ राजनीतिक दलों द्वारा बेमतलब दहशत पैदा की जा रही है।"[11]

महबूबा मुफ्ती ने पीडीपी और कुछ छोटे दलों के नेताओं के साथ राज्यपाल मलिक से मुलाकात की और उनसे घाटी में दहशत फैलानेवाली अफवाहों को दूर करने को कहा। मलिक ने उन्हें शांत रहने के लिए कहा और दोहराया कि जम्मू-कश्मीर का विशेष दर्जा खत्म करने की सरकार की कोई योजना नहीं है। हालाँकि मुफ्ती को राज्यपाल की बातों पर यकीन नहीं हुआ और उन्होंने कहा, "जम्मू-कश्मीर के लोगों की विशिष्ट पहचान को बचाए रखने के लिए जो कुछ भी बचा है, नई दिल्ली उसे लूटने की तैयारी कर रही है।"[12] ठीक चार महीने पहले, अप्रैल में जब भाजपा ने घोषणा-पत्र में एक बार फिर दोहराया था कि वह धारा 370 को निरस्त कर देगी, तब मुफ्ती ने एक बहुत ही आक्रामक बयान दिया था। उन्होंने चेतावनी दी थी, "जम्मू-कश्मीर पहले से ही बारूद के ढेर पर है और हमने पुलवामा में इसकी एक झलक देखी है। अगर भाजपा इस तरह के बयान देना बंद नहीं करती और इस तरह के इरादे नहीं छोड़ती तो यह न केवल जम्मू-कश्मीर, बल्कि पूरे क्षेत्र को जला देगा। इसलिए भाजपा को मेरी चेतावनी है कि आग से खेलना बंद करो। जम्मू-कश्मीर में बारूद फैला है। अगर तुम एक चिनगारी जलाओगे तो सबकुछ आग की लपटों में जल जाएगा और कोई जम्मू या कश्मीर या भारत नहीं बचेगा।"[13]

राज्यपाल के साथ मुफ्ती की बैठक के एक दिन बाद उमर अब्दुल्ला ने राज्यपाल से मुलाकात की। फिर उन्होंने एक संवाददाता सम्मेलन को संबोधित किया। अब्दुल्ला ने कहा कि मलिक ने उन्हें आश्वासन दिया था कि अनुच्छेद 370 या राज्य के तीन हिस्सों से संबंधित कोई घोषणा नहीं की जाएगी। हालाँकि उन्होंने यह भी कहा, "जम्मू-कश्मीर पर राज्यपाल की बात कोई अंतिम शब्द नहीं हैं। जम्मू-कश्मीर पर अंतिम शब्द तो भारत सरकार के ही होंगे। इसलिए राज्यपाल हमें सार्वजनिक रूप से जितना बताते हैं, उससे कहीं अधिक मैं निश्चित रूप से भारत सरकार से सार्वजनिक रूप से यह सुनना चाहूँगा कि लोगों को फिक्र करने जैसी कोई बात नहीं है।"[14]

कश्मीर के वरिष्ठ कांग्रेस नेता गुलाम नबी आजाद ने भी एक बयान जारी करके कहा, "सरकार द्वारा जारी की गई एडवाइजरी न केवल जम्मू-कश्मीर के लोगों, बल्कि पूरे देश के लोगों में फिक्र और डर पैदा करनेवाली थी। किसी भी सरकार ने कभी भी पर्यटकों को वापस जाने के लिए नहीं कहा। ऐसा पहले कभी नहीं हुआ।"[15]

नेशनल कॉन्फ्रेंस, पीडीपी और कांग्रेस के नेता इस बात को लेकर चिंतित थे कि क्या होनेवाला है? भाजपा की राज्य इकाई के आधिकारिक ट्विटर हैंडल से एक ट्वीट ने सस्पेंस को और बढ़ा दिया। इसमें कहा गया—"भाजपा स्वतंत्रता दिवस पर हर जगह तिरंगा फहराएगी। राज्य की पंचायत : भाजपा प्रदेश अध्यक्ष श्री.@RAVINDERBJPJK।"[16]

मौजूदा अनिश्चितता के बीच अभिनेता अनुपम खेर, जो प्रधानमंत्री मोदी के समर्थक रहे हैं और जिनकी पत्नी किरण खेर भाजपा सांसद हैं, के एक ट्वीट ने संकेत दिया कि क्या हो रहा था! उन्होंने लिखा—'कश्मीर का समाधान शुरू हो गया है।'[17]

घाटी में तनाव ने अलगाववादी नेताओं को भी बेचैन कर दिया। विभिन्न सामाजिक और राजनीतिक गुटों के एक समूह हुर्रियत कॉन्फ्रेंस, जो कश्मीर को भारत के कब्जे में मानकर अलगाव की माँग करता है, ने अपने सदस्यों की एक बैठक बुलाई। इसकी अध्यक्षता अस्सी साल के सैयद अली शाह गिलानी ने की। गिलानी ने अपने संबोधन में कहा कि कश्मीर के हालात अराजक और भ्रमित करनेवाले हैं। गिलानी ने कहा, "सुरक्षाबलों की तैनाती बढ़ाने, राज्य के विशेष प्रावधानों के साथ छेड़छाड़ की अफवाहों, (अमरनाथ) यात्रा को स्थगित करने, पर्यटकों, छात्रों और यात्रियों को निकालने से युद्ध जैसी हालत पैदा हो गई है।" उन्होंने कश्मीर के युवाओं को 'लंबे और मुश्किल' संघर्ष के लिए तैयार रहने को भी कहा।[18]

गुपकर घोषणा

4 अगस्त को शाम 6 बजे भाजपा के अलावा सभी पार्टियों ने एक संयुक्त बैठक करने का फैसला किया। चूँकि पुलिस ने श्रीनगर के होटलों को राजनीतिक दलों को अपने परिसर में बैठक करने की अनुमति नहीं देने का निर्देश दिया था, इसलिए महबूबा मुफ्ती का आवास बैठक के लिए तय किया गया। हालाँकि अंतिम समय में आयोजन स्थल को बदलकर गुपकर रोड स्थित फारूक अब्दुल्ला के

घर कर दिया गया। बैठक में नेशनल कॉन्फ्रेंस, पीडीपी, पीपुल्स मूवमेंट (पूर्व आई.ए.एस. अधिकारी शाह फैसल द्वारा नवगठित पार्टी) के नेताओं ने भाग लिया। सर्वसम्मति से यह तय किया गया था कि वे जम्मू और कश्मीर राज्य की स्वायत्तता की रक्षा करेंगे।[19] यह प्रस्ताव बाद में 'गुपकर घोषणा' के रूप में प्रसिद्ध हुआ। बैठक के बाद महबूबा मुफ्ती ने केंद्र पर आरोप लगाया कि वह गृहयुद्ध जैसी स्थिति पैदा कर रही है। उन्होंने कहा, "यह बहुत डरावनी कोशिश चल रही है।"[20]

रात करीब 11 बजे पूरे राज्य में मोबाइल-इंटरनेट सेवा बंद कर दी गई। कुछ ही समय बाद लैंडलाइन और केबल टेलीविजन नेटवर्क भी ब्लॉक कर दिए गए। हालाँकि, इंटरनेट के बार-बार बंद किए जाने का तो कश्मीर आदी है, लेकिन लैंडलाइन टेलीफोन सेवा पर प्रतिबंध दुर्लभ था। संचार के लगभग सभी रूपों को आम जनता के लिए दुर्गम बना दिया गया था। 4 और 5 अगस्त की मध्यरात्रि में दंड प्रक्रिया संहिता की धारा 144 लागू कर दी गई। इसमें जनता के किसी भी जमावड़े को प्रतिबंधित किया गया था।[21] तकनीकी रूप से यह कर्फ्यू नहीं था, मगर कई सड़कों पर बैरिकेडिंग, सशस्त्र कर्मियों की भारी तैनाती और कुछ क्षेत्रों में आवाजाही पर प्रतिबंध को देखते हुए जमीनी हालात कर्फ्यू जैसे ही थे। दंगा नियंत्रण वाहनों को भी तैयार रखा गया था।

इसके बाद राजनीतिक नेताओं को हिरासत में लेने का सिलसिला शुरू हुआ। हिरासत में लिये जानेवाले पहले व्यक्ति उमर अब्दुल्ला थे, जिन्होंने देर रात इसके बारे में ट्वीट किया—"मेरा मानना है कि मुझे आज आधी रात से नजरबंद किया जा रहा है और मुख्यधारा के अन्य नेताओं के लिए यह सिलसिला शुरू हो चुका है। यह जानने का कोई तरीका नहीं है कि यह सच है या नहीं, लेकिन अगर यह सच है तो मैं चाहूँगा कि जो होनेवाला है, आप सभी उसमें दूसरी ओर रहें। अल्लाह हमें बचाए!"[22]

जल्द ही पुलिस ने महबूबा मुफ्ती के आवास पर पहुँचकर उन्हें हिरासत में ले लिया। अपनी नजरबंदी के कुछ मिनट बाद, मुफ्ती ने 5 अगस्त, 2019 को दोपहर 12:09 बजे ट्वीट किया—'कितनी विडंबना है कि हमारे जैसे चुने हुए प्रतिनिधि, जिन्होंने शांति के लिए लड़ाई लड़ी, वे नजरबंद हैं! दुनिया देख रही है कि जम्मू-कश्मीर में लोगों और उनकी आवाजों को दबाया जा रहा है। वही कश्मीर, जिसने एक धर्मनिरपेक्ष लोकतांत्रिक भारत को चुना, वह अकल्पनीय परिमाण के उत्पीड़न का सामना कर रहा है। भारत जागो!'[23]

नेशनल कॉन्फ्रेंस के प्रमुख फारूक अब्दुल्ला को भी अपने घर से बाहर

नहीं निकलने दिया गया और पुलिस ने उनके आवास की घेराबंदी कर दी। बाद में उन्होंने आरोप लगाया कि केंद्र सरकार उन्हें और उनके बेटे उमर को मार डालना चाहती है।[24]

कांग्रेस नेता उस्मान माजिद और माकपा नेता एम.वाई. तारिगामी को पीपुल्स कॉन्फ्रेंस के अध्यक्ष सज्जाद लोन के साथ हिरासत में लिया गया।[25]

कयामत का दिन

अगली सुबह देश भर में लोग जागे तो उन्हें अखबारों की खबरों से पता चला कि कश्मीर में रात को क्या कुछ हुआ था! टी.वी. चैनल गरज रहे थे कि कश्मीर का समाधान चल रहा है। इन सभी बदलावों ने स्पष्ट रूप से संकेत दिया कि केंद्र कुछ बहुत कठोर कदम उठाने जा रहा था। इसमें यह भी निहित था कि अमरनाथ यात्रा पर आतंकवादी हमले की संभावना पर आधारित परामर्श असली इरादों को छिपाने का सिर्फ एक जरिया था। राज्यपाल सत्यपाल मलिक द्वारा राजनीतिक नेताओं और मीडिया को दिए गए आश्वासन केवल योजना का एक हिस्सा थे। भोर होते ही यह स्पष्ट हो गया था कि कश्मीरी राजनेताओं और लोगों के कई अन्य वर्गों की आशंका सच साबित हो रही थी।

5 अगस्त को जब राज्यसभा के लिए दिन के कामकाज की सूची जारी की गई थी तो यह सूचीबद्ध था कि गृह मंत्री अमित शाह दो वैधानिक प्रस्तावों को पेश करेंगे और विचार करने और पारित करने के लिए एक विधेयक पेश करेंगे।[26] सभी निजी समाचार चैनलों ने राज्यसभा टी.वी. का वीडियो फीड चालू कर दिया था और 'कश्मीर विशेषज्ञों' और विभिन्न राजनीतिक दलों के प्रवक्ताओं को मिलाकर मेहमानों का एक पैनल बना लिया था।

अमित शाह सुबह प्रधानमंत्री आवास पर कैबिनेट की बैठक में शामिल होने के बाद राज्यसभा पहुँचे। इस बैठक में राष्ट्रीय सुरक्षा सलाहकार (एन.एस.ए.) अजीत डोभाल भी मौजूद थे। अमित शाह द्वारा प्रस्तावित प्रस्ताव के शब्दों ने सबकुछ स्पष्ट कर दिया। पहला प्रस्ताव था—

भारत के संविधान के अनुच्छेद 370 के खंड (1) के साथ पठित अनुच्छेद 370 के खंड (3) द्वारा प्रदत्त शक्तियों का प्रयोग करते हुए संसद् की सिफारिश पर राष्ट्रपति यह घोषणा करते हैं कि 5 अगस्त, 2019 से उक्त अनुच्छेद 370 के सभी खंड, उसके खंड (1) को छोड़कर, जो निम्नानुसार पढ़ा जाएगा, लागू होना बंद हो जाएगा, अर्थात्—

इस संविधान के सभी प्रावधान, समय-समय पर संशोधित, बिना किसी संशोधन या अपवाद के, जम्मू और कश्मीर राज्य पर लागू होंगे, भले ही अनुच्छेद 152 या अनुच्छेद 308 या इस संविधान के किसी अन्य लेख या किसी अन्य प्रावधान के विपरीत कुछ भी हों। जम्मू और कश्मीर का संविधान या कोई भी कानून, दस्तावेज, निर्णय, अध्यादेश, आदेश, उप-कानून, नियम, विनियम, अधिसूचना, प्रथा या उपयोग, जिसमें भारत के क्षेत्र के कानून की शक्ति हो या कोई अन्य साधन, संधि या अनुबंध, जैसाकि अनुच्छेद 363 या अन्यथा के तहत परिकल्पित है।

दूसरा प्रस्ताव भारत के राष्ट्रपति द्वारा जम्मू-कश्मीर पुनर्गठन विधेयक को राज्यसभा में भेजने से संबंधित था और बताया गया कि किस तकनीकी आधार पर सदन को विधेयक को स्वीकार करने का अधिकार था।[27]

जैसे ही अमित शाह ने सदन में प्रस्ताव रखा, इस पर भारी हंगामा हुआ। उग्र पीडीपी सदस्य नजीर अहमद लावे और मीर मोहम्मद फैयाज ने संविधान की प्रतियाँ फाड़ दीं। मार्शलों से उन्हें बाहर निकालने के लिए कहा गया।[28] कांग्रेस, तृणमूल कांग्रेस (टीएमसी), द्रविड़ मुनेत्र कड़गम (डीएमके), आम आदमी पार्टी (आप) और राष्ट्रवादी कांग्रेस पार्टी (एनसीपी) के सदस्यों ने विरोध में नारेबाजी की और धरना दिया।[29] यह देखकर हैरानी हुई कि जनता दल (यूनाइटेड) (जेडी(यू)) के सदस्य, जो भाजपा के नेतृत्ववाले एनडीए का हिस्सा हैं, भी अपनी अस्वीकृति व्यक्त करने के लिए सदन से बाहर चले गए। हालाँकि, प्रस्तावों को ध्वनि मत से पारित कर दिया गया। अनुच्छेद 370 निरस्त होने का पहला चरण पूरा हो गया था।[30]

अमित शाह ने इस कदम का जोरदार तरीके से बचाव किया। उन्होंने अनुच्छेद 370 को एक बुरे कानून के रूप में प्रस्तुत किया, जिसने जम्मू-कश्मीर में लोकतंत्र को पनपने नहीं दिया और भ्रष्टाचार को बढ़ावा दिया। "मैं जम्मू-कश्मीर के लोगों को बताना चाहता हूँ कि 370 और 35ए ने राज्य को क्या नुकसान पहुँचाया। इनके कारण ही लोकतंत्र पूरी तरह से लागू नहीं हुआ, राज्य में भ्रष्टाचार बढ़ा और कोई विकास नहीं हो सका।"[31] उन्होंने आरोप लगाया कि जम्मू-कश्मीर के संविधान के कारण स्वास्थ्य और शिक्षा क्षेत्र की केंद्र की कई जनकल्याणकारी योजनाएँ राज्य में लागू नहीं की जा रही थीं। "हमें 5 साल दें और हम जम्मू-कश्मीर को भारत का सबसे विकसित राज्य बना देंगे।" उन्होंने आत्मविश्वास से घोषणा की।[32]

हालाँकि, अमित शाह ने जम्मू-कश्मीर को 'भारत का सबसे विकसित राज्य'

बनाने की कसम खाई थी, लेकिन सदन में उनके आगे के कदमों का मतलब था कि यह अब 'राज्य' नहीं रहेगा।[33]

इतिहास बनाना और भूगोल बदलना

अनुच्छेद 370 को निरस्त करने के कदम को आधिकारिक तौर पर 5 अगस्त तक छिपाकर रखा गया था। हालाँकि विपक्षी दलों को कश्मीर के घटनाक्रम को देखकर इसकी भनक लग गई थी। भाजपा के अंततः इस दिशा में आगे बढ़ने की उम्मीद थी, क्योंकि अनुच्छेद 370 को निरस्त करना लंबे समय से पार्टी के एजेंडे में था। लेकिन लोग यह सुनने को तैयार नहीं थे कि जम्मू-कश्मीर के विशेष दर्जे को निरस्त करने के अलावा भाजपा के नेतृत्ववाली सरकार राज्य का विभाजन भी करेगी और राज्य का दर्जा भी छीन लेगी।

अमित शाह ने जम्मू-कश्मीर पुनर्गठन विधेयक-2019 पेश किया। इसका वक्तव्य यह था—

> लद्दाख डिवीजन जम्मू और कश्मीर राज्य का एक बड़ा क्षेत्र है, लेकिन इस बहुत ही कठिन इलाके में बहुत छितरी हुई आबादी है। लद्दाख के लोगों की लंबे समय से माँग रही है कि इसे केंद्रशासित प्रदेश का दर्जा दिया जाए, ताकि वे अपनी आकांक्षाओं को पूरा कर सकें। केंद्रशासित प्रदेश लद्दाख बिना विधानमंडल के होगा।
>
> इसके अलावा, आंतरिक सुरक्षा की मौजूदा स्थिति को ध्यान में रखते हुए मौजूदा जम्मू और कश्मीर राज्य में सीमापार आतंकवाद से प्रेरित होकर जम्मू और कश्मीर के लिए एक अलग केंद्रशासित प्रदेश बनाया जा रहा है। केंद्रशासित प्रदेश जम्मू और कश्मीर विधानमंडल के साथ होगा।[34]

शाम 6:30 बजे विधेयक पर मतदान हुआ—125 ने विधेयक के पक्ष में और 61 ने इसके खिलाफ मतदान किया। मतदान से इस मुद्दे पर विपक्ष के भीतर के मतभेद खुलकर सामने आ गए। हालाँकि राकांपा ने इस कदम का समर्थन किया, मगर पार्टी इस बात से नाराज थी कि इसे सदन में कैसे लाया गया और इसलिए उसने मतदान से दूर रहने का फैसला किया। बहुजन समाज पार्टी (बसपा), तेलुगु देशम पार्टी (तेदेपा) और आप ने भी बिल का समर्थन किया। कांग्रेस, समाजवादी पार्टी, राष्ट्रीय जनता दल (राजद), डीएमके, भारतीय कम्युनिस्ट पार्टी (मार्क्सवादी) (सीपीआई (एम)), भारतीय कम्युनिस्ट पार्टी (सीपीआई), मुसलिम लीग, केरल कांग्रेस और मरुमलार्ची द्रविड़ मुनेत्र कड़गम (एमडीएमके) ने इसका विरोध किया

था। विधेयक राज्यसभा में पारित हो गया।[35]

कांग्रेस नेता पी. चिदंबरम ने विधेयक पेश किए जाने पर आश्चर्य व्यक्त किया और शाह से पूछा, "अनुच्छेद 370 को खत्म करना आपके घोषणा-पत्र में था, लेकिन इसे केंद्रशासित प्रदेश का दर्जा क्यों दिया जा रहा है?"[36]

गुलाम नबी आजाद ने कहा कि एक दक्षिण भारतीय राज्य को तेलंगाना और आंध्र प्रदेश में विभाजित करने से पहले एक साल तक परामर्श किया गया था, लेकिन जम्मू और कश्मीर के मामले में ऐसा नहीं किया गया।[37]

हम एक ऐतिहासिक भूल को सुधार रहे हैं!

अगले दिन, 6 अगस्त को प्रस्ताव और विधेयक लोकसभा के समक्ष रखे गए। सदन की काररवाई 74 वर्ष पहले जापान के हिरोशिमा शहर पर हुए परमाणु बम हमले में मारे गए लोगों के लिए मौन धारण करके शुरू हुई। श्रद्धांजलि देने के कुछ ही देर बाद सदन में विपक्षी दलों का गुस्सा फूट पड़ा। मतदान से ठीक पहले समाजवादी पार्टी के नेता मुलायम सिंह यादव समेत अन्य सदस्यों ने बहिर्गमन किया। टीएमसी और एनसीपी के सदस्य भी सदन से चले गए। जैसाकि उन्होंने राज्यसभा में किया था, एनडीए के सहयोगी जेडी (यू) के सदस्यों ने लोकसभा में भी प्रस्ताव और विधेयक का विरोध किया और सदन छोड़ दिया।[38]

शाम 7:10 बजे, लोकसभा में अनुच्छेद 370 को निरस्त करने का प्रस्ताव पारित किया गया। 351 सदस्यों ने समर्थन में और 72 सदस्यों ने इसके खिलाफ मतदान किया, जबकि एक सदस्य ने मतदान में भाग नहीं लिया।

लगभग 35 मिनट बाद जम्मू और कश्मीर पुनर्गठन विधेयक-2019 भी पारित किया गया। 70 सदस्यों ने विधेयक का विरोध किया। दिलचस्प बात यह है कि विधेयक का समर्थन करनेवाले सदस्यों की संख्या 370 थी।[39]

बिल पर बहस के दौरान ऑल इंडिया मजलिस-ए-इत्तेहादुल मुसलिमीन (एआईएमआईएम) के प्रमुख असदुद्दीन ओवैसी ने इस कदम की आलोचना करते हुए इसे 'तीसरी ऐतिहासिक गलती' करार दिया। उन्होंने कहा कि पहले की दो गलतियाँ—एक, 1953 में शेख अब्दुल्ला की गिरफ्तारी थी, जब जवाहरलाल नेहरू प्रधानमंत्री थे और दूसरी, गलती जम्मू-कश्मीर में 1987 के राज्य विधानसभा चुनावों में धाँधली थी। ओवैसी ने टिप्पणी की कि एक पूर्ण राज्य को दो केंद्रशासित प्रदेशों में बदलना अपमानजनक है।[40]

विपक्षी दलों के नेताओं के विभिन्न आरोपों का जवाब देते हुए अमित शाह ने

कहा कि अनुच्छेद 370 से सिर्फ तीन परिवारों को फायदा हुआ, कश्मीर के लोगों को नहीं। उन्होंने कहा कि तीन दशक लंबे उग्रवाद के दौरान राज्य में आतंकवाद के कारण 41,500 से अधिक लोग मारे गए थे और इसके लिए इस अनुच्छेद को जिम्मेदार ठहराया जाता था। शाह ने पलटवार करते हुए कहा, "यह कोई ऐतिहासिक भूल नहीं है, हम तो ऐतिहासिक भूल को सुधार रहे हैं।"[41]

पूर्व गृह मंत्री और कांग्रेस के वरिष्ठ नेता पी. चिदंबरम ने इसे भारत के संवैधानिक इतिहास का सबसे बुरा दिन करार दिया।[42]

उसी दिन शाम को राष्ट्रपति रामनाथ कोविंद ने अनुच्छेद को निरस्त करने के प्रस्ताव पर हस्ताक्षर किए और इस आशय की एक घोषणा भारत के राजपत्र में 'असाधारण' खंड के तहत प्रकाशित की गई।[43] तीन दिन बाद, 9 अगस्त को उन्होंने जम्मू और कश्मीर पुनर्गठन अधिनियम को मंजूरी दी। राष्ट्रपति की मंजूरी के साथ अनुच्छेद 370 को निरस्त करने और जम्मू-कश्मीर के विभाजन की विधायी प्रक्रिया पूरी हो गई थी।

परिवर्तन क्या दरशाता है?

उन दो दिनों (5 और 6 अगस्त) के दौरान दुनिया ने टेलीविजन पर जो देखा, वह ऐतिहासिक था। क्या यह पिछले सात दशकों में इस क्षेत्र में हो रही घटनाओं की परिणति थी या यह घटनाओं की एक नई श्रृंखला की शुरुआत थी? क्या कश्मीर के हालात बेहतर होंगे या और बिगड़ेंगे? क्या आतंकवाद अब खत्म हो जाएगा? अलगाववादियों का क्या होगा? कश्मीर में राजनीतिक विमर्श का भविष्य क्या होगा? अनुच्छेद 370 निरस्त होने से कश्मीरियों के जीवन में क्या बदलाव आएगा? क्या घाटी अपना आकर्षण बरकरार रखेगी? ऐसे कई सवाल थे, जिनका तत्काल कोई जवाब नहीं था। हालाँकि कई कानूनी परिवर्तन हैं, जिनसे पता चलता है कि तत्कालीन राज्य के लिए इस निरस्तीकरण का क्या मतलब है। लेकिन अनुच्छेद 370 को निरस्त करने के निहितार्थों को समझने से पहले यह समझना उचित होगा कि यह विवादास्पद अनुच्छेद क्या था और यह किन परिस्थितियों में प्रभाव में आया था?

1947 में, जब भारत में ब्रिटिश औपनिवेशिक शासन समाप्त हुआ, तब भारत में लगभग 500 रियासतें थीं। कश्मीर उनमें से सबसे बड़ी रियासतों में से एक था। हालाँकि अधिकांश आबादी मुसलिम थी और राज्य पर एक हिंदू राजा, महाराजा हरिसिंह का शासन था। वे इस पर विचार कर ही रहे थे कि भारत या पाकिस्तान

में से किसी में शामिल हों या स्वतंत्र रहें कि पाकिस्तान की सेना द्वारा समर्थित पाकिस्तानी कबाइलियों ने कश्मीर पर हमला बोल दिया। इस मोड़ पर हरिसिंह ने भारत में शामिल होने में समझदारी समझी और कश्मीरी मुसलमानों के नेता शेख अब्दुल्ला (जिनके बेटे फारूक अब्दुल्ला और पोते उमर अब्दुल्ला कश्मीर के मुख्यमंत्री बने) ने इसका समर्थन किया। हरिसिंह के भारत में शामिल होने के फैसले के बाद भारतीय सेना बचाव में आई और हमलावरों से निपटी। 1949 में संयुक्त राष्ट्र के हस्तक्षेप के बाद युद्ध समाप्त हो गया। नियंत्रण रेखा बनाई गई। भारत एल.ओ.सी. के दूसरे हिस्से को 'पाकिस्तान अधिकृत कश्मीर' (पी.ओ.के.) कहता है, जबकि पाकिस्तान इसे 'आजाद कश्मीर' कहता है। हालाँकि वास्तव में कश्मीर के उस हिस्से में सरकार पर पाकिस्तान हावी है। अविभाजित जम्मू और कश्मीर राज्य में भारत ने पी.ओ.के. के अंतर्गत आनेवाली 24 सीटों को विधानसभा की 111 सीटों में से खाली रखना जारी रखा।

जब हरिसिंह की रियासत का भारत में विलय हुआ तो यह सहमति हुई कि कश्मीर को स्वायत्तता मिलेगी। भारत की केंद्र सरकार केवल रक्षा, विदेशी मामलों और दूरसंचार को नियंत्रित करेगी। यह भी तय किया गया कि राज्य का अपना झंडा और एक संविधान होगा। इस समझौते को संवैधानिक पवित्रता प्रदान करने के लिए अनुच्छेद 370 को भारतीय संविधान में शामिल किया गया।[44] 26 जनवरी, 1950 को भारत के संविधान के साथ राष्ट्रपति का एक आदेश भी लागू हुआ, जिसमें बताया गया था कि अनुच्छेद 370 को कैसे लागू किया जाएगा! इसने निर्दिष्ट किया कि किन विषयों पर केंद्र सरकार जम्मू और कश्मीर के लिए कानून बना सकती है और किन विषयों पर राज्य सरकार के परामर्श से कानून बनाया जा सकता है। राष्ट्रपति के आदेश ने यह भी निर्धारित किया कि भारतीय संविधान के कौन से प्रावधान जम्मू और कश्मीर में लागू नहीं थे और कौन से प्रावधान आंशिक रूप से या कुछ संशोधनों के साथ लागू थे।

1952 में राष्ट्रपति का एक और आदेश जारी किया गया, जिसने राज्य से राजशाही को समाप्त कर दिया। राज्य की संविधान सभा ने राजतंत्र को समाप्त करने का प्रस्ताव पारित किया था। केंद्र सरकार ने जम्मू-कश्मीर के नेताओं के एक प्रतिनिधिमंडल को दिल्ली बुलाया और काफी चर्चा के बाद केंद्र और राज्य के नेताओं के बीच एक समझौता हुआ। इस समझौते को 'दिल्ली समझौते' के रूप में जाना जाता है और इसके प्रावधानों के अनुसार राजा की जगह 'सदर-ए-रियासत'

होना था, जिसे विधानसभा द्वारा चुना जाना था। महाराजा हरिसिंह और रीजेंट के इकलौते पुत्र कर्ण सिंह जम्मू-कश्मीर के पहले और एकमात्र 'सदर-ए-रियासत' बने। 1965 में चुनावों के बाद यह पद भी खत्म हो गया।[45]

1954 में राष्ट्रपति राजेंद्र प्रसाद ने प्रधानमंत्री जवाहरलाल नेहरू की सलाह पर तीसरा राष्ट्रपति आदेश जारी किया था। वह 'दिल्ली समझौते' को लागू करने के लिए बनाया गया सबसे व्यापक आदेश था। इसने भारतीय संविधान में अनुच्छेद 35ए को शामिल किया। इस अनुच्छेद ने राज्य विधायिका को यह निर्णय लेने की शक्ति प्रदान की कि राज्य के स्थायी निवासी कौन थे। इसने राज्य सरकार की नौकरियों, राज्य में संपत्ति के अधिग्रहण, राज्य में बसने और राज्य सरकार द्वारा प्रदान की जानेवाली छात्रवृत्ति और अन्य प्रकार की सहायता में विशेषाधिकार दिए।[46]

कश्मीर के मारे गए वयोवृद्ध पत्रकार शुजात बुखारी ने बताया कि अनुच्छेद ने राज्य को निवासियों के मामले में अपने विशिष्ट चरित्र को बनाए रखने में मदद की। 'यह वास्तव में एक कानून की रक्षा करता है, जिसे डोगरा सम्राट् महाराजा हरिसिंह द्वारा ब्रिटिश शासन के दौरान राज्य में पंजाबियों की आमद को रोकने के लिए पारित किया गया था। महाराजा ने उस समय राज्य में शक्तिशाली कश्मीरी पंडितों के कहने पर कानून पारित किया था।' बुखारी ने लिखा।[47]

अनुच्छेद 370 के निरस्त होने के कई निहितार्थ हैं। जम्मू-कश्मीर का अब अपना अलग संविधान, झंडा और गान नहीं होगा। जम्मू-कश्मीर के नागरिकों के पास दोहरी नागरिकता नहीं होगी। वे सिर्फ भारत के नागरिक होंगे। 1932 से रणबीर दंड संहिता (इसे जे एंड के आर.पी.सी. के रूप में भी जाना जाता है) कश्मीर में प्रमुख आपराधिक कोड था। इसे डोगरा शासक महाराजा रणबीर सिंह ने लागू किया था। इसे भारतीय दंड संहिता से बदल दिया गया, जो भारत के अन्य हिस्सों में लागू है। चूँकि नया केंद्रशासित प्रदेश जम्मू-कश्मीर अब पूरी तरह से भारतीय संविधान के दायरे में आता है, इसका मतलब है कि इसके नागरिक इसमें निहित सभी मौलिक अधिकारों के हकदार हैं। संसद् द्वारा पारित सभी कानून केंद्रशासित प्रदेश पर लागू होते हैं। कोई भी भारतीय नागरिक अब जम्मू और कश्मीर में संपत्ति खरीद सकता है और डोमिसाइल कानूनों के अधीन सरकारी नौकरियों, छात्रवृत्ति और अन्य लाभों के लिए दावा कर सकता है।[48]

जो लोग अनुच्छेद 370 को निरस्त करने का विरोध कर रहे थे, उन्हें डर था

कि यह भारत के अन्य हिस्सों के लोगों को संपत्ति हासिल करने और चुनावों में वोट देने के अधिकार के साथ राज्य की जनसांख्यिकी को बदलने के लिए किया जा रहा है।

2017 में जब अनुच्छेद 35ए को सुप्रीम कोर्ट में चुनौती दी गई तो हुर्रियत कॉन्फ्रेंस के नेता मीरवाइज उमर फारूक ने इस कदम पर टिप्पणी करते हुए कहा कि इसका उद्देश्य राज्य के 75 प्रतिशत मुसलिम बहुमत को कम करना और राज्य के मूल चरित्र को बदलना है। उन्हें संदेह था कि मुकदमेबाजी आर.एस.एस. के प्रभाववाली केंद्र सरकार की एक सोची-समझी योजना का हिस्सा है।[49]

जो लोग अनुच्छेद 370 का विरोध कर रहे थे, उन्होंने दावा किया था कि यह सिर्फ एक अस्थायी संवैधानिक उपाय था। हालाँकि कई मामलों में अदालतों द्वारा इस स्थिति को बरकरार नहीं रखा गया था। 2017 में दिल्ली उच्च न्यायालय ने उस याचिका को खारिज कर दिया था, जिसमें अनुच्छेद 370 को निरस्त करने की माँग की गई थी। अगले साल यह मुद्दा सुप्रीम कोर्ट में आया, जिसमें कहा गया था कि हालाँकि अनुच्छेद 370 के हेड-नोट में 'अस्थायी' शब्द का इस्तेमाल किया गया था, लेकिन इसे अस्थायी नहीं माना जा सकता। शीर्ष अदालत ने 1969 में यह फैसला भी सुनाया था कि अनुच्छेद कभी भी निष्क्रिय नहीं होता है।[50]

लद्दाख को जम्मू-कश्मीर से अलग क्यों किया गया?

अनुच्छेद 370 को निरस्त करने के साथ-साथ जम्मू-कश्मीर से लद्दाख का अलग होना एक और बड़ा ऐतिहासिक बदलाव था। पूर्व में चीन और पश्चिम में पाकिस्तान प्रशासित गिलगित-बाल्टिस्तान से घिरा यह पहाड़ी राज्य भारत के लिए सामरिक महत्त्व का है। लद्दाख में दो जिले हैं—लेह और कारगिल। इसकी जनसंख्या 2,74,000 है।[51] कारगिल में शिया मुसलमानों की बहुसंख्यक आबादी है। वे 76.87 प्रतिशत हैं, जबकि बौद्ध 14.29 प्रतिशत हैं।[52] दूसरी ओर, लेह में 66.40 प्रतिशत आबादी के साथ बौद्ध बहुसंख्यक हैं और मुसलमान 14.28 प्रतिशत हैं।[53]

लद्दाख में मुसलिम-बौद्ध संघर्ष का इतिहास रहा है। जुलाई और अगस्त 1989 में हिंसक दंगे हुए थे। ये दंगे लद्दाख बौद्ध संघ और लद्दाख पीपुल्स मूवमेंट द्वारा लेह में राज्य सरकार द्वारा भेदभाव के खिलाफ विरोध-प्रदर्शन आयोजित करने और इस क्षेत्र पर सीधे नई दिल्ली द्वारा शासित होने की माँग के बाद शुरू हुए। ऐसे ही एक विरोध के दौरान मुसलिम और बौद्ध युवकों के बीच एक विवाद छिड़ गया और प्रदर्शन हिंसक हो गया। हिंसक भीड़ को नियंत्रित करने

के लिए पुलिस ने फायरिंग की, जिसमें तीन प्रदर्शनकारियों की मौत हो गई। केंद्र सरकार द्वारा नियुक्त 'गवर्नर' ने लद्दाख के पूर्व शाही परिवार के सदस्य थुपस्थान छेवांग को यहाँ के स्वायत्त प्रशासनिक निकाय का पहला मुख्य कार्यकारी पार्षद नियुक्त किया था।

जो लोग अनुच्छेद 370 निरस्त होने का विरोध कर रहे थे, उन्हें डर था कि भारत के अन्य हिस्सों के लोगों को संपत्ति अर्जित करने के अधिकार के साथ बसाकर राज्य की जनसांख्यिकी को बदलने के लिए यह सब किया जा रहा है। बौद्ध संघ के नेता को गिरफ्तार कर लिया गया था।[54] दंगों के बाद बौद्ध संगठनों ने मुसलमानों के सामाजिक और आर्थिक बहिष्कार का आह्वान किया, जिसे तीन साल बाद हटा लिया गया।

हालाँकि 1989 के बाद कोई बड़ी झड़प नहीं हुई है, लेकिन दोनों समुदायों के बीच तनाव ऐसे मामलों के कारण बढ़ा है, जहाँ बौद्ध लड़कियों ने धर्म-परिवर्तन किया और मुसलिम पुरुषों से शादी की। बौद्धों ने महसूस किया कि बौद्ध लड़कियों को इसलाम कबूल करने के लिए झूठ के आधार पर विवाह का लालच दिया गया था। वे इस तरह के धर्मांतरण को समाप्त करने के लिए कुछ नहीं करने के लिए राज्य की मशीनरी से निराश थे।[55]

लद्दाख को जम्मू-कश्मीर से अलग करने और इसे केंद्रशासित प्रदेश बनाने में भाजपा की क्या दिलचस्पी थी? इसे समझने के लिए आइए 6 अगस्त को लोकसभा में कारगिल से भाजपा के सांसद जामयांग त्सेरिंग नामग्याल द्वारा दिए गए भाषण पर एक नजर डालते हैं। नामग्याल का हिंदी में भाषण सोशल मीडिया पर वायरल हो गया और इसने उन्हें मशहूर कर दिया।

नामग्याल ने अपने भाषण की शुरुआत एक दिन पहले लद्दाख के बारे में बोलनेवाले विपक्षी नेताओं को फटकार लगाकर की थी। "पिछले सात दशकों से लद्दाख को कभी स्वीकार नहीं किया गया और सदन (लोकसभा) में एक बयान दिया गया कि लद्दाख जमीन का वह टुकड़ा है, जहाँ घास भी नहीं उगती है। क्या इस तरह के बयान देनेवाले लोग लद्दाख को जानते भी हैं? क्या वे लद्दाख की संस्कृति, भाषा, रहन-सहन, खान-पान की आदतों, जलवायु परिस्थितियों और दुर्गम इलाकों को समझते हैं या सिर्फ पुस्तकें पढ़कर बोल रहे हैं?"

नामग्याल ने आगे कहा, "लद्दाख पिछले 71 साल से केंद्रशासित प्रदेश बनने के लिए संघर्ष कर रहा है। हम भारत का एक अविभाज्य हिस्सा बनना चाहते थे।"

उन्होंने कहा, "इसके लिए पहली दलील 4 मई, 1948 को दी गई थी, लेकिन ऐसा नहीं किया गया। कश्मीर के तहत हमारा विकास, हमारी राजनीतिक आकांक्षाएँ, हमारी भाषा, हमारी पहचान खो गई है और इसके लिए अनुच्छेद 370 और कांग्रेस जिम्मेदार है।"

उन्होंने अपना भाषण यह कहते हुए जारी रखा कि केंद्रशासित प्रदेश बनना उनके राजनीतिक एजेंडे में रहा है और उन्होंने रिकॉर्ड अंतर से जीत हासिल की, क्योंकि कारगिल और लेह के सभी लोग एक केंद्रशासित प्रदेश चाहते थे, चाहे उनका धर्म कुछ भी हो।

उन्होंने विकास, नौकरी और शिक्षा के मुद्दों में लद्दाख के प्रति भेदभावपूर्ण रवैए पर निशाना साधते हुए कहा, "कल राज्यसभा की बहस में कई लोगों ने कहा कि अगर अनुच्छेद 370 चला गया तो समानता नहीं होगी। मैं उनसे पूछना चाहता हूँ कि जब आपने भारत सरकार से फंड लिया तो वह जम्मू, कश्मीर और लद्दाख के तीनों क्षेत्रों के लिए था। लेकिन जब लद्दाख में विकास की बारी आती है, तो आप कश्मीर में लद्दाख के फंड को खा जाते हैं। क्या यह आपकी समानता है? जम्मू-कश्मीर में दो राजधानियाँ हैं—एक गरमी और एक सर्दी के लिए। दोनों जगहों पर सिविल सचिवालय हैं। जाँचें कि दोनों में कितने कर्मचारी लद्दाख से हैं? जम्मू के लोग लड़ते हैं और कुछ नौकरी पा जाते हैं, लेकिन आप लद्दाख के निवासियों को 10 नौकरी भी नहीं देते। कांग्रेस ने लद्दाख में एक भी उच्च शिक्षा संस्थान नहीं बनाया है। क्या यह आपकी समानता है? अभी हाल ही में सिर्फ मोदी ने विश्वविद्यालय दिया। आपने कश्मीरी भाषा को मान्यता दी है। आपने डोगरी भाषा को भी मान्यता दी है। लेकिन लद्दाखी भाषा को आज तक मान्यता नहीं दी। क्या यह आपकी समानता है?"

नामग्याल ने कश्मीर के प्रमुख दलों पर लद्दाख में सांप्रदायिक विभाजन पैदा करने का आरोप लगाते हुए कहा, "आपने अनुच्छेद 370 का दुरुपयोग किया है और जम्मू-कश्मीर में बौद्धों को खत्म करने का प्रयास किया है। यह आपकी धर्मनिरपेक्षता है? इन परिवारों ने 1979 में लद्दाख को विभाजित किया। बौद्ध बहुमत को लेह जिला बनाया गया और मुसलिम बहुमत को कारगिल जिला बनाया गया। उन्होंने दो भाइयों को लड़ाया। क्या यही है आपकी धर्मनिरपेक्षता?"[56]

लद्दाख को जम्मू-कश्मीर से अलग करके भाजपा ने इस क्षेत्र में अपनी भावी राजनीतिक मजबूती को देखा।

अमित शाह : मैन ऑफ द मोमेंट

अगर किसी को भारतीय इतिहास की इन ऐतिहासिक घटनाओं को एक चेहरा देना है तो इसमें कोई संदेह नहीं है कि वह अमित शाह का होगा। वे नरेंद्र मोदी के दाएँ हाथ हैं। शाह ने जिस तरह से अपना होम वर्क किया, तकनीकी और कानूनी पहलुओं को समझा, कश्मीर में अग्रिम कदम उठाए, संसद् में विधेयक पेश किया और विपक्षी नेताओं के साथ बहस करते हुए आक्रामक तरीके से इसका बचाव किया, इससे उन्होंने एक बार फिर साबित कर दिया कि वे प्रधानमंत्री मोदी के सबसे भरोसेमंद और समकालीन भारतीय राजनीति के विवादास्पद राजनेताओं में से एक होने के बावजूद तेज दिमागवाले लोगों में से एक कैसे बने!

मोदी और शाह, दोनों अस्सी के दशक के मध्य में लगभग एक साथ भाजपा में शामिल हुए थे। मोदी आर.एस.एस. के प्रचारक थे, जबकि अमित शाह ने ए.बी.वी.पी. के जरिए राजनीति में प्रवेश किया। शाह के संगठनात्मक और रणनीति बनाने के कौशल ने पार्टी में उन्हें आगे बढ़ाया और वे जल्द ही गुजरात में भाजपा के सबसे शक्तिशाली चेहरों में से एक बन गए। नब्बे के दशक के मध्य में मोदी और शाह गुजरात में कांग्रेस को खत्म करने के लिए एकजुट हुए थे।[57]

शाह ने अपने लिए ऐसा दबदबा अर्जित किया था कि 2014 में जब मोदी राष्ट्रीय राजनीति में आए तो उनका नाम गुजरात के मुख्यमंत्री पद के संभावितों में से एक था। हालाँकि उनके खिलाफ आपराधिक मामलों का हवाला दिया जाता था, जैसे कथित गैंगस्टरों की फर्जी मुठभेड़ों का आदेश देना, जिसके लिए उन्हें कुछ महीने जेल में बिताने पड़े थे।[58] यह पद देने के बजाय मोदी ने प्रधानमंत्री के रूप में अपनी स्थिति को मजबूत करने और पार्टी के विचारों को लागू करने के लिए पूरे भारत में भाजपा के विकास की जिम्मेदारी उन्हें दी। मोदी के प्रधानमंत्री बनने के दो महीने बाद अमित शाह को भाजपा का राष्ट्रीय अध्यक्ष बनाया गया। शाह ने पार्टी को निराश नहीं किया। शाह के नेतृत्व में भाजपा देश के विभिन्न हिस्सों में फैलती चली गई। भाजपा महाराष्ट्र, हरियाणा, उत्तर प्रदेश, झारखंड और असम जैसे विभिन्न राज्यों में क्षेत्रीय सहयोगियों के साथ गठबंधन में या अपनी सरकार बनाने में कामयाब रही। उन्होंने जम्मू-कश्मीर में वैचारिक रूप से विरोध करनेवाली पीडीपी के साथ गठबंधन करने का साहसिक और चौंकानेवाला फैसला भी किया। उनकी चतुराई की बदौलत ही पार्टी कर्नाटक और गोवा जैसे राज्यों में सरकार बना सकी, हालाँकि वहाँ उसके पास बहुमत नहीं था। भाजपा 2019 में लोकसभा में भारी

बहुमत के साथ सत्ता में लौटी। इन उपलब्धियों के साथ शाह को अब तक भाजपा का सबसे सफल अध्यक्ष माना जाता है।

शाह को इसके बाद शक्तिशाली गृह विभाग का प्रभार दिया गया, जिसके माध्यम से कुछ ऐतिहासिक निर्णयों को लागू किया जाना था। शाह ने अपना काम पूरी लगन से किया। जम्मू-कश्मीर से लद्दाख को अलग करने के साथ जुड़े अनुच्छेद 370 को हटाना उनके द्वारा इस तरह का पहला काम था। बाद में उसी वर्ष उन्होंने एक और विवादास्पद कानून, नागरिकता संशोधन अधिनियम पारित किया। भाजपा ने अपने चुनाव-प्रचार के दौरान 'मोदी है तो मुमकिन है' के नारे का व्यापक रूप से इस्तेमाल किया था। राजनीतिक टिप्पणीकारों का मानना है कि अमित शाह ही हैं, जो मोदी के सभी सपनों को साकार करते हैं। अपने इसी गुण के कारण उन्होंने 'मोटाभाई' (बड़े भाई), 'संकटमोचक' (समस्या निवारक) और 'चाणक्य' (ऐतिहासिक मौर्य शासक चंद्रगुप्त के सलाहकार) जैसे उपनाम प्राप्त किए हैं और उन्हें मोदी का संभावित उत्तराधिकारी कहा जाता है।

निरस्तीकरण के बाद की स्थिति

अनुच्छेद 370 निरस्त होने के बाद के दिनों में 5,000 से अधिक राजनीतिक कार्यकर्ताओं, कथित पथराव करनेवालों और अलगाववादियों को हिरासत में ले लिया गया था।[59] बंदियों की इतनी ज्यादा संख्या के कारण जेलों में जगह की कमी पैदा हो गई और प्रशासन को हिरासत में लिये गए लोगों को रखने के लिए श्रीनगर में 'शेर-ए-कश्मीर इंटरनेशनल कन्वेंशन सेंटर' जैसी निजी संपत्तियों को किराए पर लेना पड़ा। कई लोगों पर 'सार्वजनिक सुरक्षा अधिनियम' (पी.एस.ए.) लगाया गया।[60]

अफशां अंजुम, जो ईद के लिए दिल्ली जाने से पहले लगभग एक सप्ताह के लिए श्रीनगर में थीं, एक के बाद एक लगाई गई पाबंदियों को याद करती हैं—"यदि आप किसी खास इलाके में रह रहे हैं तो जरूरत पड़ने पर आप एक गली से दूसरी गली में घूम सकते हैं; हालाँकि, आप किसी दूसरे इलाके में किसी के घर नहीं जा सकते। इस तरह की पाबंदियों के कारण लोगों ने अपने घरों में रहना ही बेहतर समझा।"

अपना अनुभव बताते हुए अफशां ने कहा, "कश्मीर बंद था और पहली बार हमने महसूस किया कि अपने आप को घर में बंद रखने का क्या मतलब है! पहली बार हमने महसूस किया कि कैसे सिर्फ आलू और चावल खाकर अपने घर की चहारदीवारी के भीतर जिंदा रहना है! लोग न केवल मुख्यधारा से, बल्कि एक-दूसरे से भी कटे हुए थे। कश्मीर की आबादी में बड़ी संख्या में बुजुर्ग शामिल हैं, जिनके

बच्चे दिल्ली, मुंबई या दुबई जैसे शहरों में काम करते हैं। ऐसे कई घर हैं, जहाँ माता-पिता की सलामती का पता केवल व्हाट्सएप या टेलीफोन जैसे माध्यमों से ही लग सकता था। ऐसे नौजवानों के बारे में सोचिए, जो अपने बूढ़े माँ-बाप से बात तक नहीं कर पाए! उस बूढ़े के बारे में सोचिए, जिसे दिल की बीमारी है और वह पड़ोसी या एंबुलेंस को फोन नहीं कर सकता!"

सभी न्यूज चैनलों पर कश्मीर छाया हुआ था। छह महीने पहले हवाई हमले के बाद देखे गए जश्न जैसे दृश्य फिर से देखे गए। कुछ ने इसे भारत की जीत और पाकिस्तान की हार के रूप में मनाया।

हालाँकि पूरे भारत में संचार के सभी माध्यमों में कश्मीर की ही चर्चा थी, लेकिन कश्मीर से कोई खबर नहीं आ रही थी। हालाँकि, सभी प्रमुख राष्ट्रीय समाचार चैनलों ने अनुच्छेद 370 निरस्त होने के बाद कश्मीर के हालात कवर करने के लिए तीन से चार पत्रकारों को श्रीनगर भेजा था। दरअसल, समाचार भेजने के साधन ही नहीं थे। इंटरनेट, लैंडलाइन टेलीफोन या मोबाइल फोन कनेक्शन काम नहीं कर रहे थे और इससे पत्रकारों के काम में बाधा आ रही थी। मीडिया को थोड़ी राहत तब मिली, जब जम्मू-कश्मीर प्रशासन ने होटल 'सरोवर पोर्टिको' में एक मीडिया सेंटर खोला, जहाँ एक मोबाइल फोन और कम गति के इंटरनेट कनेक्शन वाले कंप्यूटर उपलब्ध कराए गए थे। कुछ दिन बाद टी.वी. पत्रकारों को उपग्रह के माध्यम से संचार का एक विकल्प मिला, जब उनकी ओबी वैन सुरक्षाबलों द्वारा रास्ते में कई स्थानों पर रोके जाने के बाद दिल्ली से श्रीनगर पहुँचीं।[61]

अनुच्छेद 370 निरस्त होने के बाद कश्मीर से जो शुरुआती दृश्य सामने आए, उनमें से एक एन.एस.ए. अजीत डोभाल का था। बिना आस्तीन की जैकेट पहने डोभाल को कश्मीर में स्थानीय लोगों के साथ खाते और बातचीत करते देखा गया। ये दृश्य शोपियाँ के थे, जो उग्रवाद के गढ़ के रूप में जाना जाता है। कुछ अन्य दृश्यों में उन्हें जम्मू-कश्मीर पुलिस और सी.आर.पी.एफ. के सदस्यों की प्रशंसा करते और उन्हें प्रोत्साहित करते हुए दिखाया गया।[62] राजनीतिक टिप्पणीकारों ने जल्द ही महसूस किया कि इस तरह के दृश्य यह बताने के लिए जारी किए जा रहे थे कि अनुच्छेद 370 निरस्त होने के बाद भी कश्मीर शांतिपूर्ण था और सुरक्षाबल किसी भी गड़बड़ी से निपटने के लिए मुस्तैद थे। केंद्र के लिए यह दिखाना गर्व और उपलब्धि की बात होती कि इस तरह के ऐतिहासिक फैसले को बिना किसी विरोध के लागू किया जा रहा था। संभावित 'उपद्रवी' पहले से ही कारावास में थे।

□

5

भाजपा, आर.एस.एस. और अनुच्छेद 370

"सबने कहा कि अनुच्छेद 370 को खत्म करना हमारा दिवास्वप्न था। वह असंभव अब संभव हो गया है। अगला असंभव भी संभव हो जाएगा।" संघ के एक वरिष्ठ प्रचारक और 'मुसलिम राष्ट्रीय मंच' के सलाहकार इंद्रेश कुमार ने कहा। इस संगठन को अनौपचारिक रूप से आर.एस.एस. के मुसलिम विंग के रूप में देखा जाता है। मैंने उनसे पूछा था कि क्या वे अनुच्छेद 370 निरस्त करने को आर.एस.एस. के 'अखंड भारत' के सिद्धांत की ओर एक कदम के रूप में देखते हैं?

लेकिन भाजपा के नेतृत्ववाली केंद्र सरकार के लिए जम्मू-कश्मीर के विशेष दर्जे को रद्द करना क्यों महत्त्वपूर्ण था? इसे समझने के लिए इतिहास पर एक संक्षिप्त नजर डालने की जरूरत है।

अनुच्छेद 370 को हटाना आर.एस.एस. के नेतृत्व में लगभग सात दशक पुराने अभियान का चरमोत्कर्ष था। 1925 में स्थापित आर.एस.एस. के लिए भारत और विदेश में धार्मिक-सांस्कृतिक राष्ट्रवाद को बढ़ावा देना अस्तित्व का प्रश्न है। संवैधानिक प्रावधानों के माध्यम से कश्मीर का विशेष दर्जा उसकी विचारधारा के विपरीत था। इसलिए आर.एस.एस. ने अनुच्छेद 370 के खिलाफ एक बहुआयामी अभियान शुरू किया और उसका मिशन अगस्त 2019 में पूरा हुआ।

सात दशक का अभियान

मोटे तौर पर भारत में कश्मीर के बारे में दो विमर्श रहे हैं। एक विमर्श धार्मिक-सांस्कृतिक है, जो कश्मीर की खास पहचान को खारिज करता है और मानता है कि कश्मीर अनिवार्य रूप से भारतीय है और वैदिक संस्कृति, ब्राह्मणवादी और बौद्ध शिक्षा का केंद्र रहा है। यह भी कि यह अनिवार्य रूप से एक हिंदू क्षेत्र

रहा है, जिसके लिए मिथकों, यहाँ निवास करनेवाले ऋषियों और यहाँ के शासकों का हवाला दिया जाता रहा है। मुसलिम आक्रमणकारियों का हवाला देकर और यह दावा करते हुए इस पर जोर दिया जाता है कि सभी कश्मीरी मुख्य रूप से हिंदू थे, जिन्हें धर्मांतरण के लिए मजबूर किया गया था। यह दृष्टिकोण धर्मनिरपेक्ष रिवायतों के विपरीत है, जो स्वीकार करता है कि कश्मीरी भारतीय हैं, लेकिन इस बात पर जोर देते हैं कि वे भारत की अनूठी 'विविधता में एकता' का प्रतिनिधित्व करते हैं। इस विमर्श के अनुसार, कश्मीर विभिन्न धार्मिक, जातीय और गतिशील प्रभावों का मिलाप है। आर.एस.एस. अपनी धार्मिक-सांस्कृतिक विचारधारा के अनुरूप पहले विमर्श का समर्थन करता है। आर.एस.एस. द्वारा पारित यह प्रस्ताव इसकी पुष्टि करता है—'कश्मीर स्वाभाविक रूप से, नैतिक रूप से, सांस्कृतिक और संवैधानिक रूप से भारत का एक अभिन्न अंग है।'[1]

महाराजा को राजी करने में भूमिका?

पूर्व नौकरशाह अरुण भटनागर की एक पुस्तक में दावा किया गया है कि आर.एस.एस. ने जम्मू-कश्मीर के भारत में विलय में भूमिका निभाई थी। जब 1947 में महाराजा हरिसिंह अपने राज्य के भविष्य के बारे में अनिश्चित थे, तब गृह मंत्री सरदार वल्लभभाई पटेल ने महाराजा को भारत के साथ विलय के एक दस्तावेज पर हस्ताक्षर करने के लिए मनाने को माधवराव गोलवलकर की मदद माँगी थी। गोलवलकर आर.एस.एस. के दूसरे सरसंघचालक (प्रमुख) थे। गोलवलकर ने अक्तूबर 1947 में महाराजा से मुलाकात की। महाराजा ने कथित तौर पर गोलवलकर से कहा कि उनके लिए भारत में शामिल होना असंभव है, क्योंकि उनका राज्य पाकिस्तान पर निर्भर है—कश्मीर को जोड़नेवाले मार्ग सियालकोट और रावलपिंडी से होकर गुजरते हैं और राज्य के लिए हवाई संपर्क लाहौर के जरिए था। इस पर गोलवलकर ने महाराजा को याद दिलाया कि वे एक हिंदू राजा हैं और अगर उन्होंने पाकिस्तान में शामिल होने का फैसला किया तो उनकी प्रजा को नुकसान उठाना पड़ेगा और भारत के साथ परिवहन संपर्क तेजी से स्थापित किया जा सकता है, इसलिए भारत में शामिल होना उनके हित में होगा। आठ दिन के बाद महाराजा ने भारत के साथ विलय के एक दस्तावेज पर हस्ताक्षर कर दिए।[2]

कश्मीर में आर.एस.एस. की सक्रियता आजादी से पहले के दौर की है। 1942 में गोलवलकर ने जम्मू क्षेत्र में संगठन की शाखाओं की स्थापना करने और मुसलिम बहुल इलाकों में अपने हितों की रक्षा के लिए हिंदुओं को संगठित करने के

उद्देश्य से एक प्रचारक बलराज मधोक को समझाकर रियासत में भेजा था। मधोक राज्य में आर.एस.एस. की नींव रखने में सफल रहे। 1947 में पं. प्रेमनाथ डोगरा की मदद से उन्होंने 'प्रजा परिषद् पार्टी' (पी.पी.पी.) नाम से एक राजनीतिक संगठन की स्थापना की। पी.पी.पी. ने आर.एस.एस. के मौजूदा नेटवर्क पर अपना अस्तित्व खड़ा किया और 'भारतीय जनसंघ' (जनसंघ) नामक एक दक्षिणपंथी राष्ट्रवादी राजनीतिक दल से जुड़ गया, जो आर.एस.एस. की राजनीतिक शाखा थी।[3]

शेख अब्दुल्ला का विवादास्पद भूमि-सुधार

1949 में सत्ता में आने के बाद शेख अब्दुल्ला ने 'नए कश्मीर' के अपने दृष्टिकोण को क्रियान्वित करना शुरू कर दिया और उस दृष्टि को साकार करने की दिशा में एक महत्त्वपूर्ण कदम भूमि-सुधार था। महाराजा के संरक्षण के साथ घाटी में हिंदू समृद्ध अल्पसंख्यक थे।[4] उनके शासन के दौरान पारित बड़ी भूमि उन्मूलन अधिनियम-1950 के तहत भूमि का स्वामित्व 22.75 एकड़ तक सीमित था। ऐसी धारणा थी कि अधिकांश भूमि पर डोगराओं का कब्जा था और अधिकांश जोतनेवाले मुसलमान थे। अब्दुल्ला की नीतियों का उद्देश्य उन लोगों को भूमि का वितरण करना था, जो असल में भूमि को जोतते थे। इस मुद्दे ने एक सांप्रदायिक रंग ले लिया और अब्दुल्ला की नीतियों को पी.पी.पी. द्वारा 'हिंदू विरोधी' नीति के रूप में पेश किया गया।[5]

पी.पी.पी. ने डोगरा समुदाय की शिकायतों पर ध्यान केंद्रित किया और अब्दुल्ला की नीतियों का विरोध किया।[6] आर.एस.एस. के अनुसार, अब्दुल्ला के कार्यकाल के दौरान जम्मू और कश्मीर के विलय के बाद हिंदुओं का उत्पीड़न जारी रहा। आर.एस.एस. के अनुसार, कश्मीरी हिंदू, जो पहले से ही मारे जा रहे थे, उनकी महिलाओं के साथ बलात्कार किया गया, उनके मंदिरों को नष्ट किया गया और अब्दुल्ला की नीतियों के कारण उन्हें धीरे-धीरे घाटी से बाहर निकाला जा रहा था।

यह निर्णय लिया गया था कि जिन जमींदारों की 'अतिरिक्त' भूमि ले ली गई थी, उनके लिए मुआवजे की राशि विधानसभा तय करेगी। लेकिन बाद में यह निर्णय लिया गया कि कोई मुआवजा नहीं दिया जाएगा। इस तरह जम्मू-कश्मीर भारत का एकमात्र राज्य बन गया, जहाँ बड़े भूस्वामियों को कोई मुआवजा नहीं दिया गया। इससे डोगरा और कश्मीरी पंडितों में अशांति बढ़ गई, जो महाराजा से सत्ता के हस्तांतरण के कारण पहले से ही असंतुष्ट थे। उन्हें लगा कि अब्दुल्ला सरकार

उनके अधिकार छीन रही है। भूमि-सुधारों से मुसलमानों से अधिक गैर-मुसलमान प्रभावित हुए। कश्मीरी लेखक और पत्रकार आशीष कौल इस कथन का खंडन करते हैं कि कश्मीरी पंडितों को भूमि जोत के मामले में महाराजा से भेदभावपूर्ण लाभ मिला था। अन्य कश्मीरी पंडितों के साथ कौल के मामा उन मामलों में वादी थे, जहाँ उनकी जमीन कथित रूप से हड़प ली गई थी। कौल के विचार में शेख अब्दुल्ला ने अल्पसंख्यक आदिवासियों की जमीन हथियाने के लिए 'भूमि-सुधार अधिनियम' लागू किया था। उस समय कश्मीर घाटी में 95 प्रतिशत भूमि मालिक हिंदू थे। वे बताते हैं कि जमीन दो तरह की होती थी। एक प्रकार की भूमि का प्रबंधन महाराजा की ओर से हिंदुओं द्वारा किया जाता था और राज्य को एक वार्षिक कर दिया जाता था। एक अन्य प्रकार की भूमि खेती करने और आवासीय भवन बनाने के लिए हिंदू खरीदते थे और वे उसके मालिक होते थे। कौल कहते हैं—"यह भूमि उन्हें उपहार में नहीं दी गई थी। वे कश्मीर के महाराजा हरिसिंह द्वारा आवंटित विशेष भूमि के बदले में एक निश्चित वार्षिक राशि का भुगतान करते थे।" उनका कहना है कि लोकप्रिय सिद्धांत के विपरीत, भूमि के ये संरक्षक निम्न-आय वर्ग से थे और उनमें से कई तो खुद जमीन जोतते थे।

कौल बताते हैं कि काफी विचार-विमर्श के बाद कुछ रियायतें दी गईं; हालाँकि उसमें भी एक पेच था। कानून के अनुसार, केवल पूर्व मालिक के निवास के 6 किलोमीटर के दायरे में आनेवाली भूमि पर दावा किया जा सकता है। हालाँकि कई पंडितों की जमीन इस सीमा से बाहर थी। इसलिए उनकी जमीन महज 500 रुपए प्रति कनाल में बेच दी गई, जबकि तब जमीन की कीमत 1 लाख रुपए प्रति कनाल थी।[7]

सत्ता और संपत्ति के नुकसान के कारण आबादी का यह वर्ग प्रतिक्रियावादी हो गया और शेख अब्दुल्ला के खिलाफ हो गया। धर्म उनका एकीकरण कारक बन गया और इसी वजह से 'प्रजा परिषद्' के साथ उनकी आत्मीयता पनपी।[8] आर.एस.एस., जिसे गांधीजी की हत्या के बाद सरदार पटेल ने 1948 में प्रतिबंधित कर दिया था, खुद को पुनर्जीवित करने के लिए एक मुद्दे की तलाश में था। मुसलिम बहुल राज्य में राष्ट्रवाद का प्रचार-प्रसार करके उसे यह मुद्दा मिल गया।[9]

'दिल्ली समझौते' के खिलाफ आंदोलन

जुलाई 1952 में शेख अब्दुल्ला ने भारत सरकार के साथ 'दिल्ली समझौते' पर हस्ताक्षर किए, जिसने केंद्र-राज्य संबंधों की रूपरेखा तैयार की। समझौते ने

भारत के भीतर राज्य को स्वायत्तता प्रदान की। आर.एस.एस., पी.पी.पी. और जनसंघ ने इस समझौते का कड़ा विरोध किया।

उसी वर्ष जनसंघ की कार्यसमिति ने एक प्रस्ताव पारित किया, जिसमें जम्मू-कश्मीर को भारत का अभिन्न अंग घोषित किया गया। घोषणा में जोर दिया गया कि जम्मू-कश्मीर के बारे में भारतीय संविधान में प्रावधान अस्थायी थे और भारतीय संप्रभुता का उल्लंघन करते थे।[10] अनुच्छेद 370 को निरस्त करने के उद्‌देश्य से वर्ष के अंत तक एक आंदोलन शुरू करने का निर्णय लिया गया था।

इस आंदोलन का नेतृत्व आर.एस.एस. और अन्य हिंदू संगठनों के समर्थन से पी.पी.पी. ने किया था। आंदोलनकारियों की माँगों में से एक जम्मू को कश्मीर से अलग करना था। कश्मीर संघ परिवार के शीर्ष एजेंडे में से एक बन गया। यह आंदोलन पंजाब और दिल्ली के कुछ इलाकों में फैल गया। यह पहली बार था, जब कश्मीर के बारे में विवादास्पद मुद्‌दों पर जनता की लामबंदी हुई थी।[11] जम्मू में आंदोलन हिंसक हो गया, जिसके परिणामस्वरूप सरकारी संपत्ति को नुकसान हुआ। तब प्रधानमंत्री जवाहरलाल नेहरू ने तत्कालीन इंटेलिजेंस ब्यूरो चीफ बी. मलिक को यह कहकर कश्मीर भेजा कि वे 'प्रजा परिषद्' को अपना आंदोलन समाप्त करने के लिए मनाएँ और उन्हें समझाएँ कि भारत के साथ कश्मीर का एकीकरण पूरा हो गया था। हालाँकि, मामला चूँकि सुरक्षा परिषद् के पास था, इसलिए कश्मीर के विशेष दर्जे को कुछ और वर्ष तक बनाए रखना था। कुछ साल बाद विशेषाधिकार खुद ही खत्म हो जाएँगे और कश्मीर भारत के किसी भी अन्य राज्य की तरह ही हो जाएगा। दूसरे, मलिक को शेख अब्दुल्ला से बात करने और उन्हें हिंदू विरोधी भाषण देने से रोकने के लिए कहा गया।[12]

श्यामाप्रसाद मुकर्जी का निधन

जनसंघ के संस्थापक श्यामाप्रसाद मुकर्जी अनुच्छेद 370 विरोधी आंदोलनों का सबसे बड़ा चेहरा बन गए थे। उनका बयान 'एक देश में दो विधान, दो प्रधान और दो निशान नहीं चलेंगे' (एक देश में दो संविधान, दो प्रधानमंत्री और दो राष्ट्रीय प्रतीक नहीं हो सकते), अकसर आर.एस.एस. और भाजपा के सदस्यों द्वारा कश्मीर मुद्‌दे पर चर्चा के दौरान उद्‌धृत किया जाता है। मुकर्जी जवाहरलाल नेहरू के मंत्रिमंडल में मंत्री थे, लेकिन 1950 के 'नेहरू-लियाकत समझौते' के विरोध में वे मंत्रिमंडल से हट गए थे। संसद् में अपने भाषण के दौरान मुकर्जी ने अनुच्छेद 370 की अस्थायी प्रकृति की ओर इशारा किया और जम्मू-कश्मीर के लिए एक

अलग ध्वज को अपनाने का विरोध किया। उन्होंने हिंदू बंदोबस्ती ट्रस्ट की संपत्ति और धन के विनियोग का मुद्दा उठाया। मुकर्जी का मानना था कि सरकार की नीतियाँ जम्मू क्षेत्र के प्रति भेदभावपूर्ण हैं। उन्होंने उर्दू को अनिवार्य भाषा बनाने का भी विरोध किया।[13]

उस समय सरकार ने राज्य में आनेवाले लोगों के लिए कश्मीरी अधिकारियों से सीमा पार करने के लिए परमिट लेना अनिवार्य कर दिया था। अपने आंदोलन के एक हिस्से के रूप में मुकर्जी ने सीमा पार करने का फैसला किया और ऐसा करते हुए 11 मई, 1953 को उन्हें गिरफ्तार कर लिया गया। करीब एक महीने बाद हिरासत में उनकी मौत हो गई। आर.एस.एस. और उसके सहयोगी मुकर्जी का शहीद के रूप में सम्मान करते हैं। मुकर्जी की मृत्यु ने नेहरू और अब्दुल्ला के बीच कड़वाहट को बढ़ा दिया, जिसके कारण अंततः अब्दुल्ला की बरखास्तगी और गिरफ्तारी हुई।

मुकर्जी की मृत्यु ने अनुच्छेद 370 के खिलाफ सार्वजनिक अभियान को कमजोर कर दिया, लेकिन आर.एस.एस. और जनसंघ ने विभिन्न मंचों के माध्यम से आंदोलन जारी रखा।

1956 में अपनाए गए जम्मू और कश्मीर के संविधान ने एक 'स्थायी निवासी' को एक ऐसे व्यक्ति के रूप में परिभाषित किया, जो 14 मई, 1954 को राज्य का नागरिक था या कम-से-कम 10 वर्ष से राज्य का निवासी था। वोट देने का अधिकार, सार्वजनिक पद ग्रहण करना और स्वयं की संपत्ति का स्वामित्व निवासियों तक सीमित था। इन प्रावधानों का आर.एस.एस. और जनसंघ ने कड़ा विरोध किया था। आर.एस.एस. का मानना था कि ये प्रावधान हिंदुओं के प्रति भेदभावपूर्ण थे। इन्होंने एक भारतीय होने के दायरे को कम कर दिया और ये जिन्ना के 'दो-राष्ट्र' के सिद्धांत का समर्थन करते दिखाई देते थे।[14]

1960 में जनसंघ के संगठनात्मक सचिव दीनदयाल उपाध्याय ने अनुच्छेद 370 की एक आलोचना लिखी—'जब तक यह अनुच्छेद जारी रहेगा, भारत के साथ संवैधानिक व्यवस्था के मामलों में सामान्य स्थिति बहाल नहीं होगी।' गोलवलकर ने उपाध्याय के साथ सहमति व्यक्त की। उन्होंने कहा कि कश्मीर को बनाए रखने का एकमात्र तरीका पूर्ण एकीकरण और अनुच्छेद 370 को खत्म करना है। 'अगर नेफा (नॉर्थ-ईस्ट फ्रंटियर एजेंसी) के सीमा क्षेत्र को सेना के माध्यम से केंद्रीय रूप से प्रशासित किया जा सकता है, तो कश्मीर के सीमावर्ती इलाकों को क्यों नहीं?'

आर.एस.एस. के बलराज मधोक का मानना था कि कश्मीर की समस्या मूल रूप से धार्मिक-राजनीतिक है, न कि सामाजिक-आर्थिक। उन्होंने कहा, "गलत निदान गलत उपचारों के प्रयोग की ओर ले जाता है, जिसके परिणामस्वरूप स्थिति और भी खराब हो जाती है।"[15]

अनुच्छेद 370 : भाजपा के घोषणा-पत्र में रहा हमेशा

भाजपा ने लगातार आर.एस.एस. द्वारा परिकल्पित विचारधाराओं और आकांक्षाओं का अनुसरण किया है, इसलिए कश्मीर और अनुच्छेद 370 पार्टी के शीर्ष एजेंडे में से एक रहे हैं।

भाजपा ने पहली बार 1984 में लोकसभा चुनाव लड़ा और अपने पहले ही घोषणा-पत्र में अनुच्छेद 370 को हटाने को शामिल किया। हालाँकि पार्टी सिर्फ दो सीटें जीतने में कामयाब रहीं, लेकिन नेतृत्व को यकीन था कि 'कश्मीर' और अनुच्छेद 370 से जो भावनाएँ उमड़ती हैं, वे पार्टी को दूर तक ले जाएँगी। यह बाद के चुनावी घोषणा-पत्रों में भी शामिल किया गया।

अगला लोकसभा चुनाव 1989 में हुआ, जब आतंकवाद और हिंसा ने कश्मीर घाटी में प्रवेश किया, जैसाकि नियमित रूप से समाचारों में बताया जाता था। यह भाजपा के चुनावी घोषणा-पत्र में भी परिलक्षित हुआ, जिसमें अनुच्छेद 370 को निरस्त करने का वादा किया गया था।

16 महीने पुरानी चंद्रशेखर के नेतृत्ववाली केंद्र सरकार के गिरने से 1991 में फिर से लोकसभा चुनाव हुए। घाटी से कश्मीरी पंडितों का पलायन शुरू हो गया था और जिस हिंसा और विस्थापन का उन्हें सामना करना पड़ा, उसे भाजपा के चुनावी घोषणा-पत्र में जगह मिली। घोषणा-पत्र में 'पाकिस्तानी तत्त्वों को घाटी से बाहर निकालने' का वादा किया गया था और अनुच्छेद 370 को हटाने के अपने वादे को दोहराया गया था।

1996 के चुनाव घोषणा-पत्र में भी 'कश्मीर' का कई बार उल्लेख किया गया था और लद्दाख, जम्मू और कश्मीर में तीन क्षेत्रीय परिषदों के गठन का वादा किया गया था। घोषणा-पत्र में न केवल कश्मीर की गड़बड़ी के लिए कांग्रेस शासन को जिम्मेदार ठहराया गया, बल्कि लगभग पाँच दशक से पाकिस्तान के कब्जेवाले क्षेत्र को फिर से हासिल करने का भी वादा किया गया था। भाजपा के नेतृत्ववाले राष्ट्रीय जनतांत्रिक गठबंधन के पतन के बाद 1998 में फिर लोकसभा चुनाव हुए और भाजपा ने एक बार फिर कश्मीर पर अपना रुख दोहराया।

1999 में भाजपा का चुनावी घोषणा–पत्र अपवाद साबित हुआ, जहाँ पहली बार अनुच्छेद 370 का कोई उल्लेख नहीं था। उसके घोषणा–पत्र से 2004 में भी अनुच्छेद 370 गायब था, हालाँकि पार्टी के 'विजन दस्तावेज' ने राज्य के त्रिस्तरीय विकास के 1996 के अपने वादे को दोहराया।

2009 के लोकसभा चुनाव में भाजपा के चुनावी घोषणा–पत्र में अनुच्छेद 370 फिर से सामने आया। घोषणा–पत्र में लिखा था—'अनुच्छेद 370 राष्ट्रीय मुख्यधारा के साथ जम्मू और कश्मीर के लोगों के पूर्ण एकीकरण के लिए एक मनोवैज्ञानिक बाधा है। भाजपा इस अनुच्छेद को निरस्त करने के लिए प्रतिबद्ध है।'[16] घोषणा–पत्र में न केवल अनुच्छेद 370 को निरस्त करने का वादा किया गया था, बल्कि कश्मीरी पंडितों का पुनर्वास करने, पी.ओ.के. के शरणार्थियों को अधिकार प्रदान करने, विकास परियोजनाओं की शुरुआत करने और आतंकवाद का मुकाबला करने का भी आश्वासन दिया गया था। 2009 में कश्मीर का जिक्र कांग्रेस के घोषणा–पत्र में भी किया गया था, जिसमें कहा गया था कि कैसे कांग्रेस के नेतृत्ववाले संयुक्त प्रगतिशील गठबंधन (यू.पी.ए.) ने राज्य के विकास के लिए धन का वितरण किया था।

दोनों राष्ट्रीय दलों के बाद के चुनावी घोषणा–पत्रों में कश्मीर का लगातार उल्लेख किया गया। 2014 में भाजपा के घोषणा–पत्र में कहा गया था कि पार्टी अनुच्छेद 370 को निरस्त करने के लिए प्रतिबद्ध है और इस मुद्दे पर सभी हितधारकों के साथ चर्चा करेगी। 2019 में पार्टी के घोषणा–पत्र ने विवादित अनुच्छेद को निरस्त करने के वादे को दोहराया। दिलचस्प बात यह है कि इस साल कांग्रेस ने पहली बार इस मुद्दे पर अपना रुख स्पष्ट किया और अपने घोषणा–पत्र में एक पूरा सेक्शन कश्मीर को समर्पित किया। इसमें लिखा था—'हम राज्य के अनूठे इतिहास और उन अनूठी परिस्थितियों को भी स्वीकार करते हैं, जिनके तहत राज्य का भारत में विलय हुआ, जिसके कारण भारत के संविधान में अनुच्छेद 370 को शामिल किया गया। संवैधानिक स्थिति को बदलने के लिए कुछ भी नहीं किया जाएगा या इसके लिए अनुमति नहीं दी जाएगी।'[17]

भाजपा के पिछले चार दशक में किए गए वादे को पूरा करने के साथ अनुच्छेद 370 अब पार्टी के भविष्य के चुनावी घोषणा–पत्रों में शामिल होना बंद हो जाएगा। हालाँकि, मेरा मानना है कि चुनाव अभियानों में इसका उल्लेख निश्चित रूप से भाजपा के नेतृत्ववाली सरकार की एक उपलब्धि के रूप में किया जाएगा।

□

6

स्वतंत्रता दिवस

ऐतिहासिक फैसले के एक हफ्ते बाद 12 अगस्त, 2019 को ईद-उल-जुहा घाटी के लोगों के लिए कुछ अलग थी। सुरक्षाबलों द्वारा लगाए गए प्रतिबंधों और कर्फ्यू ने उन्हें अपने घरों के भीतर बंद कर दिया था। कई परिवारों के लिए उस साल बकरीद बिना मांसवाली रही। हाल के इतिहास में यह पहली बार था कि ईदगाह या ऐतिहासिक जामिया मसजिद में ईद की नमाज की अनुमति नहीं थी। केवल स्थानीय मसजिदों में ही इसकी अनुमति थी। अधिकारियों को आशंका थी कि ज्यादा संख्या में लोग इकट्ठा हो गए तो कानून और व्यवस्था की समस्या हो सकती है। शाम को प्रशासन ने मीडिया को सूचित किया कि ईद 'शांतिपूर्वक' मनाई गई और किसी बड़ी घटना की सूचना नहीं मिली। अधिकारियों ने कहा कि बुरहान वानी की मुठभेड़ के बाद की स्थिति की तुलना में हालात काफी बेहतर रहे और सुरक्षाबलों के साथ संघर्ष में केवल दो लोग घायल हुए थे, जिन्हें अस्पताल में भरती कराया गया था। 5 जून को ईद-उल-फितर की नमाज के बाद श्रीनगर, सोपोर और अनंतनाग में पथराव करनेवालों और सुरक्षाबलों के बीच कुछ झड़पों की सूचना मिली थी। बताया गया कि नौहट्टा इलाके में नकाबों से चेहरे ढककर कुछ नौजवानों ने जैश-ए-मोहम्मद प्रमुख मसूद अजहर और मारे गए आतंकवादी कमांडर जाकिर मूसा के समर्थन में बैनर लहराए थे।[1]

ईद के ठीक तीन दिन बाद 15 अगस्त था; भारत का स्वतंत्रता दिवस, एक ऐसी तारीख, जो पिछले तीन दशक से घाटी में सुरक्षाबलों को पूरी तरह मुस्तैद रखती है। गणतंत्र दिवस और स्वतंत्रता दिवस जैसे राष्ट्रीय पर्वों से पहले अकसर आतंकवादी गतिविधियाँ और भारी तनाव होता है। साजिश की किसी भी कोशिश को नाकाम करने के लिए सुरक्षाबल हाई अलर्ट पर रहते हैं। 2016 में नौहट्टा

इलाके में एक बंदूकधारी ने एक पुलिस स्टेशन पर हमला किया, जिसमें एक पुलिस अधिकारी की मौत हो गई और अर्धसैनिक बल के 10 जवान घायल हो गए। अगले साल, 2017 में एक आतंकवादी द्वारा सी.आर.पी.एफ. की एक आर.ओ.पी. पर ग्रेनेड फेंकने से चार सुरक्षाकर्मी घायल हो गए। 2018 में भी सैयद अली शाह गिलानी, मीरवाइज उमर फारूक और यासीन मलिक जैसे अलगाववादी नेताओं ने 'पूर्ण बंद' का आह्वान किया और लोगों से इस तारीख को 'ब्लैक डे' के रूप में मनाने को कहा। आतंकी संगठन हिजबुल मुजाहिदीन ने खत लिखकर अभिभावकों को इस तारीख पर अपने बच्चों को स्कूलों से दूर रखने की चेतावनी दी। सुरक्षा का हवाला देते हुए इंटरनेट और मोबाइल फोन सेवाओं को अस्थायी रूप से बंद कर दिया गया था। ट्रेन सेवाएँ बंद कर दी गईं। 13 अगस्त को अमरनाथ यात्रा स्थगित कर दी गई।

अस्थिरता के इस इतिहास को देखते हुए 2019 में स्वतंत्रता दिवस एक बड़ी चुनौती लग रहा था। यह सुरक्षाबलों के लिए कानून-व्यवस्था में किसी भी तरह की बाधा पहुँचाने या गड़बड़ी करने की किसी भी सजिश को नाकाम करने की परीक्षा थी। दुनिया की निगाहें यह देखने के लिए श्रीनगर पर थीं कि कैसे भारत एक ऐसी भूमि पर एक राष्ट्रीय कार्यक्रम का जश्न मना रहा है, जहाँ उसने एक विवादास्पद और ऐतिहासिक निर्णय लागू किया था! इसके लिए न केवल शेर-ए-कश्मीर क्रिकेट स्टेडियम, जहाँ समारोह होने थे, बल्कि श्रीनगर शहर और घाटी के अन्य संवेदनशील क्षेत्रों में भी व्यापक तैयारी की आवश्यकता थी।

हम पत्रकारों को कोई भी गड़बड़ी होने पर उसकी रिपोर्टिंग करने को कहा गया था। मेरे न्यूज चैनल के तीन रिपोर्टर थे—दिल्ली से ज्ञानेंद्र तिवारी, जैनेंद्र कुमार और मैं। हमने तय किया कि जैनेंद्र कुमार और मैं शहर के अलग-अलग हिस्सों को अपने कैमरे में कैद करेंगे, जबकि ज्ञानेंद्र तिवारी समारोह को कवर करने के लिए स्टेडियम के अंदर होंगे। ज्ञानेंद्र ने कुछ दिन पहले राज्यपाल सत्यपाल मलिक का इंटरव्यू लिया था, जब उन्होंने कहा था, "इस बार का स्वतंत्रता दिवस समारोह उससे बेहतर होगा, जैसाकि अब तक मनाया जाता रहा है।"[2]

शेर-ए-कश्मीर स्टेडियम

श्रीनगर के सोनावर क्षेत्र में स्थित शेर-ए-कश्मीर स्टेडियम वैसे तो क्रिकेट खेलने का मैदान है, लेकिन इसका इस्तेमाल अन्य उद्देश्यों के लिए भी किया जाता रहा है। कई साल तक इसमें सी.आर.पी.एफ. रही। वहाँ बड़े राजनीतिक कार्यक्रम

आयोजित किए गए हैं, जैसे 2002 में, जब नेशनल कॉन्फ्रेंस ने नए अध्यक्ष का चुनाव करने के लिए एक विशेष सत्र आयोजित किया था। पूर्व प्रधानमंत्री अटल बिहारी वाजपेयी ने 2003 में इस स्टेडियम में एक रैली को संबोधित किया था। 2015 में नरेंद्र मोदी ने भी यही किया।

हालाँकि स्टेडियम होटल 'सरोवर पोर्टिको' से सिर्फ आधा किलोमीटर की दूरी पर था, लेकिन पत्रकार कड़ी सुरक्षा व्यवस्था की आशंका जताते हुए, सुबह 9 बजे शुरू होनेवाले समारोह के लिए सुबह 6 बजे ही होटल से निकल गए। ज्ञानेंद्र ने मुझे बताया कि प्रवेश के लिए पास होने के बावजूद बहुस्तरीय सुरक्षा व्यवस्था के कारण कैमरे और उपकरण लेकर स्टेडियम के अंदर जाना एक मुश्किल काम था। हर मीडिया टीम को सुरक्षा जाँच कराकर स्टेडियम के अंदर पहुँचने में 10 मिनट से अधिक का समय लगा। स्टेडियम की ओर जानेवाले रास्ते बंद कर दिए गए थे और भारी संख्या में सुरक्षाबलों ने स्टेडियम को घेर रखा था।

आयोजन से पहले ऐसी अटकलें थीं कि गृह मंत्री अमित शाह भी समारोह में भाग लेने के लिए हेलीकॉप्टर से आएँगे। यह संभव भी था, क्योंकि प्रधानमंत्री मोदी और अमित शाह में झटका तथा आश्चर्य देने और भाजपा के विकास में सहायता करनेवाली घटनाओं को साकार करने की प्रवृत्ति है। अतीत में भाजपा ने अपने राष्ट्रवादी एजेंडे की अभिव्यक्ति के रूप में श्रीनगर में भारतीय ध्वज को फहराने पर कई आंदोलन शुरू किए थे। हालाँकि स्टेडियम में जश्न शुरू होने तक साफ हो गया था कि शाह नहीं आ रहे हैं।

स्टेडियम में लगभग 500 दर्शक थे, जो इसकी कुल क्षमता के लगभग एक-चौथाई ही थे। दर्शकों में मुख्य रूप से सरकारी कर्मचारी और सादे कपड़े पहने सशस्त्र बलों के लोग शामिल थे। कुछ नागरिकों को भी अनुमति दी गई थी, जो भारत के विभिन्न राज्यों से आए थे और एक कोने से 'भारतमाता की जय' का नारा लगा रहे थे। मीडियाकर्मियों के बैठने की अलग से व्यवस्था थी। अधिकांश कुरसियों पर दिल्ली के पत्रकारों का कब्जा था, क्योंकि आवाजाही पर पाबंदी, संचार बंदी और कुछ अन्य कारणों से स्थानीय अखबार छप नहीं रहे थे।

समारोह राज्यपाल सत्यपाल मलिक और एन.एस.ए. अजीत डोभाल की उपस्थिति में शुरू हुआ। डोभाल सुरक्षा स्थिति की निगरानी के लिए कश्मीर का लगातार दौरा कर रहे थे। पिछले वर्षों में फारूक अब्दुल्ला, उमर अब्दुल्ला और महबूबा मुफ्ती जैसे कश्मीरी नेता अपने समर्थकों के साथ इस कार्यक्रम में शामिल

हुए थे, लेकिन इस साल वे सभी हिरासत में थे। मलिक ने अपने भाषण में राज्य के विशेष दर्जे को निरस्त करने के फैसले की प्रशंसा करते हुए कहा कि इस कदम से क्षेत्र में समृद्धि और विकास आएगा। उन्होंने जोर देकर कहा कि कश्मीर पर्यटन और उद्योग का एक बड़ा केंद्र बनेगा, क्योंकि इस ऐतिहासिक निर्णय ने विकास के नए अवसर खोले हैं। मलिक ने कहा कि आतंकवादियों की भरती कम हो गई है और साप्ताहिक पथराव की घटनाएँ समाप्त हो गई हैं।[3]

मलिक ने जो कहा, वही नई दिल्ली में प्रधानमंत्री मोदी के स्वतंत्रता दिवस के भाषण में प्रतिध्वनित हुआ। मोदी ने अनुच्छेद 370 निरस्त किए जाने का विरोध करनेवालों को लताड़ते हुए आरोप लगाया कि ऐसे लोग राजनीति कर रहे हैं।[4] उन्होंने कहा कि अनुच्छेद 370 भ्रष्टाचार और भाई-भतीजावाद को प्रोत्साहित करता था।[5]

ज्ञानेंद्र ने देखा कि समारोह में कश्मीरी महक नहीं थी। स्कूल बंद होने के कारण स्थानीय स्कूली बच्चे मौजूद नहीं थे। जम्मू, कश्मीर और लद्दाख के सांस्कृतिक नृत्य करने के लिए जम्मू से पारंपरिक परिधानों में लगभग 50 युवकों और युवतियों की एक नृत्य मंडली को आमंत्रित किया गया था। सुरक्षाबलों की विभिन्न इकाइयों ने भी नृत्य प्रदर्शन किए। अधिकांश गाने पंजाबी, डोगरी और लद्दाखी भाषाओं में बजाए गए। एक कश्मीरी गाना भी बजाया गया, लेकिन उस पर नृत्य करनेवाले गैर-कश्मीरी थे। जम्मू और कश्मीर पुलिस बैंड के माध्यम से कश्मीर की प्रतीकात्मक उपस्थिति का प्रतिनिधित्व किया गया था। बैंड में कुछ कश्मीरी अधिकारी थे। समारोह समाप्त होने के बाद कुछ टी.वी. चैनलों ने स्टेडियम के बाहर कुछ दर्शकों को इकट्ठा किया, जिन्होंने दृश्यों का सीधा प्रसारण करते हुए कैमरों के सामने उत्साहपूर्वक 'वंदे मातरम्' और 'भारतमाता की जय' के नारे लगाए।

लाल चौक : आज के प्रश्न, इतिहास के उत्तर

जैसे ही हमारी कार होटल के गेट से बाहर निकली, हमें शहर में सुरक्षा व्यवस्था का अंदाजा हो गया। गुपकर रोड को डल गेट से जोड़नेवाली सड़क को सी.आर.पी.एफ. के जवानों ने बंद कर दिया था। हमने पहले लाल चौक जाने का फैसला किया था, लेकिन हमें एक चक्कर लगाने के लिए कहा गया। चूँकि हमारा ड्राइवर श्रीनगर का रहनेवाला था, इसलिए वह एक दूसरा रास्ता जानता था, जो सँकरी और मुश्किल गलियों से होकर गुजरता था। फिर भी कई गोल चक्करों पर

सुरक्षाकर्मियों ने हमें रोककर पूछताछ की। हमारे होटल से लाल चौक तक की दूरी सिर्फ 3 किलोमीटर थी, लेकिन रास्ता बदलने और कई सुरक्षा जाँचों के कारण हमें यह दूरी तय करने में आधे घंटे से अधिक का समय लग गया।

पिछली शाम को ही भाजपा के कपिल मिश्रा ने एक तसवीर साझा की थी। इसमें लाल चौक पर घंटाघर के ऊपर भारतीय तिरंगा दिखाया गया था। लद्दाख से भाजपा के नेता जामयांग सेरिंग नामग्याल ने भी यही तसवीर ट्वीट की। हमने यह देखने का फैसला किया कि क्या घंटाघर पर झंडा फहराया गया था? यदि ऐसा होता तो यह हमारी विफलता होती कि हमें इसका पता नहीं चला!

हम लाल चौक के पास पहुँचे, लेकिन आगे जाना हमारे वश में नहीं था। यह इलाका छावनी जैसा लग रहा था। जम्मू-कश्मीर पुलिस और सी.आर.पी.एफ. के सैकड़ों जवानों ने लाल चौक को घेर रखा था और 300 मीटर से अधिक के दायरे से घंटाघर तक जाना नामुमकिन था। जैसे ही हम घंटाघर के बगल में मुख्य सड़क पर अपनी कार से उतरे, सी.आर.पी.एफ. के जवान गुस्से में हमारी ओर दौड़े। उन्होंने हमें तुरंत चले जाने के लिए कहा। हमने उन्हें बताया कि हम पत्रकार हैं और कुछ शॉट लेने के बाद वहाँ से निकल जाएँगे, लेकिन वे सुनने को तैयार नहीं थे। उन्होंने हमें अपना कैमरा निकालने तक की अनुमति नहीं दी। यह महसूस करके कि उनके साथ बहस करने का कोई मतलब नहीं है, हमने दूसरी दिशा से घंटाघर पहुँचने का फैसला किया। श्रीनगर पर रिपोर्ट लाल चौक के हालात दिखाए बिना अधूरी होती। लाल चौक से सटी कुछ गलियाँ थीं, जो घंटाघर तक जाती थीं।

हम टावर के करीब पहुँच गए। हालाँकि, हम इससे कई मीटर दूर थे, लेकिन हमें अच्छा शॉट मिल सकता था। मिश्रा और नामग्याल ने जो ट्वीट किया था, वह सच नहीं था। बाद में कुछ समाचार आउटलेट्स द्वारा तथ्यों की जाँच से पता चला कि दोनों नेता फोटोशॉपिंग के शिकार हो गए थे और उन्होंने इसकी सच्चाई का पता लगाए बिना फोटो शेयर कर दिया था।[6] यह पार्टी के लिए एक शर्मिंदगी थी और ट्रोल्स के तो मजे ही आ गए।

अन्य टी.वी. चैनलों के पत्रकार भी मौके पर पहुँचे। हालाँकि टावर की इस दिशा में भी वैसी ही सुरक्षा थी, लेकिन यहाँ के सुरक्षाकर्मी उतने आक्रामक और डरानेवाले नहीं थे, जितने मुख्य मार्ग की तरफ तैनात थे। उन्होंने सहयोग किया और हमें जल्दी से अपनी शूटिंग खत्म करके वहाँ से चले जाने के लिए कहा।

मैं श्रीनगर के अपने पिछले दौरों के दौरान लाल चौक गया था। यहाँ बाजार

की नियमित चहल-पहल का अनुभव किया जा सकता है। दुकानों में सूखे मेवे, केसर और कपड़ों से लेकर बरतन, स्टेशनरी और इलेक्ट्रॉनिक्स तक की उपभोक्ता वस्तुओं की बिक्री होती है। मगर इस समय वहाँ चारों ओर वरदी में जवान तैनात थे। कुछ कोनों में टिन शेड और रेत की बोरियाँ देखी जा सकती थीं। मैं अकसर मुंबई लौटते समय लाल चौक की दुकानों से अखरोट और राजमा खरीदता था। लाल चौक पर रात के एक या दो बजे तक चहल-पहल रहती थी। कई दुकानदार तो नब्बे के दशक में आग से जल गए एक सिनेमा हॉल 'पैलेडियम' में फिल्म के आखिरी शो के बाद अपने शटर गिराते थे।

उस दिन मैंने एक अलग लाल चौक देखा। सिनेमा हॉल अब भी मौजूद था, लेकिन इसकी स्क्रीन खाली थी और इसमें सी.आर.पी.एफ. वाले काबिज थे। लाल चौक और उससे सटी सड़कें सुनसान थीं। इनसानों के रूप में केवल हथियारों से लैस और पत्थर-से चेहरेवाले वरदीधारी जवान नजर आ रहे थे। उस दिन लाल चौक तक पहुँच पाना नामुमकिन क्यों था? इसका जवाब इस जगह के इतिहास में निहित है।

लाल चौक ने श्रीनगर के इतिहास में कई यादगार घटनाएँ देखी हैं। जहाँ डल झील अपनी प्राकृतिक सुंदरता, हाउसबोट और शिकारों के कारण कश्मीर के पर्यटन मानचित्र पर मौजूद रही है, वहीं लाल चौक कुछ हद तक डल झील से अलग है। लाल चौक का इतिहास राजनीतिक उथल-पुथल, हिंसा, दंगों और विरोधों से प्रभावित रहा है। लाल चौक जाँबाजी, खतरों, खून-खराबे और साम्यवाद का प्रतीक है। ऐसा कहा जाता है कि लाल चौक का नाम वामपंथियों ने मास्को के 'रेड स्क्वायर' के नाम पर रखा था, जो रूसी क्रांति से प्रेरित थे और रूसी जार के शासन और कश्मीर में महाराजा के शासन के बीच समानताएँ देखते थे।

यहाँ प्रसिद्ध घंटाघर 1980 में बनाया गया था, लेकिन लाल चौक उससे बहुत पहले ऐतिहासिक और राजनीतिक महत्त्व का केंद्र बन गया था। 1948 में इसी लाल चौक पर पूर्व प्रधानमंत्री जवाहरलाल नेहरू ने राष्ट्रीय ध्वज फहराया था। उनके बगल में खड़े होकर शेख अब्दुल्ला ने यह प्रसिद्ध बात कही थी—'मन तू शुदी, तू मन शुदी, ता कस न गोयद, मन देग्राम, तू देगरी।' यह एक फारसी शायरी है। इसका अर्थ है—'मैं तुम बनो और तुम मैं बनो, इसलिए कोई नहीं कह सकते हैं कि हम अलग हैं।'[7] पाँच साल बाद नेहरू के शासन में अब्दुल्ला को भारत के खिलाफ साजिश रचने के आरोप में गिरफ्तार कर लिया गया था। 1975 में 'इंदिरा-शेख

समझौते', जिसे कश्मीरी इतिहास में एक और महत्त्वपूर्ण घटना के रूप में देखा गया था, की घोषणा शेख अब्दुल्ला ने लाल चौक पर की थी।

1990 में 'जम्मू-कश्मीर लिबरेशन फ्रंट' (जे.के.एल.एफ.) ने यहाँ एक रंगीन टी.वी. सेट रखकर चुनौती दी थी कि जो कोई भी भारतीय ध्वज को उठाने की हिम्मत करेगा, वह इसे इनाम के रूप में ले जा सकता है। घाटी में तैनात सशस्त्र बलों की एक इकाई ने ऐसा किया और टी.वी. सेट ले गए। वह सेट उन्होंने अपने मेस में लगा लिया।[8]

1992 में भाजपा नेता मुरली मनोहर जोशी ने घोषणा की कि वे श्रीनगर के लाल चौक पर भारतीय ध्वज फहराएँगे, जहाँ उनकी 'एकता यात्रा' गणतंत्र दिवस पर समाप्त होगी। यह वह समय था, जब घाटी में आतंकवाद अपने चरम पर था। सरकार ने शहर में कर्फ्यू लगा दिया और लाल चौक की घेराबंदी कर दी गई। जोशी ने कुछ समर्थकों के साथ बुलेट प्रूफ कार में लाल चौक पहुँचकर तिरंगा फहराया। तब किसी ने कल्पना भी नहीं की थी कि नरेंद्र नाम का काली जैकेट पहने, दाढ़ीवाला आर.एस.एस. प्रचारक भारत का प्रधानमंत्री बनेगा और उनके कार्यकाल में कश्मीर में सबसे बड़ी उथल-पुथल होगी! इस घटना से पहले हिंसा की कुछ वारदातें हुई थीं।[9]

10 अप्रैल, 1993 को स्थानीय लोगों और बी.एस.एफ. जवानों के बीच हिंसक झड़प के कारण कथित तौर पर लाल चौक में एक बड़ी आग लग गई थी। यह झड़प एक तकरार के बाद हुई थी। आग में कई घर, दुकानें, दफ्तरों की इमारतें, वाणिज्यिक परिसर, स्कूल और एक मंदिर खाक हो गए। कई लोगों की मौत हो गई। कुछ आग की वजह से और कुछ गोली लगने से घायल हो गए।

बुरहान वानी के एनकाउंटर के बाद अलगाववादियों ने लाल चौक और एयरपोर्ट रोड पर कब्जा करने का आह्वान किया। उन्हें रोकने के लिए कर्फ्यू लगाया गया था। शहर के विभिन्न हिस्सों से पथराव करनेवालों और सुरक्षाबलों के बीच झड़प की खबरें आईं।

लाल चौक ने सियासी झगड़ों के अलावा कुदरत का कहर भी झेला है। 2014 की विनाशकारी बाढ़ ने इस इलाके को प्रभावित किया था। पूरा लाल चौक जलमग्न हो गया था, जिससे भारी वित्तीय नुकसान हुआ था।

आज लाल चौक राजनीतिक आंदोलनों और प्रतिरोध का केंद्र बन गया है। लाल चौक पर झंडा फहराना एक राजनीतिक अभिव्यक्ति के तौर पर देखा जाता

है। अतीत में अलगाववादियों ने खुद ध्वजारोहण समारोह आयोजित किए हैं और पाकिस्तान के झंडे सहित विभिन्न प्रकार के झंडे फहराए हैं। नब्बे के दशक से बी.एस.एफ. या सी.आर.पी.एफ. ने लाल चौक पर डेरा डाला और गणतंत्र दिवस पर वहाँ भारतीय ध्वज फहराया, लेकिन 2009 में इस परंपरा को बंद कर दिया गया था। मगर लाल चौक सिर्फ राष्ट्रवादियों और अलगाववादियों के लिए अपनी मान्यताओं को उजागर करने की जगह नहीं है, अपितु यह विभिन्न प्रकार के विरोध–प्रदर्शनों का स्थान भी है। चौक नियमित रूप से श्रमिक संघों, छात्र संघों, अर्ध–राजनीतिक समूहों और गैर–सरकारी संगठनों के विरोध–प्रदर्शनों का गवाह भी बनता है।

मेरे पहुँचने से कुछ ही मिनट पहले एक नौजवान भारतीय ध्वज लेकर चौक पर पहुँचने में कामयाब रहा था। हालाँकि, इससे पहले कि वह घंटाघर के करीब पहुँच पाता, एक सुरक्षाकर्मी ने उसे हिरासत में ले लिया और स्थानीय पुलिस को सौंप दिया। मैंने लाल चौक के इतिहास का संक्षेप में वर्णन करते हुए उस जगह का तेजी से वॉक थ्रू किया। इसमें यह तुलना की गई कि यह 'सामान्य' दिनों के दौरान कैसा दिखता था (कश्मीर में सामान्य के अलग ही मायने होते हैं) और उस दिन कैसा दिख रहा था! अपनी शूटिंग खत्म करने के बाद मैं मुख्य शहर की ओर चल पड़ा।

तिरंगा यात्रा

जब हम पर्यटक स्वागत केंद्र को पार कर रहे थे तो हमने देखा कि लगभग 10 लोग एक टैक्सी स्टैंड के पास एक इमारत के बाहर खड़े हैं। वे कश्मीरी नहीं लगते थे। वे क्या कर रहे थे, जब शहर में आवाजाही पर प्रतिबंध लगा हुआ था? आखिर वे इस तरह कैसे इकट्ठा हुए थे? उत्सुकतावश हमने अपनी कार रोकी और उनके पास पहुँचे। पूछने पर उन्होंने हमें बताया कि वे भाजपा कार्यकर्ता हैं और हरियाणा और पंजाब से आए हैं। वे लाल चौक से शेर–ए–कश्मीर स्टेडियम तक 'तिरंगा मार्च' निकालना चाहते थे। हालाँकि, वे पुलिस से डर रहे थे और अपने साथ ले जा रहे बैग से तिरंगा निकालने की हिम्मत नहीं कर पा रहे थे। मैं उनकी बात सुनकर मुसकराने से खुद को रोक नहीं पाया। ऐसी तनावपूर्ण स्थिति और हर तरफ सुरक्षाबलों की मौजूदगी में उनके लिए सार्वजनिक रूप से अपनी देशभक्ति का प्रदर्शन करना असंभव प्रतीत होता था। वे सोच ही रहे थे कि क्या किया जाए कि तभी एक टी.वी. पत्रकार और उनका कैमरामैन वहाँ पहुँच गए। जाहिर तौर पर वे

वहीं पर एक स्थानीय टी.वी. चैनल चलाता था, जहाँ से ये लोग आए थे और उन्हें यह आइडिया भी उसी ने दिया था। वहाँ से गुजर रहा बी.बी.सी. का एक पत्रकार भी हमें देखकर रुक गया।

मैंने उनकी 'तिरंगा यात्रा' शुरू होने और यह देखने का फैसला किया कि क्या वे स्टेडियम तक पहुँचने में कामयाब हो पाते हैं? मैंने सोचा कि यह 'स्वतंत्रता दिवस पर श्रीनगर की स्थिति' को दिखानेवाली मेरी रिपोर्ट का एक हिस्सा बन जाएगा। वे लोग कुछ भी करने से बहुत डर रहे थे, हालाँकि उनके साथ के पत्रकार ने उन्हें समझाने की बहुतेरी कोशिश की। जब हमने कुछ देर इंतजार करने के बाद आगे बढ़ने का फैसला किया तो उस पत्रकार ने हमसे थोड़ा और इंतजार करने की गुहार लगाई। वे लोग हिचकिचाहट के साथ कुछ देर बाद यात्रा निकालने के लिए तैयार हो गए।

तिरंगा फहराया गया और भीड़ 'भारतमाता की जय' और 'वंदे मातरम्' के नारे लगाते हुए स्टेडियम की ओर चलने लगी। हम उनके शॉट लेने लगे। मार्च मुश्किल से 200 मीटर ही आगे बढ़ा था कि दो पुलिस वैन तेजी से वहाँ पहुँचीं। 'आज हमारे लिए दोहरे उत्सव का दिन है,' उन लोगों में से एक ने हमें साउंड बाइट दी। इससे पहले कि मैं उनमें से और लोगों से बात कर पाता, पुलिसवाले उन्हें अपनी वैन में बिठाकर जितनी तेजी से आए थे, उतनी ही तेजी से चले गए। तिरंगा यात्रा वहीं संपन्न हुई।

मुख्य शहर

हमारे होटल और स्टेडियम के आसपास का इलाका अब तक संयुक्त राष्ट्र कार्यालय और हाई प्रोफाइल गुपकर रोड के निकट होने के कारण परेशानियों से आजाद था। इसे श्रीनगर के अत्यधिक सुरक्षित क्षेत्रों में से एक माना जाता था, लेकिन कई अन्य इलाकों में हिंसा की आशंका थी। हमने श्रीनगर के मुख्य शहर में जाकर देखने का फैसला किया, जो संवेदनशील इलाकों में से एक था और हिंसक विरोधों के लिए जाना जाता था। अनुच्छेद 370 को निरस्त करने के फैसले की घोषणा के बाद आंदोलनकारियों और सुरक्षाबलों के बीच हिंसक झड़पों की खबरें थीं। ईद पर भी पथराव की घटनाएँ हुई थीं। हालाँकि प्रशासन ने ऐसी घटनाओं को नकारा था।

हम नवाकदल, आलमगीरी बाजार और जैनाकदल जैसे विभिन्न इलाकों से गुजरे। मुख्य सड़क सुनसान थी और सभी दुकानें बंद थीं। सड़क पर सुरक्षाकर्मियों

के अलावा कोई नजर नहीं आया। फिर हम मुख्य सड़क से सटी गलियों के अंदर चले गए। भीतरी गलियों में दृश्य मुख्य सड़क के विपरीत था। घरों के बाहर और गलियों के कोनों पर नौजवानों के छोटे-छोटे समूह थे। मैंने नीचे उतरकर उनसे बात करने की सोची, लेकिन ड्राइवर ने हमें ऐसा न करने की चेतावनी दी। उसने कहा, "अगर इन युवाओं को पता चल गया कि हम मीडिया से हैं तो आप सोच भी नहीं सकते कि वे हमारे साथ क्या करेंगे?" उसने चलती कार से इस इलाके की तसवीरें इस तरह से लेने की सलाह दी कि कैमरा बाहर से दिखाई न दे। सचिन ऐसा करने में माहिर हैं और उन्हें अच्छे फुटेज मिल गए।

शहर से हम डल झील की ओर बढ़े। झील के आसपास का सैरगाह खाली था। कुछ शिकारा मालिक उस प्रवेश द्वार के पास एक समूह में चुपचाप बैठे थे, जहाँ लोग नावों में चढ़ते हैं। उनमें से ज्यादातर अधेड़ या बूढ़े थे और उदास दिख रहे थे। मैं अपनी कार से नीचे उतरा और अपना परिचय देने के बाद उनसे पूछा कि क्या वे कैमरे पर बोलना चाहेंगे कि पिछले हफ्ते के फैसलों ने उन्हें कैसे प्रभावित किया और वे कैसे गुजारा कर रहे हैं? उनमें से ज्यादातर ने विनम्रता से बात करने से इनकार कर दिया, लेकिन उनमें से कुछ युवा भड़क गए। उन्होंने यह आरोप लगाते हुए हमें चले जाने के लिए कहा कि मीडिया ने उनकी रोजी-रोटी को बहुत नुकसान पहुँचाया है। ड्राइवर ने सुझाव दिया कि मुझे उनसे बहस नहीं करनी चाहिए और उस जगह से निकल जाना चाहिए।

आधा किलोमीटर आगे बढ़ने के बाद हमने देखा कि एक आदमी रास्ते में सब्जी बेच रहा था, हालाँकि वहाँ कोई खरीदार नजर नहीं आ रहा था। झील के किनारे गाजर, मूली, हरा कोलार्ड (सागवाली गोभी), करेला, बैंगन, नादरू (कमल ककड़ी) और टमाटर जैसी सब्जियाँ उगाई जाती हैं। डल झील के विभिन्न हिस्सों में तैरते हुए बगीचे हैं। कई किसान इस जलाशय के उपजाऊ माहौल में सब्जियों की खेती करके अपनी आजीविका कमाते हैं। वे अपनी उपज को छोटी नावों में रखकर झील के बाजार क्षेत्र में, सैरगाह पर या शहर के सब्जी बाजारों में ले जाते हैं। मैं अपनी कार से नीचे उतरा और उस आदमी से बातचीत शुरू करने के लिए आधा किलो करेला खरीदा।

"सब्जी बिक पा रही है?" मैंने पूछा।

"हाँ, थोड़ी बिक जाती है, लेकिन मुश्किल से गुजारा हो पा रहा है।"

"अनुच्छेद 370 को खत्म करने के फैसले के बारे में आप क्या सोचते हैं?"

"क्या यह सब करने की कोई जरूरत थी क्या? नेताओं को यहाँ आकर देखना चाहिए कि उनके फैसलों का हम जैसे गरीबों पर क्या असर पड़ता है?"

"लेकिन यह सिर्फ अस्थायी उपाय है। कुछ दिन बाद हालात सुधरने पर पाबंदियों में ढील दी जाएगी।"

"मुझे नहीं लगता कि ऐसा होगा।"

फिर उसने मुझसे पूछा कि मैं कहाँ से आया हूँ? जब मैंने उसे बताया कि मैं मुंबई से हूँ तो वह हँसा और कहा, "अगर मेरे लिए कोई काम है तो मुझे अपने साथ ले चलो।"

यह देखते हुए कि इस छोटी सी बातचीत में सब्जी विक्रेता मेरे साथ दोस्ताना हो गया, मैंने उसे बता ही दिया कि मैं एक टी.वी. पत्रकार हूँ और उससे पूछा कि क्या वह मेरे कैमरे के सामने कुछ कहना चाहेगा? उसने मना कर दिया और चेतावनी दी, "संगबाजों (पथराव करनेवालों) को अगर पता चला कि आप यहाँ हो, तो आपके लिए मुश्किल हो जाएगी।"

शंकराचार्य मंदिर

हमने शंकराचार्य मंदिर में अपनी शूटिंग पूरी करने का फैसला किया। भगवान् शिव का यह मंदिर घाटी से 1,000 फीट की ऊँचाई पर डल झील के सामने एक पहाड़ी पर स्थित है। यहाँ से श्रीनगर शहर और डल झील का विहंगम दृश्य नजर आता है। इसलिए हमने सोचा कि पहाड़ी से पी.टी.सी. करने से हमारी रिपोर्ट का समापन करने के लिए एक अच्छी पृष्ठभूमि मिलेगी। सड़क मार्ग से लंबी दूरी तय करने के बाद मंदिर परिसर तक पहुँचने के लिए लगभग 250 सीढ़ियाँ चढ़नी पड़ती हैं।

हर साल इस समय शंकराचार्य मंदिर आमतौर पर अमरनाथ यात्रा के बाद श्रीनगर आनेवाले तीर्थयात्रियों से भरा होता है। लेकिन उस दिन मंदिर सुनसान था। सी.आर.पी.एफ. के जवानों और कश्मीर के बाहर से आए कुछ मीडियाकर्मियों को छोड़कर मंदिर परिसर में कोई भक्त नहीं दिखा।

जल्दी से प्रार्थना करके मैंने अपने आसपास एक सुविधाजनक स्थान की तलाश की, जहाँ से हम अच्छे शॉट ले सकें। पहाड़ी से नीचे देखने पर श्रीनगर बहुत सुकून देनेवाला लग रहा था। इसके बीचोबीच कई हाउसबोट और शिकारों के साथ विस्तृत झील का खूबसूरत नजारा है। हालाँकि नीचे के अनुभव से तुलना करने पर ऊपर से दिखनेवाला दृश्य भ्रामक, बल्कि विरोधाभासी लगा। उस ऊँचाई

से श्रीनगर शांत और सुंदर लग रहा था, ठंडी हवा चल रही थी, लेकिन सच यह है कि नीचे हवा में तनाव, भय और कटुता थी। मैंने अपनी स्टोरी के अंत में इसी विरोधाभास को दिखाने फैसला किया। हालाँकि, सचिन ने कहा कि उस जगह से पी.टी.सी. नहीं हो सकता। सूरज की रोशनी विपरीत दिशा में थी और अगर मैंने वहाँ से पी.टी.सी. करने की कोशिश की, तो मेरा चेहरा धुँधला नजर आएगा, जबकि पृष्ठभूमि उज्ज्वल होगी। हमने पहाड़ी की चोटी से पी.टी.सी. करने का विचार छोड़ दिया और पृष्ठभूमि में डल झील की हाउसबोट के साथ पी.टी.सी. करने का फैसला किया। अपनी पहचान छिपाने के लिए हमने अपने चैनल का लोगो माइक्रोफोन से हटा दिया था।

□

7

मीडिया की जद्दोजहद

जैसे ही मैं कैमरे के सामने बोलनेवाला था, कोई बीच में चिल्लाया।

"झूठ क्यों बोलता है?"

मैंने देखा कि बीसेक साल का एक नौजवान मेरी ओर लपक रहा था। मैं अपनी आखिरी पी.टी.सी. की शूटिंग कर रहा था। उसके दाएँ हाथ में एक पत्थर था। मैंने तब तक एक शब्द भी नहीं बोला था और सोच रहा था कि यह मुझ पर झूठ बोलने का आरोप क्यों लगा रहा है? कुछ ही पलों में वह मेरे नजदीक पहुँच गया और मेरे चेहरे के पास पत्थर को लहराते हुए उसने एक बार फिर पूछा, "झूठ क्यों बोलता है?" उसकी आँखें गुस्से से भरी हुई थीं और वह मुझे ऐसे देख रहा था, जैसे मैंने उसे कुछ नुकसान पहुँचाया हो! देखते-ही-देखते उसके सात-आठ दोस्त और आ गए। उन सबने मुझे और कैमरामैन सचिन को घेर लिया। वे सभी उग्र दिख रहे थे। हम फँस गए थे। आसपास कोई पुलिसकर्मी दिखाई नहीं दे रहा था, जिससे हम मदद की गुहार लगा सकें। हमें लगा कि ये गुस्सैल नौजवान हमें पीट-पीटकर मार डालेंगे।

मुझे खयाल आया कि बचने की कोई गुंजाइश नहीं है, लेकिन कम-से-कम मुझे पिटने से पहले उनसे बात तो करनी चाहिए!

"क्या झूठ बोला मैंने?" मैंने पूछा।

"तुम कह रहे हो कि कश्मीर में सबकुछ सामान्य है'''क्या यह झूठ नहीं है? अब तुम्हारा चेहरा सामान्य नहीं रहेगा। फिर टी.वी. पर दिखाना और कहना कि कश्मीर के हालात मेरे चेहरे जैसे हैं। दिल्ली से आनेवाले तुम झूठे समझते हो कि हम अहमक हैं! क्या तुम्हें झूठ बोलने में खुद पर शर्म नहीं आती? यहाँ कोई भी खुश नहीं है और कुछ भी सामान्य नहीं है। तुम यह हकीकत क्यों नहीं दिखा रहे

हो?" वह हाँफते हुए मुझ पर चिल्लाया।

"उनकी हड्डियाँ तोड़कर भेजो। देखेंगे कि क्या ये फिर कहते हैं कि टी.वी. पर सबकुछ सामान्य है।" दूसरे नौजवान ने सलाह दी।

मैंने उन्हें समझाने की कोशिश की कि जिस तरह से उन्होंने अनुमान लगाया था, मैं उस तरह रिपोर्टिंग नहीं कर रहा था, लेकिन उन्होंने मुझे बोलने ही नहीं दिया और अपशब्दों की बौछार जारी रखी। उन नाराज नौजवानों के हाथों पिटना तय लग रहा था। सौभाग्य से हमारा ड्राइवर गुलाम, जो कुछ मीटर दूर सड़क के दूसरी ओर खड़ा था, ने हंगामा देखा और हमारी ओर दौड़ा। उसने उनसे कश्मीरी भाषा में बात करके हमारा बचाव करने की कोशिश की। हमारा नसीब था कि लगभग पाँच मिनट तक ड्राइवर के साथ बहस करने के बाद वे हमें तुरंत वहाँ से चले जाने के लिए कहते हुए चले गए। उनके जाने के बाद गुलाम ने हमें बताया कि उसने उन नौजवानों से कहा कि मैं दूसरे पत्रकारों की तरह नहीं हूँ और मैंने बिना किसी की तरफदारी के रिपोर्टिंग की है। उसने उन्हें यह भी बताया कि हम टी.वी. पत्रकार नहीं थे, बल्कि डिजिटल प्लेटफॉर्म के लिए काम करते थे। यह सच था, क्योंकि जिस न्यूज नेटवर्क के लिए मैं काम कर रहा था, उसके पास डिजिटल प्लेटफॉर्म भी थे और मेरी स्टोरीज को भी उन पर प्रसारित किया जाता था। हम बाल-बाल बचे थे, लेकिन इस घटना ने हमें प्रत्यक्ष अनुभव दिया कि कश्मीर से रिपोर्टिंग करना कितना मुश्किल था!

'झूठ बोलता है!'

मुझे लगता है कि अनुच्छेद 370 के निरस्त होने के बाद देश के विभिन्न हिस्सों से कश्मीर गए लगभग सभी पत्रकारों ने ये शब्द सुने होंगे—'झूठ बोलता है!' यह लाइन उन लोगों के लिए एक नारा बन गई थी, जो कश्मीर के मीडिया कवरेज से नाराज थे और हर रिपोर्टर के लिए इसका इस्तेमाल किया गया था।

उपद्रवियों द्वारा मीडिया को निशाना बनाए जाने का कारण उनका यह मानना था कि मीडियाकर्मी केंद्र सरकार के एजेंट के रूप में काम कर रहे थे और जमीनी हालात को कम बता रहे थे। उन्हें शिकायत थी कि एक तरफ कश्मीर उबल रहा था और वहाँ अतिरिक्त सुरक्षाबलों का मुद्दा गंभीर था, लेकिन दूसरी तरफ टी.वी. चैनल झूठी खबरें दे रहे थे कि कश्मीर में सबकुछ सामान्य है। उनकी इस धारणा ने उनके मन में मीडिया के लिए दुश्मनी पैदा कर दी और वे बी.बी.सी. जैसे विदेशी समाचार संगठनों के एक या दो ब्रांडों के कर्मचारियों और संवाददाताओं को

छोड़कर किसी भी भारतीय समाचार चैनल दल पर आक्रामक हो जाते थे।

मैं उन भाग्यशाली लोगों में से एक था, जो बिना पिटे या अपने कैमरा उपकरण गँवाए बिना बच निकले। कई टी.वी. पत्रकारों को बेरहमी से पीटा गया था। एक हफ्ते पहले राजबाग के पास मोटरसाइकिल पर सवार नौजवानों ने एक टी.वी. दल को रास्ते में पकड़ लिया और उनकी पिटाई कर दी। उनका कैमरा टूट गया। कार की पिछली सीट पर बैठे एक वरिष्ठ टी.वी. पत्रकार को थप्पड़ मारकर उनके चेहरे पर थूक दिया गया। उन्होंने उनके कैमरे की तिपाई छीनकर एक पुल से नीचे फेंक दी। एक न्यूज एंकर, जो गुपकर चौक से अपने प्राइम टाइम शो की लाइव एंकरिंग करना चाहती थी, उसे सुरक्षा के लिए सी.आर.पी.एफ. के जवानों की मदद लेनी पड़ी। हर शाम जब हम दिन का काम खत्म करके होटल लौटते तो मीडिया रूम में 'आज किसकी पिटाई हुई' पर चर्चा होती थी। लगभग हर रिपोर्टर के पास गुस्साए नौजवानों की बदतमीजी का कोई-न-कोई किस्सा था। श्रीनगर और कई अन्य क्षेत्रों में बैग से कैमरा निकालना जोखिम भरा था। वरदीधारी जवानों के बाद मीडियाकर्मियों से ही सबसे ज्यादा नफरत की जाती थी।

मेरे सहयोगी ज्ञानेंद्र तिवारी, जो 2 अगस्त से कश्मीर में थे, याद करते हैं, "सख्त सुरक्षा उपाय लागू करने के बावजूद प्रशासन ने सुनिश्चित किया कि आवश्यक वस्तुओं की आपूर्ति बाधित न हो। दूध, फल, किराना, दवाइयाँ और अन्य सभी आवश्यक वस्तुएँ उपलब्ध थीं। मैंने अपने कवरेज में इसकी सूचना दी। एक दिन जब मैं श्रीनगर में एक स्थान की ओर जा रहा था तो कुछ नौजवानों ने मेरी कार को रोक लिया। उन्होंने मुझ पर झूठ बोलने का आरोप लगाते हुए मेरी और मेरे कैमरामैन की पिटाई की। मेरी कमीज फट गई। उन्होंने उस होटल का पता लगा लिया, जिसमें हम ठहरे थे और बाद में उस होटल की इमारत पर पथराव किया। होटल का प्रबंधन डर गया और हमें चेक-आउट करने के लिए मजबूर किया गया। हमने कई होटलों को खँगाला, लेकिन पथराव करनेवालों के डर से किसी ने हमें कमरा नहीं दिया। कई जगह इनकार सुनने के बाद आखिरकार एक होटल ने हमें चेक-इन किया। हालाँकि आसरा तो मिल गया, लेकिन रिसेप्शनिस्ट, वेटर और चौकीदार सहित होटल के कश्मीरी कर्मचारी हमें नफरत की निगाहों से देखते थे। उनकी काट खानेवाली निगाहों ने हमें झकझोरकर रख दिया।" हालाँकि ज्ञानेंद्र ने उनके साथ क्रिकेट खेलकर और उन्हें नियमित रूप से सिगरेट देकर जल्द ही उनसे दोस्ती कर ली।

एक दिन ज्ञानेंद्र केसर के किसानों की दुर्दशा पर एक स्टोरी करने पुलवामा गए। उन्हें एक राष्ट्रीय समाचार चैनल का पत्रकार होने की अपनी पहचान छिपानी पड़ी। उन्हें यह दिखावा करना पड़ा कि वे एक ऐसे पोर्टल के प्रतिनिधि हैं, जो कृषि मुद्दों को कवर करता है। अपनी पहचान छिपाना ज्ञानेंद्र के लिए मददगार रहा।

'आज तक' के आशुतोष मिश्रा 6 अगस्त को लद्दाख में थे। लेह में जमीनी हालात का जायजा लेने के बाद वे कारगिल पहुँचे। आशुतोष ने कहा, "कारगिल की स्थिति लेह से बहुत अलग थी।" लेह कुल मिलाकर शांतिपूर्ण था, लेकिन कारगिल तनावपूर्ण था। सड़कों पर विरोध-प्रदर्शन हो रहे थे। आशुतोष ने देखा कि लोग नाराज थे, क्योंकि केंद्र सरकार ने ऐसा निर्णय लेने से पहले उनसे सलाह नहीं ली थी, जिससे उनकी पहचान प्रभावित हो गई। वे इस बात से नाराज थे कि उनकी कश्मीरी पहचान छीन ली गई थी, क्योंकि लद्दाख जम्मू-कश्मीर से अलग हो गया था और कारगिल लद्दाख के अंतर्गत आता है। लोगों को इस बात पर गर्व था कि उन्होंने 1999 के कारगिल युद्ध के दौरान भारतीय सेना की मदद की, लेकिन वे राज्य के विभाजन से उखड़े हुए थे। सरकार के अलावा उनका निशाना मीडिया था। अपने एक स्थानीय संपर्क की सलाह पर आशुतोष कारगिल छोड़कर श्रीनगर चले गए।

श्रीनगर में आशुतोष ने शहर के ईदगाह में एक ग्राउंड रिपोर्ट शूट करने की योजना बनाई, लेकिन सुरक्षाबलों ने उन्हें वहाँ शूट करने की अनुमति नहीं दी। जब वे वहाँ से लौट रहे थे तो लोगों ने उन्हें घेर लिया और गाली-गलौज करते हुए उनकी कार पर पथराव कर दिया। आशुतोष और उनके कैमरामैन को फिर ऐसी ही स्थिति का सामना करना पड़ा, जब वे ग्राउंड रिपोर्ट करने अवंतीपुरा के एक गाँव में गए। जब वे गाँव से निकलने ही वाले थे तो ग्रामीणों की भीड़ ने उन पर हमला कर दिया। उन्होंने आशुतोष को पीटा और उनका कॉलर खींचा। वे किसी विदेशी समाचार एजेंसी का कर्मचारी होने का नाटक कर बड़ी मुश्किल से उनसे बचने में सफल रहे। आशुतोष ने कहा कि उन पर हमला करनेवाले ज्यादातर नौजवान थे, लेकिन गाँव के कुछ बुजुर्गों ने बीच-बचाव कर उनकी जान बचाई। आशुतोष ने कहा, "चूँकि फोन और इंटरनेट उपलब्ध नहीं था, इसलिए मैंने हर दो घंटे में कुछ रिपोर्ट के साथ टी.वी. पर आने की कोशिश की, ताकि मेरे परिवार को पता चल सके कि मैं जीवित और सुरक्षित हूँ।"[1]

'एशियन न्यूज इंटरनेशनल' (ए.एन.आई.) के संवाददाता अशोक राज कई बार मुश्किल हालात में फँसे। अगस्त के दूसरे सप्ताह में जब वे श्रीनगर में उतरे, तो

अशोक को वहाँ फैले तनाव की जानकारी नहीं थी। उन्होंने मुख्य शहर के इलाके में जाने और सरकार के फैसलों पर लोगों से उनके विचारों के बारे में संपर्क करने का निर्णय किया। वहाँ कुछ स्थानीय लोगों ने उनकी ओबी वैन पर हमला कर दिया। पथराव से वैन का शीशा टूट गया। उन्होंने महसूस किया कि पिटकर जान गँवाने से बचने के लिए उस जगह से भाग निकलना ही एकमात्र विकल्प था। एक अन्य घटना तब हुई, जब वे सेना द्वारा आयोजित 'ऑपरेशन सद्भावना' के एक शूट को कवर करके कुपवाड़ा से लौट रहे थे। रास्ते में जब वे एक भोजनालय में रुके, तो स्थानीय लोगों को लगा कि वे एक मीडियाकर्मी हैं। पाँच-छह लोगों ने उन्हें घेर लिया और गाली-गलौज करते हुए कहा कि मीडिया कश्मीर की गलत तसवीर दिखा रहा है और उन्हें कश्मीर से चले जाना चाहिए। भीड़ के हिंसक होने से पहले अशोक जल्दी से वहाँ से निकल गए।[2]

"आतंकवादी हमें भारतीय सुरक्षाबलों का एजेंट मानते हैं और पुलिस को लगता है कि हम अलगाववादियों के हमदर्द हैं। हमें दोनों तरफ से पीटा जाता है," श्रीनगर के एक राष्ट्रीय चैनल के ब्यूरो चीफ ने मुझे बताया। उन्होंने कहा कि राष्ट्रीय समाचार चैनलों के लिए काम करनेवाले टी.वी. पत्रकारों को स्थानीय लोगों से दुश्मनी का सामना करना पड़ा। ये लोग अलगाववादियों के प्रति सहानुभूति रखते थे और दिल्ली स्थित चैनलों के राष्ट्रवादी रुख से नाराज थे। यहाँ तक कि उन्हें आतंकवादी समूहों से धमकियाँ भी मिलीं, जिसमें कहा गया था कि उनकी रिपोर्टिंग पर नजर रखी जा रही है। उन्होंने कहा, "टी.वी. पर जो दिखाया जा रहा था, दोनों पक्ष उसे नियंत्रित करना चाहते थे।"[3]

मेरे सहयोगी जैनेंद्र कुमार ने कहा कि जब भी वे समाचार लेने के लिए होटल से निकलते हैं तो हमेशा पथराव का डर रहता है। जैनेंद्र ने कहा, "सुरक्षा एक शब्द है, जो कश्मीर में हमारे रिपोर्टिंग अनुभव को बयान करता है।"

दिलचस्प बात यह है कि इस बार उनका अनुभव थोड़ा अलग था। एक बार ग्राउंड रिपोर्टिंग करते समय वे उन लोगों से घिरे हुए थे, जिन्होंने शिकायत की थी कि मीडिया सिर्फ सरकार के बयानों को दोहरानेवाला तोता है। हालाँकि उनसे सभ्य तरीके से बात की गई और उन्हें कुछ नुकसान नहीं पहुँचाया गया। "मैं कई कश्मीरी लोगों से मिला, जो हमसे बात करना चाहते थे। वे सरकार या अलगाववादियों के किसी भी बयान के समर्थक नहीं थे। ये वे लोग थे, जो कश्मीर के बारे में चिंतित थे, जो मानते थे कि कुदरत ने कश्मीर को इतना कुछ दिया है, फिर भी दुनिया के कुछ

अन्य स्थानों की तुलना में राज्य का पर्यटन अब भी पिछड़ा हुआ है। ऐसे परिदृश्य में इन आवाजों को कोई स्थान नहीं मिला, जो 'इस तरफ' और 'उस तरफ' के बीच कटु रूप से विभाजित था।"[4]

रॉबर्ट थोर्प कौन थे ?

इतिहास हमें बताता है कि जिन लोगों ने शब्दों के जरिए अभिव्यक्ति की है, उन्होंने अकसर कश्मीर में इसकी कीमत अपने खून से चुकाई है। जिस जगह पर शंकराचार्य हिल के नीचे गुस्साए युवाओं ने मुझ पर हमला किया था, उसके पास 1868 में रॉबर्ट थोर्प नाम के एक आधे ब्रिटिश और आधे कश्मीरी लेखक की हत्या कर दी गई थी। जब उन्होंने पहली बार कश्मीर की यात्रा की तो वे महाराजा के शासन में लोगों के हालात से हैरान थे। उन्होंने कश्मीरियों के दयनीय जीवन का विवरण अपनी पुस्तक 'कश्मीरी मिसगवर्नमेंट' में लिखा है।

थोर्प ने जिस तरह से लोगों की दुर्दशा को उजागर किया, उससे महाराजा नाराज हो गए। सर्दियों की एक सुबह, जब वे शंकराचार्य पहाड़ी के पास से गुजर रहे थे तो कुछ लोगों ने उन पर खंजर से वार किया। थोर्प ने जो लिखा था, उसके लिए उनकी जान ले ली गई। उनकी कब्र लाल चौक के पास एक ईसाई कब्रिस्तान में है।[5]

रॉबर्ट थोर्प कश्मीर में लोगों की दुर्दशा के बारे में लिखने के लिए अपना जीवन बलिदान करनेवाले अंतिम व्यक्ति नहीं थे। उनकी हत्या के डेढ़ सौ साल बाद भी, लोगों को अब भी अभिव्यक्ति के लिए मार डाला जा रहा है या प्रताड़ित किया जा रहा है। थोर्प को शासक ने निशाना बनाया था, लेकिन आज पत्रकारों पर कई पक्षों द्वारा हमला किया जा रहा है।

खबरनवीसों की हत्या

नब्बे के दशक की शुरुआत से जम्मू और कश्मीर में 19 मीडियाकर्मी मारे गए; कुछ को गोलियों से भून दिया गया, जबकि कुछ को धमाकों में उड़ा दिया गया। कश्मीर में आतंकवाद की ऐतिहासिक घटनाओं में से एक और किसी भी मीडियाकर्मी पर हमले का पहला मामला श्रीनगर में दूरदर्शन केंद्र के निदेशक लस्सा कौल का था। फरवरी 1990 में एक शाम उन्हें कश्मीर के बाहरी इलाके में जे.के.एल.एफ. के आतंकवादियों ने गोली मार दी थी। कौल को कथित तौर पर आतंकवादियों द्वारा कुछ कार्यक्रमों को प्रसारित नहीं करने की धमकी दी गई थी, लेकिन उन्होंने इस खतरे को गंभीरता से नहीं लिया। कौल के मारे जाने के बाद

दूरदर्शन और रेडियो कश्मीर के कई कर्मचारियों ने डर के मारे इस्तीफा दे दिया। अगले कुछ वर्ष तक टी.वी. और रेडियो के लिए प्रसारण जम्मू स्टेशनों से किया गया।[6] इसके बाद कई अन्य हत्याएँ हुईं।

10 अगस्त, 2000 को आतंकवादियों ने श्रीनगर के रेजिडेंसी रोड पर भारतीय स्टेट बैंक की शाखा के प्रवेश द्वार की ओर एक हथगोला फेंका। इसके तुरंत बाद सुरक्षाबल और मीडियाकर्मी मौके पर पहुँच गए। पंद्रह मिनट बाद भीड़ से कुछ फीट की दूरी पर खड़ी एक कार में रखे एक शक्तिशाली बम में विस्फोट हो गया, जिसमें 'हिंदुस्तान टाइम्स' के 31 वर्षीय फोटो जर्नलिस्ट प्रदीप भाटिया की मौत हो गई। बाद में आतंकवादी संगठन 'हिजबुल मुजाहिदीन' ने विस्फोट की जिम्मेदारी ली और भाटिया की मौत के लिए माफी माँगते हुए कहा कि हम तो सुरक्षाबलों को निशाना बना रहे थे।[7]

पत्रकारों की हत्याओं का सिलसिला जारी रहा। मई 2002 में, 'डेली कश्मीर इमेजेज' के इकबाल को उनके दफ्तर के बाहर गोली मार दी गई थी। एक साल बाद, 2003 में 'न्यूज एंड फीचर एलायंस' (NAFA) के परवेज सुल्तान को उनके दफ्तर में अज्ञात बंदूकधारियों ने मार डाला। अगले साल, 2004 में पत्रकार आसिया गिलानी और अब्दुल मजीद भट अलग-अलग बम धमाकों में मारे गए। 2008 में जावेद अहमद मीर नाम के एक कैमरामैन की एक प्रदर्शन को कवर करते समय गोली मारकर हत्या कर दी गई थी।[8]

पत्रकारों की हत्याओं के अलावा ऐसे कई मामले सामने आए हैं, जहाँ उनके साथ मारपीट की गई, उन्हें बंधक बनाया गया और उनके परिवार के सदस्यों को परेशान किया गया।

शुजात बुखारी हत्याकांड

'वह सरकार का आदमी नहीं था। वह एक प्रतिष्ठान का आदमी नहीं था, न ही उसे चरमपंथी तत्त्वों से सहानुभूति थी। वह एक न्यायसंगत समाधान के लिए एक आवाज थी, चाहे वह जम्मू-कश्मीर में कितना भी मुश्किल हो।'[9] 'द हिंदू ग्रुप ऑफ पब्लिकेशंस' के अनुभवी पत्रकार एन. राम ने एक टी.वी. चैनल से बातचीत के दौरान शुजात बुखारी का वर्णन इस तरह किया।

घाटी में मारे गए पत्रकारों की सूची में शुजात बुखारी आखिरी बड़ा नाम हैं। वे श्रीनगर में रहते थे और 2012 में शुरू किए अपने अखबार 'राइजिंग कश्मीर' के संपादक थे। बुखारी ने विभिन्न अंग्रेजी और उर्दू समाचार-पत्रों और पत्रिकाओं

के लिए भी काम किया था। अपने निष्पक्ष लेखन के साथ उन्होंने घाटी के एक ईमानदार, निडर, संतुलित और जानकार पत्रकार होने की प्रतिष्ठा अर्जित की थी। बुखारी ने कश्मीर में चल रहे संकट के समाधान और शांति का प्रयास किया था।

वे हिंसा को समाप्त करने के लिए भारत और पाकिस्तान के बीच ट्रैक-II कूटनीति में भरोसा करते थे। पत्रकारिता के अलावा बुखारी जम्मू-कश्मीर के बाहर के लोगों को इस क्षेत्र की जटिलताओं को समझाने के उद्देश्य की कई परियोजनाओं में शामिल थे और कुछ साहित्यिक और सांस्कृतिक संगठनों के सदस्य थे। उन्होंने बातचीत को आसान बनाने के लिए सभी हितधारकों को एक साझा मंच पर लाने का प्रयास किया था। बुखारी शेष भारत को सभी दृष्टिकोणों से कश्मीर के बारे में समझाने का काम कर रहे थे। इस उद्देश्य के लिए उन्होंने 'कश्मीर पहल' समूह की स्थापना में मदद की, जिसके सदस्यों ने पूरे भारत में यात्रा की और कश्मीर पर चर्चा की।[10]

बुखारी की पत्रकारिता और सक्रियता कुछ लोगों को अच्छी नहीं लगी और उनकी जान लेने की दो बार कोशिश की गई। एक बार पाकिस्तान समर्थित आतंकवादियों और एक बार भारतीय आतंकवादियों ने उनका अपहरण कर लिया था। उन्हें मार डालने की नाकाम कोशिश के बाद 2006 से उन्हें पुलिस सुरक्षा दी गई थी। 14 जून, 2018 को यह सुरक्षा कवर बेकार साबित हुआ। वह ईद-उल-फितर की पूर्व संध्या थी और बुखारी को एक इफ्तार पार्टी में आमंत्रित किया गया था। शाम 7 बजे जब बुखारी श्रीनगर के प्रेस एन्क्लेव इलाके में अपने दफ्तर से निकलकर अपनी कार में बैठ रहे थे तो मोटरसाइकिल पर आए तीन हमलावरों ने उन पर गोली चला दी। बुखारी और उनके दो सुरक्षा गार्ड मारे गए।

बुखारी की हत्या से राजनेताओं से लेकर पत्रकारों और विदेशी राजनयिकों तक में भारी हड़कंप मच गया। कई दशकों में पहली बार कश्मीर घाटी के प्रमुख समाचार-पत्रों ने हत्या के विरोध में अपने संपादकीय पृष्ठ को खाली रखा। अलगाववादी संगठनों ने घाटी में 'बंद' का आह्वान किया। बुखारी की हत्या भाजपा के लिए घाटी में कानून-व्यवस्था के टूटने का हवाला देते हुए पीडीपी के साथ अपने गठबंधन से हटने का एक कारण था।

हत्या के पीछे का मकसद अभी तक साफ नहीं है, लेकिन उनके लेखन ने संभवतः पाकिस्तान में कुछ आतंकवादी समूहों और उनके आकाओं को परेशान किया। मारे जाने से ठीक पहले बुखारी ने रमजान के दौरान सरकार की संघर्षविराम

पहल का स्वागत किया था, क्योंकि इससे घाटी में हिंसा के चक्र को समाप्त करने में मदद मिलेगी। सरकारी पहल का समर्थन करनेवाला एक प्रभावशाली कश्मीरी आखिर उग्रवादियों को नहीं सुहाया।

बुखारी के मारे जाने से कुछ दिन पहले ही उन्होंने राज्य सरकार से अपनी सुरक्षा बढ़ाने के लिए गुहार लगाई थी। इससे पहले कि सरकार उनके अनुरोध पर कोई फैसला करती, उन्हें मार दिया गया।[11]

चौंकानेवाली बात यह है कि 'लश्कर-ए-तैयबा' ने एक बयान जारी करके हत्या के लिए भारतीय एजेंसियों को जिम्मेदार ठहराया।[12] हालाँकि, जम्मू-कश्मीर पुलिस ने कहा कि बुखारी को लश्कर ने ही मारा था। बुखारी को मारने की साजिश पाकिस्तान में रची गई थी। पुलिस ने सी.सी.टी.वी. फुटेज और संदिग्धों के सेलफोन रिकॉर्ड के जरिए मामले में सफलता मिलने का दावा किया। हत्यारों के रूप में चार लोगों की पहचान की गई।[13]

"कश्मीर में किसी भी पत्रकारिता उद्यम के लिए जान बचाना पहली चुनौती है।" बुखारी ने अपनी हत्या से ठीक तीन महीने पहले कहा था।[14]

बुखारी के परिवार में उनकी पत्नी और दो बच्चे हैं।

मीडिया बनाम पुलिस

अनुच्छेद 370 के निरस्त होने से पहले और तुरंत बाद के दिनों में तीन अलग-अलग तरह के मीडियाकर्मी घाटी में मौजूद थे। तीनों के अनुभव अलग-अलग थे। हमने देखा कि भारतीय टी.वी. समाचार चैनलों के पत्रकारों से कैसी बदसलूकी की गई। दूसरे सेट में विदेशी प्रसारक या अंतरराष्ट्रीय समाचार एजेंसियाँ शामिल थीं। उन्हें खुलकर काम करने दिया गया और मुख्य शहर सहित उन क्षेत्रों तक पहुँचने दिया गया, जहाँ भारतीय टी.वी. पत्रकारों को पत्थरबाज खदेड़ रहे थे। तीसरे खेमे में स्थानीय कश्मीरी पत्रकार थे, जो संचार माध्यमों के बंद होने और आवाजाही पर प्रतिबंध के कारण बेरोजगार हो गए थे।

अगस्त 2019 के बाद के दिनों में ऐसे कई उदाहरण थे, जहाँ कश्मीरी पत्रकार और पुलिस आमने-सामने थे। फरवरी 2020 में 'कश्मीर प्रेस क्लब' (के.पी.सी.) ने घाटी के सभी मीडिया संघों की एक बैठक आयोजित की। बैठक के बाद कड़े शब्दों में एक बयान जारी किया गया। इसमें कहा गया था कि सरकार 5 अगस्त, 2019 के बाद घाटी में मीडिया को स्वतंत्र रूप से काम करने की अनुमति नहीं दे रही है। के.पी.सी. ने आरोप लगाया कि पत्रकारों को धमकाया जा रहा है, डराया जा

रहा है और जाँच के लिए बुलाया जा रहा है, जिससे उनके काम में बाधा आ रही है। बयान में कहा गया, "सरकार को प्रेस का गला घोंटने के बजाय संविधान में गारंटी के अनुसार भाषण और अभिव्यक्ति की स्वतंत्रता सुनिश्चित करनी चाहिए।"[15]

कश्मीर में पत्रकारिता तनी हुई रस्सी पर चलने जैसी हो गई है। उग्रवादियों या अलगाववादियों के विचारों को उजागर करने से उन पर 'तारीफ करने' या 'महिमामंडन' के आरोप लगते हैं। सरकार का पक्ष प्रकाशित करने से उन्हें उग्रवादियों द्वारा सरकारी एजेंट करार दिए जाने का खतरा होता है।

ऐसे मामले सामने आए हैं, जहाँ पत्रकारों पर कथित रूप से गलत सूचना फैलाने के लिए गैर-कानूनी गतिविधि रोकथाम अधिनियम (यू.ए.पी.ए.) और अन्य कानूनों के तहत मुकदमा दर्ज किया गया है। इसने 'एमनेस्टी इंटरनेशनल' को यह कहते हुए एक बयान जारी करने के लिए प्रेरित किया—'अंतरराष्ट्रीय मानवाधिकार कानून के तहत अभिव्यक्ति की स्वतंत्रता के अधिकार पर कोई भी प्रतिबंध स्पष्ट रूप से आवश्यक और आनुपातिक होना चाहिए। मानवाधिकारों के हनन की रिपोर्टिंग करने में मीडिया महत्त्वपूर्ण भूमिका निभाता है। जनता को तथ्यात्मक स्थिति और कोविड-19 से बचाव के लिए सरकारों द्वारा किए गए उपायों के बारे में सूचित करने के लिए मीडिया आवश्यक है। फिर भी, भारत के प्रमुख आतंकवाद-रोधी कानून यू.ए.पी.ए. का बार-बार दुरुपयोग किया गया है, ताकि सरकारी नीतियों की आलोचना करनेवाले पत्रकारों और मानवाधिकार रक्षकों को निशाना बनाया जा सके।'[16]

मैंने 'कश्मीर टाइम्स' की संपादक अनुराधा भसीन से बात की, जिनका मामला सरकार और कश्मीरी मीडिया के बीच दुश्मनी का एक बहुचर्चित उदाहरण है। अक्तूबर 2020 में श्रीनगर के प्रेस एन्क्लेव क्षेत्र में स्थित 'कश्मीर टाइम्स' के कार्यालय को अधिकारियों ने सील कर दिया था। अनुराधा का मानना है कि सरकार की नीतियों की आलोचना करने और अनुच्छेद 370 निरस्त किए जाने के बाद प्रेस की आजादी के लिए बोलने के प्रतिशोध के रूप में उनके खिलाफ यह कारवाई की गई थी। गृह विभाग ने उचित प्रक्रिया का पालन करने का दावा किया। अनुराधा ने सुप्रीम कोर्ट में एक याचिका दायर करके संचार बंदी और 5 अगस्त के बाद से पत्रकारों के सामने आ रही बाधाओं को दूर करने का अनुरोध किया था।

2 जून, 2020 को केंद्रशासित राज्य का प्रशासन एक मीडिया नीति लेकर आया, जिसने सरकारी अधिकारियों को यह तय करने कि 'फर्जी समाचार क्या

है' और पत्रकारों तथा समाचार संगठनों के खिलाफ काररवाई करने का अधिकार दिया। स्थानीय पत्रकारों ने इसे मीडिया की सामग्री पर नियंत्रण रखने की सरकार की एक और चाल के रूप में देखा। "यह सेंसरशिप है। एक नौकरशाह को यह तय करने का अधिकार दिया गया है कि फर्जी खबर क्या है।" अनुराधा ने इस नीति पर प्रतिक्रिया व्यक्त करते हुए कहा।

मीडिया रूम में मूड

सड़कों पर हिंसक भीड़ का सामना करने के अलावा दिल्ली और अन्य स्थानों के टी.वी. पत्रकारों को एक और बड़ी चुनौती का सामना करना पड़ा। वे अपने मुख्यालय से कैसे संपर्क करें? पत्रकारों को अपने मुख्यालय को प्रेस ब्रीफिंग के बारे में सूचित करने, किसी की लाइव चैट की व्यवस्था करने या उनके द्वारा कवर की गई स्टोरीज की स्क्रिप्ट भेजने की जरूरत थी। लेकिन संचार बंदी ने उनके काम को प्रभावित किया। अंततः प्रशासन ने होटल 'सरोवर पोर्टिको' में एक मीडिया सेंटर स्थापित किया।

मीडिया सेंटर दिन भर पत्रकारों से खचाखच भरा रहता था। यह घाटी का वह एक कमरा था, जहाँ से दुनिया को पता चलता था कि कश्मीर में क्या हो रहा है! एक कोने में एक टेबल पर एक मोबाइल फोन रखा हुआ था। पत्रकारों को अपना नाम और कॉल करने के लिए नंबर दर्ज करने के बाद उस पर बात करने के लिए अपनी बारी के लिए लाइन में लगना पड़ता था। सभी को दो मिनट का समय दिया गया था। यदि कोई कुछ सेकंड भी ज्यादा बात करता तो कतार में लगे अन्य लोग चिल्लाने लगते। मेरा कैमरामैन सचिन एक अन्य पत्रकार के साथ हाथापाई करनेवाला था, जिसने पाँच मिनट से अधिक समय तक फोन पर बात की थी। चार कंप्यूटरों का इस्तेमाल ज्यादातर प्रिंट मीडिया के पत्रकारों द्वारा अपनी खबरें भेजने के लिए किया जाता था। वहाँ भी पत्रकारों को अपनी बारी का इंतजार करना पड़ता था। अकसर कनेक्शन डाउन हो जाता था और इंतजार लंबा खिंच जाता था।

जितनी जल्दी हो सका, अधिकांश टी.वी. पत्रकारों ने ओबी वैन की व्यवस्था कर ली। इससे उपग्रह के जरिए संचार किया जा सकता था। जब भी किसी रिपोर्टर को ऑफिस से बात करनी होती तो वह बस अपना कैमरा ओबी वैन से जोड़कर उसके सामने खड़ा हो जाता। दिल्ली में कार्यालय को श्रीनगर से आनेवाले किसी भी दृश्य इनपुट के लिए लगातार जाँच करने का निर्देश दिया गया था। जैसे ही रिपोर्टर स्क्रीन पर आकर हाथ हिलाता, मुख्यालय में संबंधित निर्माता ओबी वैन के टॉक-बैक सिस्टम

पर उससे बात करता। टी.वी. के पत्रकार अपनी स्क्रिप्ट को बड़े अक्षरों में लिखकर उन पृष्ठों की फिल्म उतार लेते और फुटेज को ओबी वैन के जरिए मुख्यालय में अपलिंक कर देते। फिर दिल्ली में कंप्यूटर पर स्क्रिप्ट टाइप की जाती। मोबाइल फोन या इंटरनेट के बिना इन हालात में यह हमारे लिए सीखने का अनुभव था।

रोहित कंसल का चेहरा टी.वी. पर सबसे ज्यादा देखा गया था और अखबारों में सबसे ज्यादा उद्धृत किया गया था। 1995 बैच के आई.ए.एस., श्रीनगर में सबसे हाई-प्रोफाइल नौकरशाहों में से एक कंसल को प्रशासन के प्रवक्ता के रूप में नियुक्त किया गया था। इससे पहले कंसल ने पूर्व मुख्यमंत्री महबूबा मुफ्ती की सरकार में प्रमुख सचिव और पूर्व केंद्रीय मंत्री फारूक अब्दुल्ला के प्रमुख सचिव के रूप में काम किया था। वे कश्मीर की स्थिति और सरकार के सुरक्षा उपायों के बारे में मीडिया को अपडेट करने के लिए दिन में दो बार, सुबह 10 बजे और शाम 5 बजे होटल 'सरोवर पोर्टिको' में ब्रीफिंग करते थे।

मृदुभाषी कंसल ने अपना काम पूरी लगन से किया। यह सुनिश्चित करते हुए कि अनुच्छेद 370 निरस्त होने के बाद कश्मीर में सबकुछ शांतिपूर्ण दिखे। कैमरों के सामने अपनी तमाम ब्रीफिंग में उन्होंने जोर देकर कहा कि जल्द ही प्रतिबंध हटा दिए जाएँगे और आंदोलन तथा हिंसा की ज्यादा घटनाएँ नहीं हुई थीं। उन्होंने कहा कि कड़े सुरक्षा उपायों के बावजूद आवश्यक आपूर्ति प्रभावित नहीं हुई है। अकसर उनके साथ वरिष्ठ पुलिस और प्रशासनिक अधिकारी होते थे। इस तरह की ब्रीफिंग में कंसल दिन की घटनाओं का ब्योरा देने के बाद पत्रकारों के सवालों के जवाब देते। जब भी कुछ असहज प्रश्न पूछे जाते थे तो उनका मानक उत्तर होता, "मैं इसका उत्तर नहीं दे सकता।" अकसर प्रेस नोट भी पत्रकारों को सौंपे जाते थे। कंसल की ब्रीफिंग में प्रेस नोट की सामग्री से अधिक कुछ नहीं होता था। दैनिक ब्रीफिंग के बाद वे कॉफी पीते हुए पत्रकारों से मिलने और उनके साथ कुछ 'ऑफ द रिकॉर्ड बातें' साझा करने में लगभग एक घंटा बिताते थे।

मीडिया रूम में देखे जानेवाले पत्रकारों की संख्या में गुजरते दिनों के साथ कमी आई। अगस्त के अंतिम सप्ताह तक कॉन्फ्रेंस रूम में, जहाँ कभी पत्रकारों को खड़े होने के लिए संघर्ष करना पड़ता था, मीडिया ब्रीफिंग के दौरान कई खाली कुरसियाँ नजर आती थीं। जैसे-जैसे दिन बीतते गए, टी.वी. पर कश्मीर से संबंधित सामग्री धीरे-धीरे कम होती गई।

□

8

उरी : एल.ओ.सी. पर जीवन

"हमें अपने रिश्तेदारों के शरीर के कटे-फटे टुकड़े समेटने में घंटों लगते हैं।"

"हम रात में सोते हैं तो नहीं जानते कि अगली सुबह का सूरज देख पाएँगे या नहीं!"

"गोलीबारी और बमबारी हमें कई दिन तक अपने घरों से दूर रहने के लिए मजबूर करती हैं।"

ये दिल दहला देनेवाली आवाजें सीमा पर रहनेवाले लोगों की हैं। उनका जीवन लगातार जीवन और मृत्यु की 'सीमा' के साथ-साथ भौगोलिक सीमा पर अटका रहता है। 'अनिश्चितता' एक और शब्द है, जो जम्मू और कश्मीर में नियंत्रण रेखा (एल.ओ.सी.) या अंतरराष्ट्रीय सीमा (आई.बी.) के पास रहनेवाले लोगों के जीवन को परिभाषित करता है। अगस्त 2019 की अपनी यात्रा के दौरान मैंने इन लोगों के दयनीय जीवन की एक झलक देखी।

स्वतंत्रता दिवस बीत चुका था और कोई बड़ी अप्रिय घटना नहीं हुई थी। मुझे कश्मीर में बने रहने को सही ठहराने के लिए एक और स्टोरी की जरूरत थी। श्रीनगर में रहने से ज्यादा जानकारी नहीं मिलनेवाली थी। मेरे दिमाग में कई विचार चल रहे थे, लेकिन आवाजाही पर पाबंदी और दुश्मनी जैसे माहौल ऐसी खबरों की कोशिश करने के लिए माकूल नहीं थे। रोहित कंसल द्वारा रोज सुबह और शाम की ब्रीफिंग को कवर करने के अलावा श्रीनगर शहर से रिपोर्टिंग करने के लिए बहुत-कुछ नहीं था। एक शाम चाय पीते हुए मैंने सी.आर.पी.एफ. के एक कमांडेंट से, जिनसे मैं परिचित था, श्रीनगर के बाहर स्टोरीज करने की संभावनाओं के बारे में पूछा।

"आप उरी क्यों नहीं जाते? इसके (अनुच्छेद 370 निरस्त) होने के बाद से

एल.ओ.सी. क्षेत्रों में लगातार संघर्षविराम का उल्लंघन हुआ है। आपको रिपोर्टिंग करनी चाहिए कि ग्रामीण किस तरह का जीवन जी रहे हैं और हमारे सशस्त्र बल स्थिति से कैसे निपट रहे हैं? वहाँ के एस.एच.ओ. (स्टेशन हाउस ऑफिसर) मेरे दोस्त हैं। वे आपकी मदद करेंगे।" उन्होंने सुझाव दिया।

जब मैंने स्टोरी पर काम करने के लिए अपनी उत्सुकता जताई तो कमांडेंट ने एस.एच.ओ. को फोन किया और उन्हें मेरी यात्रा के बारे में बताया। तय हुआ कि अगली सुबह मैं उनसे उरी के थाने में मिलूँगा।

हाउ इज द जोश

उरी उत्तरी कश्मीर के बारामूला जिले में एक कस्बा और तहसील है। यहाँ लगभग 10,000 लोग रहते हैं। श्रीनगर से करीब 102 किलोमीटर दूर यह शहर एक राष्ट्रीय राजमार्ग से जुड़ा हुआ है। उरी उस समय चर्चा में आया था, जब पाकिस्तान स्थित आतंकवादी संगठन 'जैश-ए-मोहम्मद' के चार कथित फिदायीन (आत्मघाती हमलावरों) ने 18 सितंबर, 2016 को भोर से पहले शहर के पास भारतीय सेना के एक ब्रिगेड मुख्यालय में घुसपैठ करके बिहार और डोगरा रेजिमेंट के 19 कर्मियों को मार डाला था। मुठभेड़ में वे चारों भी मारे गए थे। ग्यारह दिन बाद भारत ने एक 'सर्जिकल स्ट्राइक' से जवाबी काररवाई की। भारतीय सेना के कमांडो ने कथित तौर पर नियंत्रण रेखा पार की और आतंकवादियों के 'लॉञ्च पैड' को नष्ट कर दिया। भारत सरकार के अनुसार, देश में घुसपैठ की प्रतीक्षा कर रहे कई आतंकवादियों का सफाया कर दिया गया था। हालाँकि, इन दावों का पाकिस्तान सरकार ने खंडन किया था।

तीन साल बाद इस घटना पर आधारित हिंदी फिल्म 'उरी : द सर्जिकल स्ट्राइक' बनी। फिल्म का एक डायलॉग—'हाउ इज द जोश? हाई सर!'—पूरे भारत में लोकप्रिय हो गया। फिल्म में मेरी एक संक्षिप्त उपस्थिति थी, जहाँ मुझे तत्कालीन रक्षा मंत्री मनोहर पर्रिकर का साक्षात्कार करते हुए दिखाया गया था। कश्मीर आने से लगभग एक पखवाड़ा पहले, जुलाई 2019 के अंतिम सप्ताह में मैंने पुणे में एक कार्यक्रम में लेफ्टिनेंट जनरल (सेवानिवृत्त) डी.एस. हुड्डा के साथ मंच साझा किया था। 'सर्जिकल स्ट्राइक' के दौरान वे उत्तरी सेना के कमांडर थे। मैंने उनसे पूछा कि फिल्म में सच्चाई का कितना चित्रण किया गया है और इसमें कितनी 'रचनात्मक स्वतंत्रता' है? उन्होंने मुसकराते हुए उत्तर दिया, "आप कह सकते हैं कि यह ज्यादातर रचनात्मक स्वतंत्रता थी।"

जैसे ही हमने होटल में नाश्ता खत्म किया, ड्राइवर गुलाम हमें लेने आ गया। होटल के एक कर्मचारी रिजवान ने गुलाम से सुना कि हम उरी की ओर जा रहे हैं तो उसने बारामूला तक लिफ्ट देने की गुजारिश की। रिजवान ईद के दौरान अपने गाँव नहीं गया था और वह घर जाने के लिए बहुत उत्साहित था।

"सर, उरी में अपना काम जल्दी खत्म करने की कोशिश करना। हमें सूरज छिपने से पहले श्रीनगर लौट आना चाहिए। रात में रास्ता असुरक्षित हो जाता है।" गुलाम ने हमें आगाह किया।

"फिक्र मत करो। हम वहाँ किसी फिल्म की नहीं, बल्कि टी.वी. के लिए एक छोटी सी स्टोरी की शूटिंग करने जा रहे हैं।" मैंने लापरवाही से कहा।

जल्द ही हमने श्रीनगर से बाहर निकलकर हाईवे को छुआ। मुझे सड़क की प्राकृतिक सुंदरता से मंत्रमुग्ध देखकर रिजवान ने मुसकराते हुए पूछा, "जनाब, क्या आप पहली बार कश्मीर आ रहे हैं?"

"नहीं···नहीं···मैं यहाँ पहले भी कई बार आ चुका हूँ···लेकिन इस सड़क पर पहली बार सफर कर रहा हूँ। यह बहुत सुंदर है।"

"बारामूला के बाद आप इसे और ज्यादा पसंद करेंगे।" उसने कहा।

"कश्मीर हर जगह खूबसूरत है, लेकिन मुंबई से आनेवाले हम जैसे लोगों के लिए यह खतरनाक भी लगता है। अनुच्छेद 370 के बारे में क्या सोचते हो? क्या सही फैसला लिया गया है?" मैंने पूछा।

"आप मुझसे यह क्यों पूछ रहे हैं, सर?" रिजवान का हँसमुख चेहरा गंभीर हो गया।

मैंने उससे कहा, "मैं इस मुद्दे पर आप जैसे कश्मीरी युवाओं के विचारों के बारे में जानने के लिए उत्सुक हूँ।"

"आप पत्रकार हैं, जनाब! आप कई जगहों का सफर करते हैं और कई लोगों से मिलते हैं। आपको अंदाजा हो गया होगा कि लोग क्या सोचते हैं!" उसने कहा।

"यह सच है, लेकिन वे टी.वी. पत्रकारों से नफरत करते हैं और जब हम उनसे उनके विचार पूछने के लिए संपर्क करते हैं तो हम पर हमला करते हैं। यहाँ पहुँचने के बाद मैंने ज्यादा कश्मीरियों से बात नहीं की है।" मैंने कहा।

"जनाब, हमें सियासत पर चर्चा नहीं करनी चाहिए। मैं ऐसे मामलों में कोई दिलचस्पी नहीं लेता। मुझे सिर्फ कमाने और अपने परिवार का गुजारा करने की फिक्र है।" उसने चिढ़ी हुई आवाज में कहा।

"ठीक है''ठीक है''मैं यह सब कैमरे के सामने नहीं पूछ रहा था।" मैंने कहा।

जैसे ही कार बारामूला कस्बे के पास एक जंक्शन पर पहुँची, रिजवान नीचे उतर गया। "शुक्रिया जनाब, इस मदद के लिए। माफ करें, मैंने आपके सवाल का जवाब नहीं दिया। मेरी गुजारिश है कि लौटते समय मेरे घर पर कहवा पीना। मुझे आपको अपने माँ-बाप से मिलवाने में खुशी होगी।" उसने मुझसे आँख मिलाने से बचने और अपनी आवाज में थरथराते अपराध-बोध के साथ कहा।

"यह मुमकिन नहीं है," गुलाम ने घबराकर कहा। वह बोला, "उरी में काम पूरा करने के बाद हमारा मकसद जल्दी-से-जल्दी श्रीनगर पहुँचने का होना चाहिए।" और उसने कार आगे बढ़ा दी। मैंने ड्राइवर की घबराहट पर अपनी हँसी रोकने की कोशिश करते हुए रिजवान की तरफ हाथ हिलाया। मेरी हँसी पर नाराज होकर उसने कहा, "उसकी मेहमाननवाजी के लिए हम अपनी हिफाजत को जोखिम में नहीं डाल सकते।" गुलाम के हमेशा हँसमुख रहनेवाले चेहरे पर तब से तनाव था, जब से उसने हमें होटल से लिया था।

पुलिस स्टेशन पहुँचने पर हमें बताया गया कि एल.ओ.सी. के पास के गाँवों तक पहुँचने में हमारी मदद करनेवाले एस.एच.ओ. किसी जरूरी आधिकारिक काम से श्रीनगर गए हैं। उन्हें फोन करने का कोई जरिया नहीं था, क्योंकि मोबाइल फोन काम नहीं कर रहे थे। एक कांस्टेबल ने सुझाव दिया कि हमें डी.एस.पी. से संपर्क करना चाहिए, जो हमारी मदद कर सकते हैं। इसलिए थाने में करीब 15 मिनट रुकने के बाद हम डी.एस.पी. के दफ्तर पहुँचे। हमने डी.एस.पी. को उनके दफ्तर के बाहर एक छोटे से लॉन में बैठे देखा। उनके सामने दो-तीन पुलिसवाले हाथों में फाइल थामे कतार में खड़े थे। डी.एस.पी. का मूड खराब लग रहा था और वे फोन पर किसी को फटकार लगा रहे थे। मैंने उम्मीद खोना शुरू कर दिया, लेकिन फिर भी मैंने अपना परिचय देते हुए उनसे मदद माँगी। उन्होंने मुझे हिकारत से देखा। नींद की कमी से लाल उनकी आँखें मानो कहने लगीं, 'यह बिन बुलाया मेहमान क्यों आ गया?' मुंबई में क्राइम बीट कवर करने से मैं इस तरह के बरताव को समझ सकता था—उन पर काम का भारी बोझ था और वे तनाव में थे। नब्बे के दशक के उत्तरार्ध में जब अंडरवर्ल्ड गिरोह शहर में कहर बरपा रहे थे तो मुंबई पुलिस के कई अधिकारियों को मैंने इसी रूप में देखा था। मुझे डी.एस.पी. की हिकारत भरी नजरों का बुरा नहीं लगा।

हालाँकि मेरे अनुरोध से चिढ़ते हुए उन्होंने मुझे बैठने के लिए कहा और चाय मँगाई। कुछ देर सोचने के बाद उन्होंने कहा, "मैं आपको अपनी ओर से लिखित

अनुमति दे सकता हूँ, लेकिन सेना के लोगों से आपको निपटना होगा।" मुझे खुशी हुई कि कोशिश कम-से-कम सकारात्मक दिशा में आगे बढ़ रही है। एक कर्मचारी एक पत्र लाया, जिसमें हमारे वाहन नंबर के साथ मेरे कैमरामैन सचिन और ड्राइवर का विवरण टाइप किया गया था। डी.एस.पी. से उस पत्र को पाने और आगे बढ़ने में लगभग 20 से 30 मिनट का समय लगा।

पत्र पाकर हम बेहद खुश थे। हम करीब 20 मिनट बाद फिर हाईवे पर पहुँच गए और एल.ओ.सी. की तरफ बढ़ चले। लेकिन हमारी खुशी ज्यादा देर नहीं टिकी। हमें उरी शहर के बाद सेना की एक चौकी पर रोका गया। ड्राइवरों को कार और उसमें बैठे लोगों के बारे में विवरण प्रस्तुत करने के लिए नीचे उतरकर चौकी तक जाना पड़ा। जब हमारा ड्राइवर इन औपचारिकताओं को पूरा कर रहा था तो गेट पर तैनात सेना का एक संतरी हमारे पास आया। वह एक दक्षिण भारतीय था और उसकी मूँछें खूँखार चंदन तस्कर वीरप्पन जैसी थीं।

"तुम यहाँ क्यों आए हो?" उसने बेअदबी से पूछा।

मेरे मन में दुविधा चल रही थी कि एक पत्रकार के रूप में अपनी पहचान जाहिर करूँ या नहीं? मुझे डर था कि अगर मैंने कहा कि हम मीडियाकर्मी हैं तो हमें आगे नहीं जाने दिया जाएगा। लेकिन फिर मैंने सोचा कि चूँकि पुलिस ने हमें अनुमति दे दी है, इसलिए कोई परेशानी नहीं होगी।

"हम मीडिया से हैं—एबीपी न्यूज। यह अनुमति-पत्र है।" मैंने उसे डी.एस.पी. का पत्र पूरे आत्मविश्वास के साथ सौंपते हुए कहा।

उसने पत्र पर नजर डाली और कहा, "नहीं···नहीं···नहीं। यह पत्र नहीं चलेगा। क्या आपको सेना से अनुमति मिली है? हमें कोई सूचना नहीं है कि आप लोग यहाँ आ रहे हैं।"

मैंने उससे तर्क किया कि चूँकि पुलिस ने हमें अनुमति दी है, इसलिए वह हमें रोक नहीं सकता। लेकिन उसने मानने से इनकार कर दिया और हमें चौकी के अंदर अपने वरिष्ठ के पास ले गया। उसने हमें हमारे पहचान-पत्र जमा करने के लिए कहा और फिर किसी को हमारे बारे में सूचित करने के लिए बुलाया। अधिकारियों ने हमें अगले निर्देश आने तक चौकी के अंदर इंतजार करने को कहा। दस मिनट के इंतजार के बाद अधिकारी का फोन बजा। उसने एक बार फिर दूसरे छोर पर मौजूद व्यक्ति को हमारा विवरण दिया। आधे घंटे बाद उसका फोन फिर से बजा। एक संक्षिप्त बातचीत के बाद अधिकारी ने हमारी ओर रुख किया और कहा, "आपको

जाने की अनुमति है, लेकिन आपको एक प्रक्रिया का पालन करना होगा।"

एक मिलिटरी जिप्सी हमें सड़क पर महज कुछ मीटर आगे एक ऑफिस तक ले गई। एक लेफ्टिनेंट कर्नल ने हमारी अगवानी की। वे बहुत विनम्र थे। उन्होंने कहा कि अगर हमने पहले सेना को सूचित किया होता तो हम परेशानी से बच जाते। चाय के दौरान उन्होंने हमें उस इलाके के बारे में जानकारी दी और हमें यह बताया कि वहाँ हम क्या करें और क्या न करें। अधिकारी ने कहा कि हमें अपना वाहन उनके कार्यालय पर छोड़ना होगा और सेना का एक वाहन हमें एल.ओ.सी. पर गाँवों में ले जाएगा।

शूटिंग के दौरान सेना के जवानों की मौजूदगी ने मुझे परेशान कर दिया। मुझे डर था कि इस वजह से गाँववाले खुलकर बात नहीं कर पाएँगे और मुझे बेखौफ बातें सुनने को नहीं मिलेंगी। सेना श्रीनगर से सीमावर्ती इलाकों में टी.वी. चैनलों के लिए शूटिंग की व्यवस्था कर रही थी और मुझे संदेह था कि मेरा शूट बाकी से अलग नहीं होगा।

हालाँकि, मैंने सोचा था कि शूटिंग को रद्द करना नासमझी होगी, क्योंकि सीमावर्ती गाँवों तक पहुँचने में हमने बहुत परेशानी उठाई थी। मैंने अपनी किस्मत आजमाने का फैसला किया।

पंद्रह मिनट बाद हम तीन सशस्त्र जवानों के साथ हरी जिप्सी में उनके कार्यालय से निकले। और अधिक जवानों के साथ दो ट्रक हमारे पीछे-पीछे आए। हमने यह मान लिया था कि यह व्यवस्था हमारी सुरक्षा के लिए है, क्योंकि संघर्षविराम का उल्लंघन अकसर होता था। शायद यह हमारे शूट पर नजर रखने के लिए भी था।

कुछ किलोमीटर की यात्रा के बाद हमारे काफिले में एक खुशमिजाज मेजर शामिल हो गया, जिसके वाहन ने हमें नियंत्रण रेखा के बहुत करीब एक गाँव तक पहुँचाया। उसने हमसे अनुरोध किया कि हम उसके या उसकी टीम के सदस्यों के शॉट न लें, क्योंकि इससे दुश्मन को उनकी पहचान का पता चल सकता है। जैसे ही युवा अधिकारी अपनी जीप से बाहर निकला, एक बूढ़ा ग्रामीण उसका स्वागत करने के लिए दौड़कर आया। उन्होंने पहले की गई कुछ मदद के लिए अधिकारी का बहुत जोश से शुक्रिया अदा किया। जल्द ही वहाँ कुछ और ग्रामीण इकट्ठे हो गए। उन्होंने भी मुसकराकर अधिकारी का स्वागत किया। मैंने देखा कि गाँववाले उसे बहुत चाहते थे।

जैसे ही अधिकारी हमें गाँव के बीचोबीच ले गया, पाँच से दस वर्ष की आयु के चार-पाँच बच्चों ने उसे घेर लिया। 'मिलिटरी अंकल, चॉकलेट?' एक छोटी लड़की ने उसके सामने अपनी हथेली फैलाते हुए कहा। अधिकारी ने अपनी जेब से कुछ चॉकलेट निकालकर बच्चों को दे दीं।

"क्या आप अकसर इन बच्चों को चॉकलेट बाँटते हैं?" मैंने पूछा।

"हाँ, मैं जब भी इन गाँवों की ओर आता हूँ, अपनी जेब में चॉकलेट भर लेता हूँ। उन्हें खुश देखकर अच्छा लगता है। ये बच्चे मुझे मेरे चार साल के बेटे की याद दिलाते हैं।" वे मुसकराए।

"आपका परिवार कहाँ है?" मैंने पूछा।

"दिल्ली में।" उन्होंने जवाब दिया।

"आपके कितने बच्चे हैं?" मेजर ने मुझसे पूछा।

"मैं सात साल के बेटे का पिता हूँ।"

"अच्छा! पितृत्व का आनंद ले रहे हैं?"

"हाँ, लेकिन अपने पेशे की वजह से मैं उसके साथ ज्यादा समय नहीं बिता पाता।"

इस पर अधिकारी हँसने लगे। मुझे उनकी हँसी में व्यंग्य का आभास हुआ। जल्द ही मुझे इसका कारण समझ में आ गया। दरअसल, मैं अपने परिवार को उन सैनिकों से अधिक समय देने में सक्षम था, जो हजारों मील दूर एक शत्रुतापूर्ण वातावरण में सीमा पर तैनात थे।

मौत के साए में जीवन

एक पतले, पथरीले रास्ते पर चढ़कर हम गाँव के बीच में पहुँचे। उस ऊँचाई से एल.ओ.सी. दिखाई दे रही थी। दाढ़ीवाले और टोपी पहने कुछ आदमी किराने की एक दुकान के बाहर एक बेंच पर बैठे बातें कर रहे थे। ये लोग भारत में सबसे अनिश्चित जीवन जी रहे थे और मौत का खौफ उनकी रोजमर्रा की जिंदगी का हिस्सा बन चुका था। भारत एल.ओ.सी. सहित पाकिस्तान के साथ 3,323 किलोमीटर की भूमि सीमा साझा करता है। सीमा गुजरात, राजस्थान और पंजाब राज्यों से होकर गुजरती है, लेकिन 1,049 किलोमीटर का सबसे लंबा हिस्सा जम्मू और कश्मीर में है—कठुआ से अखनूर तक 199 किलोमीटर अंतरराष्ट्रीय सीमा है, जबकि अखनूर से शुरू होनेवाली 740 किलोमीटर पी.ओ.के. के साथ अस्थिर एल.ओ.सी. है। बाकी 110 किलोमीटर सियाचिन में वास्तविक ग्राउंड पोजिशन

लाइन के लिए है।[1] भारत–पाकिस्तान सीमा की भौगोलिक स्थिति में विविधता है। इसमें पहाड़ों, मैदानों, रेगिस्तानों, नदियों और जंगलों का मिश्रण है। भारत और पाकिस्तान के बीच शत्रुता और उग्रवाद ने अंतरराष्ट्रीय सीमा और नियंत्रण रेखा के निकट रहनेवाले लोगों को प्रभावित किया है, विशेष रूप से जम्मू–कश्मीर के सीमावर्ती क्षेत्रों में।[2] यह नियंत्रण रेखा दुनिया में सबसे अधिक सैन्यीकृत और तनावपूर्ण सीमाओं में से एक है।

उरी में एल.ओ.सी. के पास हर गाँव में मौत, तबाही और दहशत की अनगिनत कहानियाँ हैं। खुले मैदान में अकसर बिना फटे गोले पड़े रहते हैं और ग्रामीण उनके पास जाने से डरते हैं। फटे हुए गोले के हिस्से गाँव के बच्चे चुनकर उनसे खिलौनों के रूप में खेलते हैं। कई ग्रामीणों ने अपने अंग खो दिए हैं और सिर्फ एक हाथ या पैर के साथ जी रहे हैं।[3] कभी–कभी जब गोलाबारी बंद हो जाती है तो रिश्तेदारों को अपने प्रियजन के शरीर के बिखरे हुए टुकड़ों को समेटने में घंटों लग जाते हैं।[4] ग्रामीणों के बीच बातचीत अकसर रिश्तेदारों, मवेशियों और घरों को गँवाने और लगातार जंग की दहशत पर केंद्रित होती है।

"5 अगस्त के बाद हमें इस इलाके में और गोलाबारी की आशंका है। करीब एक महीने पहले भी भारी गोलाबारी हुई थी। मेरे घर के दरवाजे पर एक खोल गिरा। कई दिन तक हमें घर से दूर रहना पड़ा।" एक ग्रामीण ने कहा, "हमारी हिफाजत के लिए यहाँ कोई बंकर नहीं है।"

घुसपैठ का अड्डा

उरी सेक्टर के एक बड़े इलाके में पहाड़ियाँ, जंगल और नदियाँ शामिल हैं। झेलम नदी उरी से पी.ओ.के. की ओर बहती है। अकसर आतंकवादी संगठन घुसपैठ करने के लिए इस भौगोलिक स्थिति का लाभ उठाते हैं। उरी 2016 में ब्रिगेड मुख्यालय पर फिदायीन हमले और फिर सर्जिकल स्ट्राइक के बाद भी उग्रवादी संगठनों के लिए घुसपैठ की एक पसंदीदा जगह बना हुआ है।

19 अगस्त, 2018 को अनुच्छेद 370 के निरस्त होने के लगभग एक साल पहले सीमा पर घुसपैठ करने का प्रयास करनेवाला एक कथित आतंकवादी कस्तूरी नार वन रेंज के पास मारा गया था।[5] घुसपैठ का नवीनतम मामला मेरे उरी जाने से कुछ दिन पहले ही दर्ज किया गया था। भारतीय सेना ने दावा किया कि उसने 13 अगस्त को घुसपैठ की एक बड़ी कोशिश को नाकाम कर दिया था। पाकिस्तान की ओर से भारी गोलीबारी हुई। सुरक्षाबलों के अनुसार, घुसपैठियों को कवर देने के

लिए पाकिस्तानी सेना अकसर यह हथकंडा अपनाती है। संदेह था कि घुसपैठ की यह कोशिश अनुच्छेद 370 के निरस्त होने के बाद आए भारत के पहले स्वतंत्रता दिवस समारोह को बाधित करने के लिए थी।[6]

दिल और दिमाग जीतने की जंग

ग्रामीणों की सेना के प्रति धारणा देखकर मैं चकित रह गया। सीमा पर ये लोग सैनिकों को चाहते थे और सुरक्षाबलों की बहुत तारीफ करते थे। हाँ, ये लोग कश्मीरी और मुसलमान थे और ये भारतीय सेना के कसीदे पढ़ रहे थे। मुझे लगा कि ये लोग दिल से अपनी बात कह रहे हैं। ऐसा नहीं लगा कि यह कहने के लिए उन्हें सेना ने पढ़ाया था या ये डर के कारण ऐसा कह रहे हैं, जैसाकि मुझे शुरू में लगा था।

इस गाँव के शब्बीर अहमद ने मेरे कैमरे के सामने बोलते हुए अपने चार साल के बेटे को पकड़ रखा था। उनके बेटे ने सेना की वरदी से मिलती-जुलती पोशाक पहन रखी थी। उन्होंने कहा, "मैं चाहता हूँ कि मेरा बेटा इबरार एक आला फौजी अफसर बने। 1990 के दशक से आज तक हमने इतनी गोलाबारी देखी है... हमने कई लोगों को जख्मी होते या जान गँवाते देखा है।" वे बोले, "हम सेना के साथ खड़े हैं और सेना हमारे साथ कंधे-से-कंधा मिलाकर खड़ी है।" शब्बीर ने अनुच्छेद 370 को खत्म करने का समर्थन किया। "यह हमारे लिए अच्छा होगा, क्योंकि पहले हमें सरकारी योजनाओं का लाभ नहीं मिलता था। पहाड़ियों पर रहनेवाले हम जैसे लोगों तक कुछ नहीं पहुँचा।"

"क्या आपको लगता है कि अब कोई बदलाव आएगा?" मैंने अरशद हुसैन नाम के एक और ग्रामीण से पूछा।

"इंशाअल्लाह! हम यकीनन बदलाव होते हुए देखेंगे। पहले हमें तमाम फंड और बजट का केवल 10 फीसदी ही मिलता था, लेकिन अब हमें लगता है कि हमें सभी लाभ मिलेंगे।" उन्होंने जवाब दिया।

हालाँकि अरशद ने अनुच्छेद 370 को हटाने के फैसले का स्वागत किया, लेकिन वे संचार बंदी से नाखुश थे। "नेटवर्क की वजह से हमें दिक्कतों का सामना करना पड़ रहा है। हम पहाड़ी इलाके में रहते हैं। हमारे रिश्तेदार दूर-दराज के इलाकों में रहते हैं। कोई मर जाए तो पता भी नहीं चलता। हम खुश हैं, लेकिन मोबाइल फोन नेटवर्क को बहाल किया जाना चाहिए।"

अरशद के पड़ोसी ने मुझसे कहा, "हमें विश्वास है कि अब तरक्की और

विकास होगा। जो आज तक नहीं हुआ, वह अब होगा। यहाँ कोई नहीं आता। आप मीडियावाले भी इस गाँव में पहली बार आए हैं। जो भी काम शुरू हो, वह उरी से ही शुरू होना चाहिए।"

"सेना हमेशा हमारे साथ खड़ी रहती है। जब भी गोलाबारी होती है तो सेना उसका जवाब देती है। हम सेना के साथ हैं। हाल ही में हमने दो-तीन लोगों को मरते देखा है। अगर सेना हमारे साथ नहीं होती तो हमारा जिंदा रहना मुश्किल हो जाता।" गाँव के एक अन्य बुजुर्ग व्यक्ति ने कहा।

सेना के प्रति उनके लगाव और अनुच्छेद 370 के निरस्त होने का उनका स्वागत करने के बावजूद यह भी सच है कि इन ग्रामीणों को सरकार से सबसे कम फायदा पहुँचा है। कई सीमावर्ती क्षेत्रों में सरकार द्वारा निभाई जानेवाली भूमिका सेना निभा रही है। वह इन इलाकों में इन ग्रामीणों की सुरक्षा और कल्याण के लिए जिम्मेदार बन गई है।

सीमावर्ती क्षेत्रों में रहनेवाले लोगों की सहायता के लिए योजना आयोग की सातवीं पंचवर्षीय योजना के हिस्से के रूप में एक 'सीमा क्षेत्र विकास कार्यक्रम' (बी.ए.डी.पी.) तैयार किया गया था।[7] बी.ए.डी.पी. जम्मू-कश्मीर में विशेष विकास को पूरा करने के लिए केंद्र द्वारा 100 प्रतिशत वित्तपोषित योजना है, खासकर सीमांत क्षेत्रों में बसे लोगों के लिए। यह योजना कॉरपोरेट सामाजिक जिम्मेदारी पहल के समान है। यह अभियान इस तरह तैयार किया गया है, ताकि वरदीवाले जवानों को नागरिक अंतरराष्ट्रीय सीमा के पास दूरस्थ और दुर्गम क्षेत्रों के निवासियों की शत्रुतापूर्ण आवश्यकताओं के रूप में न समझें। सड़कों के निर्माण और रख-रखाव, जल की आपूर्ति, शिक्षा, खेल, बुनियादी ढाँचे और शारीरिक रूप से विकलांग और पिछड़े वर्गों की शिक्षा आदि से संबंधित योजनाओं को बी.ए.डी.पी. के तहत तैयार किया जाना चाहिए।[8]

जब हम सेना के बारे में सोचते हैं तो हमारे जेहन में बंदूक, गोलियाँ, टैंक और मजबूत लोग आते हैं। लेकिन कश्मीर के सीमावर्ती इलाकों में सेना का सौम्य चेहरा नजर आ रहा है। हर सैन्य अभियान जीत हासिल करने के लिए किया जाता है, चाहे वह प्रतिद्वंद्वी से मुकाबला हो या किसी प्राकृतिक आपदा के दौरान राहत प्रदान करने के लिए। 1998 में भारतीय सेना ने खुद को उनका रक्षक जताने के 'लोगों के दिल और दिमाग जीतने' के इरादे से 'ऑपरेशन सद्भावना' के नाम से एक अनूठा ऑपरेशन शुरू किया।

'ऑपरेशन सद्भावना' के तहत प्राथमिक शिक्षा, स्वास्थ्य देखभाल,

वयस्क साक्षरता, व्यावसायिक प्रशिक्षण, कृषि उत्पादन में वृद्धि, महिलाओं का सशक्तीकरण, रोजगार सृजन, संचार नेटवर्क की स्थापना और विकास के लिए गाँवों को अपनाना शामिल है।

2005 में सेना ने चुरुंडा गाँव को गोद लेने की घोषणा की। यह गाँव एक भीषण भूकंप से प्रभावित हुआ था। एक साल के भीतर सेना ने गाँव में 230 घर बनाए, एक प्रमुख संपर्क मार्ग बनाया, एक पशु चिकित्सा केंद्र स्थापित किया और टाइल वाले रास्तों का निर्माण किया। एक स्कूल भवन, एक डिस्पेंसरी, एक एम्फीथिएटर, महिलाओं के लिए एक व्यावसायिक प्रशिक्षण कार्यक्रम, स्ट्रीट लाइटिंग और पानी की आपूर्ति की व्यवस्था भी की गई। सेना ने 'ऑपरेशन सद्भावना' के तहत आसपास के बटग्रान और थजल गाँवों में इसी तरह की परियोजनाएँ शुरू कीं।[9]

रक्षा विश्लेषकों का मानना है कि 'ऑपरेशन सद्भावना' के माध्यम से सेना द्वारा सीमा पर रहनेवाले लोगों के साथ भी संबंध बनाए रखा जाता है। सीमावर्ती क्षेत्र ओ.जी.डब्ल्यू. और घुसपैठियों के लिए असुरक्षित हैं। ग्रामीणों के साथ सद्भावना सेना को उन पर नियंत्रण रखने में मदद करती है। आई.बी. या एल.ओ.सी. पर अकसर ग्रामीणों द्वारा संदिग्ध गतिविधियों की सूचना दी जाती है, जिससे सुरक्षाबलों को घुसपैठ के प्रयासों को नाकाम करने में मदद मिलती है।

पुणे मॉडल

ग्रामीणों के साथ बातचीत ने मुझे संजय नाहर की याद दिला दी, जिनसे मैं कश्मीर जाने से ठीक एक महीने पहले पुणे में मिला था। वे 'सरहद' नाम का एक संगठन चलाते हैं, जो जम्मू-कश्मीर के सीमावर्ती इलाकों में काम करता है। वे नब्बे के दशक की शुरुआत से कश्मीर का दौरा कर रहे हैं और उन्होंने पंजाब में उग्रवाद के दौरान भी काम किया है। नाहर ने मुझसे उस काम के बारे में बात की, जो उनका संगठन घाटी में कर रहा है। वे सीमा पर रहनेवाले लोगों को मुख्यधारा से जोड़ने और पाकिस्तान स्थित तत्त्वों और अलगाववादियों द्वारा भारत-विरोधी प्रचार के प्रभाव को कम करने के लिए 'पुणे मॉडल' लाए हैं।

"छत्रपति शिवाजी महाराज ने कहा था कि अगर आप एक किला जीतना चाहते हैं तो पहले आपको किले के आसपास के गाँवों को जीतना होगा। हमने इस सिद्धांत को अपनाया है।" नाहर ने कहा। उनका कहना है कि उनका संगठन घाटी में 'विश्वास की कमी' को कम करने का प्रयास करता है और इसके लिए कई कार्यक्रम चला रहा है। कुछ साल पहले उन्होंने गांधीवादी अन्ना हजारे को कश्मीर

में आमंत्रित किया और प्रसिद्ध संतों द्वारा शांति की शिक्षाओं का प्रचार करने के विचार से 'संत-सूफी संदेश यात्रा' का आयोजन किया। नाहर ने कहा कि उन्होंने देखा है कि भारत सरकार से नफरत करनेवाले युवा भी भारतीय फिल्मी सितारों और क्रिकेटरों के प्रशंसक हैं। इसलिए उन्होंने 'भारत को जानो' दौरे का इंतजाम किया और कश्मीरी लड़कों को मुंबई में लाए। नाहर ने अमिताभ बच्चन, शाहरुख खान और ऋतिक रोशन तथा कुछ क्रिकेटरों से उन्हें मिलवाया। उन्होंने बाल ठाकरे और राज ठाकरे के साथ एक खुली चर्चा का भी इंतजाम किया।

'सरहद' कश्मीर के अनाथ बच्चों के लिए स्कूल चलाता है। ये विद्यार्थी न केवल गोलीबारी में मारे गए लोगों के बच्चे हैं, बल्कि सुरक्षाबलों के साथ मुठभेड़ में मारे गए आतंकवादियों के भी बच्चे हैं। मारे गए सुरक्षाकर्मियों के बच्चों को भी संगठन द्वारा गोद लिया जाता है। 'सरहद' के स्कूल के विद्यार्थियों को आगे की पढ़ाई के लिए छात्रवृत्ति देकर मदद की जाती है। नाहर ने मुझे बताया, "अब तक हमने दस डॉक्टर और इंजीनियर तैयार किए हैं।"

एल.ओ.सी. के पास कुपवाड़ा जिले में दरपोरा नाम की एक बस्ती है। इसे 'आधी विधवाओं का गाँव' कहा जाता है, क्योंकि इस गाँव में करीब 200 महिलाओं के पति गायब हो गए हैं। यह स्पष्ट नहीं है कि वे मर गए हैं या जीवित हैं? ये महिलाएँ एक दयनीय जीवन जी रही हैं और उनका अपने बच्चों की परवरिश और शिक्षा के लिए कोई सहारा नहीं है। वे अपने रिश्तेदारों से मिलनेवाली मामूली सी मदद पर गुजारा करती हैं। नाहर का दावा है कि उन्होंने इस गाँव से कई अनाथ बच्चों को गोद लिया है और अपने स्कूल में उनकी शिक्षा की व्यवस्था की है। "अनाथ बच्चे बड़े होकर आतंकवादी बन सकते हैं, इसलिए हमने उन पर ध्यान केंद्रित किया। हमने रणनीति बनाई कि ये बच्चे बाद के वर्षों में परिदृश्य को बदलने में हमारी मदद कर सकते हैं।" नाहर ने कहा।

कश्मीर में नाहर का काम आसान नहीं रहा है। उन्हें कई आरोपों का सामना करना पड़ा, जिनमें इंटेलिजेंस ब्यूरो के एजेंट होने से लेकर मुसलिम प्रचारकों के हाथों बिके होने और कथित तौर पर मुसलिम बच्चों को शिक्षित करने की आड़ में धर्मांतरित करने की चाह होने के आरोप भी हैं। उन्हें हिंदू और मुसलिम, दोनों समुदायों के कट्टरपंथी तत्त्वों द्वारा निशाना बनाया गया है। वास्तव में, 2018 में वे एक पार्सल बम के हमले से बाल-बाल बचे, जो उसके हाथ तक पहुँचने से पहले ही फट गया।

कारोबार और हथियार

शूटिंग खत्म करने के बाद हम फिर सेना के कार्यालय में पहुँचे, जहाँ हमने अपनी कार छोड़ी थी। रास्ते में जिप्सी में हमारे साथ जा रहे एक जवान ने हमारी बाईं ओर की इमारतों की ओर इशारा करके पूछा, "क्या आप इसे अपनी रिपोर्ट में शामिल नहीं करेंगे? देखिए, आज यह जगह कैसी दिख रही है?"

जवान ने जिन इमारतों की ओर इशारा किया था, वे 'सलामाबाद व्यापार सुविधा केंद्र' का हिस्सा थीं। यह केंद्र 2008 में भारत और पाकिस्तान के बीच भरोसा पैदा करने के कदम के रूप में स्थापित किया गया था। अब यह स्थान पूरी तरह से सुनसान था और बहुत ही निराशाजनक दिख रहा था। पूरा परिसर भूतों के शहर जैसा लग रहा था। मेरे उरी जाने से चार महीने पहले तक यह जिंदादिल लोगों से भरी हुई जगह थी। मंगलवार से शुक्रवार तक हर सुबह पी.ओ.के. से ट्रक विभिन्न वस्तुओं के साथ परिसर में प्रवेश करते थे। इस केंद्र से मुजफ्फराबाद सिर्फ 20 किलोमीटर दूर है। कश्मीर के दोनों ओर के व्यापारियों को लगभग दो दर्जन वस्तुओं का सौदा करने की अनुमति दी गई थी। इनमें मसाले, सब्जियाँ, सूखे और ताजे फल, कालीन, कढ़ाई के सामान, शॉल, कपड़े तथा लकड़ी के फर्नीचर शामिल थे। सलामाबाद का व्यापार केंद्र सीमा पार कारोबार के दो व्यापार केंद्रों में से एक है। दूसरा जम्मू क्षेत्र के पुंछ में है। यह अनुमान लगाया गया है कि 2008 के बाद से सीमा पार व्यापार 5,000 करोड़ रुपए से अधिक को छू गया है। व्यापार शून्य शुल्क के आधार पर वस्तु विनिमय प्रणाली के माध्यम से किया जाता था। इस चैनल के माध्यम से 800 से अधिक व्यापारियों ने व्यापार के लिए अपना पंजीकरण कराया है। व्यापार केंद्र बंद होने से 4,000 से अधिक परिवारों की आजीविका प्रभावित हुई है। कुछ परिवार सीधे तौर पर रोजमर्रा के काम में शामिल थे, जबकि अन्य रेस्तराँ, यांत्रिकी और अस्थायी दुकानें चला रहे थे।[10]

26 नवंबर, 2008 को मुंबई में हुए आतंकवादी हमले या 2016 में उरी के ब्रिगेड मुख्यालय पर आतंकवादी हमले के बाद भी इस केंद्र पर व्यापार कभी नहीं रुका था। 2017 में व्यापार सुविधा केंद्र के बहुत करीब चार आतंकवादी मारे गए, लेकिन कारोबार तब भी जारी रहा। हालाँकि 2019 एकदम अलग था। फरवरी में पुलवामा हमले के बाद भारत और पाकिस्तान के बीच तनाव ने सीमा पार व्यापार को गंभीर रूप से प्रभावित किया। पाकिस्तान से 'मोस्ट फेवर्ड नेशन' (एम.एफ.एन.) का दर्जा वापस ले लिया गया था। 19 अप्रैल, 2019 को गृह

मंत्रालय ने इस रिपोर्ट के आधार पर केंद्र में व्यापार को निलंबित कर दिया कि पाकिस्तानी तत्त्वों द्वारा हथियारों, नशीले पदार्थों और नकली मुद्रा की तस्करी के लिए क्रॉस-एल.ओ.सी. व्यापार मार्ग का दुरुपयोग किया जा रहा था।[11] गृह मंत्रालय को इनपुट मिला कि कारोबार में शामिल कुछ लोग प्रतिबंधित आतंकवादी संगठनों से गुप्त रूप से जुड़े थे।

नियंत्रण रेखा के पार व्यापार को रोकने का फैसला सही है या गलत, यह बहस का विषय है। हालाँकि यह भी एक सच्चाई है कि पिछले कुछ वर्ष में निषिद्ध व्यापार के कई मामले सामने आए हैं। सुरक्षाबलों ने 2013 में व्यापार केंद्र से 13 करोड़ रुपए की कोकीन बरामद की थी। जनवरी 2014 में ब्राउन शुगर के 114 पैकेट की एक और बड़ी बरामदगी हुई थी। बरामद किए ड्रग्स का वजन लगभग 100 किलोग्राम था और अंतरराष्ट्रीय बाजार में इसकी कीमत 100 करोड़ रुपए से अधिक थी। बरामदगी का सिलसिला 2015 में भी जारी रहा। जुलाई 2017 में सुरक्षाबलों ने पी.ओ.के. से आनेवाले ट्रकों से 25 किलोग्राम हेरोइन की एक बड़ी जब्ती की सूचना दी।[12]

व्यापार केंद्र में हथियार भी जब्त किए गए हैं, जो भारतीय सुरक्षाबलों के अनुसार आतंकवादियों के लिए थे। मार्च 2017 में जम्मू और कश्मीर पुलिस ने एक ट्रक से हथियार और गोला-बारूद का एक जखीरा बरामद किया। ड्राइवर को गिरफ्तार कर लिया गया।[13] ड्रग्स और हथियारों के अलावा नकली मुद्रा को एक और खतरे के रूप में देखा जाता है।

भारत सरकार उन रिपोर्टों से भी चिढ़ गई थी कि कुछ व्यवसायी किसी तीसरे देश में उत्पादित माल का कारोबार कर रहे थे। यह भी संदेह था कि जम्मू-कश्मीर के बाहर के व्यापारियों ने करों से बचने के लिए इस व्यापार चैनल का इस्तेमाल किया।

एक खतरनाक गलती

जब मैं लेफ्टिनेंट कर्नल के ऑफिस में लौटा तो मैंने देखा कि गुलाम घबराई हुई हालत में हमारा इंतजार कर रहा था। "सर, अब बहुत देर हो चुकी है।" उसने काँपती आवाज में कहा।

"हाँ, लेकिन मुझे शूटिंग पूरी करनी थी। तुमने देखा कि सेना की प्रक्रिया में कितना समय लगा," मैंने कहा।

अधिकारी को धन्यवाद देने के बाद हम वापस श्रीनगर चल दिए। मैंने स्टोरी

को यात्रा–वृत्तांत के रूप में शूट किया था और स्क्रिप्ट लिखते समय मुझे अहसास हुआ कि मैंने क्लोजिंग पी.टी.सी. नहीं की है। हमारी गाड़ी झेलम नदी के किनारे से गुजर रही थी। मैंने सोचा था कि एक आखिरी पी.टी.सी. करने के लिए सुंदर नदी तट एक उत्कृष्ट पृष्ठभूमि होगी। जब मैंने गुलाम को कार रोकने को कहा तो उसने इशारा किया कि अँधेरा हो रहा है। मैंने समापन पी.टी.सी. की शूटिंग की, लेकिन उसकी गुणवत्ता से संतुष्ट न होने के कारण मैंने दो और शॉट लिये। इसमें लगभग 15–20 मिनट का समय लगा। वहाँ रुकने का फैसला लापरवाही भरा था, जिसका हमें जल्द ही अहसास हुआ।

□

9

पथराव का दौर

जब हम उरी से श्रीनगर के लिए रवाना हुए तो अँधेरा होने लगा था। जब तक हमने बारामूला को पार किया, तब तक शाम ढल चुकी थी। गुलाम बहुत परेशान लग रहा था और गाड़ी चलाते हुए दुआएँ बुदबुदा रहा था। उसने कहा कि रास्ते में कुछ इलाके ऐसे भी हैं, जहाँ पथराव हो रहा है। मैंने उसे उस रात श्रीनगर पहुँचने के बाद होटल में रुकने के लिए कहा। जब मैं सचिन के साथ अगले दिन की योजना पर चर्चा कर रहा था…खटाक…अचानक एक पत्थर विंडशील्ड से टकराया। जब तक हम समझ पाते कि क्या हुआ है, तब तक एक और पत्थर पिछले बाएँ दरवाजे से टकराया। एक पत्थरबाज हम पर हमला कर रहा था। हम भयभीत थे। गुलाम डर से काँप रहा था, लेकिन वह और तेजी से गाड़ी चलाने लगा। उसकी आशंका सही निकली। विंडशील्ड में एक गोल छेद था, जो एक गोली की तरह लग रहा था। और इससे भी भयानक आशंका यह थी कि रास्ते में और हमले हो सकते हैं।

आँखों में रात

कुछ किलोमीटर आगे एक नदी पर पुल की शुरुआत में कुछ वाहनों की कतार लगी थी। पुल के दूसरी तरफ पत्थरबाज थे और वे हर गुजरते वाहन पर हमला कर रहे थे। उन्होंने यातायात को अवरुद्ध करने के लिए सड़क पर जलते हुए टायर भी डाल रखे थे। हम आधे घंटे तक इस उम्मीद में इंतजार करते रहे कि पुलिस सड़क साफ कराने आएगी, लेकिन कोई नहीं आया। कुछ मिनट बाद हमारे पीछे से एक मारुति 800 कार आई। दर्द से बिलख रही एक महिला पिछली सीट पर लेटी हुई थी और एक बूढ़ी औरत उसे दिलासा देते हुए उसके माथे को सहला रही थी।

एक परेशान शख्स ड्राइवर के बराबर में बैठा था। जब गुलाम ने उससे बात की तो उसने बताया कि उसकी पत्नी प्रसव पीड़ा में है। वे श्रीनगर के एक अस्पताल जा रहे थे। कार में सवार सभी लोग असहाय महसूस कर रहे थे। महिला के रोने की आवाज हर मिनट तेज होती जा रही थी और ऐसा लग रहा था कि अगर वह चंद मिनट में अस्पताल नहीं पहुँची तो उसकी जान चली जाएगी। बुढ़िया और वे शख्स भी रोने लगे। तभी अचानक पुल के दूसरी ओर से मोटरसाइकिल पर सवार कुछ नौजवान वाहनों की ओर लपके। उनके हाथों में लाठियाँ थीं। वे गालियों की बौछार करते हुए वाहनों के शीशों और उनमें बैठे लोगों पर लाठियाँ चलाने लगे। मारुति 800 में बैठे परिवार समेत बाकी सभी ने यू-टर्न लिया और वापस बारामूला की ओर गाड़ियाँ दौड़ा दीं। गुलाम ने मुझे डैशबोर्ड के नीचे छिपने को कहा। उसने चेतावनी दी कि अगर पथराव करनेवाले हमारी कार तक पहुँचे और गैर-कश्मीरियों और वह भी मीडियावालों को देखा, तो न केवल हमें मार डाला जाएगा, बल्कि कार को भी जला दिया जाएगा।

हम 5 किलोमीटर पीछे लौटे और यह सुनिश्चित होने पर सड़क के किनारे रुक गए कि पथराव करनेवाले हमारा पीछा नहीं कर रहे हैं। दोनों तरफ से कोई वाहन नहीं आ रहा था। गुलाम के पास श्रीनगर पहुँचने का कोई और रास्ता नहीं था और किसी भी ग्रामीण से रास्ता पूछना समझदारी नहीं थी। रात को सड़क किनारे रुकना भी खतरनाक था। रात के 10 बजे थे और आखिरी बार हमने शाम करीब साढ़े चार बजे चाय और बिस्कुट खाए थे। हमें एक ही समय में भूख और डर दोनों लग रहे थे। शुक्र है कि जब मुंबई से रवाना होते समय मेरी पत्नी ने कुछ थेपले पैक करके बैग में रख दिए थे, जिससे कुछ देर के लिए हमारी भूख शांत हुई।

रात करीब 11 बजे हमने देखा कि श्रीनगर की ओर से कुछ वाहन आने लगे थे। ऐसा लग रहा था कि सड़क साफ हो गई है और यातायात बहाल हो गया है। जब हम सोच रहे थे कि क्या हमें आगे बढ़ना चाहिए कि तभी सी.आर.पी.एफ. का एक काफिला हमारे सामने से गुजरा। मैंने गुलाम को उनके पीछे चलने के लिए कहा।

उसने कहा कि यह बहुत खतरनाक होगा, क्योंकि ट्रकों में बैठे सी.आर.पी.एफ. के जवान हम पर गोलियाँ चला सकते हैं। पुलवामा की घटना के बाद वे अपने काफिले के नजदीक आनेवाली सभी निजी कारों को शक की नजर से देखते हैं। सी.आर.पी.एफ. के काफिले को भी पत्थरबाज निशाना बना रहे थे और अगर हम उनके करीब गए तो हमें भी चोट लग सकती है। यह सुनकर मैंने गुलाम को सलाह

दी कि वह उनसे लगभग 300 से 400 मीटर की दूरी बनाए रखे, ताकि वे खबरदार न हों। अगर उन पर पत्थरबाजों ने हमला किया तो हम रुककर यू-टर्न लेते हुए खुद को बचा भी सकेंगे।

काफिले के पीछे-पीछे हम फिर पुल पर पहुँचे। जब हम पुल पार कर रहे थे तो हमने देखा कि सड़क काँच के टुकड़ों से पटी हुई थी और हवा में जले हुए टायरों की गंध आ रही थी। कुछ क्षतिग्रस्त वाहन सड़क के किनारे पड़े थे। सौभाग्य से हम उस क्षेत्र को सुरक्षित रूप से पार कर गए और वहाँ कोई पत्थरबाज नजर नहीं आया।

हम जिस सी.आर.पी.एफ. काफिले का पीछा कर रहे थे, उसने श्रीनगर में प्रवेश करने से ठीक पहले एक अलग रास्ता पकड़ा। जैसे ही हम अपने होटल की ओर जानेवाली सड़क की ओर बढ़े, गुलाम ने देखा कि तीन-चार किशोर हर गुजरते वाहन पर पथराव कर रहे थे। उसने तुरंत दाईं ओर कार मोड़कर होटल के लिए एक अलग रास्ता पकड़ा।

हम आधी रात के आसपास क्षतिग्रस्त कार में बेहद डरे हुए होटल पहुँचे। मैंने गुलाम को रात को होटल में रुकने को कहा और उसे अपने साथ रेस्टोरेंट में डिनर पर ले गया। रात के खाने के बाद मैंने सुबह भेजने के लिए अपनी स्टोरी की स्क्रिप्ट लिखी। मैं उस रात सो नहीं पाया था। उस गर्भवती महिला के रोने और उसके असहाय रिश्तेदारों के चिंतित चेहरों ने मुझे परेशान कर दिया। हमें नहीं पता था कि उनके साथ क्या हुआ? उरी को जल्दी छोड़ने की गुलाम की सलाह पर ध्यान न देने के लिए मैं खुद को दोषी महसूस कर रहा था। इस घटना से मैंने एक बड़ा सबक सीखा—संघर्ष-क्षेत्र में किसी स्थानीय व्यक्ति की सलाह को कभी नजरअंदाज नहीं करना चाहिए।

विरोध के औजार पत्थर

मैंने मुंबई में शिवसैनिकों द्वारा उनके कई आंदोलनों के दौरान पथराव होते देखा है। बाबरी मसजिद विध्वंस के बाद के दंगों के दौरान मैंने दोनों समुदायों के दंगाइयों को एक-दूसरे पर पत्थरों और काँच की बोतलों से हमला करते हुए देखा था। हाल ही में मैंने नवी मुंबई में एक हिंसक घटना को कवर किया था, जहाँ एक विशेष जाति के आंदोलनकारियों ने नौकरियों और शिक्षा में आरक्षण की माँग करते हुए पुलिस पर पथराव किया था। लेकिन इस बार मैं हिंसा को कवर करनेवाला गवाह ही नहीं था, बल्कि खुद भी पीड़ित था।

कुछ इतिहासकारों ने 13 जुलाई, 1931 को कश्मीर में राज्य के खिलाफ

पथराव की पहली घटना के रूप में दर्ज किया है। जून 1931 में अब्दुल कादिर गाजी नाम के एक शख्स ने पुराने श्रीनगर की एक मसजिद में एक सभा को संबोधित किया था। बैठक से पहले शहर के विभिन्न हिस्सों में भीषण सांप्रदायिक झड़पें हुई थीं। बैठक में कादिर ने कहा था कि महाराजा का शासन इसलाम-विरोधी है और 'इसलाम खतरे में है'।

महाराजा के महल की ओर इशारा करते हुए उसने कहा था, "यह अन्याय, क्रूरता और गुलामी का प्रतीक है और इसे ध्वस्त कर दिया जाना चाहिए।" कादिर को राजद्रोह के आरोप में गिरफ्तार कर लिया गया। जिला प्रशासन ने शहर में कानून-व्यवस्था की स्थिति को बिगड़ने से बचाने के लिए जेल के भीतर उसके मामले की सुनवाई करने का फैसला किया था। 13 जुलाई को जब सुनवाई शुरू हुई तो जेल परिसर के बाहर भीड़ जमा हो गई। इस तरह की सभा की आशंका में बड़ी संख्या में सशस्त्र पुलिसकर्मियों को तैनात किया गया था। लोगों ने अपनी गिरफ्तारी की पेशकश करके कादिर की रिहाई की माँग की थी। जब कुछ लोगों ने जेल के बाहर नमाज अता करना शुरू किया तो पुलिस ने उन्हें हिरासत में ले लिया। इस काररवाई से भीड़ भड़क गई थी और हिंसक झड़प हो गई। नारेबाजी तेज हो गई और पथराव शुरू हो गया। पुलिस ने जवाबी काररवाई में प्रदर्शनकारियों पर फायरिंग की। इसमें बाईस लोगों की मौत हो गई और कई घायल हो गए। शेख अब्दुल्ला ने इस घटना की तुलना जलियाँवाला बाग कांड से की थी।[1] उस दिन की घटनाओं को इक्कीसवीं सदी के कश्मीर में सैकड़ों बार दोहराया गया है, हालाँकि पथराव की घटनाएँ अब स्वत:स्फूर्त नहीं हैं।

अस्सी के दशक के उत्तरार्ध में आतंकवाद के पहले चरण के बाद से भारतीय सुरक्षाबलों के खिलाफ कश्मीर में पथराव होते रहे है। हालाँकि यह पहले 2008 में और बाद में 2016 में एक सुनियोजित गतिविधि में बदल गया। यह भारत विरोधी नारों के साथ-साथ घाटी में सड़क पर विरोध-प्रदर्शन की एक खासियत बन गया। अनुच्छेद 370 के निरस्त होने पर पथराव करनेवाले प्रदर्शनकारी फिर सड़कों पर आ गए। अब न केवल सशस्त्र बलों को, बल्कि कश्मीरियों को भी निशाना बनाया गया था। 2019 में पथराव के लगभग 2,000 मामले सामने आए। यह 2016 के बाद दूसरी सबसे बड़ी संख्या है। उस साल बुरहान वानी की मौत हुई थी और 2,653 मामले सामने आए थे। 2017 में दर्ज मामलों की संख्या 1,412 और 2018 में 1,458 थी।[2]

पत्थरबाजों के लिए प्रेरणा

हर शुक्रवार को दोपहर की नमाज के बाद पथराव की घटनाएँ नियमित रूप से होती थीं। अकसर कुछ आतंकवादियों के मारे जाने या मुठभेड़ में घिरने पर या किसी अलगाववादी समूह को न सुहानेवाली किसी घटना के बाद पथराव होते थे।

उस रात के अनुभव के बाद मेरे मन में यह विचार आया कि इन पत्थरबाजों की प्रेरणा आखिर क्या है? ऐसी उम्र में जब भारत के अन्य हिस्सों के युवा अपने कॅरियर पर ध्यान केंद्रित करते हैं या अपने सपनों को साकार करने में लगे होते हैं, इन कश्मीरी युवाओं को पत्थर उठाने के लिए क्या बात मजबूर करती है? ऐसा क्या है, जो उनके मन में कानून के डर पर भारी पड़ता है? ऐसा क्यों है कि उन्हें पीटे जाने, घायल होने, गिरफ्तार होने या कभी-कभी मारे जाने का भी कोई डर नहीं है? क्या वे सिर्फ नफरत के कारण यह हरकत करते हैं या कुछ और बात है? मुझे कई जवाब मिले। पत्थरबाज भावनात्मक से लेकर मनोवैज्ञानिक और आर्थिक जैसे कई कारकों से प्रेरित होते हैं।

बड़ी संख्या में पत्थरबाज भारत-विरोधी भावनाओं, अलगाव की उनकी इच्छा या उत्पीड़ित होने के अहसास से यह हरकत करते हैं। पाकिस्तान समर्थक समूहों और सैयद अली शाह गिलानी जैसे अलगाववादियों की तकरीरें इन नौजवानों के दिमाग पर असर डालती हैं। इससे वे असुरक्षित महसूस करते हैं और परिणामस्वरूप उनके मन में भारत सरकार के लिए नफरत पैदा हो जाती है।

इन युवाओं का ब्रेनवाश करने में पाकिस्तान के सरकारी और गैर-सरकारी तत्त्व खुले तौर पर शामिल रहे हैं। 1990 से पाकिस्तान हर साल 5 फरवरी को 'राष्ट्रीय कश्मीर एकजुटता दिवस' मनाता है। पाकिस्तान सरकार इस दिन भारत विरोधी रैलियों को प्रायोजित करती है। उनमें तकरीरें की जाती हैं और 'कश्मीर पर भारतीय कब्जे' की निंदा करते हुए नारे लगाए जाते हैं। 2017 में पाकिस्तानी रक्षा बलों के प्रवक्ता मेजर जनरल आसिफ गफूर ने 'संगबाज' (पत्थरबाज) नाम का एक वीडियो ट्वीट किया था। घाटी में विरोध और हिंसा की तसवीरों का इस्तेमाल करके बनाए गए इस वीडियो में पथराव करनेवालों का महिमामंडन और सशस्त्र बलों द्वारा जवाबी गोलीबारी में अपनी आँखें गँवानेवाले नौजवानों के साथ एकजुटता जताई गई थी। वीडियो के अंत में स्क्रीन पर एक टेक्स्ट प्लेट थी, जिस पर लिखा था—'आई.एस.पी.आर. प्रोडक्शन'। आई.एस.पी.आर. का मतलब पाकिस्तान सशस्त्र बलों की इंटर-सर्विसेज पब्लिक रिलेशंस एजेंसी है।[3] इस वीडियो के गीत

को पथराव करनेवालों का गान माना गया है। हालाँकि अलगाववादी संगठन हुर्रियत कॉन्फ्रेंस (गिलानी का समूह) इस बात को मानने से इनकार करता है कि पथराव में पाकिस्तान की भूमिका है। हुर्रियत कॉन्फ्रेंस का मानना है कि पथराव का इस्तेमाल लंबे समय से प्रतिरोध के हथियार के रूप में किया जाता रहा है और लोगों ने डोगरा शासन के खिलाफ भी पत्थर उठाए थे। हुर्रियत के प्रवक्ता एजाज अकबर कहते हैं—"पत्थरबाजी वंचित लोगों के हाथ में एक हथियार है।"[4]

कुछ युवाओं ने अपने दोस्तों या रिश्तेदारों को प्रभावित करनेवाली सशस्त्र बलों की जबरन काररवाई को देखने के बाद पथराव का सहारा लिया है। ऐसे पत्थरबाज व्यक्तिगत प्रतिशोध से प्रेरित होते हैं।[5]

पथराव का एक और कारण यह है कि इसे बहादुरी माना जाता है। अपने एक लेख में अनुभवी पत्रकार शुजात बुखारी ने कॉलेज के एक वरिष्ठ शिक्षक के हवाले से कहा, "जो कोई भी पुलिस पर पथराव करता है, उसे एक जंगजू के रूप में देखा जाता है और जो जवाबी काररवाई में मारे जाते हैं, वे शहीद कहलाते हैं।"[6] ज्यादातर पत्थरबाजों की उम्र 15 से 30 साल के बीच है। जब भी उनमें से कोई सुरक्षाबलों की जवाबी काररवाई में घायल होता है या मारा जाता है तो उसके नजदीकी लोगों में बदले की भावना पैदा होती है। सिर्फ गरीब और बेरोजगार नौजवान ही पत्थर नहीं फेंकते, बल्कि संपन्न परिवारों के शिक्षित नौजवान भी इसमें शामिल होते हैं।[7] अखबारों में प्रकाशित कई तसवीरों में पथराव करनेवाले स्कूल की वरदी में सशस्त्र बलों पर हमला करते दिखते हैं।

मार्च 2017 में प्रसारित एक स्टिंग ऑपरेशन में 'इंडिया टुडे' ने कुछ कथित पत्थरबाजों को यह स्वीकार करते हुए दिखाया था कि उन्होंने पत्थर इसलिए फेंके, क्योंकि किसी ने उन्हें ऐसा करने के लिए 5,000 और 7,000 रुपए के बीच भुगतान किया था। उन्हें कपड़े और जूते भी दिए गए थे। कथित पथराव करनेवालों में से एक ने कहा कि उसे मोलोटोव कॉकटेल बनाने के लिए 700 रुपए मिलते थे। कैमरे में कैद हुए कथित पथराव करनेवालों ने खुलासा किया कि पथराव के संबंध में निर्देश व्हाट्सएप ग्रुपों में प्रसारित किए गए थे।[8]

2017 में पाकिस्तानी जासूसी एजेंसी आई.एस.आई. के दो कथित एजेंटों को गिरफ्तार किया गया था। पूछताछ के दौरान उन्होंने खुलासा किया कि उन्हें भारत में तैनात एक पाकिस्तानी राजनयिक से पैसे मिले, जो उन्होंने पथराव करनेवालों में बाँट दिए।[9] एक रिपोर्ट के अनुसार, बुरहान वानी की मुठभेड़ में हत्या के बाद

घाटी में अशांति फैलाने के लिए आई.एस.आई. ने अलगाववादी समूहों और उसके ओ.जी.डब्ल्यू. को 1,000 करोड़ रुपए रुपए जारी किए थे।[10]

पूर्व मुख्यमंत्री उमर अब्दुल्ला ने इस बात को खारिज कर दिया कि नौजवान पैसे के लिए पथराव करते हैं। उनके विचार में कश्मीरी लोगों का शेष भारत से अलग-थलग होने का अहसास ही पथराव का कारण है।[11]

मुंबई के पुलिस अधिकारी के विचार

पथराव करनेवालों की मंशा के बारे में मुझे मुंबई पुलिस की अपराध शाखा के अपने मित्र संजय निकम के विचार प्रासंगिक लगते हैं।

मुंबई में एक हत्या के आरोपी का पता लगाने और उसे पकड़ने के लिए निकम चार महीने तक कश्मीर में रहे थे। वहाँ निकम कभी हाइड्रोलिक इंजीनियर के रूप में तो कभी मोबाइल टावर लगाने के लिए जगहों की तलाश करते मोबाइल कंपनी के प्रतिनिधि के रूप में छिपकर रहे थे। बुरहान वानी कुछ महीने पहले ही मारा गया था और सड़कों पर बड़े पैमाने पर विरोध-प्रदर्शन हो रहे थे। आरोपी को पकड़ने के बाद जब वे श्रीनगर हवाई अड्डे जा रहे थे तो पथराव करनेवालों ने निकम पर हमला कर दिया। तब उन्हें पता चला कि इन नौजवानों का आक्रोश एक अफवाह के कारण हुआ था कि कोई पुलिस के इशारे पर लड़कियों की चोटी काट रहा है।

"यह उन लोगों के तौर-तरीकों में से एक है, जो नौजवानों को पथराव के लिए उकसाते हैं। वे ऐसी अफवाहें फैलाते हैं, जिन्हें तुरंत सत्यापित नहीं किया जा सकता और जल्द ही नौजवान उनकी प्रतिक्रिया में पत्थर फेंकना शुरू कर देते हैं।" निकम ने कहा। उन्होंने कहा, "लेकिन अफवाह पथराव के कारणों में से एक है। कुछ न करनेवाले बेरोजगार और नशे के आदी नौजवान भी पथराव करनेवाले समूहों का हिस्सा बन जाते हैं।" निकम के अनुसार, "कई पत्थरबाज सिर्फ पैसे के लिए ठेकेदारों की तरह काम करते हैं।"[12]

जम्मू-कश्मीर में मादक पदार्थों की लत की भयानक समस्या का संकेत देनेवाले आँकड़ों को देखते हुए निकम जो कहते हैं, उससे इनकार नहीं किया जा सकता। श्रीनगर पुलिस नियंत्रण कक्ष के आँकड़ों के अनुसार, नशा करनेवालों में अधिकांश 18-35 वर्ष के आयु वर्ग के हैं। 2019 में 633 मामले दर्ज किए गए, जो 2020 के मध्य तक बढ़कर 1,978 हो गए। एक नशा मुक्ति केंद्र 2008 में शुरू किया गया था। उसमें अब तक 10,000 से अधिक नशेड़ियों का इलाज किया जा

चुका है।[13] स्थिति इतनी गंभीर हो गई है कि श्रीनगर पुलिस ने नशेबाजी की समस्या को हल करने के लिए एक अलग हेल्पलाइन खोली है।[14]

एडवोकेट मोहम्मद अल्ताफ खान इस विचार से सहमत नहीं हैं कि नशाखोरी से पत्थरबाजों को पथराव के लिए प्रेरणा मिलती है। वे नौजवानों को हिंसा करने से रोकने के लिए हर मुमकिन कोशिश कर रहे हैं। अपनी कोशिशों के तहत उन्होंने 128 पत्थरबाजों का साक्षात्कार लिया था। मैं खान से उनके आवास पर चाय पर मिला।

"बहुत कम होंगे, जो पैसे के लिए ऐसा करते हैं। उनमें बहुत गुस्सा है। कई लड़कों ने मुझसे कहा कि वे प्रतिरोध के लिए ऐसा (पत्थरबाजी) कर रहे हैं। हेरोइन के किसी आदी को अपनी लत पूरी करने के लिए रोज 5,000 रुपए की जरूरत होती है। उसका काम 500 रुपए में नहीं चल सकता। और एक बार खुराक लेने के बाद वह लड़ नहीं पाएगा। मैंने मजबूत वैचारिक और धार्मिक विश्वासवाले नौजवानों को पत्थरबाजी करते देखा है।" उन्होंने मुझे बताया।

पथराव : कश्मीरियों के लिए भी खतरा

जब मेरी कार पर संगरामा के पास हमला किया गया तो बाहर से ऐसा कुछ भी दिखाई नहीं दे रहा था, जिससे यह पता चल सके कि मैं पत्रकार हूँ। दुर्भाग्य से मेरा वाहन उन वाहनों में से एक था, जिसे पथराव करनेवालों ने हमला करने के लिए चुना था। यह एक कश्मीरी ड्राइवर और कश्मीरी यात्रियोंवाला कोई अन्य वाहन भी हो सकता था, जैसेकि गर्भवती महिलावाला परिवार परेशान हुआ था। बाइक सवार युवकों से खुद को बचाने के लिए भागे वाहनवालों में कई कश्मीरी भी थे।

ऐसे बहुत कम उदाहरण हैं, जहाँ आतंकवादियों ने पर्यटकों को निशाना बनाया है। लेकिन पथराव करनेवालों का मामला अलग है। एक कुख्यात घटना मई 2018 में पथराव से आर. थिरुमणि नाम के एक पर्यटक की मौत की जरूर है। बी.पी.ओ. के लिए काम करनेवाले एक विश्लेषक थिरुमणि अपने माता-पिता के साथ चेन्नै के गरम मौसम से राहत के लिए कश्मीर आए थे। वे राज्य के आठ दिन के दौरे पर थे। उनकी कार गुलमर्ग की ओर जाते समय नरबल इलाके से गुजर रही थी कि पथराव करनेवालों ने उस पर हमला कर दिया। थिरुमणि ने दम तोड़ दिया, जबकि उनके साथ यात्रा कर रहे अन्य लोग गंभीर रूप से घायल हो गए। इस घटना ने मुझे मार्च 2017 में मुंबई के जे.डब्ल्यू. मैरियट होटल में महबूबा मुफ्ती के साथ हुई

मुलाकात की याद दिला दी। तब वे मुख्यमंत्री थीं। उस वक्त महबूबा ने बॉलीवुड से श्रीनगर में शूट करने की अपील करते हुए कहा था कि कश्मीर में हालात बेहतर हैं। उन्होंने कहा था, "कश्मीर पर्यटकों के लिए सुरक्षित है।" यह मुफ्ती द्वारा कश्मीर में पर्यटन उद्योग को पुनर्जीवित करने का एक गंभीर प्रयास था, जो बुरहान वानी की मौत के बाद की घटनाओं से तबाह हो गया था।

थिरुमणि के साथ जो हुआ, उसे एक बार घटी घटना के रूप में खारिज किया जा सकता है। लेकिन इसने एक प्रतिकूल संदेश फैलाया और पर्यटकों को डराकर कश्मीर आने से रोक दिया। राष्ट्रीय टी.वी. चैनलों पर व्यापक रूप से दिखाए गए पथराव करनेवाली भीड़ के दृश्य भी कश्मीर में पर्यटन उद्योग को नुकसान पहुँचा रहे थे। तो आखिर पत्थरबाज किसे नुकसान पहुँचा रहे हैं?

मुठभेड़ों में आतंकवादियों को बचाने के लिए

2008 के बाद से पथराव की घटनाओं में तेजी देखी गई और यह स्थिति अगले तीन-चार वर्ष तक बनी रही। हालाँकि 2014 के आसपास ये घटनाएँ कम हुईं। दो साल बाद 2016 में, जब बुरहान वानी मारा गया तो पथराव में फिर से उछाल आया। अकेले 2016 में पथराव की 2,653 से अधिक घटनाएँ हुईं।[15] दरअसल जब वानी जिंदा था तो उसने सोशल मीडिया पर वीडियो पोस्ट करके युवाओं से सेना, पुलिस और अर्धसैनिक बलों पर हमला करने की गुजारिश की थी। अपनी मौत से पहले एक आखिरी ऑडियो संदेश में वानी ने युवाओं से मुठभेड़ के दौरान सुरक्षाबलों पर पथराव करने को कहा था।[16]

वानी के संदेश को उसकी मौत के बाद के दिनों में लागू होते देखा गया। फरवरी 2017 तक पथराव करनेवालों के विरोध और मुठभेड़ स्थलों पर सुरक्षाबलों को उलझाए रखने से लगभग 25 आतंकवादी भाग निकले। आतंकवादी संगठन 'लश्कर-ए-तैयबा' के मोस्ट वांटेड आतंकियों में से एक अबू दुजाना दो बार फँसा था, लेकिन हिंसक भीड़ के दखल की बदौलत वह बच निकलने में कामयाब रहा।[17]

अक्तूबर 2018 में भारतीय सेना की 'त्वरित प्रतिक्रिया टीम' (क्यू.आर.टी.) के 22 वर्षीय सिपाही राजेंद्र सिंह को पथराव करनेवालों ने मार डाला था। वे सीमा सड़क संगठन (बी.आर.ओ.) के एक काफिले को सुरक्षा मुहैया करा रहे थे, तभी अनंतनाग में पथराव करनेवालों के एक समूह ने हमला कर दिया। एक पत्थर सिंह के सिर में लगा और वे घायल हो गए। बाद में उनकी जान चली गई।

नवंबर 2018 में प्रसारित किए गए एक वीडियो में बताया गया था कि पथराव

करनेवालों की भीड़ ने लश्कर के मोस्ट वांटेड आतंकवादी नवीद जट्ट के सहयोगी को मुठभेड़ के दौरान भागने में कैसे मदद की। मुठभेड़ बडगाम के कुठपोरा गाँव में हुई, जिसमें नवीद समेत दो आतंकवादी मारे गए। हालाँकि, नवीद के साथी ने पथराव करनेवालों के विरोध का फायदा उठाया और फरार हो गया।[18]

नवंबर 2020 में जब बडगाम के कावूसा शहर में सुरक्षाबलों और आतंकवादियों के बीच मुठभेड़ हुई तो पथराव करनेवालों के एक समूह ने सुरक्षाकर्मियों पर पथराव करना शुरू कर दिया। इसने फँसे उग्रवादियों को घेरे से बाहर निकलने और भाग निकलने में मदद की।[19]

इस तरह की घटनाओं से ही ये आरोप लगाए गए कि पथराव करनेवाले उग्रवाद की समर्थन प्रणाली का हिस्सा बन गए हैं।

सशस्त्र बलों की जवाबी काररवाई

सशस्त्र बल उग्रवादियों और पथराव करनेवालों के बीच समानताएँ देखते हैं। दोनों भारत के प्रति समान शत्रुता रखते हैं। उन्हें अपना वैचारिक चारा सोशल मीडिया से मिलता है, खासकर पाकिस्तानी तत्त्वों द्वारा चलाए जा रहे अकाउंट्स से। इन दोनों समूहों की मंशा सुरक्षाकर्मियों को नुकसान पहुँचाने, मारने या अपंग करने की रही है। सुरक्षाकर्मियों पर बढ़ते हमलों और असफल अभियानों के साथ ही सशस्त्र बलों ने पथराव करनेवालों के खिलाफ कड़े जवाबी कदम उठाने शुरू कर दिए।

पुलवामा में एक बार सेना के एक मेजर ने सरकारी डिग्री कॉलेज में छात्रों के लिए पेंटिंग प्रतियोगिता आयोजित करने का प्रस्ताव रखा। जैसे ही वे कैस्पर की गाड़ी में कार्यक्रम स्थल पर पहुँचे, गुस्साए छात्रों ने पथराव करना शुरू कर दिया। इसके कारण सेना की ओर से जवाबी काररवाई की गई और कई छात्र घायल हो गए। इससे पूरी घाटी में छात्रों के विरोध-प्रदर्शन को बढ़ावा मिला। आंदोलन को रोकने के लिए अगले दस दिन के लिए स्कूल और कॉलेज बंद कर दिए गए। कश्मीरी पत्रकार शुजात बुखारी बताते हैं कि जिस बात ने छात्रों को नाराज किया, वह थी—कैस्पिर वाहन में मेजर का आना। कैस्पिर को उग्रवाद प्रभावित क्षेत्रों में इसके असर के लिए जाना जाता है, क्योंकि इसकी बारूदी सुरंग-प्रतिरोधी और घात लगाकर किए हमले से सुरक्षित रखने की क्षमता इसे आग्नेयास्त्रों से बचाती है और इसका उपयोग सैनिकों के परिवहन के लिए किया जाता है। यह उग्रवादियों और पथराव करनेवालों के लिए समान रूप से नफरत का प्रतीक बन गया है।[20]

7 जुलाई, 2018 को अलगाववादी समूह 'दुख्तारन-ए-मिल्लत' के नेता आसिया अंद्राबी की एन.आई.ए. द्वारा की गई गिरफ्तारी का विरोध कर रही कुलगाम जिले में एक हिंसक भीड़ पर सेना के जवानों की गोलीबारी में 16 वर्ष की एक लड़की सहित तीन युवाओं की मौत हो गई। सेना ने एक बयान में दावा किया कि जब 500 लोगों की भीड़ ने एक गश्ती दल पर हमला किया और उस पर पेट्रोल बम फेंके, तो जवानों को गोलीबारी का सहारा लेना पड़ा और गोली चलाने से पहले भीड़ को चेतावनी दी गई थी।[21]

एक दिन बाद जब पथराव की घटना में सेना का एक जवान शहीद हो गया, तो सेना प्रमुख जनरल बिपिन सिंह रावत ने पथराव करनेवालों को आतंकी संगठनों के ओ.जी.डब्ल्यू. करार देते हुए कहा कि इनसे सख्ती से निपटा जाना चाहिए। पत्रकारों से बात करते हुए उन्होंने पूछा, "अगर पथराव करनेवाले ऐसी हरकतों से लोगों की जान ले सकते हैं तो क्या वे आतंकवादी जैसे नहीं बन रहे हैं?"[22]

अनुच्छेद 370 को निरस्त किए जाने के कुछ महीने बाद प्रेस ट्रस्ट ऑफ इंडिया (पी.टी.आई.) को दिए इंटरव्यू में जनरल रावत ने कहा था, "लोग हम पर पत्थर फेंक रहे हैं, लोग हम पर पेट्रोल बम फेंक रहे हैं। अगर मेरे जवान मुझसे पूछें कि हम क्या करें तो क्या मुझे यह कहना चाहिए, 'बस इंतजार करो और मरो! मैं राष्ट्रीय ध्वज के साथ एक अच्छा ताबूत लेकर आऊँगा और सम्मान के साथ आपके शरीर को घर भेजूँगा।' क्या सेना प्रमुख के रूप में मुझे उनसे यह कहना चाहिए?" जनरल रावत ने पत्थरबाजों को चुनौती दी कि वे पत्थर फेंकने के बजाय गोलियाँ चलाएँ, ताकि सेना भी माकूल जवाब दे सके।[23]

मानव ढाल की घटना

कश्मीर में पथराव का कोई भी लेखा-जोखा 9 अप्रैल, 2019 की घटना के उल्लेख के बिना अधूरा है। श्रीनगर संसदीय क्षेत्र के मौजूदा सांसद तारिक हामिद कर्रा के दल-बदल करके पीडीपी से कांग्रेस में जाने के कारण उपचुनाव होना था। मतदान के दिन हिंसा हुई। उस दिन उतलीगाम मतदान केंद्र पर एक घटना के कारण पथराव करनेवालों से निपटने के लिए सेना की रणनीति पर व्यापक आक्रोश और बहस हुई। हमारे पास कहानी के दो विवरण हैं।

एक विवरण 53 राष्ट्रीय राइफल्स के मेजर लीतुल गोगोई का है। मेजर गोगोई के अनुसार, उन्हें मतदान केंद्र से संकट का एक कॉल आया, जिसमें कहा गया था कि मतदान केंद्र पर तैनात चुनावी कर्मचारी और भारत-तिब्बत सीमा पुलिस

(आई.टी.बी.पी.) के जवानों को महिलाओं और बच्चों सहित एक हजार से अधिक लोगों की भीड़ ने घेर लिया था। वे उन पर पत्थर और पेट्रोल बम फेंक रहे थे। जैसे ही गोगोई अपने जवानों के साथ घटनास्थल पर पहुँचे, उन पर भी भीड़ ने हमला कर दिया। इस पर उन्होंने मौखिक रूप से भीड़ को आगाह किया, लेकिन उनकी चेतावनी को नजरअंदाज कर दिया गया। गोगोई ने देखा कि उनके पास खड़ा एक शख्स पत्थरबाजों का नेता था। उन्होंने उसे गिरफ्तार कर लिया और आई.टी.बी.पी. जवानों और मतदान कर्मचारियों को बचाने के लिए मतदान केंद्र पर लौट आए। जैसे ही वे वहाँ से जा रहे थे, उनका बारूदी सुरंग प्रतिरोधी वाहन कीचड़ में फँस गया। इससे पत्थरबाजों को उन पर हमला करने का एक और मौका मिल गया। उसी समय गोगोई को एक विचार आया। उन्होंने संदिग्ध नेता को अपने वाहन के बोनट से बाँध दिया। गोगोई ने कहा कि उसके बाद पथराव बंद हो गया।[24] "मैंने ऐसा स्थानीय लोगों को बचाने के लिए ही किया। अगर मैंने फायरिंग की होती तो 12 से ज्यादा लोग हताहत होते। ऐसा करके मैंने कई लोगों की जान बचाई।" उन्होंने दावा किया।[25]

बोनट पर बँधे शख्स चिल गाँव में रहनेवाले 26 साल के फारूक डार थे, जो शॉल पर कढ़ाई करके गुजर-बसर करते थे। डार के विवरण ने गोगोई की बात का खंडन किया। उन्होंने दावा किया कि मेजर गोगोई ने खुद को बचाने के लिए झूठ बोला था। डार ने कहा कि उन्होंने अपने जीवन में कभी किसी पर पत्थर नहीं फेंके। डार के अनुसार, उन्होंने उस दिन अपने गाँव के मतदान केंद्र पर वोट डाला और उतलीगाम से गुजरते समय गोगोई ने उन्हें घेर लिया।[26] उन्हें मोटरसाइकिल से नीचे खींच लिया गया और सेना के जवानों ने उनकी पिटाई की। इसके बाद उन्हें जीप से बाँध दिया गया। डार का दावा है कि उन्हें करीब 20 गाँवों में से होते हुए आर्मी कैंप में ले जाया गया। उनके गाँव के सरपंच के कैंप में पहुँचकर अधिकारियों को यह भरोसा दिलाने के बाद उन्हें छोड़ दिया गया कि वे पत्थरबाज नहीं हैं।[27]

इस घटना का वीडियो जल्द ही सोशल मीडिया प्लेटफॉर्म पर वायरल हो गया और इसे राष्ट्रीय टेलीविजन समाचार चैनलों पर दिखाया गया। एक महीने बाद मेजर गोगोई को आतंकवाद विरोधी अभियानों में उनके प्रयासों के लिए तत्कालीन सेना प्रमुख जनरल रावत ने प्रशस्ति-पत्र से सम्मानित किया। हालाँकि एक साल बाद गोगोई को उस समय बदनामी का सामना करना पड़ा, जब सेना की एक अदालत ने उन्हें एक स्थानीय महिला के साथ दोस्ती करने और ड्यूटी के स्थान से अनुपस्थित

रहने का आरोप लगाया। घटना के बाद डिप्रेशन से जूझ रहे डार ने गोगोई को सजा दिए जाने पर सब्र जताया।[28]

उग्रवादियों के लिए गोलियाँ, पत्थरबाजों के लिए छर्रे

2010 के विरोध-प्रदर्शनों के बाद घाटी में भीड़ को काबू में करने के लिए एक नए तरह के उपकरण—पेलेट गन का इस्तेमाल शुरू किया गया। यह जल्द ही कश्मीर में सबसे खूँखार, घृणास्पद और विवादास्पद हथियार बन गया। पेलेट गन को खतरनाक नहीं माना जाता और अनियंत्रित भीड़ से निपटने के लिए सुरक्षाबल दुनिया भर में इसका इस्तेमाल करते हैं। एक पेलेट गन के कारतूस में सीसे के कुछ सौ छर्रे होते हैं। कारतूस फायर किए जाने पर कुछ सौ मीटर की दूरी तक कई छर्रों को छोड़ता है। उम्मीद की जाती है कि यह दर्द देकर प्रदर्शनकारियों को रोक सकता है, लेकिन उन्हें मारता नहीं।[29] अब तक केवल जम्मू-कश्मीर में भीड़ नियंत्रण के उपाय के रूप में पेलेट गन का इस्तेमाल किया गया है। हालाँकि इसके इस्तेमाल का कई हलकों ने विरोध किया है।

एक जनहित याचिका (पी.आई.एल.) की सुनवाई के दौरान जवाब देते हुए सी.आर.पी.एफ. ने खुलासा किया कि 8 जुलाई से 11 अगस्त, 2016 तक उसने 13 लाख पेलेट दागे थे।[30] एक रिपोर्ट के अनुसार, जुलाई 2016 और फरवरी 2019 के बीच पेलेट गन ने 18 लोगों की जान ली, 139 को अंधा किया, 2,942 घायल हुए और 1,459 लोगों की आँखों में चोट लगी।[31]

जनवरी 2020 में, चीफ ऑफ डिफेंस स्टाफ (सी.डी.एस.) और पूर्व सेना प्रमुख जनरल बिपिन रावत ने बताया कि कैसे पथराव करनेवालों के चेहरे पर चोट लग रही थी। रावत ने कहा कि एक सैनिक किसी प्रदर्शनकारी के चेहरे पर नहीं, बल्कि उसके पैरों को निशाना बनाता है। लेकिन जब वह प्रदर्शनकारी पत्थर उठाने के लिए झुकता है तो उसे चोट लग जाती है। सी.डी.एस. रावत ने कहा, "इस तरह की चोटों के लिए सुरक्षाबलों को जिम्मेदार नहीं ठहराया जा सकता।"[32]

विभिन्न मानवाधिकार समूहों ने भारतीय सशस्त्र बलों से पेलेट गन का इस्तेमाल बंद करने को कहा। सितंबर 2017 में एमनेस्टी इंटरनेशनल के तत्कालीन कार्यकारी निदेशक आकार पटेल ने भीड़ को काबू करने के उपाय के रूप में पेलेट गन को तत्काल छोड़ देने के लिए कहा।[33] मार्च 2017 में सुप्रीम कोर्ट ने केंद्र से पथराव करनेवालों से निपटने के लिए वैकल्पिक साधनों पर विचार करने को कहा। तत्कालीन मुख्य न्यायाधीश जे.एस. खेहर ने पेलेट गन के कारण नाबालिगों को

लगी चोटों पर चिंता व्यक्त की। दिसंबर 2016 में तत्कालीन मुख्यमंत्री महबूबा मुफ्ती ने भी सुरक्षाबलों से पेलेट गन का इस्तेमाल बंद करने की गुजारिश की थी।[34]

हर तरफ से विरोध ने सशस्त्र बलों को पेलेट गन के इस्तेमाल पर पुनर्विचार करने के लिए मजबूर किया। हालाँकि, उनका इस्तेमाल कभी पूरी तरह से बंद नहीं किया गया, मगर भीड़ को काबू करने के बिना खतरेवाले दूसरे तरीकों पर विचार किया गया। अक्तूबर 2017 में सी.आर.पी.एफ. को रक्षा अनुसंधान और विकास संगठन (डी.आर.डी.ओ.) द्वारा विकसित प्लास्टिक की 21,000 गोलियाँ मिलीं। इन्हें सीसे के छर्रों की तुलना में कम घातक माना जाता है।[35] सुरक्षाबलों ने मिर्च के गोले का भी इस्तेमाल करना शुरू कर दिया। इसके फटने पर आँखों में जलन के साथ ही नाक, मुँह और गले में तकलीफ होती है। एक अन्य उपकरण पेलार्गोनिक एसिड वैनिलिल एमाइड (पी.ए.वी.ए.) का भी इस्तेमाल किया गया। यह लक्ष्य को कुछ समय के लिए स्थिर कर देता है।[36] हालाँकि ये उपाय पेलेट गन जितने खतरनाक नहीं हैं, लेकिन इन्हें भी स्वास्थ्य के लिए खतरनाक माना जाता है। खासकर फेफड़ों में तकलीफवाले लोगों के लिए।[37] 2019 में एक रिपोर्ट आई थी कि सरकार एक 'ध्वनि तोप' खरीदने जा रही है, जिसे ध्वनि तरंगों का उत्सर्जन करने और कान में दर्द पैदा करने के लिए बनाया गया है। इसे 'लंबी दूरी का ध्वनिक उपकरण' (एल.आर.ए.डी.) भी कहा जाता है। इसका इस्तेमाल पिट्सबर्ग में जी-20 शिखर सम्मेलन के दौरान प्रदर्शनकारियों को तितर-बितर करने के लिए किया गया था। हालाँकि अभी तक इसकी खरीद की कोई आधिकारिक रिपोर्ट नहीं आई है।[38]

पेलेट गन का उपयोग आधिकारिक तौर पर तो बंद नहीं किया गया है, लेकिन भारी आलोचना के कारण अब इसका कम इस्तेमाल किया जा रहा है।[39]

पत्थर से बंदूक तक

पथराव करनेवालों और उग्रवादियों के सामान्य उद्देश्यों में से एक यह है कि दोनों सुरक्षाकर्मियों को चोट पहुँचाने का इरादा रखते हैं और हिंसा करके अपना दम दिखाते हैं। अंतर यह है कि एक पत्थरबाज पत्थर से हमला करता है, जिसे एक आतंकवादी द्वारा इस्तेमाल की जानेवाली बंदूकों और हथगोलों से कम घातक माना जाता है। पथराव करनेवाले युवाओं के समूहों की तुलना में आतंकवादी अधिक संगठित होते हैं और भारत या पाकिस्तान स्थित आतंकवादी संगठनों से औपचारिक प्रशिक्षण प्राप्त करते हैं। हालाँकि, पथराव को आतंकवाद की ओर पहला कदम करार दिया जाता है।

यहाँ 25 साल के सज्जाद गिलकर का मामला गौर करने लायक है। सज्जाद कथित तौर पर एक पुराना पत्थरबाज था और उस पर कई मामलों में केस दर्ज किए गए थे। हालाँकि उसके माता-पिता का दावा है कि उसका नाम उन मामलों में भी लिखा गया था, जिनमें वह मौजूद नहीं था। इतने सारे मुकदमों के कारण उसे बार-बार कोर्ट जाना पड़ता था। सज्जाद ने इन तमाम अदालती सुनवाई को तकलीफदेह पाया। एक सुबह वह अपना मोबाइल फोन लिये बिना घर से कहीं चला गया। जब वह नहीं लौटा तो स्थानीय थाने में उसकी गुमशुदगी की शिकायत दर्ज कराई गई।

तेरह दिन बाद सज्जाद ने अपने पिता को फोन किया और बताया कि वह आतंकवादी संगठन 'हिजबुल मुजाहिदीन' में शामिल हो गया है। सज्जाद ने भावुक स्वर में अपने पिता से कहा कि जिस गाँव में वह छिपा है, उसे सुरक्षाबलों ने घेर लिया है और उनके साथ टकराव शुरू हो गया है। यह महसूस करके कि वह जिंदा नहीं निकल पाएगा, सज्जाद अपनी माँ से आखिरी बार बात करना चाहता था। लेकिन उसके पिता घर पर नहीं थे और जब तक वे घर पहुँचे, सज्जाद की मौत हो चुकी थी। सज्जाद जैसे कई नौजवान पुलिस थानों, अदालतों और जेलों के बार-बार चक्कर लगाने से निराश होकर आतंकवाद की ओर रुख करते हैं। पथराव के पिछले मामलोंवाले नौजवानों को अकसर सामान्य जीवन जीने में मुश्किल होती है, क्योंकि हर बार विरोध-प्रदर्शन होने पर उन्हें उठाया जाता है और उनसे पूछताछ की जाती है।[40]

जुलाई 2017 में 'रायटर्स' ने एक रिपोर्ट प्रकाशित की, जिसमें पथराव करनेवालों के उद्धरण थे। उनमें से एक ने कहा कि अगर उसके पास बंदूक होती तो वह पत्थर फेंकने के बजाय उग्रवाद में शामिल होना पसंद करता।[41] स्थानीय छह में से पाँच आतंकवादियों का पथराव का इतिहास रहा है।[42] अगस्त 2019 में 15 कोर के कमांडर लेफ्टिनेंट जनरल ढिल्लों ने कहा कि उग्रवादी बननेवाले सभी युवाओं में से 83 प्रतिशत युवा 500 रुपए के लिए पत्थर फेंकने से शुरुआत करते हैं। उन्होंने आँकड़ों के आधार पर विस्तार से खुलासा करते हुए पथराव करनेवालों के माता-पिता को अपने बच्चों पर नजर रखने के लिए आगाह किया, क्योंकि अधिकांश युवा उग्रवाद में शामिल होने के एक वर्ष के भीतर मारे जाते हैं। उन्होंने उन्हें बताया कि उनमें से 7 प्रतिशत पहले सप्ताह में, 9 प्रतिशत पहले महीने में, 36 प्रतिशत पहले छह महीने में और 64 प्रतिशत पहले वर्ष में खत्म हो जाते हैं।[43]

जम्मू-कश्मीर प्रशासन ने पथराव को रोकने के लिए कई तरह के उपाय किए

हैं। कई पत्थरबाजों को जेल भेजने के अलावा यह घोषणा की गई है कि जो लोग पथराव में शामिल हैं, उन्हें पासपोर्ट और सरकारी नौकरियों के लिए सुरक्षा मंजूरी नहीं मिलेगी। शुक्रवार को होनेवाला साप्ताहिक पथराव अब नहीं देखा जाता और 2021 तक इन घटनाओं में 88 प्रतिशत की गिरावट आई है। इतनी कम संख्या का एक कारण कोविड-19 महामारी के कारण लॉकडाउन लागू करना भी था।[44]

□

10

पाकिस्तानी प्रचार : आभासी युद्ध, असली असर

सोशल मीडिया और किफायती डेटा से दुनिया के काम करने के तौर-तरीके में क्रांतिकारी बदलाव आए हैं। सोशल मीडिया ने सामग्री तैयार करने, साझा करने और उससे कमाई को नई उड़ान देकर छोटे उद्यमियों और व्यवसायों को अपने उत्पादों और सेवाओं को बाजार में बेचने में मदद की है। इसने आजीविका के नए रास्ते खोले हैं। फेसबुक और ट्विटर ने सरकारों को अपने नागरिकों और कंपनियों को अपने ग्राहकों की बात सुनने के लिए मजबूर किया है। व्हाट्सएप हममें से अधिकांश के लिए दैनिक जीवन का एक अटूट हिस्सा बन गया है।[1] सोशल मीडिया ने शेफ, अभिनेताओं, संगीतकारों, डॉक्टरों, राजनेताओं और उग्रवादियों के लिए बड़ी संख्या में प्रशंसक बनाने में मदद की है!

हाँ, इस आभासी दुनिया का एक अलग आयाम है। अनेक लाभों और दुष्परिणामों के साथ-साथ सोशल मीडिया उग्रवाद के एक नए उपकरण के रूप में भी उभरा है, खासकर पाकिस्तान की सरकार कश्मीर के संदर्भ में अपने भारत विरोधी प्रचार को आगे बढ़ाने और कश्मीर घाटी में अशांति फैलाने के लिए इसका व्यापक रूप से इस्तेमाल कर रही है। कश्मीरी आबादी के एक बड़े तबके के नजरिए से सोशल मीडिया अपनी असहमति जाहिर करने का एक माध्यम रहा है। पिछले एक दशक के दौरान कश्मीर में सोशल मीडिया का असर बहुआयामी रहा है, खासकर 2016 से।

आतंकवाद का इंटरनेट युग

कश्मीर में युवाओं को कट्टरपंथी बनाने और उन्हें आतंकवादी संगठनों में

भरती करने के लिए सोशल मीडिया का इस्तेमाल किया जा रहा है। नए उग्रवादी नब्बे के दशक के उग्रवादियों से बहुत अलग हैं। वे युवा, जानकार, शिक्षित, प्रौद्योगिकी के पारंगत हैं और छिपे हुए नहीं हैं। वे अपनी बंदूकें दिखाते हुए या क्रिकेट खेलते हुए सोशल मीडिया पर सेल्फी और तसवीरें पोस्ट करते हैं। इंटरनेट ने उग्रवादियों और हिंसा का महिमामंडन करने में बहुत मदद की है।[2] उग्रवादियों द्वारा अपलोड किए गए वीडियो ने आतंकवादियों को आम जनता के लिए मानवीय बना दिया है और उन्हें अपने दृष्टिकोण को सामने रखने का जरिया दिया है। उन्हें देखा जाता है; वे जाने जाते हैं। वे लोगों के मोबाइल फोन और कंप्यूटर में घुस जाते हैं।[3] सोशल मीडिया को उग्रवादियों के लिए जनता का समर्थन और सहानुभूति हासिल करने के लिए एक प्रभावी साधन के रूप में देखा गया है।

कश्मीर में सोशल मीडिया पर आतंकवाद का सबसे बड़ा और पहला चेहरा बुरहान वानी का रहा है। उसका मामला कश्मीर में हिंसा की पारंपरिक समझ से अलग है। वानी ने अपने सोशल मीडिया कौशल का इस्तेमाल अरब स्प्रिंग आंदोलनकारियों और इसलामिक स्टेट ऑफ इराक एंड द लेवेंट (आई.एस.आई.एस) के समर्थन से उग्रवाद का चेहरा बदलने के लिए किया। उसने 2012 में सुरक्षाबलों के कथित अत्याचारों और भारत विरोधी सामग्री की तसवीरें अपलोड करने के लिए ट्विटर हैंडल @ GAZI_BURHAN2 बनाया। उसने कुरान की आयतों का हवाला देकर नौजवानों से जिहाद में शामिल होने की भावनात्मक अपील की और कश्मीर में 'निजाम-ए-मुस्तफा' (अल्लाह की सरकार) बनाने की अपील की। वह उन पहले उग्रवादियों में से एक था, जिसने श्रीनगर के पास के स्थानों के अन्य साथियों के साथ अपना चेहरा बिना ढके अपनी तसवीर पोस्ट की थी। अपने वीडियो और ट्विटर संदेशों के जरिए उसने भारत सरकार के खिलाफ अपनी लड़ाई पर रोशनी डाली। 2015 में उसने फेसबुक पर एक वीडियो अपलोड किया, जिसमें युवाओं से कश्मीर में 'खिलाफत' की नींव डालने के लिए अपने संगठन में शामिल होने की अपील की। उस वीडियो में वानी दो अन्य आतंकवादियों के साथ फौजी वरदी पहने, कलाश्निकोव पकड़े और कुरान प्रदर्शित करते हुए दिखाई दे रहा था। वह वीडियो देखते-ही-देखते वायरल हो गया। वानी ने कहा कि कश्मीरी पंडित अपने घरों और जमीन में आकर बस सकते हैं, लेकिन 'इजराइल टाइप' की कॉलोनियों को बरदाश्त नहीं किया जाएगा। उसी वीडियो में वानी ने लोगों से भारतीय सुरक्षाबलों पर हमला करने की भी अपील की। सोशल मीडिया पर उसके

तीखे हमले का हकीकत में असर पड़ा। तब से सेना, अर्धसैनिक बलों और पुलिस पर हमलों की संख्या में बढ़ोतरी हुई। वानी के भाषण से भड़की भीड़ ने एक पुलिस अधिकारी और महिलाओं सहित उसके परिवार के सदस्यों की पिटाई कर दी थी।[4]

भर्तियाँ करने और कट्टरपंथी बनाने का उपकरण

युवाओं को उग्रवादी संगठनों में शामिल होने के लिए प्रेरित करने को सोशल मीडिया प्लेटफॉर्म का व्यापक रूप से उपयोग किया गया है। बुरहान की मौत के बाद सशस्त्र बलों द्वारा कथित अत्याचारों और मानवाधिकारों के उल्लंघन का परदाफाश करने के लिए इन प्लेटफॉर्मों पर हजारों तसवीरें और वीडियो अपलोड किए गए थे। पथराव करनेवाले अकसर सुरक्षाकर्मियों के साथ अपनी झड़पों के वीडियो शूट करके उन्हें हाथ के हाथ अपलोड करते थे। साथ ही, सशस्त्र बलों की जवाबी काररवाई के बारे में कमेंट्री भी करते थे।[5] प्रचार-सामग्री में मुठभेड़ में फँसे आतंकवादियों की मौत की घोषणा, परिवार और दोस्तों आदि के साथ टेलीफोन पर उनकी आखिरी बातचीत शामिल होती थी। उग्रवादी संगठनों की सामग्री में जंगल में रंगरूटों के प्रशिक्षण वीडियो, उनके बीच मिलनसारिता दिखानेवाली सेल्फी, क्रिकेट खेलते उग्रवादियों के वीडियो आदि शामिल थे। ऐसी सोशल मीडिया सामग्री लोकप्रिय संस्कृति का हिस्सा बन रही थी।[6] उग्रवादी संगठन अकसर सोशल मीडिया पर भरती की घोषणा करते थे और रंगरूटों की तसवीरें भी पोस्ट करते थे। कभी-कभी तो उनकी शैक्षणिक योग्यता, शामिल होने की तारीख और उनके उपनाम के साथ।

दहशत फैलाने का औजार

सोशल मीडिया का इस्तेमाल दहशत पैदा करने और आतंकवादी संगठनों द्वारा विरोध की जानेवाली गतिविधियों को हतोत्साहित करने के लिए एक औजार के रूप में किया गया है। गणतंत्र दिवस परेड से पहले एक स्कूल के प्रिंसिपल को बंदूक दिखाकर धमकाया गया, ताकि उनका स्कूल परेड में भाग न ले सके। दूसरों को डराने के लिए प्रधानाध्यापक द्वारा दया की गुहार लगाने का वीडियो प्रसारित किया गया। अकसर सुरक्षाबलों का मजाक उड़ाने और यह बताने के लिए वीडियो अपलोड किए जाते थे कि आतंकवादी उनसे एक कदम आगे हैं। 2018 में नवीद जट्ट नाम का एक लश्कर कमांडर श्रीनगर जेल से भाग गया, लेकिन जल्द ही उसे अनंतनाग की सड़कों पर निडर होकर चलते हुए एक वीडियो में देखा गया।[7]

पाकिस्तान की मिलीभगत

घाटी में अशांति फैलाने और हिंसा को बढ़ावा देने में पाकिस्तान के तत्त्वों की मिलीभगत का खुलासा हो चुका है। सोशल मीडिया उनके लिए सिर्फ संचार का साधन नहीं, बल्कि जंग का हथियार है। बुरहान वानी की मौत के एक साल बाद लगभग 320 व्हाट्सएप ग्रुप और 30,000 फेसबुक अकाउंट पाकिस्तान में बनाए गए।[8] एक रिपोर्ट के अनुसार, पाकिस्तान की खुफिया एजेंसी आई.एस.आई. ने भारत-विरोधी प्रचार के लिए ट्विटर, फेसबुक और व्हाट्सएप पर लगभग 18,000 सोशल मीडिया अकाउंट चलाए।[9] दिसंबर 2015 में 'लश्कर-ए-तैयबा' प्रमुख हाफिज सईद ने घाटी में समूह की विचारधारा, प्रचार और अशांति को बढ़ावा देने के मकसद से कथित तौर पर आई.एस.आई.एस से प्रेरित एक साइबर सेल शुरू किया। कई व्हाट्सएप ग्रुप सामने आए। उनके सदस्य ज्यादातर कश्मीर घाटी से थे, लेकिन एडमिन के पास पाकिस्तानी मोबाइल नंबर थे।[10]

इंटरनेट कर्फ्यू

इस कड़वे अनुभव ने अधिकारियों को धारा 370 को निरस्त करने और राज्य के विभाजन से पहले इंटरनेट सेवाओं को बंद करने के लिए प्रेरित किया। कश्मीर घाटी में इंटरनेट की शुरुआत के बाद से यह सबसे लंबा प्रतिबंध था। भारत के विदेश मंत्री एस. जयशंकर ने बंद का बचाव किया। एक साक्षात्कार में उन्होंने पूछा, "मैं एक तरफ आतंकवादियों और उनके आकाओं के बीच संचार कैसे काट सकता हूँ और अन्य लोगों के लिए इंटरनेट खुला रख सकता हूँ?"[11] 2019 से पहले 2016 में बुरहान वानी की मौत के बाद लगभग चार महीने तक इंटरनेट सेवाएँ बंद थीं। वास्तव में 2012 के बाद से राज्य में इंटरनेट के कुल या आंशिक रूप से बंद होने के 35 से अधिक मामले सामने आए हैं, जो भारत में सबसे अधिक है। प्रशासन का विचार था कि सोशल मीडिया प्लेटफॉर्म और इंस्टेंट मैसेजिंग सेवाओं का दुरुपयोग किया जा रहा है और यह राज्य की शांति के लिए हानिकारक है।[12] इसलिए ऑनलाइन प्रचार और नफरत फैलानेवालों का मुकाबला करने के लिए प्रशासन ने शत्रुतापूर्ण सोशल मीडिया खातों की पहचान करने और उन्हें बंद करने के साथ ही इंटरनेट सेवाओं को भी बंद करने का सहारा लिया। अप्रैल 2017 में बुरहान वानी की मुठभेड़ के बाद 22 सोशल मीडिया साइटों पर प्रतिबंध लगा दिया गया था।[13]

'इंटरनेट कर्फ्यू' की यह नीति बहस का विषय है और इसकी प्रभावशीलता पर सवाल उठाया जाता है। यह बताया गया है कि कई लोग पाबंदी से बचने

के लिए वी.पी.एन. का इस्तेमाल कर रहे थे।[14] श्रीनगर से कई लोग इंटरनेट का इस्तेमाल करने के लिए जम्मू क्षेत्र की परिधि में लगभग 100 किलोमीटर दूर बनिहाल शहर में ट्रेन से गए।[15] ट्रेन को अनौपचारिक रूप से 'द इंटरनेट एक्सप्रेस' नाम दिया गया था।

एक ही तरह का नुकसान

आबादी के एक वर्ग ने इंटरनेट प्रतिबंध को राज्य द्वारा उनकी आवाज को कुचलने की कोशिश के रूप में देखा, लेकिन इंटरनेट का इस्तेमाल करनेवाली गतिविधियों पर निर्भर लोगों को भारी कठिनाइयों का सामना करना पड़ा।

इंटरनेट कनेक्टिविटी नहीं होने से 70 लाख लोगों का जीवन इंटरनेट से पहले के युग में लौट गया। इससे व्यवसाय, शिक्षा, चिकित्सा सेवाएँ और मीडिया प्रभावित हुए। ड्राइविंग लाइसेंस का नवीनीकरण करने, पासपोर्ट के लिए आवेदन करने, प्रवेश फॉर्म भरने, इ-मेल देखने या मेडिकल परीक्षा के लिए पंजीकरण करने, लोगों को बनिहाल तक जाना पड़ा। नवंबर के दूसरे सप्ताह में ट्रेन सेवाएँ फिर से शुरू होने के बाद ही यह संभव हो सका। हालाँकि, बनिहाल में ब्रॉडबैंड इंटरनेट उपलब्ध था, लेकिन लोगों को अपने काम करने के लिए संघर्ष करना पड़ा। इंटरनेट कैफे की संख्या सीमित थी और उनके बाहर लंबी कतारें थीं। लोगों को अपनी बारी के लिए घंटों इंतजार करना पड़ता था।

घाटी के हालात पर बात करते हुए पत्रकार अफशां अंजुम ने कहा, "अगर 4जी फोन और चौबीसों घंटे वाई-फाई कनेक्टेड लैपटॉप आपके जीवन का हिस्सा हैं तो आप शायद यह नहीं समझ पाएँगे कि इंटरनेट के बिना रह रही आबादी का रोजमर्रा का जीवन कितना अलग है! भारत के अन्य हिस्सों की तरह श्रीनगर में कोई शॉपिंग मॉल या सिनेमा हॉल नहीं हैं। दिल्ली और मुंबई की तरह हर कदम पर फुटबॉल अकादमियाँ नहीं हैं और न ही पर्याप्त खाना पकाने, संगीत और विदेशी भाषा की कक्षाएँ हैं। ऐसे में मध्य वर्ग या उच्च वर्ग के बच्चों और नौजवानों का जीवन स्कूलों और कॉलेजों की शिक्षा में सिमटकर रह जाता है। कई कोचिंग सेंटर ऑनलाइन कक्षाओं को अधिक महत्त्व देते हैं, जिसके माध्यम से छात्र दिल्ली और मुंबई में अपने शिक्षकों के संपर्क में रहते हैं। माइनस 5 डिग्री सेल्सियस से कम तापमान में ये छात्र इंटरनेट के माध्यम से घर पर अपने पाठ्यक्रम का एक बड़ा हिस्सा कवर करते हैं। हालाँकि इस साल भी बच्चे पढ़ाई के लिए इस माध्यम से वंचित रहे। क्या ये बच्चे देश के अन्य हिस्सों के बच्चों से कम सुविधाएँ पाने के हकदार हैं?"[16]

500 करोड़ रुपए का आई.टी. उद्योग प्रभावित हुआ। कई लोगों की नौकरी चली गई। पाबंदियों के कारण शुरुआती कुछ महीनों के दौरान पर्यटन उद्योग के 74,500 लोगों और 70,000 शिल्पकारों की आजीविका चली गई। स्टार्टअप और छोटे पोर्टल की योजना बनानेवाले कई लोगों के सपने चकनाचूर हो गए।[17]

"बीमार लोगों के लिए उन दिनों को भूलना मुश्किल होगा। श्रीनगर के सरकारी अस्पतालों में कुछ योजनाओं और सेवाओं का लाभ उठाना संभव नहीं था, क्योंकि डॉक्टरों के पास डिजिटल पहुँच नहीं थी। जो लोग दूसरे शहरों के डॉक्टरों से परामर्श करना चाहते थे या दवा मँगवाना चाहते थे, उनके लिए इ-मेल जिंदगी और मौत के बीच एक पुल की तरह था।" अफशां ने कहा।[18]

घाटी से रिपोर्टिंग करनेवाले पत्रकारों को अपनी रिपोर्ट भेजने के लिए सरकार द्वारा संचालित केंद्र में सीमित संख्या में कंप्यूटरों पर निर्भर रहना पड़ता था। दिसंबर की शुरुआत में व्हाट्सएप अकाउंट, जो 120 दिन से अधिक समय से निष्क्रिय थे, सक्रिय होने लगे।

नवंबर में व्यवसायों के लिए कुछ शर्तों के साथ इंटरनेट सुविधा दी गई, लेकिन लोग अगले साल मार्च तक ही फिर से सोशल मीडिया का इस्तेमाल करना शुरू कर सके। अफशां ने कहा, "5 मार्च, 2020 को अचानक मेरे मोबाइल पर संदेशों की बाढ़ आ गई। बहुत दिन के बाद मुझे अपने फोन पर नोटिफिकेशन की आवाज सुनाई दे रही थी। मैंने फोन उठाया तो राहत मिली। कश्मीर में इंटरनेट वापस आ गया था। लेकिन फिर मैंने सोचा कि यह सरकार द्वारा अस्थायी छूट हो सकती है। मैंने जल्दी-जल्दी अपने दोस्तों और रिश्तेदारों को वीडियो कॉल करना शुरू कर दिया। पिछले एक महीने से हमें किस्तों में इंटरनेट मिलना शुरू हो गया था।"

यह अब भी बहस का विषय है कि क्या इंटरनेट पर पाबंदी हिंसा, अफवाह फैलाने, आतंकवादियों की भरती और पाकिस्तानी समूहों द्वारा झूठे प्रचार को रोकने का एक प्रभावी तरीका है या क्या यह कारगर नहीं रहा है। सुरक्षाबलों का मानना है कि इसने निश्चित रूप से गलत सूचना, अफवाह फैलाने और संगठित विरोध-प्रदर्शनों को फैलने से रोका है।

□

खंड–3

नया कश्मीर

11

सियासत के नए रंग

अनुच्छेद 370 को निरस्त करने और राज्य के विभाजन के अगस्त 2019 के फैसलों ने जम्मू-कश्मीर में राजनीतिक विमर्श को हमेशा के लिए बदल दिया। इस ऐतिहासिक फैसले के बाद के वर्षों में नए गठबंधन आकार ले रहे हैं, नए राजनीतिक दल उभर रहे हैं और विभिन्न मुद्दे सामने आ रहे हैं। कुछ अब बदले हुए परिदृश्य में अपनी प्रासंगिकता बनाए रखने के लिए संघर्ष कर रहे हैं, जबकि अन्य को कड़वी गोली निगलनी पड़ी है। कश्मीरी राजनीति पहले मुख्य रूप से तीन राजनीतिक दलों—पीडीपी, नेशनल कॉन्फ्रेंस और कांग्रेस के इर्द-गिर्द घूमती थी। 2019 के बाद नए खिलाड़ियों के आने से खेल बदल गया है। जब यह पुस्तक लिखी जा रही थी, तब कश्मीरी राजनीति में भारी उथल-पुथल जारी थी।

आजाद पंछी ?

अनुच्छेद 370 को निरस्त करने और राज्य के विभाजन के बाद के दिनों में कश्मीर के राजनीतिक वर्ग को पहले एहतियाती हिरासत में रखा गया था, बाद में उन पर पी.एस.ए. लगा दिया गया, जो सरकार को लोगों को लंबे समय तक हिरासत में रखने की अनुमति देता है। नेताओं और राजनीतिक कार्यकर्ताओं को या तो उनके घरों में नजरबंद रखा गया या शेर-ए-कश्मीर कन्वेंशन सेंटर और एम.एल.ए. हॉस्टल जैसी जगहों पर रखा गया, जिन्हें उप-जेल बना दिया गया था। कई को जम्मू-कश्मीर के बाहर की जेलों में भेज दिया गया।

जब धीरे-धीरे उनकी रिहाई शुरू हुई तो आजाद होनेवाला पहला प्रमुख चेहरा नेशनल कॉन्फ्रेंस के नेता और पूर्व मुख्यमंत्री फारूक अब्दुल्ला थे। उन्होंने अपने घर में सात महीने की हिरासत के बाद 13 मार्च, 2020 को अपनी पत्नी के साथ सार्वजनिक उपस्थिति दर्ज कराई। ग्यारह दिन बाद, 24 मार्च को उनके बेटे उमर

अब्दुल्ला अपने माता-पिता के साथ दोपहर का भोजन करने के लिए 'हरि निवास' से बाहर निकले, जहाँ उन्हें आठ महीने तक बंदी बनाकर रखा गया था। अब्दुल्ला अपनी सफेद दाढ़ी में बेहद अलग लग रहे थे। पिता और पुत्र दोनों ने रिहाई के बाद अगस्त 2019 के फैसलों पर बोलने से परहेज किया। उमर अब्दुल्ला की रिहाई से पहले उनकी बहन सारा पायलट ने सुप्रीम कोर्ट में एक याचिका दायर की थी, जिसमें आरोप लगाया गया था कि उनकी नजरबंदी असंवैधानिक थी।

नौकरशाह से राजनेता बने शाह फैसल को 14 अगस्त, 2019 को नई दिल्ली से इस्तांबुल के लिए एक उड़ान में सवार होने से रोक दिया गया था। फैसल को श्रीनगर लाकर 4 जून, 2020 तक हिरासत में रखा गया। उन्होंने 'जम्मू और कश्मीर पीपुल्स मूवमेंट' नाम से एक राजनीतिक संगठन बनाया था। उन पर अपने ट्वीट्स, लेखों और सोशल मीडिया पोस्टों के जरिए 'नरम अलगाववाद' की वकालत करने का आरोप लगाया गया था।

'पीपुल्स कॉन्फ्रेंस' के सज्जाद लोन को 31 जुलाई, 2020 को रिहा किया गया था। उन्हें गिरफ्तारी का एक साल पूरा होने से सिर्फ पाँच दिन पहले रिहाई मिली थी। लोन ने कहा कि उन्हें शारीरिक रूप से प्रताड़ित नहीं किया गया था, लेकिन यह अनुभव 'मनोवैज्ञानिक रूप से तोड़नेवाला' था।

कांग्रेस के दिग्गज नेता और सांसद सैफुद्दीन सोज के बारे में प्रशासन ने कहा कि उन्हें कभी हिरासत में नहीं लिया गया था, लेकिन उन्हें इधर-उधर जाने की अनुमति के लिए अदालत का दरवाजा खटखटाना पड़ा। 20 सितंबर, 2020 को सोज ने दावा किया कि उन्हें मौखिक रूप से सूचित किया गया था कि वे आजाद हैं।

रिहा होनेवाले बड़े नामों में आखिरी पीडीपी प्रमुख और पूर्व मुख्यमंत्री महबूबा मुफ्ती थीं। उनकी नजरबंदी 13 अक्तूबर, 2020 को खत्म हुई। सभी पूर्व मुख्यमंत्रियों में उनकी 14 महीने की नजरबंदी सबसे लंबी थी। उन्हें पहले उनके आधिकारिक आवास पर हिरासत में लिया गया, फिर एम.एल.ए. हॉस्टल के पास एक सरकारी भवन में रखा गया और उसके बाद गुपकर रोड स्थित उनके आवास पर ले जाया गया।

राजनेता बाहर आ गए थे, लेकिन सियासत शुरू होनी बाकी थी। कई लोगों ने रिहा होने के बाद अगस्त 2019 के फैसलों पर चुप्पी साध रखी थी, हालाँकि कुछ के बयान खबर बने। जैसे उमर अब्दुल्ला ने कहा कि जब तक जम्मू-कश्मीर

एक केंद्रशासित प्रदेश बना रहेगा, तब तक वे चुनाव नहीं लड़ेंगे, क्योंकि केंद्रशासित प्रदेश विधानसभा अधिकारहीन होगी। महबूबा मुफ्ती ने भी अब्दुल्ला के रुख को प्रतिध्वनित करते हुए घोषणा की कि वे अनुच्छेद 370 और जम्मू-कश्मीर की विशेष स्थिति बहाल होने तक चुनाव नहीं लड़ेंगी। हालाँकि इससे पहले कि चुनाव न लड़ने के कारण उनके राजनीति छोड़ने का भ्रम हो, वे सब घाटी की राजनीति में खुद को और अपनी पार्टियों को प्रासंगिक बनाए रखने के लिए एक रणनीति लेकर आए।

गुपकर गठजोड़ और उसकी दरारें

कश्मीर का राजनीतिक इतिहास दुश्मनों के दोस्त बनने और दोस्त के दुश्मन बनने के कई उदाहरण पेश करता है। 2014 में पीडीपी-भाजपा गठबंधन सबसे हालिया था। इसी तरह की व्यवस्था फिर से 2020 में हुई। नई छतरी, जिसके तहत अधिकांश गैर-भाजपा दल अपने आपसी मतभेदों और कटु अतीत के बावजूद एक साथ आए, 'पीपुल्स अलायंस फॉर गुपकर डिक्लेरेशन' (पी.ए.जी.डी.) के रूप में जाना जाता है। केंद्र द्वारा उन सबके साथ किए बरताव ने उन्हें एकजुट कर दिया। लेकिन उनका बंधन कितना सामंजस्यपूर्ण और टिकाऊ है?

कश्मीर के राजनीतिक परिदृश्य में अगस्त 2019 के बाद पहली बड़ी हलचल ठीक एक साल बाद, 22 अगस्त, 2020 को देखी गई, जब पार्टियों ने पी.ए.जी.डी. के बैनर तले एक बयान जारी कर अनुच्छेद 370 को निरस्त करने को असंवैधानिक और तत्कालीन राज्य के लोगों के अधिकार छीनने का कदम बताया। यह 4 अगस्त, 2019 को पारित प्रस्ताव के बाद हुई पहली बैठक थी, जिसमें विभिन्न राजनीतिक दलों के प्रतिनिधि फारूक अब्दुल्ला के गुपकर रोड स्थित आवास पर मिले थे। 2020 की बैठक में यह तय किया गया था कि जम्मू-कश्मीर के विशेष दर्जे की बहाली के लिए सभी दल सामूहिक रूप से संघर्ष करेंगे। सम्मेलन में छह राजनीतिक दलों के नेताओं ने भाग लिया। इनमें नेशनल कॉन्फ्रेंस, पीडीपी, कांग्रेस, पीपुल्स कॉन्फ्रेंस, सीपीआई और अवामी नेशनल कॉन्फ्रेंस शामिल थे।

बाद में जम्मू में फारूक अब्दुल्ला के आवास पर हुई एक बैठक में यह फैसला किया गया कि यह गठजोड़ खुद को एक चुनावी गठबंधन में बदल देगा। इस बैनर के तहत पहला चुनाव जिला विकास परिषद् (डी.डी.सी.) के लिए दिसंबर 2020 में होना था। पार्टियों ने भाजपा की 'विभाजनकारी राजनीति' को रोकने के लिए एक साथ आने का संकल्प लिया। एक टी.वी. चैनल को

दिए इंटरव्यू में अब्दुल्ला ने कहा कि लद्दाख में एल.ए.सी. पर चीन की हरकतें अनुच्छेद 370 को खत्म करने के कारण थीं और उन्हें उम्मीद है कि उनके समर्थन से अनुच्छेद 370 को बहाल किया जाएगा।[1]

ऐसा लगा कि भाजपा ने कांग्रेस की राष्ट्रवादी साख पर सवाल उठाकर उसे घेर लिया। अमित शाह के ट्वीट के तुरंत बाद पार्टी के प्रवक्ता रणदीप सुरजेवाला ने एक बयान जारी कर कांग्रेस को पी.ए.जी.डी. से अलग कर लिया और कहा कि कांग्रेस 'गुपकर गठबंधन' का हिस्सा नहीं थी। उन्होंने कहा कि वे किसी चुनावी गठबंधन में नहीं हैं और कांग्रेस अपने दम पर लड़ रही है। हालाँकि राज्य पार्टी अध्यक्ष गुलाम अहमद मीर ने घोषणा की कि जिला स्तर पर पी.ए.जी.डी. के घटकों के साथ सीटों के बँटवारे का इंतजाम है।[2]

पी.ए.जी.डी. को एक और झटका तब लगा, जब सज्जाद लोन की पार्टी 'पीपुल्स कॉन्फ्रेंस' ने गठबंधन के साथ अपने रिश्ते तोड़ लिये।[3] शाह फैसल, जिन्हें कश्मीरी राजनीति में एक उभरते नाम के रूप में देखा जाता था, ने न केवल अपनी पार्टी छोड़ दी, बल्कि राजनीति से भी हट गए। इसे पी.ए.जी.डी. के लिए एक और झटके के रूप में देखा गया, क्योंकि फैसल ने गठबंधन को बौद्धिक ताकत दी थी।

डी.डी.सी. चुनावों ने माहौल बनाया

डी.डी.सी. चुनाव बहुप्रतीक्षित विधानसभा चुनावों के पूर्वाभ्यास के रूप में माने जा रहे थे। इसने राजनीतिक व्यवस्था को फिर से सक्रिय करने में मदद की, जो 2018 से काफी हद तक निष्क्रिय थी। चुनावों को घाटी में लोकतांत्रिक प्रक्रिया की शुरुआत के रूप में भी देखा जा रहा था। नेशनल कॉन्फ्रेंस और पीडीपी जैसे मुख्यधारा के राजनीतिक दलों ने इस डर से चुनावों का बहिष्कार करना ठीक नहीं समझा कि भाजपा और 'अपनी पार्टी' जैसे नए खिलाड़ी उनकी राजनीतिक जगह पर कब्जा कर लेंगे। इसने राजनीतिक दलों को लोगों से जुड़ने और कई नेताओं को अपने राजनीतिक कॅरियर को जारी रखने में मदद की, भले ही यह असामान्य तरीका था।

राजनीतिक अनिश्चितता और खुद को राजनीतिक रूप से प्रासंगिक बनाए रखने की इच्छा का सामना करते हुए संसदीय और विधानसभा प्रतिनिधियों ने भी चुनाव लड़ा। कांग्रेस नेता और उरी सीट से विधायक रहे पूर्व मंत्री ताज मोहिउद्दीन ने एक अखबार से कहा, "कौन जानता है कि विधानसभा चुनाव कब होंगे? चुनाव लड़ने और लोगों के लिए आगे बढ़ने का यह सही समय है।"[4]

डी.डी.सी. चुनाव अगस्त 2019 के बाद न केवल पहली बड़ी लोकतांत्रिक कवायद थी, बल्कि ये पूरी तरह से महामारी के दौरान आयोजित किए गए थे। चुनावों में जनता की भागीदारी का निर्धारण करने के लिए राजनीतिक टिप्पणीकारों, चुनाव विशेषज्ञों और कश्मीर पर नजर रखनेवालों के बीच यह बहुत उत्सुकता का विषय था। जैसीकि प्रवृत्ति रही है, जम्मू क्षेत्र में 65 से 75 प्रतिशत के बीच उच्च मतदान प्रतिशत देखा गया, जबकि कश्मीर घाटी में यह 30 से 40 प्रतिशत रहा। दक्षिण कश्मीर के शोपियाँ और पुलवामा जैसे आतंकवाद प्रभावित क्षेत्रों में मतदान प्रतिशत क्रमशः 14 प्रतिशत और 8.5 प्रतिशत था।[5] उत्तरी कश्मीर के कुछ मतदान केंद्रों में खराब मौसम और शून्य से कम तापमान के बावजूद अच्छा मतदान देखा गया। चुनाव में बाधा डालनेवाले उग्रवादियों से चिंतित प्रशासन ने उम्मीदवारों को सुरक्षा मुहैया कराई। हिंसा की कुछ मामूली घटनाओं को छोड़कर चुनाव शांतिपूर्ण ढंग से संपन्न हुआ।

डी.डी.सी. चुनाव पूर्ववर्ती राज्य के ऐतिहासिक रूप से धर्म के आधार पर क्षेत्रों के ध्रुवीकरण से सराबोर थे। यह मतदान करनेवाले मतदाताओं की संख्या के साथ-साथ चुनाव परिणामों में भी साफ नजर आया।[6] हालाँकि कुछ टिप्पणीकारों ने 5 अगस्त के निर्णयों की स्वीकृति के रूप में घाटी में कम मतदान को यह मानने के खिलाफ चेतावनी दी है कि घाटी में सबकुछ ठीक है। आंतरिक मुद्दों के बावजूद पी.ए.जी.डी. अपने पहले चुनावी मुकाबले में अच्छा प्रदर्शन करने में कामयाब रहा। कुल 280 सीटों में से पी.ए.जी.डी. के घटक दलों ने 102 सीटों पर जीत हासिल की। गठबंधन ने बेशक सबसे ज्यादा सीटें जीतीं, लेकिन भाजपा 75 सीटों के साथ सबसे बड़ी पार्टी के रूप में उभरी।[7] भाजपा ने चुनाव में आक्रामक रूप से भाग लिया था। उसके कुछ राष्ट्रीय नेता इस अभियान में शामिल हुए थे। पार्टी ने अपने विरोधियों को निशाना बनाने के लिए अपने 'गुपकर गैंग' जुमले का पूरा इस्तेमाल किया। हालाँकि भाजपा की सफलता जम्मू क्षेत्र में मतदाताओं के ज्यादा संख्या में मतदान से जुड़ी है।

सफल डी.डी.सी. उम्मीदवारों को संबंधित जिला परिषदों के अध्यक्ष का चुनाव करना था। इस मुकाबले में पी.ए.जी.डी. घाटी में दस में से केवल पाँच परिषदों पर काबिज हो पाई। दो सीटें 'अपनी पार्टी' और बाकी सीटें निर्दलीयों को मिलीं। गठबंधन जम्मू क्षेत्र (किश्तवाड़, रामबन और राजौरी) में तीन सीटें हासिल करने में कामयाब रहा, जबकि भाजपा ने छह सीटें जीतीं।[8] कांग्रेस 20

जिलों में से किसी में भी अध्यक्ष की सीट नहीं जीत सकी। पी.ए.जी.डी. के सदस्यों ने यह आरोप लगाया कि परिषद् के अध्यक्षों के चुनाव के दौरान खरीद–फरोख्त, जबरदस्ती और कदाचार किया गया था।[9] हाँलाकि डी.डी.सी. चुनावों के दौरान उसका प्रदर्शन कुछ भी हो, पी.ए.जी.डी. को आगामी विधानसभा के संबंध में एक मजबूत शक्ति के रूप में देखा जा रहा है।

नई पार्टी 'अपनी पार्टी'

घाटी में अगस्त 2019 के बाद सामने आए नए राजनीतिक दलों के बारे में पूछे जाने पर एक कश्मीरी पत्रकार ने टिप्पणी की, "एक ऐसी व्यवस्था बनाने की कोशिश की जा रही है, जहाँ न केवल सरकार, बल्कि विपक्ष भी आपका हो।" उनके विचार में भाजपा घाटी की राजनीतिक व्यवस्था में अपने प्रभाव को मजबूत करने के लिए ऐसी पार्टियों को गुप्त रूप से समर्थन दे रही है।

उन्होंने कहा, "मैं इसे विकल्प पैदा करने के लिए पीडीपी और नेशनल कॉन्फ्रेंस जैसी पार्टियों के अस्तित्व को खत्म करने की रणनीति के रूप में देखता हूँ।"[10]

करोड़पति व्यवसायी अल्ताफ बुखारी द्वारा नवगठित राजनीतिक संगठन अपनी पार्टी ने अगस्त 2019 के बाद घाटी के राजनीतिक हलकों में हलचल मचा दी है। सेब के रस के पौधों से लेकर कृषि–रसायनों तक बुखारी के विविध व्यावसायिक हित हैं। वे पहले पीडीपी से जुड़े थे और मुफ्ती की कैबिनेट में थे। उनके पास शिक्षा और वित्त विभाग थे। पार्टी से उनकी सदस्यता तब समाप्त कर दी गई थी, जब पीडीपी को इस बात का अहसास हुआ कि वे पार्टी छोड़नेवाले हैं। बुखारी की पीडीपी से दूरी तब नजर आई, जब वे पार्टी की महत्त्वपूर्ण बैठकों और रैलियों में शामिल नहीं हुए। पीडीपी से निष्कासन के एक साल बाद बुखारी ने 8 मार्च, 2020 को अपनी राजनीतिक पार्टी 'जम्मू और कश्मीर अपनी पार्टी' की घोषणा की।

पार्टी बनाने की घोषणा के समय बुखारी ने संकेत दिया कि उनकी पार्टी द्वारा उठाया जानेवाला प्रमुख मुद्दा जम्मू–कश्मीर के राज्य की बहाली होगा।[11] नौकरियों की सुरक्षा, डोमिसाइल कानूनों को लागू करना और कश्मीरी पंडितों की वापसी अन्य मुद्दे थे, जिन पर पार्टी गठित करते समय उन्होंने जोर दिया।

बुखारी केंद्र के साथ अपनी कथित नजदीकी को लेकर शर्मिंदा नहीं हैं। एक न्यूज पोर्टल ने उन्हें यह कहते हुए रिपोर्ट की, "हमें दिल्ली से काम करना है, चाहे वहाँ किसी का भी शासन हो। हम दिल्ली को इस नजरिए से नहीं देखते कि आज

दिल्ली में कौन राज कर रहा है? हम इसे भारत सरकार के रूप में देखते हैं। हमें भारत सरकार से बात करने में कोई झिझक नहीं है। आजकल अविश्वास का माहौल है और हम नई दिल्ली और जम्मू-कश्मीर के बीच अविश्वास को खत्म करना चाहते हैं।"[12]

'अपनी पार्टी' को पहली सफलता तब मिली, जब नवंबर 2020 में श्रीनगर के मेयर जुनैद अजीम मट्टू उसमें शामिल हुए। इसकी राजनीतिक क्षमता का परीक्षण पहली बार 28 नवंबर से 22 दिसंबर, 2020 तक हुए डी.डी.सी. चुनावों में हुआ। यह गुपकर गठबंधन, भाजपा, कांग्रेस और 'अपनी पार्टी' के बीच एक चतुष्कोणीय मुकाबला था। कुल 280 सीटों में से 'अपनी पार्टी' केवल 12 सीटें जीतने में सफल रही। हालाँकि संख्यात्मक रूप से पार्टी का प्रदर्शन प्रभावशाली नहीं था, लेकिन वह जमीन पर अपनी मौजूदगी दर्ज कराने में कामयाब रही। साथ ही, 'अपनी पार्टी' ने सज्जाद लोन की 'पीपुल्स कॉन्फ्रेंस' की तुलना में अधिक सीटें हासिल कीं, जो एक पुरानी पार्टी है। लोन की पार्टी केवल आठ सीटें जीत पाई।[13] 'अपनी पार्टी' श्रीनगर और शोपियाँ में डी.डी.सी. अध्यक्ष के पदों पर भी जीत हासिल करने में कामयाब रही। इन छोटी-छोटी जीतों ने यह संदेश दिया कि भविष्य में विधानसभा चुनावों में 'अपनी पार्टी' के पास एक महत्त्वपूर्ण खिलाड़ी बनने की क्षमता है।

नई पार्टी की घोषणा के छह दिन बाद अल्ताफ बुखारी ने 24 सदस्यीय प्रतिनिधिमंडल का नेतृत्व करते हुए 14 मार्च, 2020 को प्रधानमंत्री मोदी से मुलाकात की। बैठक के बाद मीडिया से बातचीत करते हुए बुखारी ने मोदी की यह कहते हुए खूब तारीफ की कि वे बहुत प्रतिबद्ध हैं और उनका दिल जम्मू-कश्मीर के लिए धड़कता है।[14] अगले दिन प्रतिनिधिमंडल ने केंद्रीय गृह मंत्री अमित शाह से मुलाकात की। दो घंटे से ज्यादा चली इस बैठक के बाद बुखारी ने कहा कि शाह ने उन्हें आश्वासन दिया है कि जम्मू और कश्मीर में कोई जनसांख्यिकीय परिवर्तन नहीं होगा।[15]

मोदी-शाह द्वारा बुखारी का स्वागत और उसके बाद उनके द्वारा दिए गए बयानों ने 'अपनी पार्टी' के झुकाव और तर्क को परखने के लिए पर्याप्त चारा दिया। उमर अब्दुल्ला 'अपनी पार्टी' को 'भाजपा की बी टीम' कहते रहे हैं।[16] राजनीतिक टिप्पणीकारों का मानना है कि 'अपनी पार्टी' उन मुद्दों को उठा रही है, जो केंद्र के लिए परेशानी का सबब नहीं हैं, जैसे—खनिज संसाधनों के दोहन को प्रशासन द्वारा बोली लगानेवाले बाहरी लोगों के लिए खोलना। जम्मू-कश्मीर के विशेष दर्जे की

बहाली और अनुच्छेद 370 जैसे मुद्दों को पार्टी ने छुआ भी नहीं है।[17]

'अपनी पार्टी' पर टिप्पणी करते हुए, अनुभवी पत्रकार बशीर मंजर ने मुझे बताया था कि इस पार्टी का जन्म 'समय से पहले' हो गया।[18] 'अपनी पार्टी' का जन्म ऐसे समय में हुआ है, जब कश्मीरियों के मन में यह शक है कि दिल्ली यहाँ राजनीतिक प्रक्रिया शुरू करने के लिए कुछ खेल कर रही है। मंजर ने कहा था। 'अपनी पार्टी' के दिल्ली समर्थक होने के आरोपों पर टिप्पणी करते हुए उन्होंने कहा, "जब पीडीपी की स्थापना हुई थी, तब भी लोगों को संदेह था कि इसके पीछे दिल्ली का हाथ है। 'अपनी पार्टी' में कश्मीर की राजनीति के तमाम पुराने चेहरे हैं; हालाँकि अल्ताफ बुखारी जैसे लोगों को छोड़कर उम्र उनके पक्ष में नहीं है। उनकी पारी खत्म हो गई है।"

"मैं यह नहीं कहता कि 'अपनी पार्टी' असफल होगी। राजनीति में इसकी भूमिका होगी, लेकिन मुझे नहीं लगता कि यह पीडीपी की तरह होगी, जो 2002 में गेम-चेंजर बन गई थी।" मंजर का कहना था।

राजनीति छोड़ देनेवाले, लेकिन केंद्रशासित प्रदेश के सत्ता समीकरणों पर लिखना जारी रखनेवाले हसीब द्राबू 'अपनी पार्टी' के गठन को ऐतिहासिक नजरिए से देखते हैं। "कोई भी किसी भी राजनीतिक दल की कठपुतली नहीं हो सकता, बल्कि सबको राज्य की फिक्र होनी चाहिए। हमारे पास गुलाम बख्शी, मीर कासिम और सादिक के उदाहरण हैं, जिन्हें दिल्ली के लोगों के रूप में देखा गया। आज भाजपा सत्ता में है तो ऐसे लोग भाजपा के साथ हो सकते हैं। अगर कांग्रेस सत्ता में होती तो उसके साथ होते।" उन्होंने कहा।[19]

द्राबू का कहना है कि उन्हें कुछ और पार्टियों के बनने की उम्मीद है। "जम्मू में केवल दो प्रमुख दल हैं—भाजपा और कांग्रेस। लेकिन घाटी में सीटें कई अलग-अलग दलों के बीच वितरित की जाएँगी। अगली सरकार जम्मू से बनेगी और उसमें कश्मीर से कुछ भागीदार होंगे। जनसंख्या के लिहाज से यहाँ मुसलमान बहुसंख्यक हैं, लेकिन राजनीतिक रूप से वे अल्पसंख्यक हो गए हैं।" उन्होंने कहा।

रोशनी घोटाला और सियासत

डी.डी.सी. चुनाव होने से ठीक पहले एक कथित घोटाले ने यहाँ की सियासत को हिला दिया। भाजपा ने इसे 'जम्मू और कश्मीर के इतिहास के सबसे बड़े घोटालों में से एक' बताया।[20] कथित घोटाले में मुख्यधारा की लगभग सभी पार्टियों, उनके नेताओं, वरिष्ठ नौकरशाहों और व्यापारियों के नाम थे। इससे भाजपा को

अपने विरोधियों पर निशाना साधने के लिए अच्छा मौका मिल गया।

कथित 'रोशनी घोटाले' की शुरुआत 2001 में फारूक अब्दुल्ला के नेतृत्व वाली नेशनल कॉन्फ्रेंस सरकार द्वारा पारित एक अधिनियम से मानी गई। इसे जम्मू और कश्मीर राज्य भूमि (स्वामित्व और निवासियों का अधिकार) अधिनियम, 2001 के रूप में जाना जाता था। इसने सरकारी भूमि पर रहनेवालों को शुल्क भुगतान के बाद भूमि का स्वामित्व दिया। प्रारंभ में कट-ऑफ वर्ष 1990 के रूप में निर्धारित किया गया था। 2005 में तत्कालीन मुख्यमंत्री मुफ्ती मोहम्मद सईद ने कट-ऑफ वर्ष 2004 तक बढ़ा दिया। उसके बाद गुलाम नबी आजाद ने इसे 2007 तक बढ़ाया। बाजार दर का 25 प्रतिशत प्रीमियम सरकार द्वारा तय किया गया था और किसानों को कृषि भूमि के लिए मुफ्त स्वामित्व अधिकार दिए गए थे। चूँकि अधिनियम का घोषित उद्देश्य बिजली परियोजनाओं के लिए संसाधन उत्पन्न करना था, इसलिए इसे 'रोशनी अधिनियम' कहा जाता था।

2014 में नियंत्रक और महालेखा परीक्षक (कैग) ने अधिनियम के तहत लेन-देन को 25,000 करोड़ रुपए का घोटाला करार दिया। उसने कई अनियमितताओं की ओर इशारा किया, जिससे प्रभावशाली लोगों को लाभ हुआ था। राज्य सतर्कता संगठन ने कुछ लोगों के खिलाफ प्राथमिकी भी दर्ज की थी, जिन पर मानदंडों को पूरा नहीं करने का आरोप लगाया गया था, लेकिन वे फिर भी भूमि का स्वामित्व हासिल करने में कामयाब रहे थे। अक्तूबर 2018 में तत्कालीन राज्यपाल सत्यपाल मलिक ने अधिनियम को निरस्त कर दिया और इसके आधार पर किए गए सभी सौदों को रद्द कर दिया। इसके बाद भ्रष्टाचार निरोधक ब्यूरो ने जाँच के आदेश दिए। केंद्रीय जाँच ब्यूरो (सी.बी.आई.) को जाँच स्थानांतरित करने की माँग करते हुए जम्मू-कश्मीर और लद्दाख के उच्च न्यायालय में एक याचिका दायर की गई थी। अक्तूबर 2020 में अदालत ने घोषणा की कि अधिनियम 'अवैध, असंवैधानिक और अस्थिर' था और सभी आवंटनों को अमान्य घोषित कर दिया।[21] अदालत ने सी.बी.आई. को मामले की जाँच करने का आदेश दिया और जम्मू-कश्मीर सरकार से उन लोगों के नाम जारी करने को कहा, जो अधिनियम के लाभार्थी थे।[22]

अदालत के आदेश के अनुसार, राजनेताओं, नौकरशाहों और व्यापारियों सहित सैकड़ों नाम सार्वजनिक किए गए। जम्मू-कश्मीर प्रशासन ने दावा किया कि उमर और फारूक अब्दुल्ला ने जम्मू के सुंजवां में अपना आवास बनाने के लिए सात कनाल भूमि पर कब्जा कर लिया था। उनकी पार्टी नेशनल कॉन्फ्रेंस ने इस

आरोप से इनकार किया। यह भी आरोप था कि कथित तौर पर पीडीपी के कुछ नेता भी घोटाले के लाभार्थी थे और जम्मू में पार्टी का कार्यालय तीन कनाल अतिक्रमित भूमि पर बनाया गया था। महबूबा मुफ्ती इस आरोप पर भड़क गईं और उन्होंने रसीदें पेश कीं, जिनमें कहा गया था कि पार्टी कार्यालय सरकारी जमीन पर था और इसके लिए किराए का भुगतान किया जा रहा था।[23]

महबूबा मुफ्ती ने भाजपा पर पलटवार करते हुए कहा कि अगर वह इस मुद्दे को लेकर गंभीर है तो उसे बड़ी मछली के पीछे जाना चाहिए, न कि गरीबों के पीछे। उमर अब्दुल्ला ने आरोपों की निंदा की और उन्हें दुर्भावनापूर्ण बताते हुए कहा कि आरोपों का वक्त और मकसद (डी.डी.सी.) चुनावों से प्रेरित था।[24] फिर भी, भाजपा ने इस मुद्दे को भुनाने का मौका नहीं छोड़ा। चुनाव-प्रचार के दौरान अधिकांश बैठकों में यह उल्लेख किया गया था कि 'रोशनी घोटाले' के कथित लाभार्थियों पर काररवाई की जाएगी।[25]

केंद्रीय एजेंसियाँ राजनीति के उपकरण ?

भारतीय राजनीतिक विमर्श में एक स्थापित धारणा यह है कि जो भी पार्टी केंद्र में सत्ता में होती है, वह सी.बी.आई., प्रवर्तन निदेशालय (ई.डी.) या आयकर (आई.टी.) विभाग जैसी एजेंसियों का उपयोग अपने राजनीतिक प्रतिद्वंद्वियों के साथ हिसाब चुकता करने और जाँच शुरू करके उन्हें दबाने के लिए करती है। हाल के वर्षों में पश्चिम बंगाल में टीएमसी सरकार और महाराष्ट्र में महा विकास अघाड़ी सरकार ने केंद्र में भाजपा के नेतृत्ववाली सरकार पर अपने राजनीतिक लक्ष्यों को पूरा करने के लिए केंद्रीय एजेंसियों का दुरुपयोग करने का आरोप लगाया है। जम्मू-कश्मीर भी इस प्रवृत्ति से नहीं बचा है। केंद्रशासित प्रदेश की मुख्यधारा की पार्टियों के ज्यादातर प्रमुख चेहरे केंद्रीय एजेंसियों के जाल में फँस गए हैं। सी.बी.आई. अदालत के आदेश के अनुसार 'रोशनी घोटाले' की जाँच कर रही है, ई.डी. अन्य मामलों के लिए राजनीतिक दिग्गजों की भी जाँच कर रही है।

वरिष्ठ राजनेता और नेशनल कॉन्फ्रेंस के नेता फारूक अब्दुल्ला दस साल पुराने एक मामले में ई.डी. के निशाने पर हैं। ई.डी. ने उन पर जम्मू और कश्मीर क्रिकेट एसोसिएशन (जे.के.सी.ए.) से उस दौरान धन की हेरा-फेरी करने का आरोप लगाया था, जब वे 2006 से 2012 तक इसके अध्यक्ष थे।[26] अब्दुल्ला ने अपने खिलाफ लगे आरोपों का खंडन करते हुए कहा है कि उनकी राजनीतिक छवि को धूमिल करने के लिए उन्हें इस मामले में फँसाया जा रहा है। उनकी पार्टी

ने कहा कि पुलिस से जाँच के आदेश सबसे पहले अब्दुल्ला सरकार ने ही दिए थे। ई.डी. द्वारा उन्हें पूछताछ के लिए बुलाए जाने के समय को लेकर राजनीतिक गलियारों में चर्चा है।

ई.डी. कार्यालय के चक्कर लगानेवाली एक और बड़ी राजनेता पीडीपी नेता और पूर्व मुख्यमंत्री महबूबा मुफ्ती हैं। 25 मार्च, 2021 को उन्हें मनी लॉन्ड्रिंग के एक मामले की जाँच के लिए श्रीनगर में ई.डी. कार्यालय में बुलाया गया था। मुफ्ती ने दिल्ली उच्च न्यायालय का दरवाजा खटखटाकर समन को रद्द कराने का प्रयास किया, लेकिन कोई फायदा नहीं हुआ।

कथित तौर पर मुख्यमंत्री के विवेकाधीन कोष से पैसा डायवर्ट किया गया और कुछ लाख रुपए महबूबा की माँ गुलशन नजीर के खाते में डाल दिए गए थे।

पीडीपी ने मुफ्ती और उनकी माँ के खिलाफ कारवाई की निंदा करते हुए इसे राजनीतिक प्रतिशोध की कारवाई बताया। पार्टी ने आरोप लगाया कि विपक्ष के खिलाफ केंद्रीय एजेंसियों का दुरुपयोग किया जा रहा है।[27]

राज्य के लिए हंगामा : कश्मीरी सियासत में नए मुद्दे

राजनीतिक दलों को जनता तक पहुँचने के लिए मुद्दों की जरूरत होती है। एक बार जब सभी प्रमुख राजनीतिक नेताओं को रिहा कर दिया गया तो राजनीतिक गलियारों में नई राजनीति के आकार को लेकर उत्सुकता थी। जम्मू-कश्मीर का राज्य का दर्जा और विशेष दर्जा छीन लिये जाने के बाद पहले विधानसभा चुनाव से पूर्व विभिन्न दल कौन से मुद्दे उठाने जा रहे हैं? 2020 के घटनाक्रम पर सरसरी नजर डालने से हमें इसका कुछ अनुमान लगता है।

'गुपकर गठबंधन' को एक ऐतिहासिक घटना के रूप में देखा जाता है, क्योंकि ऐतिहासिक रूप से प्रतिद्वंद्वी दलों ने भाजपा को घाटी के राजनीतिक विमर्श में पैर जमाने से रोकने के लिए एक संयुक्त मोर्चा बनाया था। लेकिन कुछ का कहना है कि भाजपा 'अपनी पार्टी' जैसे संगठनों के जरिए व्यवस्था में दबे पाँव घुस रही है। राजनीतिक पंडितों का कहना है कि भविष्य के चुनावों में 'अपनी पार्टी' और भाजपा के बीच चुनाव पूर्व या चुनाव बाद गठबंधन होने पर किसी को आश्चर्य नहीं होना चाहिए। यदि भाजपा और पीडीपी अतीत में एक साथ आ सकते हैं तो इस बात की अधिक संभावना है कि भाजपा और 'अपनी पार्टी' के बीच किसी प्रकार की राजनीतिक एकजुटता हो। भारत में राजनीति एक अप्रत्याशित खेल बनी हुई है।

अनुच्छेद 370 की बहाली और जम्मू-कश्मीर के विशेष दर्जे के अलावा

जम्मू–कश्मीर को एक राज्य के रूप में बहाल करना सभी राजनीतिक दलों के लिए प्रमुख एजेंडा प्रतीत होता है। ऐसा लगता है कि पीडीपी के नेता नेशनल कॉन्फ्रेंस और अन्य की तुलना में अधिक आक्रामक तरीके से इस माँग को उठा रहे हैं। पीडीपी की पुरानी माँग में कोई बदलाव नहीं आया है कि भारत और पाकिस्तान को कश्मीर में शांति के लिए एक साथ बैठना चाहिए। एक पत्रकार ने नाम न छापने का अनुरोध करते हुए कहा कि हालाँकि पीडीपी और नेशनल कॉन्फ्रेंस जैसी पार्टियों को पता है कि अगस्त 2019 के फैसलों को उलटना असंभव है, लेकिन वे लोगों के साथ भावनात्मक जुड़ाव बनाए रखने के लिए यह माँग करते रहेंगे।

राज्य का दर्जा बहाल करने की माँग को लेकर 'अपनी पार्टी' सबसे मुखर रही है। पार्टी के संस्थापक अल्ताफ बुखारी ने कहा कि राज्य का दर्जा विकास का रामबाण इलाज होगा।[28] कांग्रेस भी इसकी माँग करती रही है और इस मुद्दे पर सड़क पर विरोध–प्रदर्शन किया है। यह माँग भाजपा के लिए सुविधाजनक है और केंद्र ने वादा किया है कि ऐसा होगा। लेकिन मार्च 2021 में जम्मू–कश्मीर भाजपा के अध्यक्ष रविंदर रैना ने यह कहकर सभी को चौंका दिया कि अगर राज्य का दर्जा बहाल किया गया, तो 'वही पुराने लोग' सत्ता में वापस आएँगे और सरकार बनाएँगे और 'सभी अच्छे कानूनों को खत्म कर देंगे'।[29] उनके अनुसार, जम्मू–कश्मीर को केंद्रशासित प्रदेश के रूप में रखना शासन को दुरुस्त करने का सबसे अच्छा तरीका है। फ़रवरी 2021 में गृह मंत्री अमित शाह ने लोकसभा को आश्वासन दिया कि जम्मू–कश्मीर को 'उचित समय' पर राज्य का दर्जा दिया जाएगा।[30] भाजपा नेताओं के भाषणों और बयानों से यह अनुमान लगाया जा सकता है कि हालाँकि उनकी पार्टी राज्य का दर्जा देने के खिलाफ नहीं है, लेकिन यह अभी जल्दी प्रदान नहीं किया जाएगा। पार्टी घाटी के राजनीतिक विमर्श को किसी और चीज के बजाय इस मुद्दे पर केंद्रित करना पसंद करेगी।

मुसलिम राष्ट्रीय मंच

जब मैंने मार्च 2021 के अंतिम सप्ताह में फिर से कश्मीर का दौरा किया, तो मेरा एक उद्देश्य 'मुसलिम राष्ट्रीय मंच' (एम.आर.एम.) के सदस्यों से मिलना और यह समझना था कि वे घाटी में खुद को कैसे स्थापित कर सके और संगठन में शामिल होने के लिए उनकी प्रेरणा क्या थी? यह भी कि वे ऐसे स्थान पर कैसे काम करते हैं, जहाँ खुले तौर पर आर.एस.एस. के साथ पहचाने जाने से वे खतरे में पड़ सकते हैं?

आर.एस.एस. द्वारा घाटी के मुसलमानों को अपने एजेंडे को आगे बढ़ाने के लिए शामिल करने का प्रयास किया गया है। एम.आर.एम. ऐसे ही एक प्रयास का परिणाम है। 2002 में अपनी स्थापना के बाद से एम.आर.एम. घाटी के कुछ जिलों और तहसीलों में अपनी मौजूदगी को फैलाने में सक्षम रहा है। इसने संगठन में सरपंचों को शामिल करके ग्रामीण कश्मीर में पैठ बनाने की भी कोशिश की है। इस संगठन को बनाने की नींव इंद्रेश कुमार ने रखी थी, जो लगभग दो दशक से जम्मू-कश्मीर में काम कर रहे हैं।

"हमें लगता था कि आर.एस.एस. खतरनाक और इसलाम विरोधी है, लेकिन जब मैंने पहली बार एक सम्मेलन में इंद्रेश कुमार को सुना तो मेरे विचार बदल गए। वे हमारे धर्म को समझते थे और उसका सम्मान करते थे। वे मुसलमानों के बारे में चिंतित थे।" जम्मू-कश्मीर में एम.आर.एम. के संयोजक मीर नजीर ने कहा।[31]

श्रीनगर के शिवपोरा इलाके की एक सँकरी गली में स्थानीय पुलिस की सुरक्षा में एम.आर.एम. का एक छोटा सा कार्यालय चलाया जा रहा है। मद्धम रोशनीवाले छोटे से कमरे में नजीर एक मेज के सामने एक दीवार पर लगे भारतीय तिरंगे के साथ बैठे थे। जब मैं उनसे मिलने गया तो नजीर अपने संगठन के कुछ सदस्यों के साथ बैठक कर रहे थे। उनमें एम.आर.एम. के प्रवक्ता डॉ. शमशुल हक भी शामिल थे।

यह बताते हुए कि कश्मीर में एम.आर.एम. कैसे सक्रिय हुआ, नजीर ने कहा, "मैंने कुछ अन्य लोगों के साथ मिलकर देश के लिए काम करने के एजेंडे के साथ 'नेशनलिस्ट मूवमेंट' नामक एक समूह बनाया था। 2003 में जम्मू की एक भाजपा नेता रेखा चौधरी ने एक सम्मेलन में मुझे इंद्रेश कुमार से मिलवाया। उन्होंने कहा कि कश्मीर के मुद्दों को बातचीत से हल किया जा सकता है। उन्होंने हमारे समूह का एम.आर.एम. में विलय करने का सुझाव दिया। 2012 तक हमारे पास दफ्तर नहीं था। हमारी बैठकें या तो किसी के घर पर होती थीं या किसी मैदान में।"

जब मैंने उनसे पूछा कि कश्मीर में एम.आर.एम. के कितने सदस्य हैं, तो नजीर ने एक रजिस्टर निकाला और कुछ पन्ने पलटने के बाद कहा, "यही कोई 15,000 से 18,000 के आसपास। कश्मीर घाटी के हर जिले में हमारी एक इकाई है।"

"और आपके संगठन में शामिल होनेवाले लोग कौन हैं?" मैंने पूछा।

नजीर ने कमरे की एक दीवार पर लगे पोस्टर, जिसमें लिखा था—'पी.ओ.के.,

गिलगित, बाल्टिस्तान को आजाद करो! खाली करो! खाली करो! खाली करो!' की ओर इशारा करते हुए कहा, "वे राष्ट्रवादी मानसिकतावाले लोग हैं।"

मैंने महसूस किया कि लोगों के उनके संगठन में शामिल होने का एक और कारण था। मेरे इस मत का समर्थन कुछ अन्य लोगों ने किया, जिनके साथ मैंने बाद में बात की। वजह थी उग्रवाद। एम.आर.एम. के कई सदस्यों ने आतंकवादियों द्वारा निशाना बनाए जाने के बाद अपने प्रियजन को खो दिया था; इसका उदाहरण खुद नजीर ने दिया। उनके तीन भाइयों को आतंकवादियों ने गोली मार दी थी। उग्रवाद का शिकार होने और व्यक्तिगत द्वेष के अलावा अन्य कारणों में धन और सत्ता से निकटता शामिल थी, जिससे काम होने में मदद मिली। मुझे बताया गया था कि ऐसे संगठनों के ज्यादातर सदस्य सीमावर्ती इलाकों और पहाड़ी इलाकों से आते हैं, जिनके निवासियों की अन्य कश्मीरियों से अलग पहचान और विचार हैं। "मैं खुद कई बार हमलों से बाल-बाल बचा हूँ और मुझे कई बार धमकी दी गई है। अलगाववादी यह कहकर लोगों को हमसे सावधान रहने की चेतावनी दे रहे हैं कि एम.आर.एम. की आड़ में आर.एस.एस. काम कर रहा है। एक मौलवी ने कहा कि हम एक ऐसे संगठन के लिए काम करते हैं, जो मुसलमानों का दुश्मन है। राजनेताओं ने भी एम.आर.एम. को लेकर लोगों को गुमराह किया है। हालाँकि, हम लोगों को जोड़ने की कोशिश करते हैं, न कि उन्हें बाँटने की।"

डॉ. शमशुल हक ने कहा, "एम.आर.एम. पूरे भारत में मुसलमानों के लिए एक मंच है। कश्मीर में लोग खुलेआम कहते हैं कि हम आर.एस.एस. के आदमी हैं। हम व्यावहारिक हैं। हम लोगों के लिए साफ-सुथरा काम करते हैं। लोग अपनी शिकायतें लेकर हमारे पास आते हैं और हम उन्हें अधिकारियों के पास भेज देते हैं।"

उन्होंने मुझे बताया कि एम.आर.एम. नशा मुक्ति और परामर्श जैसे युवा विकास कार्यक्रम आयोजित करता है। उन्होंने कहा, "हमारा प्रयास लोगों को मुख्यधारा के भारत से जोड़ना है। मुझे यकीन है कि आनेवाले दिनों में लोग खुद यहाँ भारतीय झंडा फहराएँगे।"

श्रीनगर आने से पहले मैंने मुंबई में इंद्रेश कुमार से बात की थी। "एम.आर.एम. आर.एस.एस. का संगठन नहीं है। यह मुसलमानों का और मुसलमानों के लिए एक संगठन है।" उन्होंने कहा था।

कुमार ने मुझे बताया कि कश्मीर में आर.एस.एस. का उद्देश्य विवादास्पद और भड़काऊ मुद्दों के प्रति मुसलिम आबादी की मानसिकता को बदलना है।

संघ अपने कार्यक्रमों के माध्यम से कश्मीरी मुसलमानों को यह समझाने का प्रयास करता है कि पाकिस्तान के तत्त्वों द्वारा उनका उपयोग कठपुतली के रूप में किया जा रहा है। लोगों को बताया जाता है कि कैसे अनुच्छेद 370 और 35ए घाटी के कल्याण के लिए खतरनाक रहे हैं। उन्हें बताया जाता है कि उनकी बेहतरी भारत की मुख्यधारा के साथ चलने में है और शत्रुतापूर्ण पड़ोसी के उकसाने पर खून बहाने का कोई मतलब नहीं है।

एम.आर.एम. समुदाय के नेताओं के साथ बैठकें आयोजित करके और पथराव करनेवालों के साथ बैठकर बंदूकों और पत्थरों से दूर रहने का आग्रह करके नौजवानों से हिंसा छोड़ने की गुजारिश करता है। संगठन ने पथराव के आरोप में दर्ज मामलों में नौजवानों की मदद करने और उन्हें मुख्यधारा में लाने के लिए कानूनी प्रकोष्ठ स्थापित करने का भी फैसला किया है।[32] कश्मीर के इतिहास पर चर्चा की भी व्यवस्था की जाती है, जहाँ भारत में स्वतंत्रता के लिए संघर्ष में मुसलिम स्वतंत्रता सेनानियों की भूमिका और भारत के दुश्मनों के खिलाफ लड़नेवाले मुसलिम सैनिकों की बहादुरी पर भी प्रकाश डाला जाता है।[33]

त्रिविभाजन ? अभी नहीं

जम्मू-कश्मीर के बारे में आर.एस.एस. की प्रमुख माँगों में से एक, इसका विभाजन था। संघ चाहता था कि पूर्ववर्ती राज्य को धार्मिक आधार पर तीन क्षेत्रों में विभाजित किया जाए—जम्मू हिंदू बहुमत वाला, कश्मीर मुसलिम बहुमत वाला और लद्दाख बौद्ध बहुमत वाला। सितंबर 2000 में 'द टाइम्स ऑफ इंडिया' ने आर.एस.एस. के तत्कालीन प्रवक्ता एम.जी. वैद्य का एक बयान प्रकाशित किया, जिसमें उन्होंने कहा था कि आर.एस.एस. जम्मू-कश्मीर के विभाजन के पक्ष में है, क्योंकि इससे घाटी में हिंसा को रोकने में मदद मिलेगी। उनके विचार में तीन हिस्सों में बँटने से जम्मू और लद्दाख में विकास में तेजी आएगी। वैद्य ने कहा कि केवल घाटी को विशेष दर्जे की जरूरत है। बाद में आर.एस.एस. ने इस माँग का समर्थन करते हुए एक औपचारिक प्रस्ताव अपनाया।[34]

2002 में आर.एस.एस. के संयुक्त प्रवक्ता रहे राम माधव ने पंजाब का उदाहरण देते हुए पुणे में संघ की माँग को दोहराया। उन्होंने कहा कि यदि पूर्व 'विशाल पंजाब' को सिख वर्चस्ववाले पंजाब और हिंदू वर्चस्ववाले हरियाणा और हिमाचल प्रदेश के तीन राज्यों में विभाजित किया गया था तो जम्मू-कश्मीर को तीन भागों में विभाजित करने में कुछ भी गलत नहीं है।[35]

2002 में विश्व हिंदू परिषद् (विहिप) के नेता गिरिराज किशोर ने जोर देकर कहा था कि तीन हिस्सों में बाँटने से विस्थापित कश्मीरी हिंदुओं को मदद मिलेगी।[36] किशोर के विचारों ने संघ के तर्क को प्रतिध्वनित किया, जिसका मानना था कि जम्मू के हिंदू बहुमत के साथ घाटी के मुसलिम राजनेताओं द्वारा भेदभाव किया जा रहा था और इसलिए जम्मू को कश्मीर से अलग करने की जरूरत है।

हालाँकि विभाजन एक ऐसा मुद्दा था, जहाँ भाजपा और आर.एस.एस. आमने-सामने थे। भाजपा के दिग्गज और तत्कालीन केंद्रीय गृह मंत्री लालकृष्ण आडवाणी ने राज्य को तीन भागों में बाँटने के विचार को सिरे से खारिज कर दिया था। आडवाणी ने कहा था कि सरकार का ध्यान शेष भारत के साथ कश्मीरी लोगों के एकीकरण पर है और सरकार स्पष्ट है कि जम्मू-कश्मीर का कोई विभाजन नहीं होगा।[37] तत्कालीन मुख्यमंत्री फारूक अब्दुल्ला ने चेतावनी दी थी कि इस तरह के किसी भी कदम से सांप्रदायिक कलह को बढ़ावा मिलेगा। उन्होंने कहा था कि अगर राज्य का तीन हिस्सों में बँटवारा हुआ तो पुंछ, राजौरी और डोडा जैसे जम्मू के मुसलिम बहुल जिले जम्मू का हिस्सा नहीं बनना चाहेंगे।

हालाँकि संघ पिछले दशकों से जम्मू-कश्मीर को तीन भागों में बाँटने की माँग करता रहा है, लेकिन अगस्त 2019 के बाद इस माँग को लेकर उसका रुख नरम हो गया है। मुझे इंद्रेश कुमार के साथ अपनी बातचीत के दौरान संघ के नरम रुख का आभास हुआ। "त्रिविभाजन पर चर्चा की अभी आवश्यकता नहीं है। हम बाद में इससे निपटेंगे। फिलहाल हम जम्मू-कश्मीर के पुनर्गठन से संतुष्ट हैं।" उन्होंने कहा था।

□

12

कश्मीरी पंडित : आशा या आशा का भ्रम ?

"मुझे फिर मेरी मातृभूमि में बसाना कोई रॉकेट साइंस नहीं है! लेकिन वे ऐसा नहीं कर रहे हैं, क्योंकि मैं एक कमोडिटी हूँ और उन्हें मुझे अलग-अलग चुनावी बाजारों में बार-बार बेचे जाने की जरूरत है।"

"जब हम कश्मीर जाएँगे तो वापस आने के लिए नहीं जाएँगे। हम वहाँ स्थायी रूप से जाना चाहते हैं।"

"घर वापसी एक राजनीतिक लॉलीपॉप है।"

आक्रोश और मोहभंग से भरी ये आवाजें अलग-अलग कश्मीरी पंडितों की हैं। मैं उनमें से कुछ से व्यक्तिगत रूप से मिला या मैंने उनसे फोन पर बात की थी। घाटी में अपने समुदाय के सदस्यों के पुनर्वास के बारे में उनके अलग-अलग तर्क हैं। हालाँकि, अनुच्छेद 370 को निरस्त करने, जम्मू-कश्मीर के विभाजन और राज्य के दर्जे को वापस लेने का कश्मीरी पंडितों पर कोई सीधा प्रभाव नहीं पड़ा है, लेकिन मोदी सरकार के कश्मीर पर ध्यान देने से यह धारणा बन गई है कि विस्थापित कश्मीरी पंडितों को घाटी में फिर से बसाया जाएगा। आखिरकार केंद्र में एक मजबूत सरकार है, जो हिंदुत्व की विचारधारा का पालन करती है और आज के भारत में कश्मीरी पंडित धार्मिक उत्पीड़न के सबसे बड़े उदाहरणों में से एक हैं। जहाँ अगस्त 2019 के फैसलों ने उनमें से कुछ को उम्मीद दी है, वहीं कुछ को इस पर संदेह भी है।

कश्मीर के पंडित हिंदू ब्राह्मण हैं, लेकिन उनके कर्मकांड, रीति-रिवाज, त्योहार और खान-पान की आदतें भारत के अन्य हिस्सों के ब्राह्मणों से अलग हैं। उदाहरण के लिए, कश्मीरी पंडित मांस खाते हैं और भगवान् को भी चढ़ाते हैं। उनके लिए दीपावली या होली के बजाय सबसे बड़ा त्योहार महाशिवरात्रि है।

कश्मीरी पंडितों के धार्मिक और सांस्कृतिक लक्षण घाटी में मुसलिम शासन से काफी हद तक प्रभावित हुए हैं। उनकी अधीनता और उत्पीड़न से बचने के लिए समुदाय में कई परिवर्तन हुए। इतिहास पर एक संक्षिप्त नजर डालने से पता चलता है कि कश्मीरी पंडितों को पिछली कुछ शताब्दियों में बार-बार सताया गया है। पहले तेरहवीं और चौदहवीं शताब्दी में मुसलिम सल्तनत द्वारा, फिर पंद्रहवीं शताब्दी में और बाद में अफगान शासन के दौरान। कश्मीरी पंडित, जो कभी बहुसंख्यक थे, सदियों से बार-बार होनेवाले उत्पीड़न, जबरन धर्मांतरण और प्रवास के कारण घाटी में अल्पसंख्यक बन गए। हालाँकि इस समुदाय को सबसे बड़ा झटका बीसवीं सदी में अस्सी के दशक के अंत में घाटी में उग्रवाद की आमद से लगा था।

उस अवधि में कश्मीरी पंडितों को जिन अत्याचारों का सामना करना पड़ा था, उस सबका कई जगह विस्तार से वर्णन किया गया है—कैसे उन्हें धमकाया गया, उनका अपहरण किया गया, उन्हें प्रताड़ित किया गया और मार दिया गया। उनके घर जला दिए गए और संपत्ति पर कब्जा कर लिया गया। कश्मीरी पंडित महिलाओं से छेड़छाड़ और बलात्कार किया गया। उन्हें पुलिस से कोई सुरक्षा नहीं मिली, न ही उनके मुसलिम पड़ोसी उन्हें बचाने का वादा निभा पाए। इसके विपरीत, कुछ मामलों में पड़ोसियों ने नरसंहार में आतंकवादियों की मदद ही की।

कई कश्मीरी पंडित 19 जनवरी, 1990 को 'होलोकॉस्ट डे' के रूप में मानते हैं। 18 जनवरी की रात को मसजिदों से पंडितों को धर्मांतरण, घाटी छोड़ने या मारे जाने की घोषणाएँ की गईं। कश्मीर के शहरी इलाकों में श्रीनगर की तरह आतंकियों ने पंडित परिवारों की पहचान की और उनका सफाया कर दिया। ग्रामीण इलाकों में वंधमा नरसंहार जैसी बड़ी वारदात हुईं, जहाँ 25 जनवरी, 1998 को उग्रवादियों ने महिलाओं और बच्चों सहित 26 लोगों की हत्या कर दी।

कश्मीरी मुसलमानों और कश्मीरी हिंदुओं के बीच स्पष्ट रूप से मतभेद थे। मुसलमानों ने महाराजा के शासन में पंडितों को एक विशेषाधिकार प्राप्त वर्ग के रूप में माना। वे सरकारी नौकरियों पर हावी थे और अधिकांश भूमि के मालिक थे। हालाँकि यह धारणा सच नहीं थी, क्योंकि सभी कश्मीरी पंडित संपन्न नहीं थे। इसे शेख अब्दुल्ला ने 1940 में एक बयान में स्वीकार किया था।[1]

कटुता और असमानता की भावनाओं को आश्रय देने के बावजूद लंबे समय तक सह-अस्तित्व ने साझा सामुदायिक जीवन को संभव बनाए रखा। पंडितों और मुसलमानों, दोनों की एक समान संस्कृति और भाषा थी तथा वे कश्मीरी होने पर

गर्व करते थे।[2] अतीत में दोनों समुदायों के बीच कुछ सांप्रदायिक दंगे हुए थे, लेकिन पंडितों ने कभी नहीं सोचा था कि एक समय ऐसा आएगा, जब उन्हें अपनी मातृभूमि को छोड़ना होगा!

घाटी में इसलाम के वहाबी संस्करण से प्रभावित पाकिस्तान समर्थित उग्रवाद ने कश्मीर की सूफी परंपराओं का विरोध किया। वहाबवाद ने गैर–मुसलमानों के प्रति असहिष्णुता और नफरत का प्रचार किया और यही एक कारण था कि पंडितों को निशाना बनाया गया। पंडितों को 'भारत के एजेंट' बताते हुए एक कथा गढ़ी गई। एक धारणा यह भी थी कि उन्होंने आर.एस.एस. जैसे हिंदू संगठनों के लिए काम किया।

पंडितों के प्रति घृणा का एक कारण जनवरी 1990 में जगमोहन को जम्मू–कश्मीर के राज्यपाल के रूप में फिर से नियुक्त करना था।[3] उनके शासनकाल के दौरान सशस्त्र बलों को अलगाववादियों और आतंकवादियों से निपटने के लिए कथित तौर पर खुली छूट दी गई थी। कई घटनाएँ हुईं, जिन्हें अत्याचारी समझा गया। जैसे गौकदल नरसंहार, जिसमें सुरक्षाबलों ने कई प्रदर्शनकारियों को गोली मार दी थी। यह प्रचारित किया गया कि जगमोहन को 'मुसलमानों का नरसंहार' करने के लिए कश्मीर भेजा गया है।

कश्मीरी पंडित कश्मीर छोड़कर भाग गए, क्योंकि उन्हें लगा कि वे घाटी में सुरक्षित नहीं हैं। हालाँकि एक अन्य कथा हमें बताती है कि यह राज्यपाल जगमोहन ही थे, जिन्होंने पलायन को रोकने का प्रयास नहीं किया और इसके बजाय इसे सुगम बनाया। 'इनिशिएटिव ऑन कश्मीर' नाम की एक चार सदस्यीय समिति ने 12 से 16 मार्च, 1990 तक घाटी का दौरा किया। इसकी रिपोर्ट में कहा गया कि सामान्यतौर पर प्रशासन और विशेष रूप से जगमोहन हिंदुओं के पलायन के लिए जिम्मेदार थे। हिंदुओं को भगाने के लिए उनके द्वारा परिवहन की व्यवस्था की गई थी।[4]

जगमोहन ने अपनी आत्मकथा 'माई फ्रोजन टर्बुलेंस इन कश्मीर' में कश्मीरी पंडितों के पलायन को सुविधाजनक बनाने के आरोप का खंडन किया है। उन्होंने लिखा कि समिति के निष्कर्ष विश्वसनीय नहीं थे और अफवाहों पर आधारित थे। जगमोहन ने जोर देकर कहा कि यह बताने के लिए कोई सबूत पेश नहीं किया गया कि कश्मीरी पंडितों को भागने के लिए सरकारी वाहन उपलब्ध कराए गए थे। उनके विचार में पलायन का असली कारण दिसंबर 1989 और 15 मई, 1990 के बीच 71 हिंदुओं की हत्या थी।

आज कश्मीरी पंडितों को तीन श्रेणियों में बाँटा जा सकता है—एक श्रेणी उन लोगों की है, जो शरणार्थी कॉलोनियों में रह रहे हैं, जैसे जम्मू में जगती। दूसरी श्रेणी उन लोगों की है, जो दूसरे राज्यों में चले गए और वहाँ बस गए। तीसरी श्रेणी उन लोगों की है, जिन्होंने पलायन के दौरान घाटी नहीं छोड़ी और वहीं दयनीय जीवन बिता रहे हैं।

क्या फिर भरोसा कायम करना मुमकिन है ?

"क्या पंडितों की वापसी के लिए कश्मीरी मुसलमानों के साथ बातचीत हो रही है ?" मुंबई में बसे एक कश्मीरी पंडित आशीष कौल पूछते हैं, जिनका मैंने इंटरव्यू किया था। एक लेखक के रूप में कौल ने शरणार्थी शिविरों में रहनेवाले पंडितों की दुर्दशा पर विस्तार से लिखा है।

उनका कहना है कि विश्वास पैदा करने के लिए जमीनी स्तर पर काम करना और लोगों से लोगों का संपर्क जरूरी है। कौल कहते हैं—"कश्मीरी पंडितों ने पलायन किया, क्योंकि उन्हें मुसलिम बहुसंख्यकों ने निराश किया था। उन्होंने भरोसा खो दिया। क्या मुसलिम बहुसंख्यक आगे आकर यह कहने को तैयार हैं कि वे उस भरोसे को फिर कायम करने के लिए तैयार हैं ?"

यह समझाने के लिए कि कैसे पंडितों ने अपने मुसलिम पड़ोसियों से भरोसा खो दिया, कौल अपने रिश्तेदारों के साथ हुई एक दर्दनाक घटना का वर्णन करते हैं—

"मेरी मौसी एच.एम.टी. में काम करती थीं और मौसा कश्मीर के ब्रॉडवे होटल में काम करते थे। वे श्रीनगर के चिंकराल मोहल्ले में रहते थे। पलायन के दौरान हमने उनसे हमारे साथ घाटी छोड़ने का अनुरोध किया, लेकिन उन्होंने मना कर दिया। उन्होंने हमें बताया कि उनके मुसलिम पड़ोसियों ने उन्हें भरोसा दिया था कि किसी को भी उन्हें नुकसान नहीं पहुँचाने दिया जाएगा। जल्द ही हमारा डर हकीकत में बदल गया। एक सुबह आतंकवादियों ने उनके घर पर धावा बोल दिया और उन्हें मार डाला। उनके ऊपर की मंजिल पर रहनेवाले एक अन्य दंपती की भी मौत हो गई। दो दिन तक दोनों के शव घर में पड़े रही। जिन पड़ोसियों ने उनका बचाव करने का वादा किया था, वे उनके शवों को अस्पताल पहुँचाने तक नहीं आए।"

कौल का मानना है कि कश्मीरी पंडितों का अलगाव शेख अब्दुल्ला के शासन काल से ही शुरू हो गया था। कौल के अनुसार, 'भट्टलूट' कश्मीरी पंडितों

की लूट का वर्णन करने के लिए इस्तेमाल किया जानेवाला शब्द है।

कौल कहते हैं—"भावनात्मक स्तर पर हम वापस जाना चाहते हैं, लेकिन हम अलग-थलग बस्तियों में नहीं रहना चाहते। हम 1980 के दशक का कश्मीर चाहते हैं, जहाँ हम स्वतंत्र रूप से घूम सकें और जहाँ हिंदू और मुसलमान सद्भाव से रहें।"

कौल ने जोर देकर कहा कि कश्मीरी पंडितों की वापसी व्यापक होनी चाहिए। लोगों को आवास के साथ-साथ आजीविका के साधन भी मिलने चाहिए। उन्हें उनकी शैक्षिक योग्यता के अनुसार नौकरी मिलनी चाहिए।

हालाँकि कश्मीर स्थित आतंकवादी संगठन कश्मीरी पंडितों की वापसी का विरोध नहीं कर रहे हैं (मारे गए आतंकवादी बुरहान वानी ने अपने आखिरी वीडियो में पंडितों को वापस आने के लिए कहा था), फिर भी सुरक्षा को लेकर कौल को संशय हैं। वे अपने डर को कई शब्दों में समझाते हैं—"आज के कश्मीरी समाज ने खून का स्वाद चख लिया है। कश्मीर में आतंकवाद एक सूक्ष्म अर्थशास्त्र बन गया है। बहुत से लोग आतंकवाद पर निर्भर हो गए हैं और इसी पर पल रहे हैं।"

मैंने मुंबई के एक फिल्म-निर्माता अशोक पंडित से बात की। पंडित का जन्म और पालन-पोषण मुंबई में हुआ था। उन्होंने कश्मीरी पंडितों की दुर्दशा पर वृत्तचित्र 'एंड द वर्ल्ड रिमेंड साइलेंट' बनाया है। वे पंडितों के पुनर्वास के लिए काम कर रहे विभिन्न संगठनों से जुड़े रहे हैं।

"हमें मुसलिम समुदाय के साथ फिर से भरोसा कायम करने की जरूरत है और फिलहाल यह मुश्किल लगता है। घाव भरने में समय लगेगा। दो समुदायों के बीच रिश्ते अगली पीढ़ी आने पर ही शुरू होंगे।" पंडित ने कहा।

कट्टर दक्षिणपंथी के रूप में खुद को पेश करने में गर्व महसूस करनेवाले पंडित ने अनुच्छेद 370 को निरस्त करने और राज्य का दर्जा वापस लेने का स्वागत किया है। उनका मानना है कि इस तरह के फैसलों से कानून और व्यवस्था की स्थिति बेहतर होगी और शांति के लिए अनुकूल माहौल तैयार होगा। पंडित ने जोर देकर कहा कि पीड़ित समुदाय को विश्वास में लिये बिना कश्मीरी पंडितों के भाग्य पर कोई भी चर्चा या रणनीति तैयार करना अधूरा होगा। "यह दिल की बात है। केवल नौकरशाह ही हमारी वापसी की रणनीति नहीं बना सकते। आपको उन लोगों से निपटना होगा, जो आहत हैं। जब हम कश्मीर जाएँगे तो वापस आने के लिए नहीं जाएँगे।"

मैंने 'पनुन कश्मीर' संगठन के संयोजक और लेखक डॉ. अग्निशेखर से बात की। हालाँकि वे धारा 370 के निरस्त होने से खुश थे, लेकिन केंद्र सरकार के खिलाफ उनके मन में कड़वाहट भर गई थी। उत्तेजित अग्निशेखर ने कहा, "5 अगस्त, 2019 के बाद कश्मीर बदल गया, लेकिन कश्मीरी पंडित अब भी 4 अगस्त में जी रहे हैं। हमारी स्थिति में कोई बदलाव नहीं आया है।"

जगती से आवाजें

अगर कोई जगह है, जिसे कश्मीरी पंडितों के पलायन का सबसे बड़ा प्रतीक कहा जा सकता है तो वह 'जगती टाउनशिप' है। जम्मू शहर से 21 किलोमीटर दूर स्थित यह ऐसे टापू की तरह है, जहाँ लोगों के दुःख और पीड़ा की कहानियाँ हैं। ये लोग गोली मारे जाने, जिंदा जलाए जाने या गला काटकर नदी में फेंक दिए जाने से बच गए। इनमें से कई इस उम्मीद के साथ जी रहे हैं कि वे अपना बुढ़ापा अपनी पुश्तैनी जमीन पर बिता सकेंगे, जबकि बहुत से लोग तो अपनी उम्मीद पूरी होने की आस में चल बसे।

मनमोहन सिंह सरकार द्वारा शुरू किए गए पुनर्वसन और पुनर्वास कार्यक्रम के तहत प्रवासी कश्मीरी पंडितों के लिए 2010 में 'जगती टाउनशिप' की स्थापना की गई थी। इसमें 4,224 आवासीय इकाइयाँ हैं, जिनमें लगभग 18,000 लोग रहते हैं। हालाँकि जगती में आसरा मिलना तंबू में रहने से बेहतर है, लेकिन यह उस जीवन शैली से बहुत कम है, जो उन्हें अपनी जन्मभूमि में मिली हुई थी। परिवार 350 वर्ग फुट के जर्जर मकानों में रहते हैं, जिसमें एक शयनकक्ष और एक बैठक है। केवल कंक्रीट की इमारत होना ही काफी नहीं है। उन्हें जरूरतों के लिए संघर्ष करना पड़ा है। शुरुआती कुछ वर्षों में यहाँ नियमित बिजली आपूर्ति नहीं थी और निवासियों को इसे पाने के लिए आंदोलन का सहारा लेना पड़ा। उन्हें अब भी पीने के साफ पानी की कमी है। जिंदा रहने के लिए हर शरणार्थी को महज 3,250 रुपए और एक परिवार को अधिकतम 13,000 रुपए मिलते हैं। पिछले कुछ साल से रहवासी राहत राशि बढ़ाने की माँग कर रहे हैं।

मैंने अपने मन में कई सवालों के साथ जगती के निवासियों से संपर्क किया। क्या वे कश्मीर वापस जाना चाहते हैं? उन्हें क्या डर हैं? वे सरकार से क्या उम्मीद करते हैं? वे अनुच्छेद 370 निरस्त किए जाने और अन्य फैसलों को कैसे देखते हैं? इन सवालों के कोई सर्वसम्मत उत्तर नहीं थे। इससे यह अनुमान लगाना मुश्किल हो गया कि कश्मीरी पंडित क्या चाहते हैं?

37 वर्षीय रवींद्र पंडिता ने कहा, "मैं अपने गाँव का सरपंच चुन लिया गया हूँ, लेकिन चुनाव के बाद से मैंने वहाँ कदम नहीं रखा है।" पंडिता चार साल की उम्र से शरणार्थी शिविरों में रह रहे हैं। पिछले कुछ वर्ष में उन्होंने पुलवामा के अपने पैतृक गाँव तुमलाहल का दौरा करना शुरू किया। 2019 में पंडिता ने भाजपा उम्मीदवार के रूप में पंचायत चुनाव लड़ा और निर्विरोध चुने गए। हालाँकि तब से वे सुरक्षा कारणों से अपने गाँव नहीं जा पाए हैं। वे सिर्फ आधिकारिक काम के लिए पुलिस सुरक्षा के साथ पुलवामा में ब्लॉक कार्यालय जाते हैं। चुनाव के बाद सरपंचों की हत्या के कई मामले सामने आ चुके हैं।

"कौन अपने घर नहीं लौटना चाहता? ऐसी जगह पर कौन रहना चाहता है, जहाँ तापमान 50 डिग्री सेल्सियस तक चला जाता है? हम अपनी मातृभूमि में रहना चाहते हैं। यह शर्मनाक है कि हम अपने ही देश में शरणार्थी हैं!" पंडिता ने तेज आवाज में कहा। मैंने उनसे पूछा था कि क्या वे घाटी में लौटना चाहते हैं? हालाँकि उन्होंने कहा कि पंडितों के लौटने के लिए माहौल अनुकूल नहीं है।

"ऐसे कई मुद्दे हैं, जिन पर ध्यान देने की जरूरत है। सिर्फ कागजों पर चीजें हो रही हैं। यह बस ढकोसला है। हम अपने गाँवों में वापस जाने के लिए सुरक्षित महसूस नहीं कर रहे हैं। कई पंडितों की जमीन हड़प ली गई, जबकि कुछ ने संकट में अपनी जमीन बेच दी। प्रशासन पुरानी मानसिकता में फँसा हुआ है। मैं ऐसे 200 मामले दिखा सकता हूँ, जहाँ प्रशासन ने अदालत के आदेशों को भी लागू नहीं किया है।"

नरसंहार के अपराधियों को कौन सजा देगा?

मैंने जिन कश्मीरी पंडितों से बात की, उनमें से ज्यादातर की एक और बड़ी शिकायत यह थी कि पलायन के लिए जिम्मेदार लोगों को दंडित नहीं किया गया है।

"अजमल कसाब को 26/11 के हमले के लिए फाँसी दी गई थी, याकूब मेमन को मुंबई सीरियल धमाकों के लिए फाँसी दी गई थी और अफजल गुरु को संसद् पर हमले के लिए फाँसी दी गई थी। लेकिन मुझे बताओ, कश्मीरी पंडितों की हत्या के लिए, उनके घरों को जलाने, उनकी महिलाओं से बलात्कार करने और उन्हें भागने के लिए मजबूर करने के लिए किसे दंडित किया गया है?" पंडिता ने पूछा।

आशीष कौल के विचार में सरकार कश्मीरी पंडितों के खिलाफ अपराधों के दोषियों को दंडित करने के बारे में उदासीन रही है।

"आपने (केंद्र सरकार ने) सुशांत सिंह राजपूत की मौत के मामले के लिए पूरी मशीनरी को सक्रिय कर दिया। सी.बी.आई. को मामले की जाँच करने के लिए कहा गया, क्योंकि आप यह बताना चाहते थे कि आप मामले को गंभीरता से ले रहे हैं। लेकिन कश्मीरी पंडितों पर अत्याचार के मामले में उतना उत्साह नहीं दिखाया गया। जब तक दोषियों को सजा नहीं मिलती, तब तक सबकुछ सिर्फ राजनीतिक बयानबाजी ही माना जाएगा…"

कौल के विचारों से अशोक पंडित सहमत हैं—"कश्मीरी पंडितों के नरसंहार के खिलाफ एक भी मामला दर्ज नहीं किया गया है। अपराधियों पर अन्य मामलों में केस दर्ज किए गए हैं, लेकिन कश्मीरी पंडितों की हत्या, बलात्कार और लूट के लिए नहीं। उन्हें दंडित करने की जरूरत है। जब हमने एक जनहित याचिका के माध्यम से अदालत का दरवाजा खटखटाया तो हमें बताया गया कि मामला बहुत पुराना है।"

पंडित का कहना है कि केंद्र की मौजूदा सरकार दोषियों को सजा देने में सक्षम है और उम्मीद है कि इस दिशा में कुछ काररवाई की जाएगी।

मातृभूमि की माँग

पलायन के बाद से कश्मीरी पंडितों के लिए मातृभूमि की माँग बढ़ रही है। अग्निशेखर और अन्य द्वारा स्थापित संगठन 'पनुन कश्मीर' विभिन्न प्लेटफॉर्मों के माध्यम से इस माँग को आगे बढ़ा रहा है। संगठन का मानना है कि कश्मीरी पंडितों के पुनर्वास के लिए मातृभूमि प्रदान करना ही एकमात्र व्यावहारिक समाधान है।

डॉ. अग्निशेखर ने इस माँग का कारण बताया—"क्या इस बात की कोई गारंटी है कि मुझ पर दोबारा हमला नहीं किया जाएगा या मुझे फिर से भागने के लिए मजबूर नहीं किया जाएगा? हमें एक नया केंद्रशासित प्रदेश चाहिए। कश्मीर में नया चंडीगढ़ बनाएँ। हम अपनी आनेवाली पीढ़ियों के लिए वहाँ जाकर बस सकते हैं। एक राजनीतिक-प्रशासनिक सुरक्षा सेटअप की आवश्यकता है।"

अग्निशेखर का कहना है कि कश्मीरी पंडितों ने तीन तरह के नरसंहार को झेला है। एक था शारीरिक नरसंहार, जहाँ उन्हें मार दिया गया, उनकी महिलाओं के साथ बलात्कार किया गया और उनकी संपत्ति को हड़प लिया गया या क्षतिग्रस्त कर दिया गया। एक और आर्थिक नरसंहार था, जहाँ कश्मीरी पंडितों के खेतों, दुकानों और नौकरियों को छीनकर उनकी आजीविका के स्रोत पर हमला किया गया था।

तीसरा सांस्कृतिक नरसंहार था, जिसमें कश्मीरी पंडितों की अलग पहचान को खत्म करने की कोशिश की गई थी।

"श्रीनगर के डाउनटाउन क्षेत्र का नाम 'शहर-ए-खास' रखा गया है। सरकार ने हरि पर्वत का नाम भी बदल दिया था। अनंतनाग को इस्लामाबाद कहा जाता है। स्थानों का इस तरह का नाम बदलना हमारी संस्कृति पर हमला है। यह 1975 में शेख अब्दुल्ला के शासन के बाद से किया गया है, जब कई गाँवों के नाम बदले गए थे।" अग्निशेखर ने कहा।

कश्मीरी पंडित जिस प्रस्तावित मातृभूमि की माँग कर रहे हैं, उसमें झेलम नदी के उत्तर-पूर्व का क्षेत्र शामिल है। इसमें अनंतनाग, पहलगाम, सोनमर्ग और श्रीनगर के कुछ हिस्से शामिल हैं। 'पनुन कश्मीर' के अनुसार, मातृभूमि में संयुक्त जम्मू-कश्मीर के कुल क्षेत्रफल का 4 प्रतिशत होना चाहिए, जो 1947 से पहले मौजूद था।

अग्निशेखर ने कहा, "कश्मीरी पंडितों की भू-राजनीतिक आकांक्षाएँ पूरी होनी चाहिए और 'पनुन कश्मीर' द्वारा एक मातृभूमि का खाका ऐसा करने का एक तरीका है।"

हालाँकि अशोक पंडित ने कहा कि कश्मीरी पंडितों का यहूदीकरण नहीं किया जाना चाहिए और मातृभूमि उन्हें न्याय प्रदान करने का तरीका है।

जो वहीं रह गए

"इस इलाके में कश्मीरी पंडितों के 32 परिवार हुआ करते थे; अब यहाँ बस मेरा परिवार रह गया है।" 54 वर्षीय संजय टिक्कू ने कहा, जो पलायन के बाद कश्मीर में रहनेवाले 808 परिवारों में से एक के मुखिया हैं।

जम्मू के जगती कैंप और अन्य जगहों पर रहनेवाले कई कश्मीरी पंडितों से बात करने के बाद, मैं यह समझना चाहता था कि टिक्कू जैसे लोग वहीं क्यों रह गए? क्या उन्हें नुकसान नहीं हुआ? क्या वे डरे हुए नहीं थे? नब्बे के दशक की शुरुआत में वे उन दिनों कैसे जिंदा रहे? वे पिछले तीन दशक से घाटी में कैसे रह रहे हैं? इन सब सवालों के जवाब जानने के लिए मैं बरबरशाह इलाके में टिक्कू के घर गया। टिक्कू अपने पुश्तैनी घर में रहते हैं, जो दो मंजिला इमारत है। सँकरी गलियों के जाल से गुजरकर वहाँ तक पहुँचा जा सकता है।

मेरे सवालों के जवाब देने से पहले टिक्कू ने यह जानने पर जोर दिया कि मैं किन अन्य कश्मीरी पंडितों से मिला था और उन्होंने मुझे क्या बताया था?

विस्थापित कश्मीरी पंडितों की मेरी धारणा को विस्तार से सुनने के बाद उन्होंने 1990 को याद करते हुए कहा कि कश्मीरी पंडितों के पलायन के बारे में मुझे जो कुछ भी बताया गया, वह पूरी तरह से सच नहीं था। उन्होंने कहा, "कश्मीरी पंडितों के बारे में दोनों तरफ से बढ़ा-चढ़ाकर पेश किया गया है।"

"यह कहना सही नहीं है कि पलायन 19 जनवरी, 1990 को शुरू हुआ था। वास्तव में पलायन 15 मार्च को शुरू हुआ और 30 मई तक जारी रहा। हालाँकि 19 जनवरी को एक घंटे के भीतर ही हजारों की संख्या में लोगों को सड़क पर उतरते देखना स्तब्धकारी था। वह मोबाइल फोन और इंटरनेट का जमाना नहीं था, बल्कि यह पूर्व नियोजित था और खुफिया एजेंसियाँ यह जानने में नाकाम रही थीं।" उन्होंने कहा। टिक्कू ने बताया, "यह कहना भ्रामक है कि भागते पंडितों पर हमले किए गए और रास्ते में उनसे लूटपाट हुई। अगर ऐसा होता तो एक भी पंडित नहीं बचता।"

टिक्कू के अनुसार, कश्मीर लिबरेशन फ्रंट और इसलामिक स्टूडेंट्स लीग ने अस्सी के दशक के मध्य में यह अनुमान लगाने के लिए एक अध्ययन किया था कि केंद्र और राज्य सरकार की नौकरियों में कितने कश्मीरी पंडित कार्यरत थे और उनके पास कितनी जमीन थी?

टिक्कू याद करते हैं—"पलायन के दौरान उग्रवादियों के स्रोत सफाई कर्मचारी, सब्जी विक्रेता और दूधवाले थे। उन्होंने स्थानीय कमांडरों को बताया कि कितने परिवार चले गए हैं। उस समय स्थानीय मसजिदों में कश्मीरी पंडितों और नेशनल कॉन्फ्रेंस के कार्यकर्ताओं की सूची दी जाती थी। उस सूची के अनुसार हत्याएँ की गईं। एक बार एक मुसलिम मित्र ने शाम की नमाज पढ़ने के बाद मुझे सचेत किया। उसने हमारे साथ रह रहे मेरे चचेरे भाई का नाम सूची में देखा था। हमने उसे अगली सुबह जम्मू भेज दिया। उस मुसलिम मित्र के समय पर सतर्क करने से मेरे चचेरे भाई की जान बच गई।"

टिक्कू का कहना है कि नब्बे के दशक की शुरुआत के सभी कश्मीरी मुसलमानों को चरमपंथी के रूप में चित्रित करना बेतुका है। ऐसे कई उदाहरण थे, जहाँ मुसलिम पड़ोसियों ने पंडितों का समर्थन किया था और उन्हें सुरक्षा दी थी। उन्होंने कहा, "मुझे याद है कि 100 लोगों में से 60 ने हमारा साथ दिया था।"

ऐसी दो घटनाएँ हुई थीं, जब टिक्कू के परिवार ने कश्मीर छोड़ने की सोची, लेकिन आखिरकार वे वहीं रुक गए। 'अल-उमर कमांडो' नाम के एक समूह का

उर्दू में धमकी भरा पत्र उनके घर की ओर जानेवाली गली के प्रवेशद्वार पर लगाया गया था। इसमें लिखा था कि मुखबिर टिक्कू के घर आए थे और उन्हें सात दिन के भीतर अपने परिवार के साथ जाना होगा। टिक्कू मदद के लिए स्थानीय मसजिद गए, लेकिन उन्होंने दखल देने से इनकार कर दिया। फिर टिक्कू ने धमकी भरे पत्र के जवाब में 'श्रीनगर टाइम्स' में एक विज्ञापन प्रकाशित कराया, जिसमें लिखा था—'हम चले जाएँगे, लेकिन फिर बरबरशाह का जो भी हश्र होगा, हम जिम्मेदार नहीं होंगे।' टिक्कू ने कहा कि उनके परिवार ने अपना सारा सामान पैक कर लिया था, लेकिन फिर सबकुछ भगवान् भरोसे छोड़कर वे वहीं रुक गए।

मई 1990 में अली कदल इलाके में एक परिवार के पाँच कश्मीरी सदस्यों की हत्या ने टिक्कू परिवार को चिंतित कर दिया। वे फिर से जाने के लिए तैयार हो गए। "मैं नाज सिनेमा तक गया और अगली सुबह हमें ले जाने के लिए एक ट्रक ड्राइवर को 500 रुपए एडवांस में दे आया। जब मैं घर लौटा तो मेरी भावुक माँ ने कुछ और दिन के लिए रुकने की गुहार लगाई। हमने उसके बाद जाने के बारे में कभी नहीं सोचा।" टिक्कू ने याद किया।

'1990 से 1992,' टिक्कू ने कहा, "एक समय था, जब हमें लगा कि हमारे साथ कोई नहीं है। लेकिन गैर-सरकारी ताकतों ने कश्मीरी पंडितों के अलावा मुसलमानों और सिखों का भी कत्ल किया था।"

वे याद करते हैं कि ग्रामीण इलाकों में अगर कोई कश्मीरी पंडित घाटी से बाहर जाना चाहता था तो स्थानीय मसजिद से अनुमति लेनी पड़ती थी। उन्हें एक तारीख लिखा हुआ ग्रीन कार्ड दिया जाता था। इसमें उस तारीख का जिक्र होता था, जब उन्हें वापस लौटना होता था। यदि वह व्यक्ति उस तारीख तक नहीं लौटता तो उसे अपनी जान से हाथ धोना पड़ता। "आतंकवादियों को शक था कि बाहर जानेवाले लोग सुरक्षाबलों को जानकारी दे रहे हैं। 31 मई, 1990 के बाद उन कई कश्मीरी पंडितों की हत्या की गई, जो दी गई तारीखों के बाद लौटे थे।" टिक्कू ने कहा।

आतंकवादियों के हाथों मौत के खतरे के अलावा जिन कश्मीरी पंडितों ने वापस रहने का विकल्प चुना, उन्हें सुरक्षाबलों के उत्पीड़न का भी सामना करना पड़ा।

"हम अपने स्टोर रूम में सख्त मौसम के महीनों के दौरान उपयोग किए जानेवाले खाद्यान्नों का अच्छी मात्रा में स्टॉक करते थे। उन्हें शक था कि हम

उग्रवादियों को खाना खिला रहे हैं। नतीजतन उन्होंने हमारे स्टॉक को नष्ट कर दिया। ऐसा व्यवहार बहुसंख्यक (मुसलिम) समुदाय के साथ भी किया गया था।" उन्होंने याद किया। उन्होंने यह भी कहा, "जो अधिकारी कश्मीर के बाहर से आते हैं, वे इस जगह की ए.बी.सी. नहीं जानते।"

टिक्कू 2003 से एक संगठन 'कश्मीरी पंडित संघर्ष समिति' चला रहे हैं। फिलहाल वे इसके अध्यक्ष हैं। वे घाटी में रहनेवाले कश्मीरी पंडितों के सबसे मुखर चेहरों में से एक रहे हैं और घाटी के विभिन्न हिस्सों में फैले 808 परिवारों को जोड़ने में उन्होंने महत्त्वपूर्ण भूमिका निभाई है।

टिक्कू ने कहा कि आज कश्मीरी पंडितों और कश्मीरी मुसलमानों के बीच समुदाय के स्तर पर कोई रिश्ता नहीं है, हालाँकि, दोनों समुदायों के सदस्यों के बीच व्यक्तिगत संबंध हैं। उन्होंने कहा, "आज भी हमारा परिवार महाशिवरात्रि पर मुसलिम दोस्तों को परंपरा के तौर पर पानी में भीगे हुए अखरोट बाँटता है।" उनके विचार से आज कश्मीरी पंडितों की स्थिति 1990 के दशक की स्थिति से बहुत अलग है। 808 परिवारों में से गाँवों में रहनेवाले अधिकांश पंडितों का दैनिक जीवन सुचारु रूप से चल रहा है। शादियाँ और अन्य समारोह स्वतंत्र रूप से होते हैं।

उन्हें कश्मीरी पंडितों के अपने घरों में लौटने और सामान्य जीवन जीने में कोई समस्या नहीं दिखती। उन्होंने कहा, "केवल जब कुछ उथल-पुथल होती है, जैसे—अमरनाथ भूमि विवाद, माछिल मुठभेड़ या बुरहान वानी की हत्या, तब हमारी गतिविधियाँ प्रतिबंधित हो जाती हैं।"

जब मैंने उनसे पूछा कि 5 अगस्त के फैसले के बाद केंद्र सरकार से उनकी क्या उम्मीदें हैं, तो टिक्कू भड़क गए। 'बहुत बड़ा शून्य', उन्होंने गुस्से से भरी आवाज में जोर से कहा, "अनुच्छेद 370 के निरस्त होने के बाद हमें कोई लाभ नहीं मिला है। मेरी सामाजिक-राजनीतिक, आर्थिक या धार्मिक स्वतंत्रताएँ नहीं बदली हैं। दरअसल, 5 अगस्त के बाद हमारी सुननेवाला कोई नहीं है। एक राजनीतिक शून्य है। पहले एक सरकार थी, जो हमारी बात सुनती थी और कुछ हद तक हमारी शिकायतें दूर करती थी।"

उन्होंने प्रधानमंत्री मोदी का जिक्र करते हुए कहा, "मैं बस इतना चाहता हूँ कि वे वही करें, जो स्वर्गीय अटल बिहारी वाजपेयीजी ने उन्हें सलाह दी थी। राजधर्म का पालन करें। मैं मोदीजी से कह रहा हूँ कि आनेवाले दिनों के लिए खतरे की घंटी है। उन्हें अपने सभी वादों को पूरा करना चाहिए। अचानक हुए लॉकडाउन के

कारण निम्न वर्ग के लोगों का जीवन दयनीय हो गया है। उनके जीवन को बहाल करने की जरूरत है।"

कश्मीरी पंडितों की अलग बस्तियाँ

संजय टिक्कू ने मुझे बताया कि प्रधानमंत्री मनमोहन सिंह के कार्यकाल के दौरान शुरू की गई 'प्रधानमंत्री राहत और पुनर्वास योजना' के तहत 4,000 से अधिक कश्मीरी पंडित घाटी में लौट आए हैं। उन्होंने कहा कि अब कश्मीरी पंडितों को घाटी में बसाने में कोई दिक्कत नहीं है, लेकिन सरकार द्वारा अपनाया गया 'गेटेड समुदाय' का मॉडल बेतुका है। वापस लौटे कश्मीरी पंडित ज्यादातर सरकार के कर्मचारी हैं। वे एक या तीन मंजिला इमारतों में रहते हैं, जिन्हें 'ट्रांजिट आवास' के रूप में बनाया गया है। सी.आर.पी.एफ. और स्थानीय पुलिस उनकी सुरक्षा करती है। इनमें से ज्यादातर लोग मूल रूप से घाटी के अन्य हिस्सों में रहते थे। गेटेड कॉलोनियाँ विभिन्न समुदायों के लोगों को अपनाने और आपसी भरोसा कायम करने में अड़चन पैदा करती हैं।

मैंने महेंद्र कुमार (बदला हुआ नाम) से बात की, जो कश्मीरी प्रवासियों के लिए ट्रांजिट आवास के रूप में बनाई गई घाटी की आधा दर्जन कॉलोनियों में से एक वेसु कैंप में रह रहे हैं। केवल दो कॉलोनियों में कंक्रीट के घर हैं, जबकि बाकी कॉलोनियाँ पूर्व निर्मित सामग्री से बनी हैं। ऐसी ही एक कॉलोनी में महेंद्र और उनका परिवार रहता है।

महेंद्र ने मुझे बताया कि जगह और निजता की कमी के कारण ऐसी कॉलोनियों में जीवन दयनीय रहा है। सर्दियों में तो हालात और भी खराब हो जाते हैं। "इस बार सर्दियों में असामान्य बर्फबारी हुई थी। बर्फ ने हमारे घरों के आसपास के क्षेत्र को 6 फीट तक ढक लिया था। हमारे घर क्षतिग्रस्त हो गए। यह एक प्राकृतिक आपदा थी। हमें बचाने के लिए हमने अधिकारियों को एस.ओ.एस. कॉल भेजीं। हालाँकि हम तक स्थानीय राजनीतिक कार्यकर्ता पहले पहुँचे। हमारे घरों के पास कई बहुमंजिला निर्माणाधीन इमारतें थीं। हमें बताया गया था कि इनके बनते ही ये हमें आवंटित की जाएँगी। इसलिए बर्फ में फँसे परिवारों को अस्थायी तौर पर उन इमारतों में रखा गया। कई लोगों की जान बच गई, लेकिन उसके बाद कुछ अप्रत्याशित हुआ। हमारे खिलाफ अतिक्रमण के आरोप में प्राथमिकी दर्ज कर दी गई। चूँकि हम सरकारी कर्मचारी थे, इसलिए वेतन कटौती का निर्देश देते हुए पत्र लिखे गए।"

इन समस्याओं के बावजूद, सरकार की योजना ऐसी और कॉलोनियाँ बनाने

की है। 2020 में जम्मू-कश्मीर सरकार के राजस्व विभाग के एक आदेश ने कश्मीरी पंडितों के ट्रांजिट घरों के लिए 5 एकड़ जमीन आरक्षित की। प्रस्तावित कॉलोनी शोपियाँ के एक गाँव में बनाई जानी है। 2015 में पुनर्वास परियोजना के एक खाके का खुलासा किया गया था, जिसमें कश्मीरी प्रवासियों के लिए अच्छी तरह सुरक्षित और अलग कॉलोनियों की बात थी। इनमें शॉपिंग मॉल, स्कूल, अस्पताल, खेल के मैदान जैसी सुविधाएँ होतीं।

महेंद्र ने बातचीत को यह कहकर समाप्त किया, "ऐसी व्यवस्था में आप अन्य समुदायों के साथ मेलजोल और भाईचारा नहीं कर सकते। हमें हिंदू और मुसलिम समुदायों के बीच रिश्ता बनाने की जरूरत है। हम लौट आए हैं, लेकिन हमारा पुनर्वास नहीं हुआ है।"

फिर शुरू हुआ हत्याओं का सिलसिला

एक ओर जहाँ कश्मीरी पंडितों को फिर से घाटी में बसाए जाने की कवायद चल रही थी, कहीं दूसरी ओर फिर एक बार कश्मीरी पंडितों और घाटी में दूसरे राज्य से आए लोगों की हत्याओं का सिलसिला शुरू हो गया। इस सिलसिले की शुरुआत हुई मई 2022 से।

12 मई को सरकारी कर्मचारी राहुल भट्ट को बडगाम जिले में उनके दफ्तर में घुसकर आतंकियों ने गोली मार दी। भट्ट को विस्थापितों के लिए तैयार किए गए प्रधानमंत्री के विशेष पैकेज के तहत क्लर्क की नौकरी दी गई थी। वह अपनी नियुक्ति की जगह पर असुरक्षित महसूस कर रहे थे और चाहते थे कि वहाँ से उनका तबादला कर दिया जाए। भट्ट की हत्या के बाद जम्मू-कश्मीर में कश्मीरी पंडितों के उग्र प्रदर्शन हुए और कुछेक ठिकानों पर पुलिस को बल प्रयोग करना पड़ा। जम्मू-कश्मीर भाजपा इकाई के अध्यक्ष रविंद्र रैना को भी प्रदर्शनकारियों के गुस्से का सामना करना पड़ा। राहुल भट्ट के अंतिम संस्कार में भाजपा और उप-राज्यपाल के विरोध में नारे भी लगे।

अभी राहुल भट्ट की हत्या के बाद उठा बवाल थमा भी नहीं था कि आतंकियों ने 31 मई को कुलगाम में एक शिक्षिका रजनी बाला के सिर में गोली मारकर उनकी हत्या कर दी। रजनी बाला का दूसरी जगह पर तबादला हो गया था और इस स्कूल में उनका वह अंतिम दिन था। उनकी हत्या से फिर एक बार जम्मू-कश्मीर के हिंदू समुदाय के बीच गुस्से की लहर फैल गई।

रजनी बाला की हत्या के तीसरे दिन कुलगाम में ही आतंकियों ने फिर एक वारदात को अंजाम दिया। इस बार उनका शिकार बने एलाकी देहाती बैंक के मैनेजर विजय कुमार। एक आंतकी ने बैंक की शाखा में घुसकर उन्हें गोली मारकर उनकी हत्या कर दी। विजय कुमार राजस्थान के रहनेवाले थे और फरवरी माह में ही उनकी शादी हुई थी।

कश्मीर घाटी में पुनः शुरू हुए हत्याओं के सिलसिले ने फिर एक बार यहाँ रह रहे हिंदुओं को खौफजदा कर दिया। सैकड़ों कश्मीरी पंडित परिवार घाटी छोड़कर चले गए। जिन लोगों को प्रधानमंत्री पैकेज के तहत नौकरियाँ दी गई थीं, उन्होंने सरकार से किसी सुरक्षित ठिकाने पर पोस्टिंग करने की माँग की।

इन हत्याओं से एक बात साफ होती है कि कश्मीरी पंडितों को वापस घाटी में बसाने की राह इतनी आसान नहीं है। इस तरह टारगेट किलिंग करके आतंकी उनके बीच दहशत का माहौल पैदा करने में कामयाब हो जाते हैं। अब ज्यादातर कश्मीरी पंडित वापस लौटने को तभी तैयार होंगे, जब उन्हें 1980 के दशक की तरह बेखौफ जीने का भरोसा मिलेगा। पर इसके आसार फिलहाल तो नजर नहीं आते।

□

13

नया प्रशासन

जम्मू और कश्मीर राज्य का दर्जा खो चुका है। इसका विशेष दर्जा भी खत्म हो गया है और इसे केंद्रशासित प्रदेश में परिवर्तित कर दिया गया है। इन फैसलों ने घाटी के लोगों के जीवन को कैसे प्रभावित किया है? 'नए कश्मीर' में प्रशासन कैसे आकार ले रहा है? कश्मीरियों के दिमाग में कौन से ताजा मुद्दे हैं? घाटी की अपनी यात्रा और वहाँ के लोगों के साथ बातचीत के जरिए मैंने इन सवालों के जवाब तलाशने की कोशिश की।

राज्यपाल से उप-राज्यपाल तक

"राज्यपाल के पास करने के लिए कोई काम नहीं है। जो शख्स जम्मू और कश्मीर का राज्यपाल होता है, वह आमतौर पर शराब पीता है और गोल्फ खेलता है।" मार्च 2020 में जम्मू और कश्मीर के पूर्व राज्यपाल सत्यपाल मलिक ने कहा।[1] राज्यपाल के काम के इस विवरण ने कुछ को चौंका दिया और कुछ को खुश भी किया। कुछ लोगों ने नाराजगी महसूस की और मलिक की टिप्पणियों के लिए उनका मजाक उड़ाया। शिवसेना ने अपने मुखपत्र 'सामना' में उनके बयान को राज्यपाल कार्यालय का अपमान बताया। हालाँकि, मलिक का तबादला गोवा होने के बाद जम्मू और कश्मीर में राज्यपाल का कार्यालय अस्तित्वहीन हो गया।

चूँकि जम्मू-कश्मीर को पूर्ण राज्य से केंद्रशासित प्रदेश बनाया गया था, इसलिए राज्यपाल के संवैधानिक पद को लेफ्टिनेंट गवर्नर में बदल दिया गया था, जैसेकि दिल्ली और पुडुचेरी में है। एक लेफ्टिनेंट गवर्नर को भारत के राष्ट्रपति द्वारा पाँच साल के कार्यकाल के लिए नियुक्त किया जाता है और उसे गवर्नर के समान ही कार्यकारी, विधायी, वित्तीय और विवेकाधीन अधिकार प्राप्त होते हैं।

गिरीश चंद्र मुर्मू को लेफ्टिनेंट गवर्नर के रूप में सत्यपाल मलिक का उत्तराधिकारी बनाया गया। उनकी जगह नौ महीने बाद मनोज सिन्हा को लाया गया। विभिन्न संवैधानिक विशेषज्ञों ने राजनीति में सक्रिय व्यक्ति को राज्यपाल या लेफ्टिनेंट गवर्नर के रूप में नियुक्त करने के खिलाफ चेतावनी दी, लेकिन कश्मीर में इसका पालन नहीं किया गया। मनोज सिन्हा अपनी नियुक्ति से कुछ महीने पहले तक एक सक्रिय राजनेता थे। वे तीन बार सांसद रहे थे और 2019 में प्रधानमंत्री मोदी के पहले कार्यकाल के अंत तक मंत्री थे। श्रीनगर में पद सँभालने के बाद सिन्हा के सामने एक बड़ी चुनौती अर्थव्यवस्था को सुधारने की रही है, जो 5 अगस्त, 2019 के बाद से दोहरे जुड़वाँ लॉकडाउन के कारण संकट में है।

जमीनी स्तर पर शासन की नई प्रणाली

5 अगस्त, 2019 के बाद जमीनी स्तर पर शासन में पहला बदलाव जिला विकास परिषद् (डी.डी.सी.) के रूप में सामने आया। शासन की इस नई इकाई ने तत्कालीन जिला योजना और विकास बोर्डों की जगह ली।

प्रत्येक जिले के लिए एक 'जिला योजना समिति' (डी.पी.सी.) भी होती है, जिसका काम विकास कार्यक्रम बनाने में मार्गदर्शन करना और विभिन्न योजनाओं को प्राथमिकता देना, विकास से संबंधित मुद्दों को उठाना और सावधिक योजनाओं और बजट को अंतिम रूप देना होता है।

पंचायती राज व्यवस्था को पुनर्जीवित करने के प्रयास के रूप में डी.डी.सी. प्रणाली की शुरुआत को केंद्र ने सही ठहराया है। डी.डी.सी. को जमीनी स्तर पर विकास के लिए प्रभावी प्रतिनिधि निकाय के रूप में जाना जाता है।

नौकरशाही को अधिक अधिकार देने और विधायकों की भूमिका को कम करने के लिए नई प्रणाली की शुरुआत में अधिकांश स्थानीय राजनीतिक दलों द्वारा लोकतांत्रिक प्रक्रिया के 'टोकनवाद' के रूप में आलोचना की गई थी। व्यवस्था पर प्रशासनिक ढाँचे को लेकर भ्रम पैदा करने का भी आरोप लगाया गया था। हालाँकि नवंबर 2020 में हुए डी.डी.सी. चुनावों में सभी दलों ने बढ़-चढ़कर हिस्सा लिया।

जम्मू-कश्मीर कैडर नहीं

पहाड़ियों से घिरे श्रीनगर में सेवा दे रहे एक आई.पी.एस. अधिकारी अब गोवा के समुद्र तटों से अपने कर्तव्यों का निर्वहन कर सकते हैं। भारत में फ्रांसीसी शासन की याद ताजा करनेवाले विरासत भवनों से भरे शहर की पुलिसिंग के लिए उन्हें

सुंदर पुडुचेरी में भी स्थानांतरित किया जा सकता है।

अगस्त 2019 के बाद जम्मू-कश्मीर की सिविल सेवाओं में सबसे महत्त्वपूर्ण परिवर्तनों में से एक जम्मू-कश्मीर कैडर का एक अन्य कैडर के साथ विलय है।

चूँकि जम्मू-कश्मीर ने राज्य का अपना दर्जा खो दिया है और एक केंद्रशासित प्रदेश बन गया है, इसलिए इसके कैडर को जनवरी 2021 में अरुणाचल प्रदेश, गोवा, मिजोरम और केंद्रशासित प्रदेशों (ए.जी.एम.यू.टी.) में मिलाना पड़ा। कैडर को नौ केंद्रशासित प्रदेशों या अरुणाचल प्रदेश, गोवा और मिजोरम राज्यों में से किसी में भी भेजा जा सकता है और इन स्थानों में से कहीं का भी कैडर यहाँ तैनात किया जा सकता है। यह विलय भारतीय प्रशासनिक सेवा (आई.ए.एस.), भारतीय पुलिस सेवा (आई.पी.एस.) और भारतीय वन सेवा (आई.एफ.एस.) के अधिकारियों पर लागू होता है।

जम्मू-कश्मीर कैडर को बंद करने का एक राजनीतिक संदेश भी है। केंद्र सरकार इस फैसले को जम्मू-कश्मीर को केंद्रशासित प्रदेश में बदलने और इसे भारत की मुख्यधारा से जोड़ने की प्रक्रिया के हिस्से के रूप में देखती है। इस फैसले से इस चर्चा ने भी जोर पकड़ा है कि जम्मू-कश्मीर के राज्य की बहाली की संभावना नहीं है। इस बदलाव को जरूरी बनानेवाला एक अन्य कारक है—जम्मू-कश्मीर कैडर के पूर्व अधिकारियों की कठोर कामकाजी परिस्थितियों के कारण लद्दाख क्षेत्र में काम करने की अनिच्छा। सरकार के पास अब विभिन्न क्षेत्रों में तैनात अधिकारियों का एक बड़ा समूह है।

कुछ महीनों तक कश्मीरी राजनीति में भाग लेनेवाले पूर्व आई.ए.एस. अधिकारी शाह फैसल ने जम्मू-कश्मीर कैडर को खत्म करने के बारे में अपनी टिप्पणियों को मेरे साथ साझा किया। फैसल ने कहा, "ये संक्रमणकालीन फैसले हैं और लंबी अवधि का नजरिया लेना काफी मुश्किल होनेवाला है। लेकिन आई.ए.एस./आई.पी.एस. अखिल भारतीय सेवाएँ हैं और मुझे नहीं लगता कि यहाँ कैडर ज्यादा मायने रखता है। केंद्र और राज्यों के बीच पहले से ही काफी गतिशीलता है और इसने अब तक अच्छा काम किया है। वरिष्ठ अधिकारियों के लिए जीवन के ऐसे चरण में जम्मू-कश्मीर कैडर से बाहर निकलना मुश्किल हो सकता है, जब स्थिरता किसी और चीज से ज्यादा मायने रखती है। लेकिन इसके अलावा, मुझे नहीं लगता कि कैडर विलय से कोई और बड़ी जटिलताएँ हो सकती हैं। मुमकिन है कि किसी दिन राज्य का दर्जा लौटा दिया जाए तो कैडर भी वापस हो सकता है।"

परिसीमन : समस्याओं का पिटारा ?

जम्मू–कश्मीर के विभाजन के कारण चुनाव क्षेत्रों के पुनर्गठन की आवश्यकता पड़ी। इस उद्देश्य के लिए 6 मार्च, 2020 को एक 'परिसीमन आयोग' का गठन किया गया।

2011 की जनगणना का हवाला देते हुए आयोग को चुनावी सीटों की संख्या और सीमाओं को इस तरह से निर्धारित करना है कि सभी निर्वाचन–क्षेत्रों में जनसंख्या यथासंभव समान हो। आयोग को महिलाओं, अनुसूचित जातियों, अनुसूचित जनजातियों और कई अन्य समूहों के लिए आरक्षित सीटों की संख्या भी तय करनी है। इसमें गुर्जरों, बकरवालों, पश्चिमी पाकिस्तानी शरणार्थियों और गोरखाओं को प्रतिनिधित्व दिए जाने की उम्मीद है।

आयोग का काम बहुत जटिल है, क्योंकि इसे एक ऐसे मुद्दे से निपटना है, जिसके दूरगामी राजनीतिक निहितार्थ हैं। जम्मू और कश्मीर क्षेत्रों के बीच साझा की गई सीटों की कुल संख्या की यथास्थिति बाधित होने की संभावना है। पूर्ववर्ती राज्य की सरकार तय करने में कश्मीर क्षेत्र का ही हाथ रहा है। गुलाम नबी आजाद को छोड़कर सभी मुख्यमंत्री कश्मीरीभाषी मुसलमान रहे हैं। वर्तमान में कश्मीर संभाग में जनसंख्या का 56 प्रतिशत हिस्सा है और जम्मू में 44 प्रतिशत है। हालाँकि जम्मू में कुल क्षेत्रफल का 62 प्रतिशत हिस्सा है और 38 प्रतिशत हिस्सा कश्मीर क्षेत्र के पास है। यह हंगामा मचा है कि परिसीमन जनसंख्या के बजाय क्षेत्र के आधार पर किया जाना चाहिए। यह भी आरोप लगाया गया है कि इस्तेमाल की जा रही 2011 की जनगणना में विसंगतियाँ हैं।[2]

कुछ समूहों ने परिसीमन प्रक्रिया से अपनी अपेक्षाएँ व्यक्त करना शुरू कर दिया है। 26 मार्च, 2021 को कश्मीरी पंडितों और सिख कार्यकर्ताओं के एक प्रतिनिधिमंडल ने आयोग की अध्यक्ष न्यायमूर्ति रंजना देसाई और आयोग के अन्य सदस्यों से मुलाकात करके उन्हें अपनी माँगों से अवगत कराया। प्रतिनिधिमंडल ने जोर देकर कहा कि केंद्रशासित प्रदेश में कश्मीरी पंडितों और सिखों जैसे अल्पसंख्यकों के राजनीतिक अधिकारों को सुरक्षित करने को उनके लिए सीटों के आरक्षण या नामांकन जैसे उपायों को अपनाया जाना चाहिए। इसके अलावा, प्रतिनिधिमंडल ने लोकसभा और राज्यसभा में एक–एक सीट की भी माँग की।

परिसीमन आयोग धीरे–धीरे काम कर रहा है और इसका कार्यकाल 5 मार्च, 2021 से एक साल के लिए बढ़ा दिया गया है। विधानसभा चुनाव तभी होने की

संभावना है, जब आयोग अपनी प्रक्रिया पूरी कर लेगा। जुलाई 2021 के पहले सप्ताह में, जब परिसीमन पैनल ने राजनीतिक दलों और केंद्रशासित प्रदेशों के अधिकारियों के विचार जानने के लिए घाटी का दौरा किया तो 'गुपकर गठबंधन' के घटकों की मिली-जुली प्रतिक्रिया थी। नेशनल कॉन्फ्रेंस और सीपीएम के प्रतिनिधियों ने पैनल से मुलाकात की, लेकिन पीडीपी ने यह कहकर टाल दिया कि आयोग के पास संवैधानिक और कानूनी जनादेश का अभाव है। भाजपा, कांग्रेस और कुछ अन्य दलों के प्रतिनिधियों ने पैनल से मुलाकात की।

जब मैंने अनुभवी पत्रकार बशीर मंजर से परिसीमन प्रक्रिया पर उनका विचार पूछा, तो उन्होंने कहा, "कश्मीर में परिसीमन समय से पहले हो रहा है। हालाँकि ऐतिहासिक रूप से ऐसी कवायद बार-बार होती रही है, जिसके दौरान मतदाताओं के कुछ समुदायों को इधर-उधर स्थानांतरित किया जाता है।"

दिसंबर 2021 में आयोग ने जम्मू संभाग के लिए छह सीटों और कश्मीर संभाग के लिए एक सीट जोड़ने का प्रस्ताव रखा। इसने अनुसूचित जाति और अनुसूचित जनजाति के उम्मीदवारों के लिए 16 सीटों के आरक्षण का भी प्रस्ताव रखा। प्रस्ताव को स्वीकार करने से जम्मू क्षेत्र की सीटों की संख्या 37 से बढ़कर 43 हो जाएगी, जबकि कश्मीर में एक अतिरिक्त सीट के साथ 47 सीटें होंगी। गुपकर गठबंधन के घटक दलों ने प्रस्तावों का विरोध किया है। अल्ताफ बुखारी की 'अपनी पार्टी' ने भी प्रस्ताव का विरोध किया।

तमाम अड़चनों और अपना काम खत्म करने की मियाद बार-बार बढ़ाए जाने के बाद आखिरकार 5 मई, 2022 को जम्मू और कश्मीर परिसीमन कमीशन ने अपनी रिपोर्ट सौंप दी। केंद्र सरकार ने एक आदेश के जरिए 20 मई से कमीशन की ओर से की गई सिफरिशों को प्रभावी बना दिया। नए परिसीमन आदेश के मुताबिक अब जम्मू-कश्मीर विधानसभा में 83 के बजाय 90 सीटें होंगी। कश्मीर के हिस्से में 47 सीटें आई हैं, जबिक जम्मू के हिस्से में 43 सीटें। अनुसूचित जाति और अनुसूचित जनजाति के लिए 9 सीटों को आरक्षित रखा गया है।

ध्यान रखें कि इन आँकड़ों में उन सीटों को नहीं जोड़ा गया है, जो पाक अधिकृत कश्मीर में हैं। परिसीमन प्रक्रिया के तहत पुंछ और राजौरी को अनंतनाग लोकसभा सीट के अधीन ले आया गया है। बदलाव के बाद इस सीट का नाम अनंतनाग-राजौरी सीट कर दिया गया। कई राजनीतिक पार्टियों ने इस बदलाव का विरोध किया, बहरहाल इस प्रक्रिया के पूरा हो जाने को जम्मू-कश्मीर में चुनावी प्रक्रिया फिर से शुरू करने की ओर उठाए गए पहले कदम के तौर पर देखा गया।

डोमिसाइल और भूमि कानून

जून 2020 में एक मुद्रित दस्तावेज सोशल मीडिया पर वायरल हो गया। इसमें लिखा था—'यह प्रमाणित किया जाता है कि श्री नवीन के. चौधरी, पुत्र श्री देवकांत चौधरी, फिलहाल गांधीनगर, जम्मू के निवासी का केंद्रशासित प्रदेश जम्मू और कश्मीर का डोमिसाइल है।'[3] आई.ए.एस. अधिकारी चौधरी नौकरशाहों में से पहले थे, जिन्हें नए कानून के तहत डोमिसाइल प्रमाण-पत्र मिला था। वे बिहार के दरभंगा के रहनेवाले हैं और उन्होंने 26 वर्ष से अधिक समय तक जम्मू-कश्मीर के पूर्ववर्ती राज्य में सेवा की है। कुमार को डोमिसाइल देना इस बात का उदाहरण है कि कश्मीर में चीजें कैसे आकार ले रही हैं।

अगस्त 2019 के बाद जम्मू-कश्मीर में प्रमुख घटनाक्रमों में से एक नए डोमिसाइल कानून का कार्यान्वयन है। यह कानून विवाद का मुद्दा रहा है और केंद्रशासित प्रदेश की जनसांख्यिकी के लिए इसके निहितार्थ हैं। 31 मार्च, 2020 को केंद्र सरकार ने डोमिसाइल नियमों के लिए एक अधिसूचना जारी की। इसमें कहा गया कि कोई भी व्यक्ति, जो 15 साल से केंद्रशासित प्रदेश में रह रहा है या जिसने 7 साल तक कश्मीर में पढ़ाई की है और 10वीं और 12वीं कक्षा की परीक्षा दी है, वह डोमिसाइल का दर्जा हासिल करने का पात्र है। नए दिशा-निर्देशों के अनुसार, निर्धारित अवधि के लिए केंद्रशासित प्रदेश में काम करने या अध्ययन करनेवालों के बच्चे भी पात्र हैं। जिन लोगों ने सरकार के लिए कम-से-कम 10 साल काम किया है, वे भी नई व्यवस्था से लाभ पाने के पात्र हैं।

नए डोमिसाइल कानून ने स्थायी निवासी प्रमाण-पत्र (पी.आर.सी.) जारी करने की पुरानी प्रणाली की जगह ले ली है, जिसके तहत केवल स्थायी निवासी ही संपत्ति के हकदार थे, नौकरी के लिए आवेदन करते थे और जम्मू और कश्मीर के शैक्षणिक संस्थानों में प्रवेश ले सकते थे। पी.आर.सी. प्रणाली को भारतीय संविधान के अब समाप्त हो चुके अनुच्छेद 35ए के तहत परिभाषित किया गया था।[4]

प्रक्रिया को आसान और त्वरित बनाया गया है। नए डोमिसाइल नियम लागू होने के एक साल के भीतर ही 32 लाख से ज्यादा लोगों को सर्टिफिकेट मिल गया है। उनमें से लगभग 31 लाख पी.आर.सी. के धारक हैं, जिन्हें अब डोमिसाइल प्रमाण-पत्रों से बदल दिया गया है।

भाजपा को छोड़कर अन्य सभी दलों ने नए डोमिसाइल नियमों की आलोचना की है और इसे संदेह की नजर से देखा है। नेशनल कॉन्फ्रेंस के फारूक अब्दुल्ला ने

कहा कि नई व्यवस्था मंजूर नहीं है, क्योंकि यह अवैध और असंवैधानिक है। उनके बेटे उमर अब्दुल्ला ने डोमिसाइल कानून को जल्दबाजी में लागू करने पर सवाल उठाया।[5] पीडीपी ने भी सिलसिलेवार ट्वीट के जरिए इस कानून पर निशाना साधा। पार्टी के आधिकारिक ट्विटर हैंडल से कहा गया है, "ऐसा लगता है कि डोमिसाइल कानून न केवल पहले से मौजूद राज्य की सीमाओं को हिलाने की कोशिश कर रहा है, बल्कि जम्मू-कश्मीर के निवासियों के लिए भारी समस्याएँ पैदा करने की भी कोशिश कर रहा है। यह लोगों को और अलग-थलग कर रहा है और उन्हें संवैधानिक अधिकारों से वंचित कर रहा है।"[6] 'अपनी पार्टी' ने भी कानून की निंदा करते हुए कहा कि यह नई दिल्ली द्वारा जम्मू-कश्मीर के लोगों को धोखा देने का एक आकस्मिक प्रयास था।[7]

गैर-राजनीतिक तबकों से भी 'डोमिसाइल सुधारों' के खिलाफ विरोध के सुर आए। कश्मीर के ग्रैंड मुफ्ती नसीर-उल-इसलाम ने यह कहकर इसकी खिंचाई की कि ये कश्मीर के लोगों के हितों के खिलाफ हैं। मीरवाइज उमर फारूक ने इसकी निंदा करते हुए शक जाहिर किया कि यह केंद्रशासित प्रदेश के जनसांख्यिकीय चरित्र को बदलने की एक कोशिश है। अलगाववादी संगठन जे.के.एल.एफ. के एक बयान ने सुधारों को अलोकतांत्रिक और अंतरराष्ट्रीय कानूनों और दायित्वों के विपरीत बताया।[8]

गृह मंत्रालय द्वारा 26 अक्तूबर, 2020 को जारी एक आदेश ने भूमि स्वामित्व के लिए कानूनी प्रणाली को काफी हद तक बदल दिया। पूर्ववर्ती राज्य जम्मू-कश्मीर के 14 कानूनों में संशोधन किए गए और 12 कानूनों को निरस्त कर दिया गया। जम्मू और कश्मीर विकास अधिनियम-1970 में सबसे महत्त्वपूर्ण संशोधन किया गया, जहाँ 'राज्य के स्थायी निवासी' वाक्यांश को हटा दिया गया। इसका मतलब है कि केंद्रशासित प्रदेश में अब कोई भी व्यक्ति जमीन खरीद सकता है।

पूर्व नौकरशाह शाह फैसल का कानूनों में बदलाव के प्रति सकारात्मक दृष्टिकोण है। उन्होंने मुझसे कहा, "ये अनुच्छेद 370 के निरस्त होने के स्वाभाविक परिणाम हैं। इनके पीछे इरादा जम्मू-कश्मीर में तेजी से विकास करने का है। यदि भूमि आवंटन को आसान बनाकर सरकार औद्योगिक गतिविधियों को बढ़ावा देने और बड़े निवेश लाने में सफल होती है तो इसे प्रमुख नीति सुधार के रूप में याद किया जा सकता है।"

नया युग, नए नियम

अप्रैल 2021 में जम्मू-कश्मीर प्रशासन ने 'राज्य की सुरक्षा' के खिलाफ गतिविधियों में शामिल होने के संदेहवाले लोकसेवकों के खिलाफ काररवाई करने के लिए एक विशेष कार्य बल (एस.टी.एफ.) का गठन किया। यह आदेश प्रशासन को राज्य की सुरक्षा के आधार पर व्यक्ति के खिलाफ कोई जाँच किए बिना किसी कर्मचारी को बरखास्त करने का अधिकार देता है। एस.टी.एफ. का प्रमुख एक अतिरिक्त पुलिस महानिदेशक रैंक का अधिकारी होता है। कानून, न्याय और संसदीय मामलों के विभागों के सदस्यों के साथ कुछ अन्य पुलिस अधिकारी भी एस.टी.एफ. के सदस्य हैं।

नए एस.टी.एफ. के काम में इस अनुच्छेद के तहत काररवाई की आवश्यकता वाली गतिविधियों के संदिग्ध कर्मचारियों के रिकॉर्ड संकलित करना शामिल है। यदि आवश्यक हो तो एस.टी.एफ. को अन्य एजेंसियों और विभागों से सहायता लेने की भी अनुमति है।

एस.टी.एफ. का गठन कुछ राजनीतिक दलों को नहीं सुहाया। कम्युनिस्ट नेता एम.वाई. तारिगामी ने यह कहकर इसका विरोध किया कि यह मनमाना, कठोर और कर्मचारियों के हितों के खिलाफ है। उन्होंने कहा कि इस आदेश का इस्तेमाल 'सरकार और नौकरशाहों के लिए अपने अधीनस्थों को दबाने के लिए एक उपकरण' के रूप में किया जा सकता है।[9]

'दरबार मूव' बंद ?

जम्मू और कश्मीर भारत का एकमात्र राज्य था, जिसकी दो राजधानियाँ थीं— जम्मू शहर और श्रीनगर। मई से अक्तूबर तक सरकारी कार्यालय श्रीनगर से काम करते हैं और सर्दी शुरू होते ही पूरा प्रशासन अगले छह महीने के लिए जम्मू शहर में चला जाता है। सरकारी कर्मचारियों, फाइलों और प्रशासन की अन्य प्रणालियों को एक राजधानी से दूसरी राजधानी में लाने-ले जाने की कवायद को 'दरबार मूव' के रूप में जाना जाता है। कहा जाता है कि यह परंपरा 1872 में महाराजा गुलाब सिंह के शासन के दौरान इस क्षेत्र के सख्त मौसम को समायोजित करने और जम्मू और कश्मीर—दोनों के लोगों के लिए सरकार उपलब्ध कराने के लिए शुरू हुई थी।[10]

'दरबार मूव' के दिनों के लिए सरकारी कार्यालयों में अवकाश घोषित किया जाता है और दोनों राजधानियों के बीच फाइलों और अन्य दस्तावेज को स्थानांतरित करने के लिए सैकड़ों ट्रकों और बसों की व्यवस्था की जाती है। हर

साल करीब 200 करोड़ रुपए 'दरबार मूव' के लिए खर्च किए जाते हैं। इसमें सरकारी कर्मचारियों के परिवहन, आवास और विभिन्न भत्ते शामिल हैं।

वर्षों से धन, समय और संसाधनों की बरबादी के रूप में इस प्रथा की आलोचना की गई है और इसे दूर करने के लिए काफी आवाज उठाई गई है।[11] मौजूदा सरकार इस परंपरा को जारी रखने के लिए उत्सुक नहीं है। प्रशासन के दृष्टिकोण का एक संकेत अप्रैल 2021 में स्पष्ट हो गया, जब केंद्रशासित प्रदेश के प्रशासन ने एक परिपत्र जारी किया कि केवल संवेदनशील फाइलों को जम्मू से श्रीनगर ले जाया जाएगा। महामारी को देखते हुए फाइलों की भौतिक आवाजाही को हतोत्साहित किया गया और सरकारी कार्य इ–ऑफिस के माध्यम से करना तय किया गया। हर साल सैकड़ों ट्रकों की व्यवस्था के विपरीत, यह घोषणा की गई थी कि केवल दस ट्रक उपलब्ध कराए जाएँगे। अपने इतिहास में पहली बार 2021 में 'दरबार मूव' को टाला गया।[12]

□

14

बंदूकें केवल जान ही नहीं लेतीं!

"कश्मीर अपना सबसे बुरा हाल देख चुका है। अब और क्या हो सकता है?" अगस्त 2019 में सी.आर.पी.एफ. के एक कमांडेंट ने मुझसे उलटे सवाल किया। मैंने उनसे पूछा था कि क्या उन्हें अनुमान था कि केंद्र सरकार द्वारा लिये गए फैसलों के बाद घाटी में स्थिति खराब होगी?

ऐसी आशंका थी कि इस तरह के फैसलों पर हिंसक प्रतिक्रिया होगी, इसलिए घाटी पूरी तरह बंद थी और संचार बंदी लागू थी। चारों तरफ सुरक्षाकर्मियों की व्यापक मौजूदगी के कारण संगठित पथराव की घटनाएँ कम ही हुईं। उग्रवादी समूहों ने तुरंत प्रतिक्रिया नहीं दी। इससे लगा कि कश्मीर में आतंकवाद दूर हो रहा था। लेकिन उन्होंने प्रतिक्रिया दी!

मैं खाने का शौकीन हूँ और मैंने भारत के लगभग हर उस शहर में, जहाँ मैं गया हूँ, स्वादिष्ट शाकाहारी भोजन के ठिकाने तलाशे हैं। श्रीनगर में मेरा पसंदीदा डल गेट के पास कृष्णा वैष्णो ढाबा था, जो अपने राजमा-पुलाव और बैंगन के भरते के लिए मशहूर था। डल झील से पैदल दूरी पर स्थित यह साधारण भोजनालय स्थानीय शाकाहारियों, सशस्त्र बलों के सदस्यों, पर्यटकों और तीर्थयात्रियों के बीच समान रूप से लोकप्रिय रहा है। अकसर लोगों को लंच और डिनर के समय टेबल लेने के लिए यहाँ इंतजार करना पड़ता है। पिछली बार मैं इस भोजनालय में फरवरी 2019 में गया था। जब मैं उस वर्ष अगस्त में फिर गया तो श्रीनगर में मेरे पूरे प्रवास के दौरान भोजनालय बंद था। मैं दो साल बाद मार्च 2021 में एक बार फिर भोजनालय पहुँचा तो उसके आसपास का इलाका उजाड़ पाया। इसका शटर डाउन था, भले ही उस दिन न तो कोई कर्फ्यू था और न ही किसी अलगाववादी समूह द्वारा 'बंद' का आह्वान किया गया था। इसके बंद होने की वजह से मेरा दिल टूट गया।

17 फरवरी, 2019 की शाम को जब 'कृष्णा ढाबा' ग्राहकों से खचाखच भरा हुआ था और भोजनालय के मालिक के 21 वर्षीय पुत्र आकाश मेहरा कैश काउंटर पर थे, अचानक पिस्तौल से लैस दो नकाबपोश अंदर आए और उन्होंने आकाश पर गोली चला दी। पेट में गोली लगने के कारण उन्हें श्री महाराजा हरिसिंह अस्पताल ले जाया गया। 11 दिन मौत से संघर्ष के बाद उन्होंने दम तोड़ दिया। उनकी हत्या ने कश्मीर में उग्रवाद के शिकार नागरिकों की संख्या में एक और इजाफा कर दिया।

आकाश मेहरा की हत्या ने स्थानीय लोगों और मेरे जैसे आगंतुकों को समान रूप से झकझोर दिया। तीन दशक के आतंकवाद के दौरान भी कृष्णा ढाबा या उसके मालिकों को कोई नुकसान नहीं हुआ था, फिर उन्हें निशाना बनाने के लिए अब क्या हुआ था? भोजनालय के मालिकों ने कभी स्थानीय राजनेताओं, अलगाववादियों या उग्रवादी संगठनों का विरोध नहीं किया था। वे हमेशा स्थानीय स्थिति के प्रति संवेदनशील रहते थे और जब भी कोई विरोध या बंद का आह्वान होता था तो वे भोजनालय को बंद रखते थे। एक और सवाल यह है कि आतंकवादियों ने इस तरह की घटना को अंजाम देने का इंतजाम कैसे किया, क्योंकि कृष्णा ढाबा श्रीनगर के अत्यधिक सुरक्षित क्षेत्रों में से एक में स्थित है? आकाश मेहरा की हत्या का मतलब यह है कि यदि आतंकवादी इस क्षेत्र में निहत्थे नागरिकों को मार सकते हैं, तो वे उन्हें किसी अन्य क्षेत्र में और आसानी से मार सकते हैं।

उसी दिन यूरोपीय संघ के देशों के कई दूत और इसलामिक देशों के संगठन के सदस्य कश्मीर में थे और उन्हें कृष्णा ढाबे से सिर्फ दो किलोमीटर दूर एक होटल में ठहराया गया था। हमले के समय से पता चलता है कि आतंकवादी विदेशियों को यह संदेश देना चाहते थे कि भारत सरकार का कश्मीर में सामान्य स्थिति का कोई भी दावा झूठा था और यहाँ भारत सरकार के खिलाफ प्रतिरोध जारी था। हाल के फैसलों ने घाटी में उग्रवाद की ताकतों को कमजोर नहीं किया था। एक और संदेश गैर-कश्मीरी निवासियों और हिंदुओं को दिया गया था—वे घाटी में सुरक्षित नहीं थे। यह माना जाता था कि आतंकवादियों ने हिंदुओं और गैर-कश्मीरी निवासियों में दहशत पैदा करने के लिए इस तरीके को अपनाया था।

मेहरा पर फायरिंग के एक दिन बाद पुलिस ने तीन नौजवानों को गिरफ्तार किया। उन्हें एक उग्रवादी संगठन 'मुसलिम जाँबाज फोर्स' का सदस्य बताया गया, जिसे 'लश्कर-ए-तैयबा' की शाखा के रूप में देखा जाता है। कथित तौर पर मेहरा

को गोली मारने के लिए इस्तेमाल की गई पिस्तौल और शूटरों की मोटरसाइकिल भी बरामद कर ली गई।[1]

इससे पहले जनवरी में आतंकियों ने सतपाल निश्चल नाम के एक बुजुर्ग जौहरी की गोली मारकर हत्या कर दी थी।[2] वे पिछले पाँच दशक से श्रीनगर में रह रहे थे। इस वारदात से कुछ दिन पहले उन्होंने कथित तौर पर अपना डोमिसाइल प्रमाण-पत्र प्राप्त कर लिया था। इसे उनके आतंकवादियों के निशाने पर आने के एक कारण के रूप में देखा गया। 'रेसिस्टेंस फ्रंट' नाम के एक उग्रवादी संगठन ने उनकी हत्या की जिम्मेदारी ली थी। हत्या के कुछ घंटे बाद कथित तौर पर इस समूह का एक संदेश वायरल हो गया। उसने कहा, "कोई भी भारतीय, चाहे वह किसी भी धर्म, जाति और रंग का हो, जो यहाँ बसने के इरादे से कश्मीर आता है, उससे नागरिक जैसा नहीं, बल्कि आर.एस.एस. के एजेंट जैसा सलूक किया जाएगा।" हालाँकि सतपाल के बेटे ने इससे इनकार किया कि उनके पिता की हत्या की वजह डोमिसाइल प्रमाण-पत्र था।[3]

आतंकवादियों द्वारा गैर-कश्मीरियों की हत्या की घटनाएँ अनुच्छेद 370 के निरस्त होने के कुछ ही दिन बाद शुरू हुईं। इन हत्याओं के विश्लेषण से संकेत मिलता है कि आतंकवादी सशस्त्र बलों की भारी उपस्थिति और लंबे समय तक संचारबंदी के बावजूद नौजवानों को प्रेरित करने, उन्हें बंदूकें देने और हिंसक संदेश देने के लिए उनका इस्तेमाल करने में कामयाब हो रहे थे। हालाँकि पुलिस का दावा है कि स्थिति नियंत्रण में है। गैर-कश्मीरियों की हत्याओं की संख्या में वृद्धि इंगित करती है कि नई डोमिसाइल नीति को घाटी में लागू करना कठिन होगा। शांति अभी दूर है।

पुराना उग्रवाद और नया उग्रवाद

आज कश्मीर में उग्रवाद 1990 और 2000 के दशक की तुलना में बहुत अलग है। उग्रवाद के शुरुआती दिनों में कश्मीरी नौजवानों ने नियंत्रण रेखा पार करके पी.ओ.के. और पाकिस्तान के कुछ स्थानों में स्थापित शिविरों में हथियारों का प्रशिक्षण प्राप्त किया। उन्हें कई हफ्ते और कभी-कभी कई महीने तक चलनेवाले व्यापक प्रशिक्षण कार्यक्रमों में भाग लेने के लिए जंगल और ऊबड़-खाबड़ पहाड़ी इलाकों में दिन बिताने पड़ते थे। उन्हें दौर-ए-सफा (धार्मिक प्रशिक्षण), दौर-ए-आम (हथियार सँभालने का प्रशिक्षण), दौर-ए-खास (विशेष युद्ध प्रशिक्षण) और दौर-ए-रिबत (खुफिया जानकारी इकट्ठा करना) जैसे विस्तृत प्रशिक्षण मॉड्यूल

से गुजरना होता था।[4] रंगरूट रॉकेट से चलनेवाले हथगोले सहित विभिन्न प्रकार के हथियारों को चलाना सीखते थे। उनके साथ अकसर अफगान मुजाहिदीन और पाकिस्तानी सेना के रंगरूट भी प्रशिक्षण लेते थे। एक बार संघर्ष के लिए तैयार होने के बाद उन्हें वापस भारत में भेज दिया जाता था। हालाँकि, एल.ओ.सी. पर कड़ी चौकसी और बाड़ लगाने के कारण अब सीमा पार करना मुश्किल हो गया है। अब रंगरूट प्रशिक्षण के लिए सीमा पार नहीं करते और 1990 के दशक में अपने पूर्ववर्तियों की तरह कठोर रूप से प्रशिक्षित नहीं होते। वे ज्यादातर उन पुलिसकर्मियों और सुरक्षाबलों के सदस्यों से जंगल या बगीचों में प्राथमिक प्रशिक्षण प्राप्त करते हैं, जो उग्रवाद में शामिल हो गए हैं।

अलग-अलग समय में उग्रवादियों को जिस तरह का प्रशिक्षण मिला, वह भारतीय सुरक्षाबलों के साथ मुठभेड़ों के दौरान उनके प्रदर्शन को दरशाता है। 1990 के दशक के उग्रवादी बहुत सख्त जंगजू साबित हुए और उन पर काबू पाने में अकसर समय लगता था, जबकि आज के खराब प्रशिक्षित आतंकवादी सुरक्षाबलों के साथ युद्ध में अधिक समय तक नहीं टिक पाते। इससे हाल में मुठभेड़ों के दौरान मारे जानेवाले स्थानीय आतंकवादियों की बढ़ती संख्या की वजह पता चलती है। इसका एक उदाहरण बुरहान वानी की मुठभेड़ है, जिसके बारे में कहा जाता है कि उसे 15 मिनट के भीतर अंजाम दिया गया था। आज के उग्रवादी चित्रों और डरानेवाले ऑडियो संदेशों के जरिए प्रचार पर अधिक ध्यान केंद्रित करते हैं।[5]

जम्मू में मेरे सहयोगी अजय बचलू ने उत्तरी कमान के लेफ्टिनेंट जनरल वाई.सी. जोशी से बात की। उन्होंने डी.डी.सी. चुनावों के कामयाबी से होने का हवाला देते हुए कहा, "लोकतंत्र में लोगों का विश्वास मजबूत हुआ है।" जोशी ने कहा कि जम्मू-कश्मीर में सेना के लिए त्रिस्तरीय चुनौती है। पहली चुनौती पाकिस्तान से है, जो लगातार केंद्रशासित प्रदेश के अंदर हथियार भेजने की कोशिश कर रहा है। दूसरी चुनौती चीन से है, जो एल.ए.सी. पर शरारत कर रहा है। तीसरी चुनौती जम्मू-कश्मीर में आंतरिक स्थिति को बनाए रखने की है।[6]

हालाँकि पथराव और कानून-व्यवस्था पर असर डालनेवाली अन्य घटनाओं में कमी आई है, फिर भी उग्रवाद एक बड़ी चिंता है।

2017 में भारतीय सेना, जम्मू-कश्मीर पुलिस, बी.एस.एफ., सी.आर.पी.एफ. और आई.बी. ने आतंकवादियों को बाहर निकालने के लिए एक संयुक्त अभियान के रूप में 'ऑपरेशन ऑल आउट' शुरू किया था। सशस्त्र बलों के नेतृत्व में ऐसे

कई ऑपरेशन 'ऑपरेशन रक्षक', 'ऑपरेशन काम डाउन' और 'ऑपरेशन सर्प विनाश' अतीत में आतंकवादी संगठनों की कमर तोड़ने के लिए शुरू किए गए थे।

कश्मीर में आई.एस.आई.एस. : हकीकत या धोखा ?

2013 के मध्य में दुनिया को आतंकवादी जिहादी समूह आई.एस.आई.एस. के बारे में एक वीडियो के माध्यम से पता चला। उस वीडियो में उसके क्रूर तरीकों और वैश्विक सुन्नी खिलाफत के उसके सपने को दिखाया गया था। पत्रकारों के सिर कलम करने की तसवीरें, इराकी सैनिकों और पुलिसकर्मियों की सामूहिक फाँसी और अकल्पनीय क्रूरता के ऐसे अन्य कारनामों ने दुनिया को झकझोरकर रख दिया। 2011 में अमेरिकी नौसेना के जवानों द्वारा ओसामा बिन लादेन के मारे जाने के बाद आई.एस.आई.एस. प्रमुख अबू बक्र अल-बगदादी वैश्विक आतंक का नया चेहरा बन गया। वास्तव में, आई.एस.आई.एस. ओसामा के अल-कायदा की तुलना में ज्यादा घातक लगता है, क्योंकि ऑनलाइन कट्टरता के माध्यम से इसने दुनिया भर के नौजवानों को इराक पहुँचने और युद्ध में शामिल होने के लिए उकसाया है।

कश्मीर 1990 के दशक से विदेशी आतंकवादियों के लिए जंग की जगह रहा है, लेकिन 2014 के आसपास यहाँ आई.एस.आई.एस. के प्रवेश की खबर ने प्रशासन और सुरक्षा तंत्र को चिंतित कर दिया।

2014 में आई विनाशकारी बाढ़ के बाद पहली बार घाटी में आई.एस.आई.एस. के झंडे दिखाए गए थे। झंडे दिखानेवालों से कानून लागू करानेवाली एजेंसियों की पूछताछ में पता चला कि उन्हें आई.एस.आई.एस. के बारे में ज्यादा जानकारी नहीं थी। उनकी मंशा सिर्फ अधिकारियों को भड़काने की थी। मुठभेड़ों में मारे गए कुछ आतंकवादियों के शवों को आई.एस.आई.एस. के झंडे में लपेटा गया था। 2014 के बाद झंडे दिखाने की कई घटनाएँ हुई हैं, लेकिन आई.एस.आई.एस. के साथ उनके संबंध की पुष्टि नहीं हुई थी। हालाँकि घाटी में आई.एस.आई.एस. की दिलचस्पी को पूरी तरह से नकारा नहीं जा सकता।

आई.एस.आई.एस. 2017 के बाद से कानून लागू करानेवाली एजेंसियों के साथ आतंकवादियों की कई झड़पों और सुरक्षाकर्मियों की हत्याओं का श्रेय लेता रहा है। मई 2019 में उसने अमाक न्यूज एजेंसी के जरिए भारत में अपनी शाखा 'विलायह-अल-हिंद' की शुरुआत के बारे में घोषणा की। हालाँकि यह उसने बेहद ठंडे तरीके से किया। जून 2019 में आई.एस.आई.एस. का झंडा थामे कुछ

नौजवानों ने नौहट्टा में सुरक्षाबलों पर पथराव किया था। इसी इलाके में 2020 में ईद की नमाज के बाद ऐसी घटनाएँ दोहराई गईं। अप्रैल 2020 में अनंतनाग में सी.आर.पी.एफ. के गश्ती दल पर हुए हमले में एक जवान की मौत का दावा आई.एस.आई.एस. ने किया था।[7]

सुरक्षा एजेंसियाँ घाटी में आई.एस.आई.एस. की मौजूदगी का खंडन करती रही हैं। किसी भी उग्रवादी संगठन ने इससे जुड़े होने की घोषणा नहीं की है। इसके अलावा, 2016 में हुर्रियत कॉन्फ्रेंस के अलगाववादी नेता सैयद अली शाह गिलानी ने आई.एस.आई.एस. को यह कहते हुए खारिज कर दिया कि यह एक आतंकवादी संगठन है, जो निर्दोष लोगों को मारता है और यह इसलाम का प्रतिनिधित्व नहीं करता।[8] वैश्विक खिलाफत की बयानबाजी ने न तो अलगाववादियों को और न ही पाकिस्तान समर्थक आतंकवादियों को लुभाया है। अब तक आई.एस.आई.एस. की उपस्थिति मुख्य रूप से ऑनलाइन क्षेत्र तक ही सीमित है।[9]

वैसे अल-कायदा ने घाटी में पैठ बनाने की भरपूर कोशिश की। जाकिर मूसा, जो बुरहान वानी का उत्तराधिकारी बना, ने 'अंसार गजवत-उल-हिंद' (ए.जी.एच.) नामक एक समूह की स्थापना की, जिसने अल-कायदा से जुड़े होने का वादा किया। हालाँकि ए.जी.एच. से जुड़े उग्रवादियों की संख्या बहुत कम थी, लेकिन उसने कुछ हिंसक घटनाओं के जरिए अपनी मौजूदगी दर्ज कराई थी।[10] वैसे ए.जी.एच. के बढ़ने से पहले ही सुरक्षाबलों ने उस पर भारी कारवाई की। उसके अधिकांश सदस्य मुठभेड़ों में मारे गए, जिनमें जाकिर मूसा भी शामिल था। लेकिन इससे पहले कि सुरक्षाबल यह मान पाते कि घाटी से ए.जी.एच. का सफाया हो गया है, कुछ और घटनाएँ हुईं। सुरक्षाबलों और ए.जी.एच. सदस्यों के बीच मुठभेड़ की ताजा खबर 10 अप्रैल, 2021 को आई। दो अलग-अलग मुठभेड़ों में दक्षिण कश्मीरी इलाकों त्राल और शोपियाँ में सुरक्षाबलों ने ए.जी.एच. के सात आतंकियों को ढेर कर दिया। पुलिस ने मीडिया को बताया कि मारे गए आतंकवादियों में से एक को अमरनाथ यात्रा पर हमला करने का काम सौंपा गया था।[11]

ड्रोन आतंकवाद

27 जून, 2021 को सुबह-सुबह जम्मू हवाई अड्डे पर भारतीय वायुसेना स्टेशन पर विस्फोटकों से लदे दो ड्रोन दुर्घटनाग्रस्त हो गए। एक विस्फोट इमारत की छत पर हुआ, जबकि दूसरा खुले इलाके में हुआ। इस हमले में दो कर्मचारी घायल हो गए और इमारत का एक हिस्सा क्षतिग्रस्त हो गया। भारत में इस तरह की यह पहली

घटना थी। सुरक्षाबलों को संदेह था कि ड्रोन को 'लश्कर-ए-तैयबा' पाकिस्तान की ओर से संचालित कर रहा था। जम्मू हवाई अड्डे पर विस्फोटों के कुछ दिन बाद सीमावर्ती क्षेत्रों और सुरक्षा प्रतिष्ठानों के पास कई ड्रोन देखे जाने की सूचना मिली। एक महीने बाद 23 जुलाई को अखनूर-सुंदरबनी सेक्टर के गुरुचक गाँव के पास जम्मू-कश्मीर पुलिस ने विस्फोटक ले जा रहे एक ड्रोन को मार गिराया।

2018 की शुरुआत से अंतरराष्ट्रीय सीमा और एल.ओ.सी. के आसपास ड्रोन देखे जाने और उनसे हथियारों, विस्फोटकों, मुद्रा और नशीले पदार्थों को गिराने की खबरें आई हैं। ड्रोन का इस्तेमाल सीमावर्ती इलाकों में टोह लेने के लिए भी किया जाता है। हालाँकि, वे अब बम गिराने का काम भी करते हैं। इसने भारतीय सुरक्षाबलों के लिए एक नई चुनौती पेश की है। ड्रोन रोधी तकनीक तो विकसित कर ली गई है, फिर भी ड्रोन का पता लगाना और उसे रोकना मुश्किल है। आतंकवादी संगठनों के लिए ड्रोन इनसानों को घुसपैठ कराए बिना नुकसान पहुँचाने के एक सस्ते साधन के रूप में सामने आए हैं।

हालाँकि जम्मू हवाई अड्डे पर ड्रोन हमले में जान-माल के नुकसान की कोई खबर नहीं है, लेकिन यह इस तथ्य को रेखांकित करता है कि सीमा के दूसरी ओर सक्रिय दिमाग साजिशों को अंजाम देने के लिए लगातार नए तरीके खोजने की कोशिश कर रहे हैं। पहले सीमा पर भारतीय बलों द्वारा बढ़ाई गई सतर्कता ने उन्हें ऑनलाइन प्रचार के जरिए घाटी में स्थानीय स्तर पर सदस्यों की भरती करने के लिए प्रेरित किया और अब ऐसा ही ड्रोन से किया जा रहा है। भारतीय सुरक्षाबलों ने इस नए खतरे का जवाब कुछ जगहों पर ड्रोनरोधी जैमर लगाकर दिया है।

दिग्गज का मंत्र : टिके रहो, मरहम लगाओ!

"एक बार में सबकुछ मत झोंक दो। मरहम लगाने की जरूरत है। अगर आप कश्मीर की समस्या के समाधान को लेकर गंभीर हैं तो आप सिर्फ एक राजनीतिक एजेंडे को आगे नहीं बढ़ा सकते।"

ये शब्द हैं लेफ्टिनेंट जनरल डी.एस. हुड्डा के, जो उत्तरी कमान के जनरल ऑफिसर कमांडिंग-इन-चीफ के पद से सेवानिवृत्त हुए। उनके कार्यकाल के दौरान ही भारतीय सेना ने सितंबर 2016 में आतंकवादियों द्वारा उरी में एक सैन्य अड्डे पर हमले के जवाब में पी.ओ.के. में 'सर्जिकल स्ट्राइक' की थी। हुड्डा मेरे इस सवाल का जवाब दे रहे थे कि उन्हें कश्मीर में शांति बहाल करने का क्या तरीका लगता है?

हुड्डा अपने विचारों में नरम नजर आए। इस क्षेत्र में लंबे समय तक सेवा करने से उन्हें जम्मू-कश्मीर की सुरक्षा स्थिति का ज्ञान है और उन्हें इस मुद्दे पर सबसे विश्वसनीय आवाजों में से एक के रूप में देखा जाता है।

हुड्डा ने कहा, "आइए, फिलहाल हम विवादास्पद मुद्दों को महत्त्व न दें। उन्हें एक तरफ रख दें। चीजों को करने का एक धीमा और स्थिर तरीका होता है। स्थानीय भावनाओं को ध्यान में रखें और विकास पर ध्यान दें। जब उनका जीवन बेहतर हो रहा होगा तो लोग आपको खुद-ब-खुद स्वीकार कर लेंगे।"

वास्तव में क्या करने की आवश्यकता है, इस पर विस्तार से बताते हुए हुड्डा ने कहा, "मुझे लगता है कि हमें स्थिति के बारे में दीर्घकालिक दृष्टिकोण रखने की जरूरत है। आतंकवाद से मुकाबला करना जारी रखते हुए और कोई घुसपैठ न होने देते हुए हमें तीन-चार चीजें करने की जरूरत है।"

हुड्डा के सुझाव हैं—

1. **लोगों तक पहुँचें :** अलगाव और पीड़ा की भावनाएँ व्यापक हैं, जिनसे निपटने की जरूरत है। राजनीतिक गतिविधि बहाल होनी चाहिए। चुनाव होने चाहिए। लोगों को यह महसूस करना चाहिए कि वे सिर्फ दिल्ली द्वारा शासित नहीं हैं।
2. **युवाओं से जुड़ें :** आबादी का एक बड़ा हिस्सा 30 साल से कम उम्र का है। वे मुद्दों के बारे में मुखर हैं। सरकार को उनसे जुड़ने की जरूरत है।
3. **कट्टरपंथ से निबटें :** लोगों में इस बात को लेकर चिंता है कि उनकी पहचान खतरे में है। उन्हें डर है कि बाहरी लोग जमीन खरीदकर घर बसा लेंगे। इसका फायदा हुर्रियत उठाती है। व्यापक विरोध को हवा देनेवाले विवादास्पद फैसलों को लागू नहीं किया जाना चाहिए। सांस्कृतिक संवेदनशीलता को ध्यान में रखा जाना चाहिए।
4. **विकास :** अनुच्छेद 370 को समाप्त किया गया है, लेकिन फिर लोगों को विकास का फल जमीन पर दिखना चाहिए। इसमें तेजी लाने की जरूरत है।

'अतीत को दफनाओ और आगे बढ़ो'

जम्मू-कश्मीर में सुरक्षा उपायों के संबंध में एक प्रमुख घटनाक्रम अनुच्छेद 370 को निरस्त करने के बाद 25 फरवरी, 2021 को हुआ। भारत और पाकिस्तान, दोनों ने घोषणा की कि वे नियंत्रण रेखा और अन्य सीमावर्ती क्षेत्रों में संघर्षविराम

पर पिछले समझौतों का सख्ती से पालन करने के लिए सहमत हुए हैं। दोनों देशों के सैन्य संचालन महानिदेशक (डी.जी.एम.ओ.) के बीच हुई बैठक में यह फैसला किया गया। कश्मीर में सुरक्षा परिदृश्य पिछले दो दशक से उतार-चढ़ाववाला रहा है। नवंबर 2003 में भारत और पाकिस्तान के बीच एक संघर्षविराम समझौता हुआ, जिसने बाद में 'दक्षिण एशियाई क्षेत्रीय सहयोग संगठन' (सार्क) शिखर सम्मेलन के मौके पर इस्लामाबाद में वाजपेयी और मुशर्रफ के बीच एक बैठक का रास्ता खोला।

2003 से 2008 तक बड़े पैमाने पर संघर्षविराम समझौते का पालन किया गया था, लेकिन 26 नवंबर, 2008 को मुंबई हमले के बाद हालात धीरे-धीरे बिगड़ने लगे। संघर्षविराम उल्लंघन लगातार होते रहे और 2012 के बाद वे नाटकीय रूप से बढ़ गए। भारत के केंद्रीय गृह मंत्रालय के आँकड़ों के अनुसार, 2018 और 2020 के बीच भारत-पाकिस्तान सीमा पर संघर्षविराम उल्लंघन के 10,752 मामले हुए हैं। इनमें 72 सुरक्षाकर्मी और 70 नागरिक मारे गए।[12] दोनों देश एक-दूसरे पर संघर्षविराम उल्लंघन का आरोप लगाते रहे हैं और पाकिस्तान के अपने आँकड़े हैं। ऐसे में कई लोग 25 फरवरी को संघर्षविराम की घोषणा को घाटी को हिंसा से आजाद कराने की दिशा में एक महत्त्वपूर्ण कदम मान रहे हैं।

लेफ्टिनेंट जनरल हुड्डा ने मुझसे कहा, "यह एक अच्छा कदम है। संघर्षविराम उल्लंघन से स्थानीय आबादी सबसे ज्यादा प्रभावित हुई। कई नागरिकों की जान जा रही थी। जीवन के सभी पहलू प्रभावित हो रहे थे—बच्चों की स्कूली शिक्षा से लेकर खेतों की देखभाल तक।"

हुड्डा ने कहा कि जब भी देशों के बीच संबंधों में सुधार हुआ है, आतंकवादी हिंसा में कमी आई है। हुड्डा का अनुभव उन्हें बताता है कि बातचीत और विश्वास बहाली के उपायों का हिंसा पर सीधा असर पड़ता है।

"दोनों देशों के बीच बस सेवा और व्यापार शुरू करने वगैरह ने हालात को काबू में कर दिया है। 2002 से 2012 तक के आँकड़ों पर नजर डालें तो हिंसा के स्तर में लगातार गिरावट आ रही है। अमरनाथ भूमि विवाद के दौरान भी आतंकवादी हिंसा में कमी आई थी। उसके बाद हिंसा का स्तर बढ़ने लगा।" हुड्डा ने कहा।

हालाँकि दोनों देशों ने घोषणा की है कि वे संघर्षविराम का उल्लंघन नहीं करेंगे, लेकिन कुछ महीने पहले ही सीमा के भारतीय हिस्से में ड्रोन देखे जाने के मामले सामने आए थे। सीमापार कई सुरंगों का भी पता लगाया गया, जिनमें से कुछ

150 मीटर लंबी थीं। इनका उपयोग आतंकवादियों की घुसपैठ के लिए किया जाना था।[13] संघर्षविराम उल्लंघन और ड्रोन तथा सुरंगों का इस्तेमाल करने की बढ़ती घटनाओं जैसी रणनीतियों से पता चलता है कि पाकिस्तानी पक्ष घाटी में हिंसा के लिए सक्रिय था। ऐसे में संघर्षविराम समझौते का पालन करने के पाकिस्तान के संकल्प ने संशय पैदा कर दिया है।

"पिछले अनुभवों को ध्यान में रखते हुए क्या आपको लगता है कि ऐसा समझौता लंबे समय तक चलेगा?" मैंने हुड्डा से पूछा।

"यह पाकिस्तान पर निर्भर करता है। अगर पाकिस्तान घुसपैठ बंद कर देता है तो मुझे लगता है कि ऐसा होगा। अगर दोनों देश इसे एक साथ आने के कदम के रूप में देखते हैं तो चीजें बेहतर होंगी।"

समझौते के बाद कुछ और घटनाएँ हुईं, जिनसे उम्मीद जगी कि जल्द ही दो संघर्षरत पड़ोसियों के बीच शांति प्रक्रिया शुरू हो जाएगी। इस बारे में एक महत्त्वपूर्ण घटना 18 मार्च, 2021 को इस्लामाबाद सुरक्षा वार्त्ता में पाकिस्तानी सेना प्रमुख कमर बाजवा का भाषण था। अपने संबोधन में उन्होंने पाकिस्तान के पड़ोसियों और अन्य क्षेत्रीय देशों के आंतरिक मामलों में किसी भी प्रकार का हस्तक्षेप न करने पर जोर दिया। हालाँकि, उन्होंने कश्मीर का उल्लेख करते हुए कहा कि यह दोनों देशों के बीच की समस्या के केंद्र में है। बाजवा ने विवाद का शांतिपूर्ण समाधान माँगा। उनके इन शब्दों ने सभी को चौंका दिया—"अतीत को दफन करो और आगे बढ़ो"।" कई विदेश नीति टिप्पणीकारों ने इसे एक प्रमुख नीति बदलाव के रूप में देखा।[14]

कुछ दिन बाद 29 मार्च, 2021 को पाकिस्तान के प्रधानमंत्री इमरान खान ने भारत में अपने समकक्ष को एक पत्र लिखा। पाकिस्तान के राष्ट्रीय दिवस पर मोदी की बधाई के जवाब में इमरान ने उन्हें लिखा—'पाकिस्तान के लोग भी भारत सहित सभी पड़ोसियों के साथ शांति और सहयोग के रिश्ते चाहते हैं। हम मुतमईन हैं कि दक्षिण एशिया में स्थायी शांति और स्थिरता भारत और पाकिस्तान के बीच सभी लंबित मुद्दों, विशेष रूप से जम्मू और कश्मीर विवाद को हल करने पर निर्भर है। एक रचनात्मक और नतीजे देनेवाली बातचीत के लिए माकूल माहौल बनाना जरूरी है।'[15]

कई लोगों का मानना है कि भारत के साथ पाकिस्तान का नरम रुख उसकी वित्तीय स्थिति का परिणाम रहा है।[16] पाकिस्तान में सैन्य और नागरिक नेतृत्व बिगड़ते आर्थिक परिदृश्य से चिंतित है और कई क्षति नियंत्रण उपायों में से एक में

सुधार कर रहा है। वह है भारत के साथ संबंध।

हालाँकि इसके तुरंत बाद इमरान खान की सरकार ने अंदरूनी प्रभाव में भारत से चीनी और यार्न के आयात पर यू-टर्न ले लिया। प्रधानमंत्री इमरान खान ने इस तरह के आयात के लिए आर्थिक समन्वय समिति के प्रस्ताव को खारिज कर दिया। पाकिस्तान के विदेश मंत्री शाह महमूद कुरैशी ने कहा कि कश्मीर का विशेष दर्जा बहाल होने तक नई दिल्ली के साथ रिश्ते सामान्य नहीं हो सकते। इसने द्विपक्षीय संबंधों के भविष्य पर फिर सवालिया निशान लगा दिया।

एक सुकूनदेह कहानी

"मैं कश्मीर में सशस्त्र बलों के जवानों को संघर्ष के शिकार के रूप में देखता हूँ। वे यह समझे बिना यहाँ आए हैं कि हो क्या रहा है? वे भोले हैं और हर दिन पीड़ित होते हैं।" अधिवक्ता मोहम्मद अल्ताफ खान ने श्रीनगर के सनत नगर इलाके में अपने घर पर पारंपरिक बैठक में बैठे हुए कहा। मैंने सुधाकर सोलोमनराज से उनके और उनकी पत्नी फौजिया के बारे में सुना था। जब मैंने विल्सन कॉलेज में पढ़ाई की थी तो सुधाकर वहाँ राजनीति विज्ञान विभाग के प्रमुख थे।

अल्ताफ और फौजिया कश्मीर के युवाओं को अपने तरीके से हिंसा से दूर रखने की कोशिश कर रहे हैं। यह दंपती कोई एन.जी.ओ. नहीं चलाता, लेकिन जम्मू-कश्मीर में युवाओं के साथ-साथ सशस्त्र बलों के साथ काम करते हुए स्कूलों, कॉलेजों और अन्य प्लेटफार्मों के लिए नैतिक नेतृत्व पर कार्यशालाएँ आयोजित करता है।

"हम इस बात पर जोर देते हैं कि आपके जो भी विचार और विचारधाराएँ हों, वे अहिंसा पर आधारित हों। यदि आप हिंसक तरीके अपनाते हैं तो आपकी आवाज नहीं सुनी जाएगी, आप नैतिक अधिकार खो देंगे और आपकी हत्या भी हो सकती है। हम महात्मा गांधी पर भरोसा करते हैं, जिन्होंने इस बात पर जोर दिया था कि अगर आपको दुनिया बदलनी है तो आपको पहले खुद को बदलना होगा।" खान ने कहा।

"मैं युवाओं से कहता हूँ कि केवल एक चीज, जो हमें संघर्ष से दूर ले जा सकती है, वह है हमारे मूल्य। अगर हम अपने मूल्यों पर कायम रहेंगे तो हम जीतेंगे। हम एक ऐसा मंच प्रदान करते हैं, जहाँ लोग अपनी भावनाओं को साझा करते हैं। हम उन्हें बताते हैं कि वे अपनी समस्याओं को दूर करने के बारे में क्या कर सकते हैं?" उन्होंने मुझे बताया।

यह दंपती अपने श्रोताओं के लिए विभिन्न संघर्ष समाधान तकनीकों को प्रस्तुत करता है। उनमें से एक रोल-प्ले है। खान ने कहा, "उदाहरण के लिए हम लोगों को कश्मीरी पंडितों के स्थान पर खुद की कल्पना करने और उनके दृष्टिकोण को समझने का सुझाव देते हैं।"

मुझसे बातचीत के दौरान खान ने कश्मीर के राजनेताओं के प्रति नाखुशी जाहिर की। उन्होंने कहा, "जब उमर अब्दुल्ला, फारूक अब्दुल्ला और महबूबा मुफ्ती को जेल में डाल दिया जाता है तो लोग विरोध नहीं करते, क्योंकि वे कश्मीर में भारत का प्रतिनिधित्व करते हैं, भारत में कश्मीर का नहीं।"

राजनेता वहीद पारा का उदाहरण देते हुए खान ने कहा, "उन्हें भारतीय गृह मंत्रालय के करीबी के रूप में देखा गया था, लेकिन उन्हें जेल में डाल दिया गया। लोगों ने इसमें दुःखदायी आनंद लिया।"

खान दंपती सुरंग के आखिर में रोशनी की किरण की मानिंद हैं। कश्मीर को उनके जैसे और लोगों की जरूरत है, जो हिंसा की निरर्थकता का प्रचार कर सकें। □

15

जन्नत और उसके मसीहा

मार्च 2021 के आखिरी हफ्ते में इस पुस्तक की खातिर मैंने फिर कश्मीर की यात्रा की। मुंबई से मैं राजधानी एक्सप्रेस से नई दिल्ली गया और फिर श्रीनगर के लिए एक फ्लाइट ली। केबिन में उल्लासपूर्ण माहौल था। यात्रियों में अधिकांश पर्यटक परिवारवाले थे। उत्साहित बच्चे, युवा, बुजुर्ग और नवविवाहितों ने मेरे आसपास की सीटों पर कब्जा कर लिया। उनमें से ज्यादातर मध्यवर्गीय परिवारों से थे और कोविड-19 लॉकडाउन हटने के बाद पहली बार छुट्टी मनाने जा रहे थे। फ्लाइट में बहुत कम संख्या में कश्मीरी भी थे। दोपहर करीब 1 बजे जब फ्लाइट उतरी तो तापमान 14 डिग्री सेल्सियस था और बूँदाबाँदी हो रही थी। श्रीनगर हवाई अड्डे पर उतरनेवाले सभी यात्रियों को अनिवार्य रूप से कोविड-19 संक्रमण के लिए परीक्षण करवाना पड़ा। प्रक्रिया सुचारु थी और 10 मिनट के भीतर पूरी हो गई थी।

हवाई अड्डे पर मेरी मुलाकात नावेद डार (बदला हुआ नाम) से हुई, जो एक एयरलाइन के लिए ग्राउंड स्टाफ के रूप में काम करता है। नावेद डार से मेरा परिचय श्रीनगर की अपनी पिछली यात्राओं के दौरान हुआ था।

"मैंने एमबीए किया है, लेकिन देखिए, मैं पिछले 10 साल से क्या कर रहा हूँ! यात्रियों को बोर्डिंग पास जारी करना और उनके बैग पर स्टिकर चिपकाना। मेरा मन करता है कि मैं यह नौकरी छोड़ दूँ, लेकिन फिर मैं क्या करूँ? इन दिनों कोई नौकरी भी नहीं है।" नावेद ने आक्रोश से कहा। एयरलाइंस में नियुक्ति से पहले उन्होंने एक स्वतंत्र पत्रकार के रूप में काम किया था। जब भी मैं उनसे मिला, नावेद अपने जीवन से संतुष्ट और हँसमुख शख्स के रूप में नजर आए। इस बार वे अलग थे। हालाँकि नावेद तीस साल से कुछ ऊपर के होंगे, लेकिन वे इससे कहीं

ज्यादा उम्र के लग रहे थे। हवाई अड्डे की कॉफी शॉप में मुझसे बात करते हुए उन्होंने महामारी के दौरान अपनी मुश्किलों के बारे में बताया। वे जिस एयरलाइन में काम करते थे, वह कई महीनों से चल नहीं रही थी। परिणामस्वरूप उनके वेतन में कटौती की गई। नावेद की मुश्किलों का कोई अंत नहीं था। अगस्त 2020 में समय से पहले पैदा हुआ उनका बेटा जीशान गंभीर स्वास्थ्य जटिलताओं से जूझा। जीशान की जान बचाने के लिए उसे दिल्ली के एक अस्पताल में भरती कराना जरूरी था। इस बीच, नावेद की पत्नी को भी अस्थमा का इलाज कराना पड़ा। इन सबकी वजह से आर्थिक रूप से नावेद की कमर टूट गई। उनकी तमाम बचत खर्च हो गई। उन्हें दोस्तों से उधार लेना पड़ा और अपने परिवार का सोना तक बेचना पड़ा।

"मैंने कई मशहूर हस्तियों को ट्वीट और टैग किया, जो अपनी चैरिटी के लिए चर्चित थे। किसी ने मेरी गुहार का जवाब नहीं दिया।" नावेद ने कहा।

हम बात कर ही रहे थे कि एक युवक वहाँ से गुजरा। नावेद ने मुझे बताया कि महामारी से पहले वह नौजवान हवाई अड्डे के अंदर एक दुकान पर काम करता था। वह दुकान बंद करनी पड़ी, क्योंकि उसका मालिक भारी किराया नहीं दे सकता था। इसलिए उसे अब कम वेतन पर दूसरी दुकान पर काम करना पड़ रहा है।

नावेद ने कहा कि दोहरे लॉकडाउन से कश्मीर के लोगों को भारी परेशानी हुई और कई कश्मीरियों के लिए जिंदा रहना मुश्किल हो गया। नावेद ने जिस 'डबल लॉकडाउन' के बारे में बात की, उसका जिक्र मैं अपनी कश्मीर यात्रा के दौरान बार-बार सुननेवाला था। महामारी ने पूरे भारत को परेशान किया था और बहुत लोगों की नौकरियाँ गई थीं। लेकिन कश्मीर के लिए यह वास्तव में दोहरी मार थी।

जैसे ही मैं हवाई अड्डे के परिसर से बाहर निकला, मैंने देखा कि गुलाम मुझे लेने के लिए पहले से ही वहाँ मौजूद था। मेरे सहयोगी आसिफ ने राजबाग इलाके के होटल अल जहूर में मेरे लिए एक कमरा बुक किया था। मुझे यह जानकर आश्चर्य हुआ कि 2019 में मेरी पिछली यात्रा के विपरीत हवाई अड्डे से निकलने पर एक जगह भी सुरक्षा जाँच नहीं की गई। हथियारबंद सुरक्षाकर्मी भी कम ही नजर आए। सड़कों पर चहल-पहल किसी भी अन्य भारतीय शहर की तरह थी। हवा में तैरता तनाव दूर हो गया था।

होटल अल जहूर के मालिक जहूर पास में एक जनरल स्टोर भी चलाते हैं। अपने इसी काम की बदौलत वे दोहरे लॉकडाउन के दौरान परिवार की गुजर-बसर कर पाए, जबकि इससे कश्मीर में लोगों की आजीविका बहुत प्रभावित हुई थी।

"अनुच्छेद 370 निरस्त होने के बाद किए गए सुरक्षा उपायों को हटाने के

बाद कारोबार पटरी पर आ ही रहा था कि कोरोना महामारी आ गई। करीब सात महीने से होटल पूरी तरह बंद था। यहाँ तक कि जब लॉकडाउन हटा लिया गया था, तब भी होटल नहीं खोल सकता था। मेरा ज्यादातर स्टाफ जा चुका था। बहुत मान-मनुहार करके मैं कुछ लोगों को काम पर रख पाया।" जहूर ने कहा।

यह स्पष्ट था कि होटल में कर्मचारियों की कमी थी। रिसेप्शन पर मौजूद शख्स रेस्तराँ के मैनेजर के रूप में भी काम कर रहा था। करीब 20 कमरोंवाले होटल में मेहमानों की देखभाल करने, कमरों के रख-रखाव और सामान ले जाने के लिए सिर्फ दो आदमी थे।

अमरनाथ यात्रा और जम्मू में वैष्णो देवी की तीर्थयात्रा का कश्मीर के पर्यटन में प्रमुख योगदान है। हालाँकि अगस्त 2019 के बाद से कोई यात्रा नहीं हुई थी और वैष्णो देवी के दर्शन के बाद कश्मीर आनेवाले आगंतुकों की संख्या भी कम हो गई थी, लेकिन 2020 जाते-जाते अच्छी खबर लेकर आया।

"नवंबर (2020) से पर्यटकों की भारी भीड़ है और मुझे इतने स्टाफ से ही काम चलाना है। होटल उद्योग में किसी को भी काम पर नहीं रख सकते। ऐसे लोगों की जरूरत होती है, जो मेहमानों का ध्यान रखें, न कि उन लोगों की, जो अपने कानों में तार डालकर अपनी दुनिया में व्यस्त रहें।" जहूर ने कहा।

मैंने देखा कि कई कमरे, जो शायद महीनों से बंद थे, उनकी मरम्मत की जा रही थी और उन्हें फिर से सजाया जा रहा था। पर्यटकों की आमद ने जहूर को अपनी पूँजी खर्च करने के लिए मजबूर कर दिया था, ताकि यह सुनिश्चित हो सके कि सभी कमरे इस्तेमाल के लिए तैयार हैं।

मुझे याद है कि जनवरी 2021 से मुंबई में कई टूर ऑपरेटरों ने प्रमुख समाचार-पत्रों में पूरे पहले पन्ने पर कश्मीर के लिए अपने पैकेज दिखानेवाले विज्ञापन प्रकाशित कराना शुरू कर दिया था। एक विज्ञापन पढ़ा—'6 रात और 7 दिन के लिए प्रति व्यक्ति डीलक्स पैकेज 39,750 रुपए और प्रीमियम पैकेज 74,750 रुपए। पैकेज में आने-जाने का विमान किराया, ठहरना, नाश्ता, रात का खाना, आना-जाना, सभी दर्शनीय स्थल देखना और कोविड बीमा शामिल हैं।' इस तरह के विज्ञापन इस बात का संकेत थे कि कश्मीर में पर्यटकों का आना शुरू हो गया था।

जहूर के होटल में दो दिन रहने के बाद मैं डल झील के सामने होटल रॉयल कम्फर्ट में शिफ्ट हो गया। अल जहूर की तरह यह होटल भी पूरा बुक था। नाश्ते के दौरान मेरी मुलाकात रतलाम के एक रेलवे अधिकारी से हुई, जो अपने परिवार के

साथ छुट्टी मनाने आए थे। उन्होंने मुझे बताया कि कश्मीर आने का फैसला करने से पहले उनके दोस्तों और सहयोगियों ने, जो उनसे पहले घाटी का दौरा कर चुके थे, उन्हें आश्वासन दिया कि यह जगह अब सुरक्षित है।

"कल मैं अपने बच्चों को बर्फ दिखाने गुलमर्ग गया था। आज हम डल में शिकारे की सैर करने जा रहे हैं।" उन्होंने उत्साह से कहा।

जब डल हुई वीरान

कश्मीर हाउस बोट एसोसिएशन के कार्यालय में मुझसे बात करते हुए मोहम्मद याकूब दुनू ने कहा, "एक दिन आएगा, जब डल की हाउसबोट सिर्फ तसवीरों और स्कूल की पुस्तकों में दिखाई देंगी।" दुनू उस एसोसिएशन के प्रवक्ता हैं, जो डल झील, झेलम नदी और चिनार बाग में संचालित 910 हाउसबोट के मालिकों का प्रतिनिधित्व करती है।

दुनू से मेरी मुलाकात का कारण यह था कि मैं अगस्त 2019 के बाद की स्थिति का कश्मीर के पर्यटन और विशेष रूप से हाउसबोट उद्योग पर पड़नेवाले प्रभाव को समझना चाहता था। लगभग 150 वर्ष से डल झील और उस पर तैरती हाउसबोट श्रीनगर का एक प्रतिष्ठित प्रतीक बन गई हैं, जो दुनिया भर से पर्यटकों को आकर्षित करती हैं। श्रीनगर के लिए डल का महत्त्व बहुआयामी है। यह झील मछली पकड़ने का केंद्र भी है और इसके तैरते बगीचों में कई तरह की सब्जियाँ भी पैदा होती हैं। हालाँकि, डल से कमाई का मुख्य साधन इसके हाउसबोट और शिकारे ही हैं।

"1990 से 2019 तक कश्मीर में अनिश्चितता बनी रही। बंदूक की संस्कृति थी, लेकिन फिर भी हमारी जीवन–रेखा पर्यटन पिछले दो वर्ष जितना प्रभावित कभी नहीं हुआ। हम मकबूल भट की फाँसी, अफजल गुरु की फाँसी और बुरहान वानी की मुठभेड़ (के बाद विरोध) के दौर में भी गुजारा करते रहे। कश्मीर में पर्यटन की लौ हम जैसे हाउसबोट मालिकों ने जलाई थी, लेकिन आज हम संघर्ष कर रहे हैं।" उत्तेजित दुनू ने कहा।

दुनू का गुस्सा इसलिए था कि वे अपनी हाउसबोटों की मरम्मत और पुनर्निर्माण कराने में असमर्थ थे। पर्यावरण संबंधी चिंताओं के कारण मौजूदा हाउसबोटों के पुनर्निर्माण और नए के निर्माण पर 1983 से प्रतिबंध है और यह मामला विचाराधीन है। प्रशासन का मानना है कि इसकी नीति प्रदूषण को रोकने में मदद करेगी और इस प्रकार झील को संरक्षित करेगी। अप्रैल 2020 में जारी दिशा–निर्देशों ने हाउसबोट

की मरम्मत के लिए कई एजेंसियों से अनापत्ति प्रमाण-पत्र प्राप्त करना अनिवार्य कर दिया गया। हाउसबोट मालिकों में सरकार की ओर से सहयोग नहीं मिलने से आक्रोश है।

"15 दिसंबर, 2020 से मरम्मत के अभाव में हाउसबोट डूब रहे हैं। हमारे पास न तो पैसे थे और न ही उन्हें ठीक करने की अनुमति।" उन्होंने कहा। दुनू ने मुझे बताया कि 2010 के बाद से कई हाउसबोटों की मरम्मत नहीं की गई है और उनमें से कुछ जल्द ही डूबनेवाली हैं।

इस बात पर जोर देते हुए कि हाउसबोट कश्मीर पर्यटन की सबसे उम्दा खासियत है, उन्होंने कहा, "पी.एम. कहते हैं कि हमें नया कश्मीर बनाना है, लेकिन क्या वह नया कश्मीर हाउसबोट के बिना होगा? कश्मीर पर्यटन को बढ़ावा देने के लिए ज्यादातर विज्ञापनों में हाउसबोट की तसवीरों का इस्तेमाल किया जाता है, लेकिन हकीकत में हमारा उद्योग मर रहा है।"

2 अगस्त, 2019 को दुनू ने कहा, "प्रशासन ने एक एडवाइजरी जारी की और उसके बाद घाटी में एक भी पर्यटक नजर नहीं आना था। अगले छह महीनों तक पर्यटन उद्योग पर निर्भर सभी लोग प्रभावित रहे। यह एक ऐसा वक्त था, जो मैंने अपनी जिंदगी में पहले कभी नहीं देखा था। इंटरनेट बंदी ने ऑनलाइन कारोबार को तबाह कर दिया था। उसके बाद महामारी आई, जिसने हमें बरबाद कर दिया।"

"राहत के नाम पर पिछले तीन महीने से हमें प्रति हाउसबोट महज तीन हजार रुपए दिए जा रहे हैं। वे हाउसबोट मालिकों के साथ शिकारा (छोटी नावों) वालों जैसा बरताव कर रहे हैं। एक हाउसबोट की औसत लागत लगभग 3 करोड़ रुपए है।" उन्होंने कहा।

पर्यटकों की आमद को लेकर दुनू संशय में हैं। उनकी नजर में यह उछाल बस चंद रोज के लिए है। "लॉकडाउन के कारण लोगों को घुटन महसूस हुई, इसलिए अब वे घूमने के लिए कश्मीर जैसी जगह आने लगे हैं। हालाँकि हम कश्मीर में पर्यटकों की यह भीड़ तब तक देखेंगे, जब तक कि नियमित अंतरराष्ट्रीय उड़ानें चालू नहीं हो जातीं। आज आमतौर पर सिंगापुर, मलेशिया, थाईलैंड या यूरोप को पसंद करनेवाले लोग कश्मीर आ रहे हैं। एक बार नियमित हवाई यात्रा शुरू होने के बाद यहाँ आनेवाले पर्यटकों की संख्या कम हो जाएगी। किसी भी मामले में दक्षिण-पूर्व एशियाई देशों या मध्य-पूर्व के लिए हवाई टिकटों की तुलना में भारत के अन्य हिस्सों से कश्मीर का हवाई सफर महँगा हो गया है।" उन्होंने कहा।

पुराने वक्त को याद करते हुए दुनू ने कहा, "यह उद्योग 1888 में शुरू हुआ

था। महाराजा के शासन के दौरान एक मोती दरबार था, जो घाटी में पर्यटन का खयाल रखता था। तब विदेशी तीन से चार महीने हाउसबोट में रहते थे। इसके विपरीत आज पर्यटक महज दो-तीन दिन रुकते हैं। 1990 के दशक के बाद विदेशी पर्यटकों की संख्या में भारी कमी आई है। विदेशी सरकारों ने अपने नागरिकों को कश्मीर न जाने की चेतावनी देते हुए एडवाइजरी जारी की, हालाँकि कुछ अपने जोखिम पर यहाँ आए भी। तब हमारा उद्योग पूरी तरह से घरेलू पर्यटकों पर निर्भर हो गया था।" दुनू 1995 में हुई एक घटना के बाद की बात कर रहे थे, जिसमें पश्चिमी देशों के पाँच पर्यटकों का 'अल-फरान' नामक आतंकवादी संगठन ने अपहरण कर लिया था। क्रिश्चियन ओस्ट्रो नाम के एक नॉर्वेजियन का सिर कलम कर दिया गया था। इस घटना ने भारी अंतरराष्ट्रीय हंगामा मचा दिया था।

दुनू ने मेरे साथ अपनी बातचीत इन शब्दों के साथ खत्म की, "कश्मीर एक सक्रिय ज्वालामुखी था। अब यह एक मृत ज्वालामुखी बन गया है। हम नहीं जानते कि जब यह ज्वालामुखी फटेगा तो हम पर क्या असर पड़ेगा?"

दुनू से मिलने के बाद मैं डल झील की ओर चल दिया। इस सैर-सपाटे के दौरान कई हाउसबोट एक-दूसरे के बगल में लंगर डाले हुए दिखे। अधिकांश हाउसबोटों के अंग्रेजी में फैंसी नाम हैं, जैसे—मरमेड, बटरफ्लाई, मोनालिसा, रॉयल ग्लोरी आदि। इन हाउसबोटों को ऐसे नाम यूरोप, ऑस्ट्रेलिया और अमेरिका के पर्यटकों को लुभाने के लिए दिए गए थे। कुछ मामलों में लंबे समय तक और बार-बार रहने के कारण कई विदेशी संरक्षकों ने मालिकों के साथ दोस्ताना रिश्ते बनाए और उनसे हाउसबोट का नाम बदलकर अपनी पत्नी, प्रेमिका या बेटी के नाम पर रखने का अनुरोध किया। इसलिए शीला, जैसी, कैथरीन, इस्ला जैसे नामोंवाली हाउसबोट भी देखी जा सकती हैं।[1]

मई 2021 हाउसबोट मालिकों के लिए कुछ राहत की खबर लेकर आया, जब लेफ्टिनेंट गवर्नर मनोज सिन्हा ने हाउसबोट की मरम्मत के लिए नई नीति की घोषणा की। हर तीन महीने में बैठक करने और हाउसबोट मालिकों से मरम्मत के लिए आवेदनों की समीक्षा करने के लिए समितियों का गठन किया जाएगा। आवेदन ऑनलाइन जमा किए जा सकते हैं।

जून 2022 का दूसरा सप्ताह हाउसबोट मालिकों और शिकारावालों के लिए एक बड़ी खुशखबरी लेकर आया। जम्मू-कश्मीर एडमिनिस्ट्रेटिव काउंसिल ने पर्यटन विभाग के इस प्रस्ताव को मंजूरी दे दी कि हाउसबोट और शिकारों को मरम्मत की खातिर रियायती दरों पर लकड़ी उपलब्ध कराई जाए। इस फैसले के

अनुसार हाउसबोट और शिकारों के रखरखाव तथा मरम्मत के लिए 50 फीसदी तक की रियायती दर पर वन विभाग की ओर से लकड़ी मिलेगी। योग्य आवेदकों को हर छह साल में लकड़ी मुहैया कराई जाएगी।

शिकारा : तूफान में नावें

घाट नंबर 7 पर मेरी मुलाकात 40 वर्षीय जावेद अहमद से हुई, जो 'यंग मैनहट्टन' नाम की एक हाउसबोट के मालिक हैं। अहमद पर अपने परिवार—उनकी माँ, पत्नी और दो बच्चों—के गुजर-बसर की जिम्मेदारी है। उन्हें इस बात की चिंता सता रही थी कि कहीं किसी वजह से एक और लॉकडाउन न लग जाए!

"पिछले दो साल से हम भुगत रहे हैं। जब भी पर्यटन शुरू होता है तो कुछ बुरा हो जाता है। अनुच्छेद 370 के निरस्त होने के बाद जब पर्यटन बंद था तो मैंने एक मजदूर के रूप में काम किया और रोज 500-600 रुपए कमाए। जब पाबंदियों में ढील दी गई तो हर किसी को उम्मीद बँधी। लेकिन फिर इस महामारी ने सबकुछ तबाह कर दिया।"

घाट पर मैंने कई शिकारा-मालिकों को ग्राहकों की प्रतीक्षा करते देखा। कुछ ताश खेल रहे थे, जबकि अन्य गप-शप करने में व्यस्त थे या समय बिताने के लिए अपने मोबाइल फोन में तल्लीन थे। शिकारा का संचालन हाउसबोट से जुड़ा हुआ है, क्योंकि हाउसबोट के मेहमानों को झील पार करने के लिए उनकी सेवाओं की आवश्यकता होती है। वे हाउसबोटों को आवश्यक आपूर्ति और सुविधाएँ भी देते हैं और पर्यटकों को सवारी के लिए ले जाते हैं। चार यात्रियों के बैठने की क्षमतावाली ये छोटी सी, बहुरंगी नावें डल के भीतर परिवहन के लिए अभिन्न अंग हैं। डल में 25 घाट हैं और हर घाट से निश्चित संख्या में शिकारे जुड़े हुए हैं। घाट संख्या 7, जहाँ मैं खड़ा था, पर 54 शिकारे थे।

एक हाउसबोट के मालिक के साथ मेरी बातचीत को 23 वर्षीय आदिल बशीर गौर से सुन रहे थे। वे चाहते थे कि मैं शिकारा-मालिकों की दुर्दशा के बारे में भी जानूँ।

"मेरी उम्र शादी के लायक है, लेकिन मौजूदा हालात के कारण मैं शादी के बारे में सोच भी नहीं सकता। मेरे जैसे कई नौजवान शादी करना चाहते हैं, लेकिन कम आमदनी के कारण नहीं कर रहे हैं।" उन्होंने कहा।

शिकारा चलाना पीढ़ियों से आदिल का पारिवारिक पेशा रहा है। परिवार के लिए कमाने में अपने पिता की मदद करने को उन्हें आठवीं कक्षा के बाद पढ़ाई

छोड़नी पड़ी थी। आदिल की अपने बूढ़े माता-पिता के अलावा दो छोटी बहनें हैं, जो उन पर आश्रित हैं।

"लॉकडाउन के दौरान हम बिना काम के घर में बेकार बैठे रहे। कभी-कभी मुझे मजदूरी का काम मिल जाता था, जब कोई अपना घर बनाना या मरम्मत करना चाहता था। यह आमदनी का बँधा हुआ जरिया नहीं था। कई शिकारा मालिकों को महामारी राहत राशि मिली है, लेकिन वह नाकाफी है। कुछ लोगों को तो अब तक मिली भी नहीं है।" आदिल ने कहा।

"टूर ऑपरेटर्स," आदिल ने बताया, "हमारी कमाई का एक बड़ा हिस्सा हड़प लेते हैं। वे पर्यटकों के लिए पैकेज बुक करते हैं और फायदे में से एक बड़ा हिस्सा ले लेते हैं। आप यहाँ जितने भी सैलानी देख रहे हैं, उनमें से ज्यादातर पैकेज पर आए हैं। हम उनसे ज्यादा नहीं कमाते। हम चाहते हैं कि पर्यटक हमसे सीधे संपर्क करें।"

आदिल राष्ट्रीय मीडिया में कश्मीर की भयावह तसवीर पेश करने पर भी भड़क गए, जो पर्यटकों को डराती है। उनकी राय में घाटी में होनेवाली किसी भी घटना को बेवजह तूल दिया जाता है। आदिल ने आखिर में कहा, "हम पर्यटकों का सम्मान करते हैं और उनकी मेहमाननवाजी करते हैं। एक पर्यटक यहाँ उतना ही सुरक्षित है, जितना कि वह भारत के किसी अन्य पर्यटन स्थल पर होता है।"

क्या घाटी में पर्यटक सुरक्षित हैं?

मुंबई स्थित कौस्तुभ टूर्स की मालिक सुनीता वानरपे ने कहा, "कश्मीर उन स्थानों में से एक है, जहाँ पर्यटक बार-बार जाना चाहते हैं।" मार्च 2021 के आखिरी हफ्ते में उन्होंने 15 पर्यटकों के साथ साल के दूसरे दौरे का आयोजन घाटी में किया था। उनका पहला दौरा मार्च के पहले सप्ताह में था। "यह 10 महिलाओं का टूर था, केवल महिलाओं का टूर।" उन्होंने उत्साह से कहा।

सुनीता की ट्रैवल फर्म 2008 से कश्मीर के टूर का आयोजन कर रही है। वे याद करती हैं कि उनकी कंपनी के शुरुआती दिनों में उनकी फर्म के जरिए रोज 25-30 लोग कश्मीर की यात्रा करते थे। 2016 में कुछ दिन के लिए बुरहान वानी की हत्या के बाद कानून-व्यवस्था की प्रतिकूल स्थिति के कारण ग्राहकों ने बुकिंग रद्द कर दी थी। 2017 में उनके बिजनेस ने फिर रफ्तार पकड़ी।

"अगस्त 2019 में अनुच्छेद 370 को निरस्त करने की घोषणा से ठीक पहले हम कश्मीर में थे। हमें वहाँ से चले जाने के लिए कहा गया। 50 पर्यटकों का एक

और समूह उड़ान भरने के लिए तैयार था, लेकिन फिर हमें दौरा रद्द करना पड़ा। हमने जनवरी 2020 में फिर शुरुआत की, लेकिन मार्च में लॉकडाउन के कारण रुकना पड़ा।" उन्होंने बताया।

"क्या सुरक्षा को लेकर कोई चिंता है?" मैंने पूछा।

"अब तक हमने कभी किसी असहज स्थिति का सामना नहीं किया है। परेशानी ज्यादातर सीमावर्ती इलाकों में होती है, न कि वहाँ, जहाँ पर्यटक दर्शनीय स्थलों की यात्रा के लिए जाते हैं। कोई चिंता होने पर हमारे स्थानीय समन्वयक, जो कश्मीरी हैं, मदद करते हैं। वे हमें अपने परिवार के सदस्यों की तरह मानते हैं।" उन्होंने कहा।

"महाराष्ट्र में", उन्होंने कहा, "अभी कोविड-19 संक्रमण के व्यापक मामलों के कारण लोग डरे हुए हैं। एक बार स्थिति नियंत्रण में आने के बाद हम और अधिक पर्यटकों की उम्मीद करते हैं।"

ऐसा नहीं है कि कश्मीर में पर्यटकों पर कभी हमला नहीं हुआ है। अमरनाथ यात्रियों पर हमले के कई मामले सामने आ चुके हैं। 2016 में बुरहान वानी की मुठभेड़ के बाद घाटी में मौजूद कई पर्यटक परेशान थे। पिछला हमला मई 2018 में आर. थिरुमणि पर हुआ था। तब से अब तक, इस पुस्तक को लिखे जाने तक किसी भी पर्यटक पर कोई हमला नहीं हुआ है। उग्रवादी संगठनों ने महसूस किया कि पर्यटकों को निशाना बनाने से स्थानीय आबादी उनके खिलाफ हो जाएगी।

बॉलीवुड की वापसी

"मुझे एक दक्षिण भारतीय फिल्म में एक डॉक्टर की छोटी भूमिका की पेशकश की गई थी। उन्होंने मुझे मलयालम में लिखे डायलॉग दिए, जो मुझे समझ नहीं आए। मैंने उनसे अनुरोध किया कि वे मुझे हिंदी या अंग्रेजी में लाइनें दें और फिर उन्हें डब कर दें।" मेरे ड्राइवर गुलाम ने बताया। वे शूटिंग के लिए घाटी में आनेवाली फिल्म यूनिटों को परिवहन भी प्रदान करते हैं। गुलाम अगस्त 2019 से पहले पर्यटकों की तुलना में फिल्म क्रू के साथ ज्यादा व्यस्त रहते थे।

भारत में सिनेमा के आगमन के बाद से सुरम्य कश्मीर घाटी फिल्म-निर्माताओं के लिए आकर्षण का केंद्र रही है। गुलमर्ग में कोई भी टूरिस्ट गाइड पर्यटकों को वह शिव मंदिर दिखाना कभी नहीं भूलता, जहाँ फिल्म 'आप की कसम' (1974) का प्रसिद्ध गीत 'जय-जय शिव शंकर, काँटा लगे ना कंकर' शूट किया गया था। वह बँगला भी, जहाँ फिल्म 'बॉबी' (1973) का गीत था 'हम-तुम एक कमरे में बंद

हों'...' फिल्माया गया था। 1990 के दशक में उग्रवाद ने सबकुछ रोक दिया। बहुत अपवाद थे, जैसेकि फिल्म 'मिशन कश्मीर', जिसे 1990 के दशक के अंत में कड़ी सुरक्षा व्यवस्था के बीच शूट किया गया था।

गुलाम याद करते हैं कि फिल्म-निर्माता 2005 में लौटे थे, जब आतंकवादी गतिविधियाँ अपने सबसे निचले स्तर पर थीं। उस दौरान यहाँ 'सात खून माफ' (2011), 'जब तक है जान' (2012), 'ये जवानी है दीवानी' (2013), 'हैदर' (2014), 'बजरंगी भाईजान' (2015) जैसी फिल्मों की शूटिंग की गई। बुरहान वानी की मौत के बाद 2016 में फिल्मों की शूटिंग फिर बाधित हो गई। गुलाम ने मुझे एक घटना सुनाई, जब वह पिटने और वाहन क्षतिग्रस्त होने से बाल-बाल बचा था। श्रीनगर के पास एक कॉलेज को शूट के लिए बुक किया गया था। एक शॉट था, जहाँ एक अभिनेता को भारतीय तिरंगा लहराना था। आसपास के इलाकों में खबर फैलते ही सैकड़ों की संख्या में पथराव करनेवाले जमा हो गए और फिल्म के सेट पर तोड़-फोड़ करने लगे। शूटिंग के उपकरण टूट गए और शूटिंगवालों को जान बचाने के लिए भागना पड़ा। कुछ दिन बाद सीन को दूसरी लोकेशन पर शूट किया गया। प्रोडक्शन इंचार्ज ने इस बार स्थानीय पत्थरबाजों को अग्रिम भुगतान किया और वास्तव में उनमें से कुछ को छोटे-मोटे काम करने के लिए रख लिया।

फिल्म-निर्माता 2017 में फिर घाटी में लौट आए। "दो साल तक घाटी में हालात फिल्म की शूटिंग के लिए सही रहे, लेकिन फिर अगस्त 2019 आया और सबकुछ ठप हो गया। पहले यह सुरक्षा उपायों के कारण था और फिर महामारी के कारण।" गुलाम ने कहा।

लॉकडाउन हटने के बाद फिल्म-निर्माताओं ने एक बार फिर तेजी से वापसी शुरू कर दी। फिल्म-निर्माता मधुर भंडारकर को अप्रैल में गुलमर्ग में देखा गया था। जब मैंने उनसे बात की तो उन्होंने यह नहीं बताया कि क्या उनके पास कश्मीर पर आधारित कोई प्रोजेक्ट है? लेकिन उन्होंने कहा कि कश्मीर एक बार फिर बॉलीवुड की शूटिंग के लिए आकर्षण का केंद्र बन रहा है।

"सत्तर और अस्सी के दशक में एक समय था, जब कश्मीर में एक साथ पाँच-छह शूट होते थे। यह 1989 के बाद उग्रवाद के उभार के कारण बंद हो गया। हालाँकि अब बॉलीवुड की कश्मीर में वापसी हो गई है। पिछले कुछ साल में कश्मीर में बड़े सितारों के साथ कई बड़ी फिल्मों की शूटिंग हुई है। हमारे पास कश्मीर में सबकुछ है। हमें स्विट्जरलैंड जाने की जरूरत क्यों है? अगर हम यहाँ शूटिंग करेंगे तो स्थानीय लोगों को काम मिलेगा।" भंडारकर ने कहा।

दक्षिण भारत के कई फिल्म-निर्माताओं ने भी कश्मीर में शूटिंग शुरू कर दी थी। चूँकि कोविड-19 स्थिति के कारण अंतरराष्ट्रीय यात्रा आसान नहीं थी, इसलिए कई फिल्म-निर्माता कश्मीर में स्विट्ज़रलैंड या अन्य विदेशी स्थलों को दिखाने के लिए शूटिंग कर रहे थे।

गुलाम ने मुझे बताया, "मैं हाल में पहलगाम में एक दक्षिण भारतीय हॉरर फिल्म 'डी.एस.पी.' की शूटिंग के लिए गया था। इसकी अभिनेत्री पंजाब से थी और अभिनेता दक्षिण से था।" हालाँकि पर्यटन उद्योग के अन्य सदस्यों की तरह गुलाम को यकीन नहीं था कि घाटी में 'लाइट्स, कैमरा और एक्शन' की आवाज कब तक सुनाई देगी? "कश्मीर की सुरक्षा की स्थिति और मौसम मुंबई के फैशन की तरह है। आप कभी नहीं जानते कि वे कब बदल जाते हैं?" उसने यह कहा तो उसकी फीकी सी मुसकान में चिंता घुली थी।

कश्मीर में शूटिंग करने की इच्छा रखनेवाले फिल्म-निर्माताओं को 5 अगस्त, 2021 को अनुच्छेद 370 के निरस्त होने की दूसरी वर्षगाँठ पर अच्छी खबर मिली। उस शाम एक समारोह में उप-राज्यपाल मनोज सिन्हा ने अभिनेता आमिर खान, फिल्म-निर्माता राजकुमार हिरानी और निर्माता महावीर जैन की उपस्थिति में जम्मू-कश्मीर की फिल्म नीति की घोषणा की। नीति का उद्देश्य फिल्म-निर्माताओं को कश्मीर में शूटिंग के लिए एक सुरक्षित और सुविधाजनक वातावरण प्रदान करना है। कश्मीर में शूटिंग के इच्छुक लोग इस उद्देश्य के लिए शुरू की गई विशेष वेबसाइट पर आवेदन कर सकते हैं।[2]

शीतकालीन खेलों के केंद्र के रूप में कश्मीर

मारिया सैमुअल, जो 2005 तक मुंबई में स्टार न्यूज में मेरी सहयोगी थीं, अब कश्मीर में शीतकालीन खेल सुविधा चला रही हैं। वे 'गुलमर्ग स्कीइंग अकादमी' की निदेशक और संस्थापक हैं, जिसे 2018 में स्थापित किया गया था। गुलमर्ग कश्मीर के सबसे व्यस्त पर्यटन स्थलों में से एक रहा है। बर्फ से ढके परिदृश्य के बीच केबल कार की सवारी यहाँ पर्यटकों को आकर्षित करती है। यह मार्च के अंत तक जारी रहती है। मारिया ने कहा, "गुलमर्ग में पाउडर बर्फ है, जो इस जगह को शीतकालीन खेलों के लिए अनुकूल बनाती है।"

मैंने उनसे पूछा, "क्या आपको यहाँ अकादमी स्थापित करने में कोई हिचकिचाहट हुई?"

"मैं 2017 में अपनी बेटी के साथ टूरिस्ट के तौर पर कश्मीर आई थी। हमें

यहाँ कोई समस्या नहीं हुई। लोग बहुत मेहमाननवाज और सहयोगी थे। हालाँकि यहाँ बिजनेस चलाना अलग बात है। जब मैंने 2018 में यहाँ शुरुआत की थी तो पहला सवाल सुरक्षा को लेकर था। लेकिन अब यह कोई मुद्दा नहीं रहा है। लोग अब महसूस करते हैं कि कश्मीर सुरक्षित और उनकी पहुँच में है। यहाँ बहुत विकास हो रहा है।" उन्होंने कहा।

"अगस्त 2019 के बाद की स्थिति कैसी है?" मैंने पूछा।

मारिया ने कहा, "हाँ, अनुच्छेद 370 के निरस्त होने के बाद आशंकाएँ थीं, लेकिन अभी तक स्थिति खेल उद्योग के लिए अनुकूल रही है।"

"2020 में दीवाली के बाद," उन्होंने कहा, "कश्मीर की पूछ बहुत बढ़ गई है। गुलमर्ग अंतरराष्ट्रीय स्कीइंग मानचित्र पर एक महत्त्वपूर्ण गंतव्य है और अतीत में स्कीइंग के प्रति उत्साही लोग दुनिया भर से यहाँ आए हैं।"

मारिया स्थानीय प्रशासन और लोगों से मिले समर्थन से संतुष्ट दिखीं। "हमारे स्की गाइड स्थानीय कश्मीरी हैं। वे विदेशियों से सीख रहे हैं और अच्छी तरह से सीख रहे हैं।" उन्होंने टिप्पणी की। उनके विचार में दक्षिण कश्मीर में पहलगाम और कुछ अन्य क्षेत्र हैं, जहाँ गुलमर्ग की तुलना में बर्फ बेहतर है। इसलिए वहाँ स्कीइंग स्थलों के रूप में विकसित होने की संभावना है।

मारिया कश्मीर को शीतकालीन खेलों का केंद्र बनाने की केंद्र सरकार की नीति के लाभार्थियों में से एक हैं। फरवरी 2021 में 'खेलो इंडिया विंटर गेम्स' का ऑनलाइन उद्घाटन करते हुए प्रधानमंत्री नरेंद्र मोदी ने यह कहकर सरकार की मंशा बताई, "यह अंतरराष्ट्रीय शीतकालीन खेलों के क्षेत्र में भारत की उपस्थिति को महसूस कराने की दिशा में एक कदम है और जम्मू और कश्मीर को शीतकालीन खेलों का केंद्र भी बनाता है।"[3]

अनुच्छेद 370 के निरस्त होने के बाद फरवरी 2020 और 2021 में कश्मीर में 'खेलो इंडिया विंटर गेम्स' के दो संस्करण हुए हैं। 'खेलो इंडिया विंटर गेम्स' स्कीइंग, स्नो रग्बी, स्नो बेसबॉल, स्नो माउंटेनियरिंग, आइस हॉकी और स्पीड स्केटिंग सहित अनेक शीतकालीन खेलों का एक मंच है।

शीतकालीन खेलों के दो संस्करणों की सफलता और शांतिपूर्ण आयोजन ने मोदी को यह कहने के लिए प्रेरित किया कि जम्मू-कश्मीर शांति और विकास की नई ऊँचाइयों तक पहुँचने के लिए तैयार है। उन्होंने कहा, "खेल 'एक भारत, श्रेष्ठ भारत' के संकल्प को मजबूत करेंगे।"[4]

□

16

सेब : महज फल ही नहीं

गुलाम ने श्रीनगर से बडगाम की ओर एक खराब और गड्ढों से भरी सड़क पर ड्राइव करते हुए मुझसे कहा, "सर, आपने मुंबई में जो आखिरी सेब खाया होगा, शायद कश्मीर से आया होगा।" वह सड़क सेब के बागों और अखरोट के पेड़ों से होकर गुजर रही थी। गुलाम ने मुझे बताया कि उसने सेब के बाग के लिए कुछ जमीन खरीदी है।

"कश्मीर में हालात एक-से नहीं रहते और मैंने सोचा कि रोजी का कोई दूसरा जरिया भी होना चाहिए। इसलिए सिर्फ माली हालत सुधारने के लिए मैंने सेब के कारोबार में कुछ पैसे लगाने का फैसला किया है।" उसने कहा।

भारत इस फल के उत्पादन में दुनिया भर में सातवें स्थान पर है। भारत में उत्पादित सेब का लगभग 80 प्रतिशत हिस्सा जम्मू-कश्मीर से आता है, जहाँ सेब की खेती ग्रामीण अर्थव्यवस्था में अहम है। यह लगभग 1,500 करोड़ रुपए देती है। घाटी में करीब 35 लाख लोग सेब के कारोबार पर निर्भर हैं। कश्मीर घाटी में सेब की खेती श्रीनगर, गांदरबल, बडगाम, बारामूला, कुपवाड़ा, अनंतनाग और शोपियाँ जैसे जिलों में प्रचलित है। जम्मू के लगभग पाँच जिलों में सेब का उत्पादन कम मात्रा में होता है।[1]

अनुच्छेद 370 के निरस्त होने के बाद सेब किसानों और व्यापारियों में भय और अनिश्चितता का माहौल था। इन ऐतिहासिक फैसलों के दो महीने के भीतर ही शोपियाँ में आतंकियों ने तीन ट्रक ड्राइवरों की हत्या कर दी। 24 अक्तूबर, 2019 को आतंकवादियों ने हरियाणा, पंजाब और राजस्थान में पंजीकृत तीन ट्रकों को रास्ते से हटा दिया। तीन में से दो ट्रक जल गए।[2] सबसे घातक हमला 29 अक्तूबर को हुआ, जब यूरोपीय संघ के सांसदों का एक प्रतिनिधिमंडल सुरक्षा स्थिति का आकलन

करने के लिए घाटी का दौरा कर रहा था। उग्रवादियों ने पश्चिम बंगाल के बाग श्रमिकों के घरों पर धावा बोल दिया और उनमें से पाँच को मार डाला। इस तरह के हमले ऐसे समय हुए, जब सुरक्षा प्रतिबंध हटने के बाद सेब का कारोबार ढर्रे पर आ रहा था। उस सप्ताह सेब से भरे 10,000 से अधिक ट्रक घाटी से निकले थे। सेब से लदे सैकड़ों ट्रक रोज निकल रहे थे।[3] हमलों से डरे हुए राजस्थान, हरियाणा और पंजाब के कई मजदूर और सेब व्यापारी चले गए। उनमें से कुछ तो उस स्टॉक को भी छोड़ गए, जिसके लिए उन्होंने अग्रिम राशि का भुगतान किया था।

सेब के व्यापार को आखिर बहाल कर दिया गया। यह कोविड-19 महामारी के कारण लॉकडाउन लागू होने तक सुचारु रूप से चला।

मैं बडगाम के एक गाँव में सेब की खेती करनेवाले मोहम्मद अशरफ से मिला, जो लगभग 500 पेड़ों के बाग के मालिक हैं।

"अनुच्छेद 370 को हटाने के बाद न केवल हमारी पहचान छीन ली गई, बल्कि उस दौरान लगाई गई नाकेबंदी ने हमारे कारोबार पर भारी असर डाला। वह फैसला हमारे लिए एक सदमा था, लेकिन जिंदा रहने के लिए काम तो करना ही होता है, खाना तो खाना ही होता है। इसलिए हमने अपने घरों से बाहर निकलकर काम किया। हालाँकि, 2019 में मेरी सेब की ज्यादातर उपज बरबाद गई, क्योंकि मैं उसे बेच ही नहीं पाया।" अशरफ ने कहा।

अशरफ के खेत में 10 बिहारी मजदूर थे, जो अगस्त 2019 में चले गए। अपने एक बाग में बैठकर उन्होंने मुझे सेब उत्पादकों की कई समस्याओं के बारे में बताया। ज्यादातर मामलों में उन्होंने कश्मीरी सेब की खेती करनेवालों की स्थिति की तुलना हिमाचल प्रदेश से की, जो एक और सेब उत्पादक राज्य है। अशरफ ने मुझे बताया कि उनके जैसे लोग अपने साथ भेदभाव महसूस कर रहे थे।

"हिमाचल का सेब 200-300 रुपए प्रति किलोग्राम की दर से मिलता है। हमें ज्यादा-से-ज्यादा 50-60 रुपए मिलते हैं। मार्च से हम उर्वरकों का छिड़काव करके खेती शुरू करते हैं और जून के बाद फल आने लगते हैं। हालाँकि, यहाँ कवकनाशी और कीटनाशक आदि महँगे हैं। हिमाचल की तुलना में कीमत में करीब 1,000 से 1,500 रुपए का अंतर है। वे भी अकसर घटिया होते हैं और इसलिए हमारी उपज खराब हो जाती है। एक बाग, जो हमें पहले 6 लाख रुपए देता था, अब हमें केवल 1 लाख रुपए की उपज देता है।" अशरफ ने शिकायत की।

अशरफ को अन्य राज्यों में कश्मीरी विक्रेताओं के साथ लोगों के व्यवहार से भी शिकायत थी।

"कुछ लोग हमारे साथ सौतेला व्यवहार करते हैं। वे जानते हैं कि यह काम हमारी रीढ़ है, इसलिए इसे तोड़कर वे हमें तोड़ना चाहते हैं। जब हम सेब बेचने के लिए दिल्ली जैसे शहरों में जाते हैं तो हमें परेशानी का सामना करना पड़ता है। अपना धंधा करने के बाद जब हम शहर को देखने के लिए घूमते हैं तो पुलिस हमें परेशान करती है और हमें शक की नजर से देखती है। इसके उलट हम कश्मीर में बाहरी लोगों के साथ बहुत अदब से पेश आते हैं। अगर कभी भारी हिमपात के कारण कुछ पर्यटक या अमरनाथ यात्री रास्ते में फँस जाते हैं तो हम उन्हें अपने घरों में आसरा देते हैं।"

मैं बडगाम में रियाज अहमद नाम के एक अन्य सेब किसान से मिला, जिनके पास 300 पेड़ों का एक बाग है।

रियाज ने कहा, "370 को हटाना हमारे ऊपर आसमान गिरने जैसा है। मैं आपसे पूछ रहा हूँ कि अगर लोग सचमुच फैसले से खुश थे तो कर्फ्यू लगाने की जरूरत क्यों पड़ी?"

रियाज ने कहा कि उनके निराशा के दिन अगस्त 2019 में शुरू हुए थे।

"तब से हम उबर नहीं पाए हैं। हम सेब का उत्पादन तो कर रहे हैं, लेकिन हमें माकूल दाम नहीं मिल रहे हैं। अब हम व्यापारी के साथ दरों को लेकर कोई सौदेबाजी नहीं करते। हम उनसे कहते हैं कि वे किसी भी दर पर हमारी उपज ले लें। कई लोगों को अभी तक उनका भुगतान नहीं मिला है। पहले हम अपना घर चलाने के लिए ठीक-ठाक कमाई कर लेते थे और कुछ पैसे बचा भी लेते थे, लेकिन अब चीजें बदल गई हैं।" उन्होंने कहा।

रियाज के पास अखरोट के कुछ पेड़ भी हैं और उन्होंने बताया कि अखरोट उत्पादकों की दुर्दशा सेब की खेती करनेवालों से बेहतर नहीं है।

"अखरोट का आयात बड़ी मात्रा में हो रहा है, इसलिए हमें रेट कम मिल रहा है। घाटे के चलते कुछ लोगों ने अपने अखरोट के पेड़ काट दिए हैं, जो अवैध है।" उन्होंने कहा।

जिन किसानों से मैंने बात की, उनमें से अधिकांश अपने व्यवसायों के लिए अधिक सरकारी सहायता चाहते थे। सेब और अखरोट उत्पादकों ने विशेष रूप से बागवानी विभाग से अधिक समर्थन का आग्रह किया। वे बढ़ते आयात से भी सावधान थे, क्योंकि महामारी धीमी होने से अंतरराष्ट्रीय परिवहन बहाल हो चला है।

कारीगर जिंदा हैं

जब मैंने आखिरी बार अगस्त 2019 में कश्मीर का दौरा किया था तो श्रीनगर का डाउनटाउन क्षेत्र मेरी पहुँच से बाहर था। एक टी.वी. पत्रकार के रूप में इस इलाके में घूमना जोखिम भरा था। लगभग दो साल बाद मैं फिर शहर पहुँचा। इस बार मैं माइक्रोफोन और कैमरेवाला टी.वी. पत्रकार नहीं था, बल्कि एक लेखक था, जिसके पास नोटबुक और बॉल पेन से ज्यादा कुछ नहीं था। यह क्षेत्र पुराने मुंबई के भिंडी बाजार या डोंगरी या दिल्ली के बल्लीमारान बाजार जैसा दिखता है। पुरानी इमारतों के बीच भीड़भाड़, शोर–शराबे और सँकरी गलियों से होते हुए मैं हवल क्षेत्र के 150 साल पुराने 'ख्वाजा शॉल हाउस' में पहुँचा। इस दो मंजिला इमारत में इसके मालिकों की दुकान है और आवास भी है।

वहाँ मेरी मुलाकात मुदस्सर अली ख्वाजा से हुई। वे तीस साल से कुछ अधिक उम्र के हैं और अपने परिवार की पाँचवीं पीढ़ी के कारीगर हैं। मुदस्सर के अपने हथकरघे हैं। वे पश्मीना और ऊनी शॉल बनाते तथा बेचते हैं। इससे पहले कि मैं उनसे कोई प्रश्न पूछ पाता, मुदस्सर ने उत्साहपूर्वक अपनी कारीगरी मुझे दिखाई। उन्होंने एक शॉल फैलाया और मुझसे सोजनी (सुई) का बारीक काम देखने की गुजारिश की। दूसरे शॉल पर अक्सी (दोनों ओर काम) था। कुछ पर जामा कढ़ाई का काम था। मुदस्सर ने मुझे बताया कि काम की बारीकी के हिसाब से एक शॉल को पूरा करने में दो महीने से चार साल तक का समय लगता है।

पिछले दो साल में उनके परिवार का गुजारा कैसे हुआ, इस सवाल का जवाब देते हुए मुदस्सर ने कहा, "आज हम अपनी बचत पर जी रहे हैं। हमारा घर चलाना मुश्किल हो गया है। मेरे पास 45 कारीगर काम करते हैं। मैंने उन्हें भुगतान किया और लॉकडाउन के दौरान उनका खयाल रखा। चीजें अब बदल गई हैं। पहले हम 1 से 2 लाख रुपए तक की कीमत की शॉल बेचते थे, लेकिन अब हम ज्यादा–से–ज्यादा 10,000 से 20,000 रुपए की शॉल ही मुश्किल से बेच पा रहे हैं।"

उन्होंने कहा कि पहले कश्मीर के बाहर के शोरूम मालिक भी उनसे स्टॉक मँगवाते थे, लेकिन अब वह कम हो गया है। हालाँकि मुदस्सर को उम्मीद थी कि उनका कारोबार ठीक हो जाएगा। "पिछले कुछ दिनों से ग्राहकों का आना शुरू हो गया है। मुझे उम्मीद है कि आनेवाले कुछ दिनों में कारोबार में सुधार होगा।" उन्होंने कहा।

'ख्वाजा शॉल हाउस' की तरह मैंने कई अन्य शॉल स्टोर देखे। उनके पास

डिस्प्ले पर आकर्षक नमूने थे, लेकिन ज्यादातर स्टोर खाली थे। कुछ दुकानों पर गिने-चुने ग्राहक दिखाई दे रहे थे, लेकिन वे स्थानीय लोग थे। गुलाम ने मुझे बताया कि एक समय था, जब इस इलाके में विदेशियों और घरेलू पर्यटकों की भीड़ देखी जाती थी, लेकिन पिछले कुछ साल के दौरान सुरक्षा के हालात ने सबकुछ मिटा दिया। इलाके के नाजुक मिजाज को देखते हुए गुलाम ने मुझे बताया कि कैब ड्राइवरों को पर्यटकों को शहर में लाने से रोका जाता है।

अन्य कारीगरों, जैसे—कालीन बुनकर, पेपर-माचे शिल्पकार, कढ़ाई करनेवाले श्रमिक और ताँबे के बरतन बनानेवाले कारीगर, जिन्हें 'ट्रैम्स' कहा जाता है, को भी नुकसान हुआ है। लॉकडाउन ने उनके लिए कई समस्याएँ खड़ी कर दी थीं, जैसे—कच्चे माल की कमी और तैयार उत्पादों का परिवहन। कई कारीगर दिल्ली हाट, बैंगलोर कला मेला, सूरजकुंड शिल्प मेला जैसी हस्तशिल्प प्रदर्शनियों में अपने उत्पादों को बेचने के लिए अन्य राज्यों में जाते थे, लेकिन महामारी ने अचानक इसे भी रोक दिया। इस क्षेत्र में 2.50 लाख लोग थे, जो अपनी आजीविका के लिए हस्तशिल्प उद्योग पर निर्भर थे। इससे हर साल लगभग 1,700 करोड़ रुपए की विदेशी मुद्रा आती थी।[4] लेकिन दोहरे लॉकडाउन व्यापार के लिए हानिकारक रहे। कारीगरों में लगभग आधी महिलाएँ हैं। पिछले दो वर्ष के दौरान कई कारीगरों ने अपना पारंपरिक काम छोड़ दिया है और अपनी जरूरतों को पूरा करने के लिए दूसरे मामूली कामों में लग गए।

कश्मीर की शिल्प परंपराएँ पंद्रहवीं शताब्दी में भी थीं, जब जैन-उल-अबिदीन नाम के एक राजा ने 1420 से 1470 तक इस क्षेत्र पर शासन किया।[5] अपने कुछ पूर्ववर्तियों के विपरीत, जैन-उल-अबिदीन का कला और संस्कृति के प्रति उदार दृष्टिकोण था। उनके निमंत्रण पर मध्य एशियाई शहरों से कई शिल्पकार और कारीगर यहाँ आए और उन्होंने कश्मीरियों को ललित कलाएँ सिखाईं, जो पीढ़ी-दर-पीढ़ी चली आ रही हैं। मगर अब कारीगरों के दूसरे कामों में जाने से कश्मीर धीरे-धीरे अपनी 600 साल पुरानी विरासत को खोता जा रहा है।

आर्थिक परिदृश्य

पर्यटन, सेब उत्पादन और कारीगरों से जुड़े लोगों से मिलने के अलावा मैंने घाटी की व्यापक आर्थिक तसवीर को समझने के लिए कश्मीर चैंबर ऑफ कॉमर्स के अध्यक्ष शेख आशिक अहमद से मुलाकात की। श्रीनगर में रेजीडेंसी रोड स्थित अपने कार्यालय में मुझसे बात करते हुए अहमद पूरे परिदृश्य के बारे में चिंतित लग रहे थे।

"2019 में 5 अगस्त से 5 दिसंबर के बीच हमने केंद्रीय वाणिज्य मंत्रालय और जम्मू-कश्मीर सरकार को 18,000 करोड़ रुपए के नुकसान की रिपोर्ट जमा की थी। सुरक्षा पाबंदियों में ढील दिए जाने के बाद जनवरी और फरवरी 2020 के दौरान हमने साँस ली ही थी कि मार्च में एक और लॉकडाउन हुआ। हम एक लॉकडाउन से दूसरे लॉकडाउन में आ गिरे। अगस्त 2020 तक व्यापार घाटा करीब 40,000 करोड़ रुपए हो गया। करीब 5 लाख लोग बेरोजगार हो गए। जी.डी.पी. पर असर पड़ा। हमने सभी सेक्टरों से टॉप-डाउन फीडबैक लिया और किसी ने भी हमारी रिपोर्ट का विरोध नहीं किया।" अहमद ने कहा।

अहमद ने मुझे बताया कि हस्तशिल्प निर्यात बुरी तरह प्रभावित हुआ है। "यह एक श्रृंखला है। चूँकि निर्यात प्रभावित होता है, इसलिए व्यापारी और कारीगर प्रभावित होते हैं। साथ ही, कालीन उद्योग को फिर जिंदा करने की जरूरत है, नहीं तो हम अपनी विरासत खो देंगे।" उन्होंने कहा।

अहमद ने कश्मीर की अर्थव्यवस्था का जो विवरण दिया था, उसकी पुष्टि अन्य स्रोतों से भी हुई। केंद्रीय वाणिज्य मंत्रालय की एक रिपोर्ट के अनुसार, 2019-20 में निर्यात में लगभग साढ़े तीन करोड़ डॉलर की गिरावट आई है। यह 2019 में 13 करोड़ डॉलर का था, जो 2020 में गिरकर 9.7 करोड़ डॉलर रह गया। कश्मीर की अर्थव्यवस्था का एक बड़ा हिस्सा निर्यात पर निर्भर है।[6]

'सेंटर फॉर मॉनिटरिंग इंडियन इकोनॉमी' नामक एक थिंक टैंक की एक रिपोर्ट से पता चलता है कि जम्मू-कश्मीर में बेरोजगारी दर 14.2 प्रतिशत है, जो राष्ट्रीय औसत से भी अधिक है। भारत में उच्च बेरोजगारी दरवाले राज्यों में जम्मू-कश्मीर चौथे स्थान पर है।[7]

"पिछले साल (2020) 18 मार्च को हमारे प्रतिनिधिमंडल ने केंद्रीय गृह मंत्री अमित शाह और वित्तमंत्री निर्मला सीतारमण से मुलाकात की और उन्हें अपने हालात के बारे में बताकर कारोबारों को फिर जिंदा करने के तरीके सुझाए। उन्होंने हमारे सुझावों को माना और हमें कश्मीर की अर्थव्यवस्था को फिर खड़ा करने में हर मुमकिन मदद का भरोसा दिया। हमने अगस्त में उप-राज्यपाल मनोज सिन्हा से भी मुलाकात करके उन्हें हालात की जानकारी दी। उन्होंने आर्थिक ढाँचे को फिर खड़ा करने के तौर-तरीकों पर काम करने के लिए पाँच सदस्यों की समिति का गठन किया।" अहमद ने कहा।

सितंबर 2020 में प्रतिनिधिमंडल के साथ बैठक के एक महीने बाद सिन्हा ने

व्यापार क्षेत्र के लिए 1,350 करोड़ रुपए के पैकेज की घोषणा की। बिजली और पानी के बिल में 50 फीसदी की छूट का भी ऐलान किया गया। यह 'आत्मनिर्भर भारत अभियान' के तहत जम्मू-कश्मीर के लिए 1,400 करोड़ की घोषणा के अलावा था।[8] हालाँकि, अहमद ने शुरू में पैकेज का स्वागत किया था, लेकिन उन्होंने मुझसे कहा, "हमें एक मैराथन पैकेज की उम्मीद थी। हम चाहते थे कि बीमार और बंद इकाइयों को फिर शुरू किया जाए। उन माँगों को पूरा नहीं किया गया है। हम चाहते हैं कि हर व्यवसाय बंद होने के बजाय चले।"

अहमद ने सुझाव दिया कि युवा उद्यमियों की मदद करने और पुराने निवेशकों के पुनर्वास के लिए कुछ मॉडल होना चाहिए। उन्होंने कहा, "कारोबार को फिर से जिंदा करने से नए रोजगार पैदा होंगे। कारोबार शुरू करने के लिए आवेदन करनेवाले सभी स्थानीय लोगों को तरजीही मदद मिलनी चाहिए। हमने कश्मीरी नौजवानों से स्टार्टअप लाने की अपील की है।"

इंटरनेट बंद होना कश्मीर की अर्थव्यवस्था को नुकसान का एक प्रमुख कारण रहा है। अहमद कहते हैं—"आई.टी. सेक्टर और इ-कॉमर्स बुरी तरह प्रभावित हुए हैं। फरवरी 2021 में 4जी इंटरनेट के साथ मोबाइल फोन सेवाएँ पूरी तरह से बहाल कर दी गईं। लेकिन तब तक इंटरनेट बंद होने से इ-कॉमर्स उद्योग तबाह हो चुका था। इससे थोक ऑर्डर और विदेशी ग्राहक प्रभावित हुए थे।"

2020-21 का केंद्रीय बजट कश्मीर की अर्थव्यवस्था के लिए कुछ उम्मीद लेकर आया है। केंद्रशासित प्रदेश के लिए 108,621 करोड़ रुपए के बजट की घोषणा की गई। इस राशि में से 39,817 करोड़ रुपए पूँजीगत व्यय के लिए आरक्षित थे, जबकि 68,804 करोड़ रुपए को राजस्व व्यय के रूप में अलग रखा गया था।[9] पूँजीगत व्यय के लिए निर्धारित राशि में गाँवों को जोड़ने और 4,500 किलोमीटर सड़कों को पूरा करने पर होनेवाला खर्च शामिल है। बजट का उद्देश्य विभिन्न योजनाओं के माध्यम से 15 लाख युवाओं को खेल गतिविधियों में शामिल करके वित्तीय सहायता प्रदान करना है। कृषि और बागवानी क्षेत्रों के लिए 2,008 करोड़ रुपए का प्रावधान किया गया है, जबकि पर्यटन क्षेत्र के लिए 786 करोड़ रुपए रखे गए हैं।[10]

बजट पर प्रतिक्रिया देते हुए उप-राज्यपाल मनोज सिन्हा ने कहा, "सभी क्षेत्रों के आवंटन में भारी बढ़ोतरी जम्मू-कश्मीर के विकास के प्रति प्रधानमंत्री के दृढ़ संकल्प को दरशाती है।"[11]

अप्रैल 2021 में जम्मू-कश्मीर प्रशासन ने 2021-30 के लिए औद्योगिक नीति को मंजूरी दी। इसका उद्देश्य अगले 10 वर्ष में केंद्रशासित प्रदेश को एक महत्त्वाकांक्षी निवेश गंतव्य बनाना और आसानी से व्यापार करने में पर जोर देना है। यह बुनियादी ढाँचे, आखिरी छोर तक कनेक्टिविटी और औद्योगिक इकाइयों के लिए औद्योगिक पार्कों की स्थापना के प्रावधान करता है।[12]

अगस्त 2021 में 'द इंडियन एक्सप्रेस' ने बताया कि औद्योगिक नीति के नतीजे आ रहे हैं। जम्मू-कश्मीर प्रशासन के सूत्रों के हवाले से रिपोर्ट में कहा गया है कि केंद्रशासित प्रदेश को 23,000 करोड़ रुपए का निवेश मिल रहा है। इस्पात, दूरसंचार, साइबर ऑप्टिक्स और हौजरी क्षेत्रों के चार बड़े भारतीय कॉरपोरेट भूमि आवंटन के विभिन्न चरणों में थे। नए निवेशों में से 11,000 करोड़ रुपए के निवेश कश्मीर घाटी में होंगे, जबकि जम्मू क्षेत्र में 12,000 करोड़ रुपए के निवेश किए जाएँगे। अखबार ने बताया कि सरकार के 6,000 हेक्टेयर के भूमि बैंक से लगभग 3,000 हेक्टेयर को औद्योगिक परियोजनाओं के लिए निर्धारित किया गया है और सरकार भूमि अधिग्रहण पर भी विचार कर रही है। प्रोजेक्ट कागजी काररवाई में न फँसें, इसके लिए सिंगल विंडो सिस्टम की योजना बनाई जा रही है। रेलवे लाइन के कटरा-बनिहाल खंड के चालू होने के बाद उम्मीद है कि घाटी में औद्योगिक विकास में तेजी आएगी।[13]

□

उपसंहार

टाइम मशीन में कश्मीर

कश्मीर के लिए 'नया' शब्द कुछ नया नहीं है। 1944 में शेख अब्दुल्ला ने महाराजा हरिसिंह को सौंपे गए 'नया कश्मीर' की अपनी योजना के साथ एक अलग कश्मीर बनाने की बात कही थी। अगस्त 2019 के फैसलों की घोषणा के बाद 'नया' शब्द एक बार फिर कश्मीर के लिए चर्चा का विषय बन गया। भाजपा और आर.एस.एस. भी 'नए कश्मीर' की कल्पना कर रहे हैं। सितंबर 2019 में प्रधानमंत्री मोदी ने कहा, "कश्मीर में नई हवाएँ चल रही हैं। हम सब मिलकर एक नया कश्मीर बनाएँगे, जो सबके लिए होगा।"[1]

पिछले अध्यायों में मैंने यह बताने का प्रयास किया है कि अगस्त 2019 के बाद कश्मीर में विभिन्न हितधारक कैसे प्रभावित हुए हैं; हालाँकि, इस बारे में सवाल बने हुए हैं कि विकास का दीर्घकालिक प्रभाव क्या होगा और आज क्या अंतर्धाराएँ देखी जा रही हैं? आज से 10 साल बाद कैसा होगा कश्मीर? क्या कश्मीर कभी आतंकवाद से मुक्त होगा? कश्मीर में राजनीतिक विमर्श अब कैसा दिखेगा? क्या महत्त्वपूर्ण जनसांख्यिकीय परिवर्तन होंगे? क्या जम्मू-कश्मीर का विशेष दर्जा बहाल किए जाने की कोई गुंजाइश है? इन सवालों के जवाब पाने के लिए मैंने आम कश्मीरियों से लेकर पूर्व राजनेताओं, पूर्व नौकरशाहों और पत्रकारों तक, व्यापक लोगों से बात की। यहाँ मैं उनके विचारों को संक्षेप में प्रस्तुत कर रहा हूँ।

जैसाकि एक पिछले अध्याय में उल्लेख किया गया है, हसीब द्राबू कोई साधारण कश्मीरी नहीं हैं। जब से उन्होंने राजनीति छोड़ी, द्राबू के पास किसी भी राजनीतिक प्रभाव से रहित स्वतंत्र विचार हैं। मुझसे बात करते हुए उन्होंने कश्मीर की मुख्यधारा की पार्टियों की आलोचना की—"जाहिर है, 2019 के बाद से एक बड़ा बदलाव आया है; हालाँकि, अगस्त 2019 के फैसलों का दीर्घकालिक प्रभाव

अनिश्चित है। लेकिन जिन्होंने अपना सारा समय विलय का समर्थन करने में लगा दिया, उनकी साख खत्म हो गई है। नेशनल कॉन्फ्रेंस या पीडीपी जैसे राजनीतिक दल, जो सत्तावादी थे, अपनी दृष्टि खो चुके हैं। अब केवल दो विचार बचे रहेंगे—एकीकरण या अलगाव? कश्मीर की राजनीति में आज कुछ हद तक कच्चापन है। अभी यह अनुमान लगाना बहुत कठिन है कि यह किस ओर जा रहा है?"

द्राबू ने कहा कि 1950 के दशक से जनसंघ और उसके बाद भाजपा कह रही है कि अनुच्छेद 370 को समाप्त किया जाएगा। द्राबू ने टिप्पणी की—"वे जिस विमर्श के साथ आए थे, वह विकास का था, लेकिन कोई महत्त्वपूर्ण विकास कार्य नहीं हो रहा है।" उन्होंने कहा, "राष्ट्रीय स्तर पर एक बहुसंख्यकवादी विमर्श पनप रहा है, जो मुसलिम बहुल स्थान को देखते हुए कश्मीर को भी प्रभावित कर रहा है। एक विकासात्मक ढाँचे को विकसित करने की आवश्यकता है, जो विभिन्न हितधारकों को संतुष्ट करता है। मगर यह नहीं हो रहा है। उन्हें (केंद्र को) कश्मीर में राजनीतिक विमर्श को साकार करना होगा। भारतीय संघवाद बिगड़ ही रहा है। यह एक बहुसंख्यक गणतंत्र बनता जा रहा है।"

मैंने एक अन्य व्यक्ति से बात की, जिनका कश्मीरी राजनीति में एक छोटा कार्यकाल था और अब वे उस तंत्र के बाहरी व्यक्ति के रूप में अपना मत रखते हैं। पूर्व आई.ए.एस. अधिकारी शाह फैसल ने अगस्त 2019 के बाद कश्मीर की उप-जेलों में एक राजनेता के रूप में अपने जीवन का एक हिस्सा बिताया। जनवरी 2019 में शाह फैसल ने फेसबुक पर सिविल सेवा से अपने इस्तीफे की घोषणा की थी। दो महीने बाद उन्होंने 'जम्मू और कश्मीर पीपुल्स मूवमेंट' नाम से एक राजनीतिक पार्टी बनाई। जून 2021 में दस महीने की हिरासत से अपनी रिहाई के बाद फैसल ने राजनीति छोड़ने का फैसला किया।

"आपका राजनीति से मोहभंग क्यों हुआ?" मैंने फैसल से पूछा।

"अगस्त 2019 की घटनाएँ," उन्होंने कहा, "मेरे लिए काफी भारी थीं। हमने कश्मीर को एक खास तरह से समझा था और अचानक एक ऐसी हालत आ गई, जहाँ हम सभी गलत साबित हो गए। राजनीति में आने के लिए मेरी मूल धारणा यह थी कि मैं सुशासन पर ध्यान केंद्रित करूँ और अपने लिए इस सवाल का जवाब दूँ कि कश्मीर में शांति लाने में चुनावी राजनीति की कोई भूमिका है या नहीं? अनुच्छेद 370 को निरस्त करना और राज्य का दर्जा खत्म करना इस बात का इशारा था कि चुनावी राजनीति को खुद को शासन के सामान्य मुद्दों तक सीमित

रखना चाहिए और राजनीतिक सवालों को केंद्र सरकार पर छोड़ देना चाहिए। मैं नया झूठ फैलाकर और कश्मीरियों से कहकर कॅरियर नहीं बनाना चाहता था कि 'देखो-देखो, मुझे वोट दो और मैं कश्मीर के मुद्दे को सुलझा लूँगा! कश्मीर मुद्दा 1947 में ही सुलझा लिया गया था। बात सिर्फ इतनी थी कि भारत के पक्ष में खड़े होते हुए हम संघवादी कश्मीर पर भारत की घोषित स्थिति के बारे में पर्याप्त रूप से मुखर नहीं थे। मैंने तय किया कि कश्मीरियों को ख्वाब दिखाने के बजाय मुझे उनके सामने तथ्य रखने चाहिए और उन्हें बताना चाहिए कि देखो, हम अभी यहाँ खड़े हैं और पिछले 70 वर्ष का अनुभव बताता है कि वक्त में पीछे नहीं जाया जा सकता। कश्मीर भारत में शामिल हो चुका है और जो कोई भी लोगों को बताता है कि आतंकवादी संगठनों में शामिल होने या नरम-अलगाववादी एजेंडेवाले राजनीतिक दलों का समर्थन करके सीमाओं को बदला जा सकता है, वह मूल रूप से कश्मीरियों को साँप का तेल बेच रहा है। यह मेरा अनुमान था और इसलिए मैंने पूरी विनम्रता के साथ सियासत छोड़ दी।"

जब मैंने फैसल से कश्मीर के भविष्य पर उनके विचारों के बारे में पूछा तो उन्होंने 2019 से पहले की अवधि का उल्लेख किया। उनके विचार में, "तब राजनीति तीन व्यापक रूपों में संचालित होती थी। एक अलगाववादी राजनीति थी, जो लोगों के लिए ऐतिहासिक संघर्षों में निहित थी, जो 1586 में कश्मीर पर मुगलों के कब्जे तक जाती है। दूसरी संघवादी राजनीति थी, जिसने 1947 में विलय के अंतिम होने को मान्यता दी और कश्मीर को भारतीय संघ के एक अभिन्न अंग के रूप में देखा। नरम-अलगाववाद चुनावी राजनीति का एक अनूठा रूप था। यह भारतीय संविधान के ढाँचे के भीतर संचालित होता था, लेकिन कश्मीर को एक विवादित क्षेत्र के रूप में देखता था, जिसका भविष्य अलगाववादी राजनीति के रोडमैप के अनुसार निर्धारित किया जाना था।"

फैसल ने कहा, "दिलचस्प बात यह है कि इस उदार भारतीय राज्य ने तीनों प्रकार की राजनीति को सह-अस्तित्व के लिए जगह दी। लेकिन अगस्त 2019 के फैसलों ने राजनीतिक ढाँचे को इस तरह बदल दिया कि अलगाववादी राजनीति और नरम-अलगाववाद ने अस्तित्व का अधिकार खो दिया। जम्मू-कश्मीर के केंद्रशासित प्रदेश बनने के साथ चुनावों में भाग लेनेवाले दलों की राजनीतिक बयानबाजी को एक महत्त्वपूर्ण बदलाव से गुजरना पड़ा। अब यह भारत के साथ रहने या इसके खिलाफ होने के विकल्प के रूप में था। 'ग्रे जोन' को हटा दिया

गया था। यह एक दिलचस्प सवाल है कि यह लंबी अवधि में कैसे काम करेगा? नरम-अलगाववाद अप्रभावित कश्मीरियों की एक नई पीढ़ी को चुनावी राजनीति में शामिल करने और इतिहास के लंबित प्रश्नों पर भारत समर्थक स्थिति लेने के लिए मजबूर किए बिना उन्हें भारतीय लोकतंत्र के फल का अनुभव करने की एक सचेत रणनीति थी। इसने कुछ समय के लिए अच्छा काम किया। दुनिया भर के अनुभव यह भी बताते हैं कि जातीय-धार्मिक संघर्षों को अधिक संघीयकरण, स्वायत्तता और विकेंद्रीकरण द्वारा संबोधित किया गया है, जिसमें उप-राष्ट्रीय पहचान को जीवित रहने दिया गया है। इसलिए आनेवाले वर्षों में जैसे-जैसे दक्षिण एशियाई राजनीति चीन के उदय, अफगानिस्तान से अमेरिका के बाहर निकलने और चतुर्भुज सुरक्षा वार्त्ता (क्वाड) के उद्‌भव के कारण नए मोड़ लेगी, कश्मीरी राजनीति में भी महत्त्वपूर्ण परिवर्तन होंगे। लेकिन इस समय हम पुराने से नए में संक्रमण के दौर से गुजर रहे हैं और दीर्घकालिक भविष्यवाणियाँ करने के लिए यह एक बहुत ही मुश्किल क्षण है। मगर एक बात तय है कि 370 के बाद की दुनिया में कश्मीर की राजनीति पहले जैसी कभी नहीं होगी।"

फैसल का मानना है कि सरकार को उस विजन को लागू करने के लिए त्वरित कदम उठाने होंगे, जिसके बारे में प्रधानमंत्री मोदी अनुच्छेद 370 को निरस्त करने के संदर्भ में बात कर रहे थे। उन्होंने लिखा—'लोग बेसब्रे हैं और अगर जमीनी हालात में कोई साफ-साफ बदलाव होता है, रोजमर्रा की जद्दोजहद के मुद्दे हल हो जाते हैं, राजनीतिक गतिविधि लौट आती है और दिल्ली-श्रीनगर के बीच आंतरिक सुलह की प्रक्रिया तेज हो जाती है, तब हम कश्मीर को शांति और समृद्धि के चरण में प्रवेश करते हुए देख सकते हैं। जमीनी स्तर पर लोगों के जीवन को बदलने के लिए पर्याप्त प्रयास किए बिना यदि आत्मसंतुष्टता है और अनुच्छेद 370 के निरस्त होने को अपने आप में एक अंत के रूप में देखा जाता है तो कश्मीर भविष्य में हमें कई आश्चर्य देनेवाला है।'[2]

जिन लोगों से मैंने बात की, उनमें से एक अनुभवी पत्रकार बशीर मंजर थे। उन्हें दोनों ओर के अनुभव हैं। मंजर 1990 के दशक में कुछ समय के लिए एक उग्रवादी संगठन के प्रचार प्रभारी थे। आज वे मुख्यधारा के कश्मीरी मीडिया का हिस्सा हैं और 16 पन्नों का दैनिक अखबार 'कश्मीर इमेजेज' निकालते हैं।

कश्मीर के भविष्य पर मेरे सवाल के जवाब में मंजर ने कहा, "अगर दिल्ली से कोई सुधार नहीं हुआ तो अब से दस साल बाद मैं कश्मीर को बदतर हालत

में देखता हूँ। उन्हें (केंद्र को) दिखाना चाहिए कि उन्होंने कश्मीर में विकास का कितना काम किया है! भ्रष्टाचार अब भी है। पहले यह कश्मीरी राजनेताओं द्वारा किया जाता था और अब अन्य राज्यों से आए लोगों द्वारा किया जा रहा है। आप लाठी चलानेवाली सरकार चलाना चाहते हैं, जो एक ट्यूलिप गार्डन दिखाती है और कहती है कि कश्मीर में सबकुछ अच्छा है"। लेकिन यह सच नहीं है। लोगों को तिरंगे से प्यार करने के लिए आपको उनमें विश्वास पैदा करने की जरूरत है।"

मंजर की नजर में कश्मीर में राजनीतिक प्रक्रिया पंगु हो गई है। वे केंद्र की कार्यशैली को राजनीतिक प्रक्रिया को कुचलने के रूप में देखते हैं।

"आपको क्या लगता है कि गुपकर गठबंधन कितना टिकाऊ होगा?" मैंने पूछा।

"जिस तरह से यह सामने आया है," मंजर ने कहा, "मुझे नहीं लगता कि यह यूपीए या एनडीए की तरह टिकाऊ होगा। इसका कारण यह है कि कश्मीर में दो बड़े राजनीतिक दल हैं—नेशनल कॉन्फ्रेंस और पीडीपी। बिहार में नीतीश कुमार और लालू यादव की तरह ऐतिहासिक रूप से इन दोनों पार्टियों ने एक-दूसरे की जगह छीनने के लिए परस्पर संघर्ष किया है। एक बार वे एक साथ आए, लेकिन उनका गठबंधन सफल नहीं हुआ। लालू का विकास तभी होगा, जब नीतीश नीचे जाएँगे या फिर इसके विपरीत होगा। यही हाल नेशनल कॉन्फ्रेंस और पीडीपी का है। जहाँ तक डी.डी.सी. चुनावों की बात है, तो यह ठीक था। लेकिन मुझे नहीं लगता कि यह गुपकर गठबंधन ज्यादा दिन टिक पाएगा। हर पार्टी अपने-अपने एजेंडे को आगे बढ़ाएगी।"

शीर्ष नौकरशाही में कश्मीरी उपस्थिति की कमी पर भी मंजर निराश थे। उन्होंने कहा, "शीर्ष नौकरशाही में कोई कश्मीरी नहीं है और हम आनेवाले दिनों में इसका असर देखेंगे।" घाटी में जनसांख्यिकीय परिवर्तन की आशंका के सवाल पर मंजर ने कहा, "देखिए, अनुच्छेद 35ए ने जम्मू-कश्मीर से बाहरवालों को कश्मीर में जमीन खरीदने की अनुमति नहीं दी, लेकिन इसने जम्मू के लोगों को ऐसा करने से नहीं रोका। किसी को गहरी खुदाई करनी चाहिए और देखना चाहिए कि सिर्फ जम्मू से कितने हिंदुओं या मुसलमानों ने कश्मीर में जमीन खरीदी है? मुझे नहीं लगता कि ज्यादा लोगों ने खरीदी होगी। कारण यह है कि कश्मीर पर्यटन स्थल, अवकाश गृह या ग्रीष्मकालीन झोंपड़ी बनाने के लिए अच्छा है, लेकिन यहाँ बसना आसान नहीं है। मुश्किल मौसम ऐसा नहीं होने देता। इसलिए मैं यह

पचा नहीं सकता कि जनसांख्यिकीय परिवर्तन होगा। एक अन्य कारक सुरक्षा है। मुझे नहीं लगता कि कोई गुजराती श्रीनगर के पास तंगमार्ग में अपनी हवेली बना पाएगा। यदि अन्य क्षेत्रों के लोग संरक्षित इजरायली-पैटर्न कॉलोनियों में बसते हैं, तो अलग बात है।"

मंजर के विचार में, एकमात्र डर नए भूमि कानूनों का है। लोगों को लगता है कि बड़े उद्योगपतियों को सरकारी जमीन दी जाएगी। "नए भूमि कानून लोगों को शक्तिहीन करते हैं। जो लोग 35ए को रद्द करने का विरोध करते हैं, उन्हें आप अलगाववादी कहते हैं। लेकिन साथ ही भारतीय संविधान के अनुच्छेद 371 में कई राज्यों के लिए विशेष प्रावधान की विशेषताएँ हैं।"

'कश्मीर टाइम्स' की संपादक अनुराधा भसीन ने अपने सरकार-विरोधी विचारों को निडरता से व्यक्त करने के लिए ख्याति अर्जित की है, जो अकसर उन्हें और उनके अखबार को परेशानी में डालती है। जब मैंने उनसे 10 साल बाद उनके मन में कश्मीर की छवि के बारे में पूछा तो वे कुछ पल के लिए अपनी हँसी नहीं रोक पाईं।

"हमें यह नहीं पता कि आज क्या हो रहा है और आप आज से दस साल बाद के बारे में पूछ रहे हैं?" उन्होंने अपनी हँसी को काबू में करने की कोशिश करते हुए कहा। फिर वे गंभीर होकर आगे बोलीं, "आज की राजनीति में सबकुछ अप्रासंगिक लगता है। आपने राजनीतिक सत्ता छीन ली और पूरे नेतृत्व को करीब एक साल तक सलाखों के पीछे रखा गया। विधानसभा बन भी जाए तो वह प्रासंगिक नहीं रहेगी। राजनेताओं को धमकाया गया है।"

अनुराधा के विचार में, भविष्य की दक्षिण-एशियाई राजनीति का कश्मीर में असर होगा। अफगानिस्तान की स्थिति का भी असर होगा। "लोग खुश नहीं हैं और उनकी चुप्पी का गलत अर्थ नहीं निकाला जाना चाहिए। युवा अब भी बंदूकें उठाने को तैयार हैं।" उन्होंने कहा।

नए डोमिसाइल कानूनों के बारे में बात करते हुए उन्होंने कहा, "कश्मीर समस्या के समाधान के लिए आर.एस.एस. का एजेंडा जम्मू-कश्मीर को हिंदू बहुल राज्य में बदलना है। उन्होंने लोगों को शक्तिहीन करने और जनसांख्यिकीय परिवर्तन करने का प्रयास किया है।"

अनुराधा का मानना है कि अगस्त 2019 के फैसलों का जम्मू के हिंदुओं पर अधिक प्रभाव पड़ेगा, लेकिन उन्हें 'हाशिए के नुकसान' के रूप में देखा जा रहा

है। उन्होंने कहा, "केंद्रीय बलों के अधिकांश जवानों ने जम्मू-कश्मीर में 10 साल से अधिक समय बिताया है। अधिकांश प्रवासी श्रमिक यहाँ लंबे समय से रुके हुए हैं, क्योंकि स्थिति अनुकूल थी और मुफ्त स्कूली शिक्षा जैसे फायदे थे। तो यह (डोमिसाइल पॉलिसी) उन पर भी असर डालेगी।"

"अगस्त 2019 के बाद," अनुराधा ने कहा, "जम्मू में कई लोग यह सोचकर खुश थे कि कश्मीरियों को उनकी औकात दिखा दी गई है। मगर यह महसूस नहीं किया कि वे एक ही नाव में हैं। इसलिए बाद में जम्मू के कुछ हिंदुओं ने हिमाचल जैसी व्यवस्था की माँग की।"

बुद्धिजीवियों से बात करने के अलावा मैंने कश्मीर के भविष्य पर विचार जानने के लिए आम लोगों से भी संपर्क किया। उनमें से एक मंजूर सोफी थे। उनका एक छोटा सा परिवहन व्यवसाय है, जो कश्मीर में फिल्मों की शूटिंग के दौरान व्यवस्था करता है। वे श्रीनगर में अपनी पत्नी, एक बेटे और एक बेटी के साथ रहते हैं, जो एक माध्यमिक विद्यालय में पढ़ रहे हैं। "मैं अपने बच्चों को उनकी पढ़ाई और नौकरी के लिए कश्मीर से बाहर भेजूँगा। हालाँकि मैंने 1990 के दशक में जो देखा है, आज उससे कहीं बेहतर हालात हैं, फिर भी बहुत अनिश्चितता है। हम जिस तरह की शांति की उम्मीद कर रहे हैं, वह नहीं हो रही है। मुझे पता है कि घाटी के बाहर कश्मीरियों के साथ किस तरह का व्यवहार होता है, लेकिन अगर स्थिति शांतिपूर्ण होती और अधिक स्पष्टता होती तो मैं अपने बच्चों को बाहर भेजने के बारे में नहीं सोचता।" वे कहते हैं।

बर्फ पिघलाने की कोशिश

2019 में अनुच्छेद 370 के निरस्त होने के बाद 24 जून, 2021 कश्मीर के लिए एक महत्त्वपूर्ण दिन था। एक सामूहिक तसवीर क्लिक की गई, जिसमें फारूक अब्दुल्ला, उमर अब्दुल्ला, महबूबा मुफ्ती और गुलाम नबी आजाद सहित जम्मू-कश्मीर के सभी प्रमुख राजनीतिक चेहरे प्रधानमंत्री नरेंद्र मोदी और केंद्रीय गृह मंत्री अमित शाह के साथ खड़े दिखाई दे रहे थे। वे सभी केंद्रशासित प्रदेश में भविष्य के राजनीतिक हालात पर चर्चा करने के लिए दिल्ली में मिले थे। कुछ लोगों ने आश्चर्य व्यक्त किया कि अमित शाह द्वारा 'गुपकर गैंग' के रूप में करार दिए गए नेताओं के समूह को बातचीत के लिए आमंत्रित किया गया था। अगस्त 2019 के फैसलों के बाद जम्मू-कश्मीर के केंद्र और मुख्यधारा के राजनेताओं के बीच यह पहली बैठक थी। यह मुलाकात कई मायनों में अहम रही। इसने कश्मीरी राजनेताओं के

साथ बातचीत शुरू करने के लिए केंद्र की उत्सुकता को प्रदर्शित किया और संकेत दिया कि जम्मू-कश्मीर में राजनीतिक प्रक्रिया शुरू की गई थी। बैठक में तत्कालीन राज्य के चार पूर्व मुख्यमंत्रियों सहित जम्मू-कश्मीर के कुल 14 नेता मौजूद थे। एन.एस.ए. अजीत डोभाल और उप-राज्यपाल मनोज सिन्हा ने भी चर्चा में भाग लिया।[3]

तीन घंटे की लंबी बैठक समाप्त होने के कुछ मिनट बाद प्रधानमंत्री मोदी ने ट्वीट किया कि उनकी सरकार की प्राथमिकता जम्मू-कश्मीर में जमीनी स्तर पर लोकतंत्र को मजबूत करना है।[4] यह कहा गया कि बैठक में मोदी ने नेताओं को बताया कि उनका लक्ष्य 'दिल्ली से और दिल की दूरियाँ' को कम करना है। बैठक के बाद उमर अब्दुल्ला ने प्रतिक्रिया देते हुए कहा कि सिर्फ एक मुलाकात से दूरी कम नहीं हो सकती। उन्होंने कहा कि परिसीमन की काररवाई की कोई जरूरत नहीं है, क्योंकि इससे लोगों में संदेह पैदा होता है।[5]

जुलाई के पहले सप्ताह में 'पीपुल्स अलायंस फॉर गुपकर डिक्लेरेशन' ने एक संयुक्त घोषणा जारी की और विधानसभा चुनाव से पहले जम्मू-कश्मीर के राज्य की बहाली की माँग की। बयान के माध्यम से पी.ए.जी.डी. ने दिल्ली में बैठक के परिणाम पर अपनी निराशा व्यक्त करते हुए कहा कि राजनीतिक कैदियों की रिहाई जैसे भरोसा कायम करने के कोई उपाय नहीं किए गए थे।

5 अगस्त, 2019 के ऐतिहासिक फैसलों ने घाटी में कई बदलावों की शुरुआत की है। कश्मीर का भविष्य इस बात पर निर्भर करता है कि घाटी के विभिन्न हितधारक बदले हुए परिदृश्य पर कैसे प्रतिक्रिया देते हैं और कटु अतीत को भुला देने की उनकी कितनी इच्छा है? नई दिल्ली में सरकार की सर्वोच्च प्राथमिकता अपने शब्दों और कार्यों के माध्यम से कश्मीरियों के बीच विश्वास पैदा करना होनी चाहिए। कश्मीरी युवाओं की आकांक्षाओं और चिंताओं को भी दूर किया जाना चाहिए। मुख्यधारा के साथ अपनेपन की भावना पैदा करने का प्रयास किया जाना चाहिए। इसमें क्षेत्रीय राजनीतिक दल अहम भूमिका निभा सकते हैं। शेष भारत के लोगों को भी कश्मीरियों के प्रति अपने रवैए पर विचार करना चाहिए। अगर हम कहते हैं कि 'कश्मीर हमारा है', तो हमें भी उसी भावना से कहना होगा कि 'कश्मीरी हमारे हैं'।

□

उद्धरण

अध्याय 1 : 2014 : रिकॉर्डतोड़ चुनाव

1. Pallavi. 'Report of the Group of Interlocutors for Jammu and Kashmir', The PRS Blog, 25 May, 2012, https://bit.ly/3GFJ37g. Accessed on 18 January, 2022.
2. 'Jammu and Kashmir voters brave boycott call, weather to record 70% turnout', India Today, 25 November, 2014, https://bit.ly/3FzodoB. Accessed on 18 January, 2022.
3. '71% voting recorded in 2nd phase of Jammu & Kashmir poll', The Times of India, 2 December, 2014, https://bit.ly/3nB2dnc. Accessed on 18 January, 2022.
4. Sardesai, Rajdeep. 2019: How Modi Won India, Harper Collins, New Delhi, 2019.
5. 'Fact check: Did Modi lie about hoisting the national flag at Lal Chowk in 1992?', OpIndia, 14 February, 2019, https://bit.ly/3KofusU. Accessed on 18 January, 2022.
6. Hussain, Masood. 'Narendra Modi's knowledge of Jammu and Kashmir to be an advantage for Kashmir plan', The Economic Times, 3 June, 2014, https://bit.ly/3nzwP8I. Accessed on 18 January, 2022.
7. Tweet by Omar Abdullah, 8 December, 2014, https://bit.ly/3A7AM9D. Accessed on 18 January, 2022.
8. Bhatt, Anil. 'BJP fields more Muslim candidates in Jammu and Kashmir', Mint, 17 November, 2014, https://bit.ly/3GDcVAV. Accessed on 18 January, 2022.
9. 'Modi can't repeal Article 370 even if he becomes PM for 10 terms: Farooq Abdullah', India Today Online, 3 December, 2013, https://bit.ly/3A9iJzJ. Accessed on 18 January, 2022.
10. Wani, Fayaz. 'National Conference Releases Election Manifesto', The New Indian Express, 27 November, 2014, https://bit.ly/3AaZyWA. Accessed on 18 January, 2022.
11. Manifesto 2014, Jammu and Kashmir People's Democratic Party,

https://bit.ly/3qECz2Z. Accessed on 18 January, 2022.
12. 'Jammu & Kashmir 2008', Election Commission of India, https://bit. ly/3Kolr9h. Accessed on 18 January, 2022.
13. 'Kashmiri parties in coalition bid', BBC News, 29 December, 2008, https:// bbc.in/3qCfON3. Accessed on 18 January, 2022.
14. 'Jammu & Kashmir 2008', Election Commission of India, https://bit. ly/3Kolr9h. Accessed on 18 January, 2022.
15. '2014 Lok Sabha Elections Results: PDP, BJP share J&K pie, NC-Congress combine decimated', The Economic Times, 16 May, 2014, https://bit. ly/34Onmnh. Accessed on 18 January, 2022.
16. Malhotra, Jyoti. 'Get out the vote', India Today, 22 November, 2014, https:// bit.ly/3GFS407. Accessed on 18 January, 2022.
17. 'PM Narendra Modi's remarks on dynastic politics "election rhetoric": Mehbooba Mufti', Financial Express, 23 November, 2014, https://bit.ly/3nB8yz0. Accessed on 18 January, 2022.
18. Ibid.
19. 'Jammu & Kashmir 2002', Election Commission of India, https://bit. ly/3FEdedN. Accessed on 18 January, 2022.
20. 'History of Cong in power in J&K', ZeeNews, 2 November 2005, https://bit. ly/3AaKAiY. Accessed on 18 January, 2022.
21. 'Ghulam Nabi Azad Biography', Elections.in, https://bit. ly/3nx1WBS. Accessed on 18 January, 2022.
22. दिसंबर 2014 में गुलाम नबी आजाद से लेखक की निजी बातचीत।
23. Malhotra, Dinesh. 'Cong stretched to keep flock together', The Tribune, 6 November, 2014, https://bit.ly/3N51UMG. Accessed on 18 January, 2022.
24. 'Sonia Gandhi unhappy with coalition compulsions in Jammu and Kashmir', India Today, 10 December, 2014, https://bit.ly/3A67Ajn. Accessed on 18 January, 2022.
25. Pandit, M Saleem. 'Omar govt lethargic, failed to deliver, Rahul Gandhi says', The Times of India, 26 November, 2014, https://bit. ly/3A78SdM. Accessed on 18 January, 2022.
26. Ghosh, Deepshikha. 'Election Results: Sajjad Lone, Former Separatist With Pakistani Wife, Wins in Kashmir', NDTV, 23 December, 2014, https://bit. ly/3KnByUP. Accessed on 18 January, 2022.
27. Masood, Bashaarat. 'BJP's Kashmir hopes rest on Sajad Gani Lone's two seats', The Indian Express, 23 December, 2014, https://bit. ly/3rpDumZ. Accessed on 18 January, 2022.
28. 'Jammu & Kashmir 2014', Election Commission of India, https://bit. ly/3KnbAAA. Accessed on 18 January, 2022.
29. Ehsan, Mir. 'Jammu and Kashmir poll results: CM Omar Abdullah loses Sonawar to PDP, wins from Beerwah', The Indian Express, https://bit.ly/3typji8. Accessed on 18 January, 2022.

30. ए.बी.पी. न्यूज पर उमर अब्दुल्ला की साउंड बाइट।
31. 'Cobbling together government to take time, says PDP President Mehbooba Mufti', DNA, 23 December, 2014, https://bit.ly/3KlveNj. Accessed on 18 January, 2022.
32. Mukane, Prateek. 'Jammu & Kashmir: Electorate gives fractured mandate, political parties grapple for alternatives', DNA, 23 December, 2014, https://bit.ly/3nA5Tpp. Accessed on 18 January, 2022.
33. Ibid. Accessed on 18 January, 2022.
34. 'Omar Abdullah resigns as J-K chief minister', Hindustan Times, 24 December, 2014, https://bit.ly/3FIkgOl. Accessed on 18 January, 2022.
35. श्रीनगर में राजनीतिक पत्रकारों से लेखक की निजी बातचीत।
36. 'Mehbooba Mufti, Amit Shah seal Jammu and Kashmir deal', India Today, 24 February, 2015, https://bit.ly/33nQSQG. Accessed on 18 January, 2022.
37. 'Jammu and Kashmir stalemate ends, PDP to form govt with BJP', Hindustan Times, 24 February, 2015, https://bit.ly/3qEEvsi. Accessed on 18 January, 2022.
38. 'Mufti Mohammad Sayeed sworn in as chief minister of Jammu and Kashmir', Hindustan Times, 1 March, 2015, https://bit.ly/3Ijirtb. Accessed on 18 January, 2022.
39. A pracharak is a member of the RSS involved/engaged in the spreading the RSS doctrine.
40. Shah, Amita, and Iftikhar Gilani. 'Revealed: How Ram Madhav and Haseeb Drabu weaved PDP-BJP alliance', DNA, 3 March, 2015, https://bit.ly/3AcNcNE. Accessed on 18 January, 2022.
41. Anderson, Walter, and Sridhar Damle. The RSS: A View to Inside. Penguin, New Delhi, 2018.
42. Ibid.
43. Shrivastava, Rahul. '"Centre Not Consulted, Share the House's Anger": PM Modi Tells Parliament on Separatist Masarat Alam's Release', NDTV, 9 March, 2015, https://bit.ly/33Bnruq. Accessed on 20 January, 2022.
44. Das, Shaswati. 'J&K CM Mehbooba Mufti objects to torture of Kashmiri inmates in Tihar jail', Mint, 30 November, 2017, https://bit.ly/3GDhpYv. Accessed on 18 January, 2022.
45. Sharma, Neeta. '"Kashmir Ceasefire Was For Eid": National Security Advisor Drops A Hint', NDTV, 14 June, 2018, https://bit.ly/3KoBynh. Accessed on 18 January, 2022.
46 'PM Modi chairs high-level meeting on Kashmir; decision on ceasefire likely', Hindustan Times, 15 June, 2018, https://bit.ly/3GH2yMF. Accessed on 20 January, 2022.
47. 'J&K FM says Kashmir a social issue, sacked', The Times of India,

13 March, 2018, https://bit.ly/3GNtBGa. Accessed on 20 January, 2022.

48. Ashiq, Peerzada. 'Ram Madhav rules out rift with PDP', The Hindu, 17 March, 2018, https://bit.ly/3qIDiQD. Accessed on 20 January, 2022.
49. Sharma, Neeta. 'BJP Lists Reasons For Pullout From Alliance With Mehbooba Mufti', NDTV, 19 June, 2018, https://bit.ly/3KlWxXV. Accessed on 18 January, 2022.
50. Jha, Prashant, and Kumar Uttam. 'Why BJP pulled the plug on PDP: Rainbow alliances are short lived, says Ram Madhav', Hindustan Times, 21 June, 2018, https://bit.ly/3tCll7c. Accessed on 18 January, 2022.
51. 'BJP ends alliance with PDP; Can't treat J&K as enemy territory, says Mehbooba after resigning', The Economic Times, 19 June, 2018, https://bit. ly/327cu2S. Accessed on 18 January, 2022.
52. 'BJP-PDP Alliance in J&K an 'Experiment', Ended When Mehbooba Mufti Delayed Panchayat Poll: PM Modi', News 18, 9 April, 2019, https://bit. ly/3I9w91a. Accessed on 18 January, 2022.
53. Alexander, P.C. Perils of Democracy, Somaiya Publications, Mumbai, 1995.

अध्याय 2 : पोस्टर बॉयज

1. Geelani, Gowhar. Kashmir: Rage and Reason, Rupa, New Delhi, 2019.
2. Rao, Prabha. 'Online Radicalisation: The Example of Burhan Wani', Institute for Defence Studies and Analyses, 16 July, 2016, https://bit.ly/3nJmCqd. Accessed on 20 January, 2022.
3. Bukhari, Shujaat. The Dirty War In Kashmir, Leftword, New Delhi, 2018.
4. Krishnamachari, S.V. 'Kashmir tense after Hizbul Mujahideen militant Burhan Wani's killing', International Business Times, 9 July, 2016, https://bit. ly/3qKeBmR. Accessed on 20 January, 2022.
5. Jolly, Asit, and Naseer Ganai. 'A Rebellion Goes Viral', India Today, 13 July 2016, https://bit.ly/3tHrakJ. Accessed on 20 January, 2022.
6. Geelani, Gowhar. Kashmir: Rage and Reason, Rupa, New Delhi, 2019.
7. Bukhari, Shujaat. The Dirty War in Kashmir, Leftword, New Delhi, 2018.
8. Tweet by Omar Abdullah, 9 July, 2016, https://bit.ly/3GLI1Xn. Accessed on 20 January, 2022.
9. Tweet by Omar Abdullah, 9 July, 2016, https://bit.ly/3GLI1Xn. Accessed on 20 January, 2022.

10. Ashiq, Peerzada. 'Would have saved Wani: Mehbooba', The Hindu, 28 July, 2016, https://bit.ly/33uo6On. Accessed on 20 January, 2022.
11. Ibid. Accessed on 20 January, 2022.
12. Parveen, Rahiba R. 'Dumped by BJP, "desperate" Mehbooba returns to "soft separatism" to find way back to power', The Print, 16 January, 2019, https://bit.ly/3tG6Y2C. Accessed on 20 January, 2022; 'Hizbul Mujahideen slams Mehbooba Mufti, calls her visit to terrorists' kin "election drama"', DNA, 7 January, 2019, https://bit.ly/3qBOLkK. Accessed on 20 January, 2022.

अध्याय 3 : पुलवामा में बड़ा हमला

1. Raina, Muzaffar. 'After Pulwama, panic dash by Kashmiris outside home state', The Telegraph Online, 20 February, 2019, https://bit.ly/3rxS7oq. Accessed on 20 January, 2022.
2. Bhat, Sunil. 'Pulwama terror attack: Curfew imposed in Jammu following massive protests', India Today, 15 February, 2019. https://bit.ly/3GLbvET. Accessed on 20 January, 2022.
3. Masoodi, Nazir. 'Violent Protests In Jammu Over Pulwama Attack, Curfew On, Army On Standby', NDTV, 15 February, 2019, https://bit.ly/3nGWCvy. Accessed on 20 January, 2022.
4. Bhat, Sunil. 'Pulwama terror attack: Curfew imposed in Jammu following massive protests', India Today, 15 February, 2019. https://bit.ly/3GLbvET. Accessed on 20 January, 2022.
5. Jammu & Kashmir Division, Department of Jammu & Kashmir Affairs, https://bit.ly/3qIbICW. Accessed on 20 January, 2022.
6. 'Jammu and Kashmir Religion Census 2011', Census 2011, https://bit.ly/3nE8zCs. Accessed on 20 January, 2022.
7. Zargar, Safwat. 'As Jammu erupts in violent protest against Pulwama attack, fear grips Kashmiris in the city', Scroll.in, 16 February, 2019, https://bit.ly/3FEvKCE. Accessed on 20 January, 2022.
8. Central Reserve Police Force, Official Website, https://crpf.gov.in/. Accessed on 20 January, 2022.
9. पी.टी.सी. कैमरे के सामने रिपोर्टर का अपनी स्टोरी के उस अंश को बताना होता है, जिसके विजुअल्स नहीं होते।
10. Majid, Zulfikar. 'Security agencies fail to counter highway terror attack', Deccan Herald, 14 February, 2019, https://bit.ly/3AfgQll. Accessed on 20 January, 2022.
11. 'Major Terrorist Attacks on Security Forces and other high security targets in the Post-Kargil Period in Jammu and Kashmir', South Asia Terrorism Portal, https://bit.ly/3Il7dnP. Accessed on 20 January, 2022.
12. Sethi, Nidhi. 'Bajrangi Bhaijaan Is Mehbooba Mufti's Top Choice To

Promote Tourism In Kashmir', NDTV, 18 March, 2017, https://bit.ly/3AgQboa. Accessed on 20 January, 2022.

13. 'Kashmir attack: Bomb kills 40 Indian paramilitary police in convoy', BBC News, 14 February, 2019, https://bbc.in/3GGUOu2. Accessed on 20 February, 2022.
14. 'India strongly condemns the cowardly terrorist attack on our security forces in Pulwama, Jammu & Kashmir', Ministry of External Affairs, 14 February, 2019, https://bit.ly/3Igbbhw. Accessed on 20 February, 2022.
15. '19 minutes, 12 jets, a big target: This is what the IAF did in Pakistan while you were asleep', The Economic Times, 26 February, 2019, https://bit.ly/33TIPuM. Accessed on 20 February, 2022.
16. 'IAF air strike Highlights: US asks Pakistan to act against terrorist groups operating on its soil', The Indian Express, 28 February, 2019, https://bit. ly/3FK2Px5. Accessed on 20 February, 2022.
17. 'Balakot: Indian air strikes target militants in Pakistan', BBC News, 26 February, 2019, https://bbc.in/3nJKyJY. Accessed on 20 February, 2022.
18. M.K., Nidheesh, and Sharan Poovanna. 'Indians celebrate after IAF's air strike on terror camp in Pakistan', Mint, 26 February, 2019, https://bit.ly/3tFUqrZ. Accessed on 20 February, 2022.
19. 'Balakot air strike: Pakistan shows off disputed site on eve of India election', BBC News, 10 April, 2019, https://bbc.in/3KoIgd4. Accessed on 20 January, 2022.
20. Sayeed, Saad. 'No access to Pakistan religious school that India says it bombed', Reuters, 7 March, 2019, https://reut.rs/3GLM6e9. Accessed on 20 January, 2022.
21. 'Pilot's return our diplomatic victory: Amit Shah', The Economic Times, 1 March, 2019, https://bit.ly/33qKpnO. Accessed on 18 January, 2022.
22. Sharma, Pragati Ratti, 'Uttar Pradesh Election Results 2017: Demonetisation + Surgical strike = 300+ seats for BJP', India.com, 11 March, 2017, https://bit. ly/3fLUmyE. Accessed on 20 January, 2022.
23. Pandit, Virendra. 'Balakot air strike brought Pakistan to its knees: Modi tells voters in Gujarat', Business Line, 18 April, 2018, https://bit.ly/3rC9VhV. Accessed on 20 January, 2022.
24. Dutta, Prabhash K. 'Narendra Modi 2.0 returns with biggest gain in vote share ever', India Today, 23 May, 2019, https://bit.ly/3FKqu0p. Accessed on 20 January, 2022.
25. Dutta, Prabhash K. 'Election results 2019: 5 reasons that got Narendra Modi another term', India Today, 23 May, 2019, https://bit.ly/34Xcofi. Accessed on 20 January, 2022.

अध्याय 4 : भुलाया न जा सकनेवाला अगस्त

1. Nakash, Rayan. 'Writing on the wall: In Kashmir, graffiti meets counter graffiti', Scroll.in, 19 September, 2016, https://bit.ly/3fvZwyW. Accessed on 18 January, 2022.
2. '"J&K Assembly polls likely in October-November"', Greater Kashmir, 29 July, 2019, https://bit.ly/3fzM7Wz. Accessed on 18 January, 2022.
3. Ibid. Accessed on 18 January, 2022.
4. 'Fresh orders to J&K police keep Kashmir on the edge', The Times of India, 30 July, 2019, https://bit.ly/3KlrOu8. Accessed on 18 January, 2022.
5. 'Amarnath Yatra suspended citing terror threats, govt asks tourists, yatris to leave Kashmir immediately', The Indian Express, 5 August, 2019, https://bit.ly/3FDjiDf. Accessed on 18 January, 2022.
6. 'Amarnath yatra: Record 6.34 lakh visit shrine', Zee News, 12 August, 2011, https://bit.ly/3fQ9J9H. Accessed on 18 January, 2022.
7. Tweet by Omar Abdullah, 2 August, 2019, https://bit.ly/3roYUkd. Accessed on 18 January, 2022.
8. 'Kashmir turmoil: Tension may escalate with Pak in Kargil: Govt issues advisory', India Today, 3 August, 2019, https://bit.ly/3KoH7SH. Accessed on 18 January, 2022.
9. Farooq, Azhar, and Rebecca Ratcliffe. 'Heightened security and anxiety in Kashmir amid fears of unrest', The Guardian, https://bit.ly/33tAfmy. Accessed on 18 January, 2022.
10. Dutta, Prabhash K. 'Kashmir: Why Centre is sending additional 38000 troops to J&K', India Today, 2 August, 2019, https://bit.ly/3nC7wmf. Accessed on 18 January, 2022.
11. 'Nothing to worry, rumour mongering routine in J&K: Guv Satya Pal Malik assures Valley situation normal', India Today, 3 August, 2019, https://bit.ly/3rmTcPI. Accessed on 18 January, 2022.
12. 'Don't Mix Up Security Measure With Other Issues, Guv Urges J&K Leaders as Govt Orders Trigger Panic', News 18, 5 August, 2019, https://bit.ly/3fvN961. Accessed on 18 January, 2022.
13. 'Don't play with fire: Mehbooba Mufti warns BJP on Article 370', The Times of India, 8 April, 2019, https://bit.ly/3tykc1v. Accessed on 18 January, 2022.
14. '"On Edge": Omar Abdullah Meets J&K Governor as Uncertainty Grips the State', The Wire, 3 August, 2019, https://bit.ly/33usjS3. Accessed on 18 January, 2022.
15. 'Over 6,200 transported out of Kashmir valley after issuance of J&K security advisory', DNA, 3 August, 2019, https://bit.ly/3GGBblJ. Accessed on 18 January, 2022.

16. Ibid. Accessed on 18 January, 2022.
17. Tweet by Anupam Kher, 5 August, 2019, https://bit.ly/3qAvn7W. Accessed on 18 January, 2022.
18. '"War-like situation": Separatist Syed Ali Geelani on tension in Kashmir', Hindustan Times, 4 August, 2019, https://bit.ly/3qDPfan. Accessed on 18 January, 2022.
19. 'Kashmir turmoil: Mobile internet services snapped in Jammu and Kashmir, security tightened', India Today, 4 August, 2019, https://bit.ly/3nxuMSE. Accessed on 18 January, 2022.
20. 'Kashmir unrest: PDP, NC, Congress attend all-party meet', India Today, 4 August, 2019, https://bit.ly/3tBCY7X. Accessed on 18 January, 2022.
21. 'Section 144 imposed in Srinagar: Security beefed up, Internet services suspended, many leaders "detained or arrested"', Financial Express, 5 August, 2019, https://bit.ly/3fx9GPV. Accessed on 18 January, 2022.
22. Tweet by Omar Abdullah, 4 August, 2019, https://bit.ly/3IhZ0AG. Accessed on 18 January, 2022.
23. Tweet by Mehbooba Mufti, 5 August, 2019, https://bit.ly/3GEFyhn. Accessed on 18 January, 2022.
24. Sandhu, Kamaljit Kaur. 'Home ministry lying, I am under house arrest and they want to murder us: NC Chief Farooq Abdullah', India Today, 6 August, 2019, https://bit.ly/3A7qbeI. Accessed on 18 January, 2022.
25. 'Sec 144 imposed in Srinagar; J-K leaders including Omar Abdullah, Mehbooba Mufti under house arrest', The New Indian Express, 5 August, 2019, https://bit.ly/33EyouR. Accessed on 18 January, 2022; Ashiq, Peerzada. 'Omar Abdullah, Mehbooba Mufti placed under house arrest; Section 144 imposed in Srinagar', The Hindu, 5 August, 2019, https://bit.ly/3KlIba3. Accessed on 18 January, 2022.
26. 'Supplementary List of Business', Rajya Sabha, 5 August, 2019, https://bit. ly/3rrzEtA. Accessed on 18 January, 2022.
27. Ibid. Accessed on 18 January, 2022.
28. 'Parliament proceedings live. Rajya Sabha passes the J&K reorganisation Bill, 2019', The Hindu, 5 August, 2019, https://bit.ly/3rvPPG8. Accessed on 18 January, 2022.
29. 'Article 370, 35-A to be abrogated: Amit Shah announces in Rajya Sabha', The Economic Times, 5 August, 2019, https://bit.ly/3KkSPxE. Accessed on 18 January, 2022.
30. 'Government brings Resolution to Repeal Article 370 of the Constitution', Press Information Bureau, Ministry of Home Affairs, 5 August, 2019, https:// bit.ly/3tCrK3l. Accessed on 18 January, 2022.

31. 'J&K underdeveloped because of Article 370, Amit Shah tells Rajya Sabha', India Today, 5 August, 2019, https://bit.ly/3twmDBE. Accessed on 18 January, 2022.
32. Ibid. Accessed on 18 January, 2022.
33. 'Parliament proceedings live. Rajya Sabha passes the J&K reorganisation Bill, 2019', The Hindu, 5 August, 2019, https://bit.ly/351KL4U. Accessed on 18 January, 2022.
34. 'Centre scraps Article 370, bifurcates J&K into two Union Territories', Business Line, 5 August, 2019, https://bit.ly/3GGHbLh. Accessed on 18 January, 2022.
35. Joy, Shemin. 'Jammu and Kashmir Bill divides Opposition', Deccan Herald, 6 August, 2019, https://bit.ly/3GEJ8bn. Accessed on 18 January, 2022.
36. 'Parliament proceedings live. Rajya Sabha passes the J&K reorganisation Bill, 2019', The Hindu, 5 August, 2019, https://bit.ly/351KL4U. Accessed on 18 January, 2022.
37. Ibid. Accessed on 18 January, 2022.
38. 'Parliament gives nod for removing Jammu and Kashmir's special status, splitting J&K to 2 UTs', The Economic Times, 6 August, 2019, https://bit.ly/3KlFeq0. Accessed on 18 January, 2022.
39. 'Parliament approves bill for bifurcation of J&K into two Union Territories', Mint, 6 August, 2019, https://bit.ly/352AxRR. Accessed on 18 January, 2022.
40. 'Third historic mistake: Owaisi on govt move on Article 370 in Jammu and Kashmir', India Today, 6 August, 2019, https://bit.ly/3nBDkb0. Accessed on 18 January, 2022.
41. 'Only "3 families" gained from Article 370, not Kashmiris: Amit Shah in Lok Sabha', The Economic Times, 6 August, 2019, https://bit.ly/3tDvn9e. Accessed on 18 January, 2022.
42. 'Centre scraps Article 370, bifurcates J&K into two Union Territories', Business Line, 5 August, 2019, https://bit.ly/3GGHbLh. Accessed on 18 January, 2022.
43. 'President declares abrogation of provisions of Article 370', The Times of India, 7 August, 2019, https://bit.ly/3nAI2G0. Accessed on 18 January, 2022.
44. 'Article 370: 10 facts that you need to know', India Today, 18 May, 2014, https://bit.ly/3I9sbGa. Accessed on 18 January, 2022.
45 'Explained: When Jammu & Kashmir had its own Prime Minister and Sadr-e-Riyasat', The Indian Express, 15 April, 2019, https://bit.ly/3nxzG20. Accessed on 18 January, 2022.
46. 'Article 35A of the Constitution: A look at the provisions of the Article and what it means for Jammu and Kashmir', Firstpost, 5 August, 2019, https://bit.ly/3AnGrlZ. Accessed on 18 January, 2022.

47. Bukhari, Shujaat. The Dirty War in Kashmir, Leftword, New Delhi, 2018.
48. Deka, Kaushik. 'How Kashmir changed on August 5. India Today Insight', India Today, 6 August, 2019, https://bit.ly/3IjHUTl. Accessed on 18 January, 2022.
49. Bukhari, Shujaat. The Dirty War in Kashmir, Leftword, New Delhi, 2018.
50. Deka, Kaushik. 'How Kashmir changed on August 5. India Today Insight', India Today, 6 August, 2019, https://bit.ly/3IjHUTl. Accessed on 18 January, 2022.
51. Pandit, M Saleem. 'Ladakh tense over Muslim-Buddhist "love jihad" marriage', The Times of India, 12 September, 2017, https://bit.ly/33yds90. Accessed on 19 January, 2022.
52. 'Kargil District: Population 2011-2022 data', Census 2011, https://bit. ly/3FAzMfi. Accessed on 19 January, 2022.
53. 'Leh District: Population 2011-2022 data', Census 2011, https://bit.ly/3tJmRW3. Accessed on 19 January, 2022.
54. Crossette, Barbara. 'Buddhist-Muslim Feud Divides an Indian Territory', The New York Times, 13 September, 1989, https://nyti.ms/3GX851X. Accessed on 19 January, 2022.
55. Pandit, M Saleem. 'Ladakh tense over Muslim-Buddhist "love jihad" marriage', The Times of India, 12 September, 2017, https://bit.ly/33yds90. Accessed on 19 January, 2022.
56. 'Ladakh MP Tsering Namgyal's fiery speech on J&K bifurcation and Article 370', YouTube: The Economic Times, 6 August, 2019, https://bit.ly/3qFQaa1. Accessed on 19 January, 2022.
57. Ramesh, P.R. 'His Master's Mind', Open, 10 April, 2014, https://bit.ly/3nzH3Ww. Accessed on 19 January, 2022.
58. 'Who is Amit Shah?', NDTV, 12 June, 2013, https://bit.ly/3qHUeH6. Accessed on 19 January, 2022.
59. '5,116 preventive arrests in J&K since Aug 4: Home Ministry', The Economic Times, 21 November, 2019, https://bit.ly/3fEwv3W. Accessed on 19 January, 2022.
60. Bhalla, Abhishek. 'No space to hold detainees, private properties turn holding centres in Kashmir', India Today, 16 August, 2019, https://bit.ly/3nG4U77. Accessed on 19 January, 2022.
61. ओबी वैन एक आउटडोर प्रसारण वैन होती है, जिसका उपयोग वीडियो को अपलिंक करने और पत्रकारों के साथ लाइव चैट करने या किसी घटना को लाइव स्ट्रीम करने के लिए किया जाता है।
62. 'NSA Ajit Doval Interacts With Locals In Shopia, Eats Lunch With Them. ABP News', YouTube: ABP News, 7 August, 2019, https://bit.ly/3GHChOp. Accessed on 19 January, 2022.

अध्याय 5 : भाजपा, आर.एस.एस. और अनुच्छेद 370

1. Commuri, Gitika. Indian Identity Narratives & the Politics of Security, Sage Publications, New Delhi, 2010.
2. 'Role of Guruji Golwalkar in the accession of Jammu and Kashmir', Organiser, 26 October, 2021, https://bit.ly/3AfUzDN. Accessed on 19 January, 2022.
3. Anderson, Walter K., and Shridhar Damle. The RSS: A View to Inside, Penguin, New Delhi, 2018.
4. Commuri, Gitika. Indian Identity Narratives & the Politics of Security, Sage Publications, New Delhi, 2010.
5. Raina, Badri. 'State of Siege', Sabrang India, 13 July, 2016, https://bit.ly/3GJMUjx. Accessed on 19 January, 2022.
6. Ibid. Accessed on 19 January, 2022.
7. Kaul, Ashish. 'Rupees 500 was all it took to officially grab land of Pandits in Kashmir', The Pioneer, 13 July, 2020, https://bit.ly/3tFefQ8. Accessed on 19 January, 2022.
8. अशोक कुमार पांडे, 'कश्मीरनामा', राजपाल एंड संस, नई दिल्ली, 2020।
9. Ibid.
10. Commuri, Gitika. Indian Identity Narratives & the Politics of Security, Sage Publications, New Delhi, 2010.
11. Shukla, Srijan. 'How erasing Article 370 became an article of faith for RSS and BJP', The Print, 5 August, 2019, https://bit.ly/3nyIjJB. Accessed on 19 January, 2022.
12. अशोक कुमार पांडे, 'कश्मीरनामा', राजपाल एंड संस, नई दिल्ली, 2020।
13. Commuri, Gitika. Indian Identity Narratives & the Politics of Security, Sage Publications, New Delhi, 2010.
14. Anderson, Walter K., and Shridhar Damle. The RSS: A View to Inside, Penguin, New Delhi, 2018.
15. Ibid.
16. Rampal, Nikhil. 'Article 370: Revisiting election manifestos, BJP's push and Congress's silence', India Today, 5 August, 2019, https://bit.ly/3KrKHLR. Accessed on 19 January, 2022.
17. Ibid. Accessed on 19 January, 2022.

अध्याय 6 : स्वतंत्रता दिवस

1. 'Protesters, security forces clash after Eid prayers in Kashmir, 1 girl shot dead', Deccan Chronicle, 5 June, 2019, https://bit.ly/3qEbwoe. Accessed on 19 January, 2022.
2. ज्ञानेंद्र तिवारी के साथ 15 अगस्त, 2019 को लेखक की निजी बातचीत।
3. 'On I-Day, governor Malik assures J&K people their identity not tampered with', The Times of India, 15 August 2019, https://bit.ly/3qPpx2J. Accessed on 21 January, 2022.
4. 'India PM Narendra Modi vows to "restore" Kashmir's "past glory"',

BBC News, 15 August, 2019, https://bbc.in/3Ijrb2g. Accessed on 19 January, 2022.
5. Gupta, Swati. 'Modi praises India's actions in Kashmir on independence day', CNN, 15 August, 2019, https://cnn.it/3fAlXD1. Accessed on 19 January, 2022.
6. Sharma, Kritika. 'Tricolour image at Srinagar's Lal Chowk shared by BJP's Kapil Mishra is not "new J&K"', The Print, 15 August, 2020, https://bit. ly/3nCsTnw. Accessed on 19 January, 2022.
7. Insert here: Mattoo, M.K. 'Lal Chowk of Srinagar is Red Square of Russia', Early Times, 24 April, 2015, https://bit.ly/3JfV70b. Accessed on 14 March, 2022.
8. Ibid. Accessed on 19 January, 2022.
9. Fazili, Ehsan. 'When BJP chief Joshi unfurled national flag at Lal Chowk', The Tribune, 25 January, 2016, https://bit.ly/3qFPEZR. Accessed on 19 January, 2022.

अध्याय 7: मीडिया की जद्दोजहद

1. आशुतोष मिश्र से 2 फरवरी, 2021 को लेखक की निजी बातचीत।
2. अशोक राज से 2 फरवरी, 2021 को लेखक की निजी बातचीत।
3. Pal, Alasdair, and Fayaz Bukhari. 'Attacked by both sides: journalists caught in the crossfire of Kashmir conflict', Reuters, 9 April, 2019, https://reut. rs/3KlHP3b. Accessed on 19 January, 2022.
4. जैनेंद्र कुमार से 7 फरवरी, 2021 को लेखक की निजी बातचीत।
5. Basharat, Peer. Curfewed Night, Penguin Random House India, New Delhi, 2008.
6. Bhat, Gulzar. 'Kashmir too has seen journalists killed in line of duty', National Herald, 10 September, 2017, https://bit. ly/353Moz3. Accessed on 19 January, 2022.
7. Report by Committee to Protect Journalists.
8. 'Editor Shujaat Bhukhari shot dead: Here's list of journalists killed by militants in Kashmir', The Indian Express, 14 June, 2018, https://bit.ly/3GJmyOP. Accessed on 19 January, 2022.
9. 'Shujaat Bukhari given tearful burial, police arrest one suspect', Moneycontrol, 15 June, 2018, https://bit.ly/3FTlUNz. Accessed on 19 January, 2022.
10. Bukhari, Shujaat. The Dirty War In Kashmir, Leftword, New Delhi, 2018.
11. Iftikhar, Aliya. 'The unsolved assassination of a journalist', CJR, 8 April, 2019, https://bit.ly/3GD1nOe. Accessed on 19 January, 2022.
12. 'LeT condemns Shujaat Bukhari's murder, blames "Indian agencies"', Kashmir Life, 15 June, 2018, https://bit.ly/3qFtg2E.

Accessed on 19 January, 2022.

13. 'Shujaat Bukhari killing: One of four suspects arrested, J&K Police calls it "terror-related crime"', The Indian Express, 15 June, 2018, https://bit.ly/3nEu8Tk/. Accessed on 19 January, 2022.
14. Saaliq, Sheikh. 'Survival is The First Challenge for Journalism in Kashmir, Shujaat Bukhari Wrote 3 Months Ago', News18, 15 June, 2018, https://bit.ly/3nDvGx0. Accessed on 19 January, 2022.
15. Akhzer, Adil. 'Kashmir Press Club: Police intimidating us', The Indian Express, 11 February, 2020, https://bit.ly/3GGvvZ9. Accessed on 19 January, 2022.
16. 'India: Government must immediately stop intimidation of journalists in Jammu and Kashmir', Amnesty International, 22 April, 2020, https://bit.ly/3tEryjP. Accessed on 19 January, 2022.

अध्याय 8 : उरी : एल.ओ.सी. पर जीवन

1. Hussain, Masood. 'GSI scanning Jammu border for tunnels', The Economic Times, 14 August, 2012 https://bit.ly/3IbNVAR. Accessed on 3 March, 2022.
2. Singh, Sohal Sukhdev, and Anjali Mehra. Life on the Indo-Pak Border, Serial Publications, New Delhi, 2016.
3. Wani, Ieshan. 'In the line of fire: Villagers in Uri face the heat of ceasefire violations', DNA, 2 October, 2019, https://bit.ly/3nZPR8z. Accessed on 19 January, 2022.
4. Naik, Raqeeb Hamid. 'On the Edge', The Caravan, 30 November, 2019, https://bit.ly/3KrNZyH. Accessed on 19 January, 2022.
5. 'Jammu and Kashmir: Suspected militant killed in Uri sector, says Army', Scroll.in, 19 August, 2018, https://bit.ly/33PhvgV. Accessed on 19 January, 2022.
6. 'Indian Army foils infiltration bid in Jammu and Kashmir's Uri sector ahead of 73rd Independence Day', Times Now, 14 August, 2019, https://bit.ly/3qGPUI7. Accessed on 19 January, 2022.
7. 'About the Border Area Develpment Programme', https://badp.mha.gov.in/. Accessed on 16 March, 2022.
8. Singh, Sohal Sukhdev, and Anjali Mehra. Life on the Indo-Pak Border, Serial Publications, New Delhi, 2016.
9. 'JJ dedicates Churunda model village near LoC to locals', One India, 6 October, 2006, https://bit.ly/3fEdJd2. Accessed on 19 January, 2022.
10. 'Cross-LoC trade ban affects livelihood of 4,229 families: Study', Business Kashmir, 20 February, 2021, https://bit.ly/3KlKSbD. Accessed on 19 January, 2022.
11. 'Govt shuts down cross-LoC trade with Pak-occupied Jammu & Kashmir', India Today, 18 April, 2019, https://bit.ly/3Kzj4AO. Accessed on 19 January, 2022.

12. Raina, Anil. 'Jammu and Kashmir: Narcotic drugs seized from Pakistani truck part of cross-LoC trade', Bangalore Mirror, 21 July, 2017, https://bit. ly/3qEflEu. Accessed on 19 January, 2022.
13. Saha, Abhishek. 'J-K police recover arms from truck engaged in cross-LoC trade', Hindustan Times, 1 March, 2017, https://bit. ly/3qBSeQp. Accessed on 19 January, 2022.

अध्याय 9 : पथराव का दौर

1. अशोक कुमार पांडे, 'कश्मीरनामा', राजपाल एंड संस, नई दिल्ली 2020।
2. Singh, Vijaita. '2019 recorded most number of stone throwing incidents in Jammu and Kashmir', The Hindu, 5 January, 2020, https://bit.ly/34TAPKA. Accessed on 19 January, 2022.
3. Constable, Pamela. 'Pakistan's Kashmir Solidarity Day co-opted by supporters of detained Muslim cleric', The Washington Post, 6 February, 2017, https:// wapo.st/3IyLyZJ. Accessed on 19 January, 2022.
4. 'Stone pelting tool of resistance in Kashmir: Hurriyat (G)', Greater Kashmir, 31 March, 2017, https://bit.ly/3N64lP9. Accessed on 16 March, 2022.
5. 'How 'stone pelting' is different from 'Kanni Jung', Kashmir Observer, 10 July, 2017, https://bit.ly/3rumUCy. Accessed on 19 January, 2022.
6. Bukhari, Shujaat. The Dirty War in Kashmir, Leftword, New Delhi, 2018.
7. Kumar, Raksha. '"They don't fear the law, they don't care for their lives": Despair over Kashmir's young offenders', Scroll.in, 30 April, 2017, https://bit. ly/3tCKmAb. Accessed on 19 January, 2022.
8. 'Newsroom : Stone Pelters Paid Money To Attack Security Forces In Kashmir', India Today: YouTube, 15 July, 2016, https://bit. ly/3qK97Zk. Accessed on 21 January, 2022.
9. 'How ISI funds stone-pelters via Hurriyat in Kashmir: Times Now', The Times of India, 6 May, 2017, https://bit.ly/3FIHRhU. Accessed on 19 January, 2022.
10. Mishra, Abhinandan, 'ISI's budget for Kashmir stone pelting is Rs 1,000cr', The Sunday Guardian, 2 April, 2017, https://bit. ly/3GGJfmA. Accessed on 19 January, 2022.
11. 'How Lucrative is the Stone Pelting Business in Kashmir?', The Eurasian Times, 5 May, 2017, https://bit.ly/3tUVKrp. Accessed on 19 January, 2022.
12. संजय निकम से मार्च 2021 में लेखक की निजी बातचीत।
13. Wani, Farooq. 'Growing Drug Addiction in Kashmir', Indian Defence Review Blog, 30 June, 2020, https://bit.ly/3GHWELn. Accessed on 19 January, 2022.
14. Javaid, Azaan. 'Kashmir battles drugs now — cases rise by 1,000%

in 3 years at just one hospital', The Print, 24 July, 2019, https://bit.ly/3IkYQsi. Accessed on 19 January, 2022.
15. 'How Lucrative is the Stone Pelting Business in Kashmir?', The Eurasian Times, 5 May, 2017, https://bit.ly/3tUVKrp. Accessed on 19 January, 2022.
16. Shah, Khalid. 'Ideological shift, public support and social media: The "New" in Kashmir's "New Militancy"', ORF Occasional Paper, 10 January, 2020, https://bit.ly/34TcRz4. Accessed on 19 January, 2022.
17. 'Jammu and Kashmir: Stone-pelters helped 25 militants flee since last year, says army official', Financial Express, 23 February, 2017, https://bit.ly/355yT1N. Accessed on 19 January, 2022.
18. 'Stone pelters helped Naveed Jatt's aide escape Budgam encounter site – WATCH SHOCKING VIDEO', Times Now News, 28 November, 2018, https://bit.ly/3qH7jQX. Accessed on 19 January, 2022.
19. 'J&K: Stone pelters target security forces amid encounter, allowing militants to escape', India Today, 8 September, 2020, https://bit.ly/3FLUiJP. Accessed on 19 January, 2022.
20. Bukhari, Shujaat. The Dirty War in Kashmir, Leftword, New Delhi, 2018.
21. Iqbal, Sheikh Zaffar. '"We Were Shot At", Says Army After 3 Killed In Firing In Kashmir's Kulgam', NDTV, 7 July, 2018, https://bit.ly/3KmUpPM. Accessed on 19 January, 2022.
22. 'Army chief says stone pelters in Jammu & Kashmir must be dealt with sternly', The Economic Times, 27 October, 2018, https://bit.ly/3qH7Jqv. Accessed on 19 January, 2022.
23. 'Army chief Rawat dares stone pelters to fire weapons instead of stones', Business Standard, 30 December, 2019, https://bit.ly/3fD6AcZ. Accessed on 19 January, 2022.
24. 'By tying stone-pelter to jeep I saved many lives: Major Leetul Gogoi', ABP News, 23 May, 2017, https://bit.ly/3tFwvsX. Accessed on 19 January, 2022.
25. 'Major Gogoi reveals how he saved 12 lives by tying Kashmiri man to his jeep as human shield', India Today, 23 May, 2017, https://bit.ly/3KowgIB. Accessed on 19 January, 2022.
26. Sandhu, Kamaljeet Kaur. 'Farooq Ahmad Dar, who was tied to Army jeep by Major, was a voter, confirms Kashmir police', India Today, 25 September, 2017, https://bit.ly/3tELtz7. Accessed on 19 January, 2022.
27. Maqbool, Majeed. '"I'd Given Up Hopes of Being Alive That Day": Farooq Ahmad Dar Recounts the Human-Shield Incident on Polling-Day in Kashmir', The Caravan, 24 April, 2017, https://bit.ly/3qEWWNe. Accessed on 19 January, 2022.
28. 'Justice finally done, says "human shield" Dar on Major Leetul

Gogoi's indictment', The Hindustan Times, 27 August, 2018, https://bit.ly/3Ii1WgV. Accessed on 19 January, 2022.
29. Singh, Vijaita. 'What are pellet guns and why are they lethal?', The Hindu, 21 July, 2016, https://bit.ly/3FGasES. Accessed on 19 January, 2022.
30. '1.3 million pellets, 8,650 tear-smoke shells, 2,671 plastic pellets used by CRPF in a month, J&K HC told', The News Minute, 19 August 2016, https:// bit.ly/3tEchQ8. Accessed on 19 January, 2022.
31. 'Pellet guns have killed 24, blinded 139 in Kashmir since 2010: Report', Business Standard, 2 August, 2019, https://bit.ly/3GP6T0w. Accessed on 19 January, 2022.
32. Nagpal, Deepak. '"The soldier is not aiming for the face": Gen Bipin Rawat explains why pellets hit J&K stone-pelters in eyes', Times Now News, 16 January, 2020, https://bit.ly/3fJDcBL. Accessed on 19 January, 2022.
33. 'Amnesty International calls for ban on use of pellet guns in Kashmir', The Indian Express, 13 September, 2017, https://bit.ly/3Ab1ONg. Accessed on 19 January, 2022.
34. 'Try not to use pellet guns: Mehbooba Mufti to security forces', Financial Express, 14 December, 2016, https://bit.ly/3nAt56D. Accessed on 19 January, 2022.
35. '21,000 Plastic Bullets Sent To Kashmir To Reduce Usage Of Pellet Guns', NDTV, 7 October, 2017, https://bit.ly/3fAM5h5. Accessed on 19 January, 2022.
36. 'Pungent smelling CS shells to aid pellet guns in Kashmir', The Economic Times, 11 July, 2018, https://bit.ly/3GXB5Xn. Accessed on 19 January, 2022.
37. 'Pellet guns have killed 24, blinded 139 in Kashmir since 2010: Report', Business Standard, 2 August, 2019, https://bit.ly/34TQRnK. Accessed on 19 January, 2022.
38. Nanjappa, Vicky. 'No more pellet guns, now sound will shoo away stone pelters in Kashmir', One India, 24 June, 2019, https://bit.ly/3ruu6yy. Accessed on 19 January, 2022.
39. 'Security forces rarely use pellet guns in Kashmir Valley: CDS Bipin Rawat', The New Indian Express, 16 January, 2020, https://bit.ly/3Ko1ejU. Accessed on 19 January, 2022.
40. Zargar, Safwat. 'De-radicalisation? India's Kashmir policy pushed stone pelters to become militants, say families', Scroll.in, 29 January, 2020, https://bit.ly/32aQDaO. Accessed on 19 January, 2022.
41. Swami, Praveen. 'Slain LeT terrorist who attacked fruit-seller's family in Sopore shows how stone-pelters are turning to militancy', Firstpost, 11 September, 2019, https://bit.ly/3fAiBzW. Accessed

on 19 January, 2022.

42. '5 out of 6 local militants in J&K have a history of stone pelting: Army', India Today, 3 August, 2019, https://bit.ly/3nE6vKz. Accessed on 19 January, 2022.
43. '"Stone pelters today, terrorists tomorrow": Army's grim message to J-K', Hindustan Times, 2 August, 2019, https://bit.ly/3Ii6dRv. Accessed on 19 January, 2022.
44. Tiwary, Deeptiman. 'MHA data: 88% dip in J&K stone-pelting compared to 2019', The Indian Express, 4 August, 2021, https://bit.ly/34XADtL. Accessed on 19 January, 2022.

अध्याय 10 : पाकिस्तानी प्रचार : आभासी युद्ध, असली असर

1. Ojha, Ritu Kant. Real Conversations in Digital Age, WILYD, 2019.
2. Shah, Khalid. 'Ideological shift, public support and social media: The "New" in Kashmir's "New Militancy"', ORF Occasional Paper, 10 January 2020, https://bit.ly/34TcRz4. Accessed on 19 January, 2022.
3. Saha, Abhishek. 'Let's talk about Kashmir: Social media has been a game changer, and militants have a head start', Hindustan Times, 7 July, 2017, https://bit.ly/3KzSeZk. Accessed on 19 January 2022.
4. Rao, Prabha. 'Online Radicalisation: The Example of Burhan Wani', Institute for Defence Studies and Analyses, 16 July, 2016, https://bit.ly/3tF2aKN. Accessed on 19 January, 2022.
5. Shah, Khalid. 'Ideological shift, public support and social media: The "New" in Kashmir's "New Militancy"', ORF Occasional Paper, 10 January, 2020, https://bit.ly/34TcRz4. Accessed on 19 January, 2022.
6. Ibid. Accessed on 19 January, 2022.
7. Ibid. Accessed on 19 January, 2022.
8. Bukhari, Shujaat. The Dirty War in Kashmir, Leftword, New Delhi, 2018.
9. Sharma, Rajnish. '18,000 Pak-linked social media accounts fuel J&K unrest', The Asian Age, 7 April, 2017, https://bit.ly/3Ksa3sY. Accessed on 19 January, 2022.
10. Shah, Khalid. 'Ideological shift, public support and social media: The "New" in Kashmir's "New Militancy"', ORF Occasional Paper, 10 January, 2020, https://bit.ly/34TcRz4. Accessed on 19 January, 2022.
11. Masih, Niha, Shams Irfan and Joanna Slater. 'India's Internet shutdown in Kashmir is the longest ever in a democracy', The Washington Post, 16 December, 2019, https://wapo.st/3fBS3hA. Accessed on 19 January, 2022.
12. Saha, Abhishek. 'Let's talk about Kashmir: Social media has been a game changer, and militants have a head start', Hindustan Times,

7 July, 2017, https:// bit.ly/3KzSeZk. Accessed on 19 January, 2022.

13. Bukhari, Shujaat. The Dirty War in Kashmir, Leftword, New Delhi, 2018.
14. Saha, Abhishek. 'Let's talk about Kashmir: Social media has been a game changer, and militants have a head start', Hindustan Times, 7 July, 2017, https:// bit.ly/3KzSeZk. Accessed on 19 January, 2022.
15. Masih, Niha, Shams Irfan and Joanna Slater. 'India's Internet shutdown in Kashmir is the longest ever in a democracy', The Washington Post, 16 December, 2019, https://wapo.st/3fBS3hA. Accessed on 19 January, 2022.
16. अफशां अंजुम का ब्लॉग और उनसे दिसंबर 2020 में लेखक की निजी बातचीत।
17. अफशां अंजुम, 'कश्मीर में केवल इंटरनेट नहीं, कश्मीरियों की जिंदगी के कई दरवाजे बंद थे', द वायर हिंदी, 11 मार्च, 2020, https://bit. ly/3fDBNgf. 19 जनवरी, 2022 को देखा।
18. अफशां अंजुम का ब्लॉग और उनसे दिसंबर 2020 में लेखक की निजी बातचीत।

अध्याय 11 : सियासत के नए रंग

1. 'Gupkar gang wants foreign intervention in Jammu and Kashmir: Amit Shah', The Wire, 17 November, 2020, https://bit.ly/32bUl42. Accessed on 19 January, 2022.
2. C.G., Manoj. 'With Gupkar alliance and out of it: how Congress pushed to wall', The Indian Express, 18 November, 2020, https:// bit.ly/33xfyWP. Accessed on 19 January, 2022.
3. 'J-K: Sajad Lone's People's Conference pulls out of Gupkar alliance', Business Standard, 20 January, 2021, https://bit.ly/3tFVcFq. Accessed on 19 January, 2022.
4. Iqbal, Naveed, and Arun Sharma. 'Five ex-ministers in J&K district polls: "Can't wait indefinitely"', The Indian Express, 3 December, 2020, https://bit. ly/33LueRV. Accessed on 19 January, 2022.
5. Chowdhary, Rekha. 'Turnout, Dominance, Region, Religion: The Big Takeaways of the J&K DDC Polls', The Wire, 29 December, 2020, https://bit. ly/3tG9PZh. Accessed on 19 January, 2022.
6. Ibid. Accessed on 19 January, 2022.
7. 'J-K DDC polls: PAGD bags 112 seats, BJP single-largest with 75 seats', The Times of India, 23 December, 2020, https://bit. ly/3KmIYaP. Accessed on 19 January, 2022.
8. Iqbal, Naveed, and Arun Sharma. 'Five ex-ministers in J&K district polls: "Can't wait indefinitely"', The Indian Express, 3 December, 2020, https://bit.ly/33LueRV. Accessed on 19 January, 2022.
9. Hussain, Ashiq. 'J-K administration interfering to change DDC results: Omar Abdullah', Hindustan Times, 26 December, 2020, https://bit.ly/3rPj47h. Accessed on 19 January, 2022.

10. एक पत्रकार, जो अपना नाम जाहिर नहीं करना चाहते थे, से लेखक की निजी बातचीत।
11. 'Apni Party chief Altaf Bukhari demands restoration of J-K's statehood, elections', Hindustan Times, 8 March, 2021, https://bit.ly/3AuzzJB. Accessed on 24 Janurary, 2021.
12. 'Altaf Bukhari Launches New Political Party in J&K, Calls It "Apni Party"', HW News, 9 March, 2020, https://bit.ly/3FJKb8x. Accessed on 19 January, 2022.
13. 'J&K DDC poll result: PAGD wins 110 seats, BJP 75; counting deferred in 2 seats as candidates belong to PoK', Times Now News, 23 December, 2020, https://bit.ly/3AfixPq. Accessed on 19 January, 2022.
14. 'PM Modi assured there will be no demographic change in J&K: Altaf Bukhari', The New Indian Express, 14 March, 2020, https://www.newindianexpress.com/nation/2020/mar/14/pm-modi-has-assured-us-there-will-be-no-demographic-change-in-j-k-altaf-bukhari-2116787.html. Accessed on 3 March, 2022.
15. 'Delegation from Apni Party meets Amit Shah, discuss fears of demographic changes in J&K', The Print, 15 March, 2020, https://bit.ly/3ibJn2X. Accessed on 3 March, 2022.
16. 'Omar alleges NC candidate forced to join Apni Party, claims to have phone recording', Hindustan Times, 26 December, 2020, https://bit.ly/3nJklLA. Accessed on 19 January, 2022.
17. Mir, Shakir. 'J&K: "Laundry Politics" Sees Politicians Rush to Join "Safer" Platforms', The Wire, 31 March, 2021, https://bit.ly/35bM5lX. Accessed on 19 January, 2022.
18. बशीर मंजर से मार्च 2021 में लेखक की निजी बातचीत।
19. हसीब द्राबू से मार्च 2021 में लेखक की निजी बातचीत।
20. 'Roshni scheme one of "biggest land scams" in J&K history, says BJP', Business Standard, 13 October, 2020, https://bit.ly/350CuOt. Accessed on 19 January, 2022.
21. Masood, Bashaarat. 'Jammu and Kashmir Roshni Act: Who it helped own land, and why it has been scrapped', The Indian Express, 9 December, 2020, https://bit.ly/3rBM7ea. Accessed on 19 January, 2022.
22. Dutta, Prabhash K. 'Why land grab scheme of J&K is called Roshni Act and how it happened', India Today, 25 November, 2020, https://bit.ly/33x4jhi. Accessed on 21 January, 2022.
23. Tweet by Mehbooba Mufti, 27 November, 2020, https://bit.ly/3IsZmoa. Accessed on 21 January, 2022.
24. Zargar, Safwat. 'What exactly is the 'land scam' in which Kashmiri parties are implicated?', Scroll.in, 4 December, 2020, https://bit.ly/3AfDwBO. Accessed on 19 January, 2022.

25. 'All Roshni scamsters to be booked: Jitendra Singh', Mint, 14 December, 2020, https://bit.ly/3KkEIIK. Accessed on 19 January, 2022.
26. Tiwary, Deeptiman. 'Explained: What is the JKCA case in which ED has questioned Farooq Abdullah?', The Indian Express, 22 October, 2020, https:// bit.ly/356U7wi. Accessed on 19 January, 2022.
27. 'PDP cries of "political vendetta" after ED summons Mehbooba Mufti's mother in money laundering case', Times Now News, 9 April, 2021, https:// bit.ly/33A7C7d. Accessed on 20 January, 2022.
28. 'Statehood restoration imperative for holistic development: Altaf Bukhari', Greater Kashmir, 9 April, 2021, https://bit.ly/3Il6HGx. Accessed on 20 January, 2022.
29. Hussain, Yawar. '"The two families would grab power if statehood is restored"', Kashmir Life, 22 March, 2021, https://bit.ly/33s5hLK. Accessed on 20 January, 2022.
30. 'Statehood will be given to J&K at an appropriate time: Amit Shah in Lok Sabha', The Indian Express, 13 February, 2021, https://bit.ly/3nLhfa5.
31. नजीर से मार्च 2021 में लेखक की निजी बातचीत।
32. Irfan, Hakeem. 'RSS backed Muslim Rashtriya Manch on misson to change mindset of Kashmiri youth', The Economic Times, 1 November, 2015, https:// bit.ly/3Ijw9Mp. Accessed on 20 January, 2022.
33. 'आर.एस.एस. नेता इंद्रेश कुमार का ये है 'मिशन कश्मीर', न्यूज 18 हिंदी, 19 जून, 2019, https://bit.ly/358N5Hp. 20 January, 2022 को देखा।
34. Noorani, A.G. 'In pursuit of trifurcation', Frontline, 14 April, 2001, https:// bit.ly/3IifaKw. Accessed on 20 January, 2022.
35. 'RSS reiterates trifurcation of Jammu and Kashmir', Zee News, 17 September, 2002, https://bit.ly/3IijWaY. Accessed on 20 January, 2022.
36. 'Advani's remarks on J&K trifurcation his own: Kishore', The Times of India, 8 July, 2002, https://bit.ly/3qJUtRP. Accessed on 20 January, 2022.
37. 'No trifurcation of J&K: Advani', The Times of India, 3 July, 2002, https://bit. ly/3KtMgcc. Accessed on 20 January, 2022.

अध्याय 12 : कश्मीरी पंडित : आशा या आशा का भ्रम ?

1. अशोक कुमार पांडे, 'कश्मीरनामा', राजपाल एंड संस, नई दिल्ली, 2016।
2. Ibid.
3. Ashiq, Peerzada. 'Jagmohan—political class of Kashmir disliked him but he earned people's goodwill', The Hindu, 4 May, 2021, https://bit.ly/3IifCsc. Accessed on 20 January, 2022.

4. Jagmohan, My Frozen Turbulence in Kashmir, Allied, New Delhi, 2017.

अध्याय 13 : नया प्रशासन

1. 'Governor In J&K "Usually Drinks Wine, Plays Golf": Satya Pal Malik', NDTV, 17 March, 2020, https://bit.ly/3tK23Oe. Accessed on 20 January, 2022.
2. 'J&K Delimitation Based on just 2011 will be blunder in restoring Democracy', Indica News, 17 October, 2020, https://bit.ly/32etFzB. Accessed on 20 January, 2022.
3. Ahmad, Mudasir, 'J&K: IAS Officer Becomes First Bureaucrat to Be Granted Domicile Rights', The Wire, 26 June, 2020, https://bit.ly/3u01bDI. Accessed on 3 March, 2022.
4. Iqbal, Naveed. 'Explained: What land laws have changed in J&K? How have parties responded?', The Indian Express, 18 November, 2020, https://bit.ly/33N4RPI. Accessed on 20 January, 2022.
5. Rashid, Hakeem Irfan. 'Insult heaped on injury, says Omar Abdullah on new domicile law', The Economic Times, 2 April, 2020, https://bit.ly/3FJP29G. Accessed on 20 January, 2022.
6. 'J&K parties slam Centre's new domicile rules', The Times of India, 1 April, 2020, https://bit.ly/3nHe2s3. Accessed on 20 January, 2022.
7. Ehsan, Mir. 'J&K parties call new domicile rights "insult", seek suspension of "casual" order', Hindustan Times, 1 April, 2020, https://bit.ly/3Kvkb4f. Accessed on 20 January, 2022.
8. Ahmad, Mudasir. 'J&K: Hurriyat Conference Opposes New Land Law, Calls for One-Day Shutdown', The Wire, 29 October, 2020, https://bit.ly/3nH0yg6. Accessed on 20 January, 2022.
9. Masood, Bashaarat. 'Citing security, J&K sets up force to act against govt staff without probe', The Indian Express, 23 April, 2021, https://bit.ly/33s7hUg. Accessed on 20 January, 2022.
10. 'Covid-19: Jammu & Kashmir defers Darbar Move, first time in 144 years', The Times of India, 16 April, 2021, https://bit.ly/3AeWetn. Accessed on 20 January, 2022.
11. Sharma, Arun. 'Durbar Move: When J&K moves from one capital to another', The Indian Express, 9 April, 2021, https://bit.ly/3581jZ2. Accessed on 20 January, 2022.
12. 'Covid-19: Jammu & Kashmir defers Darbar Move, first time in 144 years', The Times of India, 16 April, 2021, https://bit.ly/3rD8uA9. Accessed on 20 January, 2022.

अध्याय 14 : बंदूकें केवल जान ही नहीं लेतीं

1. '3 held for attack on restaurant owner's son in Srinagar', The Tribune, 19 February, 2021, https://bit.ly/3AdQksB. Accessed on

20 January, 2022.

2. Masood, Bashaarat. 'In Srinagar, jeweller killed weeks after domicile nod, militants warn of more attacks', The Indian Express, 2 January, 2021, https:// bit.ly/350NFXv. Accessed on 20 January, 2022.
3. 'Slain Jeweller's Son Delinks Killing With Domicile Certificate', Kashmir Observer, 2 January, 2021, https://bit.ly/3tIMwy0. Accessed on 20 January, 2022.
4. 'The Making of a Terrorist', India Today, 20 November, 1999, https://bit. ly/3FL0q52. Accessed on 20 January, 2022.
5. Shah, Khalid. 'Ideological shift, public support and social media: The "New" in Kashmir's "New Militancy"', ORF Occasional Paper, 10 January, 2020, https:// bit.ly/34TcRz4. Accessed on 20 January, 2022.
6. बचलू, अजय, 'जम्मू-कश्मीर तीन अलग अलग मोर्चों पर है चुनौती, धारा 370- का हटना साबित हुआ, गेमचेंजर - सेना', ए.बी.पी. न्यूज, 15 जनवरी, 2021, https:// bit.ly/3ImqBRk. 20 जनवरी, 2022 को देखा।
7. 'Masked men carrying ISIS flags mark post Eid prayers on Jammu and Kashmir streets', The New Indian Express, 5 June, 2019, https://bit.ly/3Aou9A0. Accessed on 20 January, 2022.
8. 'Islamic State does not represent Islam, says Geelani', The Hindu, 7 January, 2016, https://bit.ly/3Ae73vQ. Accessed on 20 January, 2022.
9. Siyech, Mohammed Sinan. 'Why Has the Islamic State Failed to Grow in Kashmir?', Counter Terrorist Trends and Analyses, Vol. 10, No. 5, May 2018, 11–15, https://bit.ly/32gBchn. Accessed on 20 January, 2022.
10. Azaan, Javaid. 'Zakir Musa's al Qaeda-inspired militant group "wiped out" from Kashmir', The Print, 23 October, 2019, https:// bit.ly/3qJrrBH. Accessed on 20 January, 2022.
11. Javaid, Azaan. '7 militants, including chief of Al Qaeda-inspired AGH killed, Amarnath Yatra was target', The Print, 9 April, 2021, https://bit.ly/3nDDRsP. Accessed on 20 January, 2022.
12. '10,752 ceasefire violations by Pak in 3 years: Govt in Lok Sabha', Greater Kashmir, 3 February, 2021, https://bit.ly/3AdXQUa. Accessed on 20 January, 2022.
13. '150-m crossborder tunnel detected by BSF along IB in J&K', The Times of India, 13 January, 2021, https://bit.ly/3fHPTNy. Accessed on 20 January, 2022.
14. '"Time to bury the past and move forward", says Pak's General Bajwa on ties with India', Hindustan Times, 18 March, 2021, https://bit.ly/3nGJwPb. Accessed on 20 January, 2022.
15. Laskar, Rezaul H. 'Imran Khan responds to PM Modi, seeks "enabling environment" for dialogue', Hindustan Times, 30 March,

2021, https://bit.ly/3FJSh0Q. Accessed on 20 January, 2022.
16. 'A troubled Pakistan changing track to pursue peace with India', Financial Express, 26 March, 2021, https://bit.ly/3fCLH1I. Accessed on 20 January, 2022.

अध्याय 15 : जन्नत और उसके मसीहा

1. Hamid, Peerzada Harshad. 'Behind the names of houseboats', Kashmir Newz, 7 March, 2006, https://bit.ly/3qKtFkz. Accessed on 20 January, 2022.
2. 'Governor Manoj Sinha, actor Aamir Khan launch J&K Film Policy', The New Indian Express, 6 August, 2021, https://bit.ly/33s1IVP. Accessed on 20 January, 2022.
3. 'PM Narendra Modi inaugurates Khelo India Winter Games, says it will make J&K winter sports hub', The Times of India, 26 February, 2021, https://bit.ly/3FEeFJ2. Accessed on 20 January, 2022.
4. Ibid.

अध्याय 16 : सेब : महज फल ही नहीं

1. Chadha, Sanjeev Kumar. 'Apple Economy In Jammu & Kashmir: Changing Paradigm', MENAFN, 22 March, 2021, https://bit.ly/3GSj8cI. Accessed on 20 January, 2022.
2. 'Another truck driver shot dead by militants in south Kashmir', Daily Pioneer, 29 October, 2019, https://bit.ly/3AdSWqp. Accessed on 20 January, 2022; 'Kashmir: Militants Kill Two Truck Drivers, Third Incident in 10 Days', The Wire, 29 October, 2019, https://bit.ly/3rykumr. Accessed on 20 January, 2022.
3. Bukhari, Fayaz. 'Suspected militants kill two in Indian Kashmir, set apple trucks ablaze', Reuters, 24 October, 2019, https://reut.rs/33QRG0j. Accessed on 20 January, 2022.
4. Bhat, Suhail. 'Amid Covid hit world markets and govt apathy, Kashmiri artisans struggle to make ends meet', News Click, 17 September, 2020, https:// bit.ly/3KCQ4Iq. Accessed on 20 January, 2022.
5. Basharat, Peer. Curfewed Night, Penguin Random House India, New Delhi, 2019.
6. Bazaz, Junaid Nabi. 'Fall in exports, rise in unemployment: GoI figures reveal dismal picture of J&K economy', Kashmir Reader, 29 March, 2021, https:// bit.ly/3KtZypi. Accessed on 20 January, 2022.
7. Ibid. Accessed on 20 January, 2022.
8. 'J&K LG announces Rs 1,350 cr economic package: 50% discount in electricity, water bills', The Indian Express, 19 September, 2020, https://bit.ly/3GK7KPV. Accessed on 20 January, 2022.
9. 'Centre Unveils Over Rs 1Lakh Crore Budget Of J&K For 2021-

22', Kashmir Observer, 17 March, 2021, https://bit.ly/3GNkBAG. Accessed on 20 January, 2022.
10. 'Highest-ever budget for J-K aims to build economy, create jobs: Manoj Sinha', Business Standard, 26 March, 2021, https://bit.ly/3o3qByf. Accessed on 20 January, 2022.
11. Ibid. Accessed on 20 January, 2022.
12. Government Order No. 117–IND of 2021, 19 April, 2021, https://bit. ly/33s2Tod. Accessed on 20 January, 2022.
13. Tiwary, Deeptiman. 'J&K industrial policy bears fruit, investments worth Rs 23,000 cr final', The Indian Express, 7 August, 2021, https://bit.ly/3586OHa. Accessed on 20 January, 2022.

उपसंहार : टाइम मशीन में कश्मीर

1. 'We will build a "new" Kashmir for everyone, says PM Modi to Kashmiri Pandits in Houston', The Hindu, 22 September, 2019, https://bit.ly/3qIOzQK. Accessed on 20 January, 2022.
2. Faesal, Shah. 'Kashmir—A Preferable Future', Chanakya Forum, 26 March, 2021, https://bit.ly/3tQDwa6. Accessed on 20 January, 2022.
3. 'PM Modi meets Jammu and Kashmir leaders', The Hindu, 24 June, 2021, https://bit.ly/3AhXITR. Accessed on 20 January, 2022.
4. Tweet by PM Narendra Modi, 24 June, 2021, https://bit.ly/3FIasEb. Accessed on 20 January, 2022.
5. '"Why delimitation only in J&K": Who said what at all-party meeting', The Times of India, 24 June, 2021, https://bit.ly/3fHRRxC. Accessed on 20 January, 2022.

□

संदर्भ-सूची

- Alexander, P.C. (1995). Perils of Democracy. Bombay : Somaiya Publications.
- Andersen, W. & Damle, S. (2018). The RSS : A View to the Inside. Gurugram: Penguin Random House India.
- Bukhari, Shujaat. (2020). The Dirty War in Kashmir: Frontline Reports. New Delhi: Leftword Books.
- Chidambaram, P. (2019). Undaunted: Saving the Idea of India. New Delhi: Rupa Publications.
- Commuri, Gitika. (2010). Indian Identities Narratives and the Politics of Security. New Delhi: SAGE India.
- Dixit, Jitendra. (2020). 35 Days: How Politics in Maharashtra Changed Forever in 2019. Gurugram: Harper Collins Publishers India.
- Geelani, Gowhar. (2019). Kashmir Rage and Reason. New Delhi: Rupa Publications.
- Jagmohan. (2017). My Frozen Turbulence in Kashmir. New Delhi: Allied Publishers Private Limited.
- Kumar, Radha. (2018). Paradise at War: A Political History of Kashmir. New Delhi: Aleph Book Company.
- Noorani, A.G. (2017). The Kashmir dispute, 1947-2012. New Delhi: Tulika Books.
- Ojha, Ritukant. (2019). Real Conversations. podcast WILYD.
- अशोक कुमार पांडे (2019), 'कश्मीरनामा : इतिहास और समकाल'। दिल्ली : राजपाल एंड संस।
- Pandita, Rahul. (2013). Our Moon has Blood Clots: A Memoir of a Lost Home in Kashmir. Gurugram: Penguin Random House India.
- Peer, Basharat. (2019). Curfewed Night. Gurugram: Penguin Random House India.

- Quraishi, Humra. (2019). Kashmir: The Unending Tragedy. Amarlyllis.
- Raza, Moosa. (2019). Kashmir: Land of Regrets. Chennai: Context, an imprint of Westland Publications Private Limited.
- Sardesai, Rajdeep. (2019). 2019: How Modi Won India. Gurugram: Harper Collins Publishers India.
- Singh, Sukhdev Sohal, and Mehra, Anjali. (2016). Life On Indo-Pak Border: A Paradox of Security and Development. New Delhi: Serial Publications.
- Zia, A., and Bhat, J. (2019). A Desolation Called Peace: Voices from Kashmir. Gurugram: Harper Collins Publishers India.

□□□

* 9 7 8 9 3 5 5 2 1 1 8 1 1 *
FCW - #0121 - 061026 - C0 - 216/140/16 - PB - 9789355211811 - Matt Lamination